전야, 혹은
시대의 마지막 밤

이 문 열
중단편전집
────── **6**

일러두기 ───

1. 『이문열 중단편전집』에는 작가가 발표한 중단편 소설 51편을 모두 수록하였습니다.

2. 전집의 권별 번호 및 수록 작품의 게재 방식은 발표된 순서를 기준으로 하되 전체 구성을 고려해 예외를 두었습니다. 각 작품 말미에 발표 연도를 밝혀 놓았습니다.

3. 전집의 본문은 작가가 새롭게 교정, 보완한 내용을 충실히 반영하여 확정하였습니다.

4. 전집의 각 권에는 평론가의 해설을 실었습니다.

5. 전집 1권의 표제작이기도 한 '필론과 돼지'는 작가의 의도에 의해 수정된 것으로, 발표 당시 제목은 '필론의 돼지'입니다.

이 문 열
중단편전집
6

전야, 혹은
시대의 마지막 밤

알에이치코리아

중단편전집을 내며

12년 만에 다시 중단편 전집을 낸다. 내가 직접 추고와 교정 교열에 참가하는 판본으로는 이게 마지막이 될 공산이 크다.

가만히 헤아려보면 1권부터 5권까지는 1979년부터 1993년까지 대략 3년 만에 한 권씩 발표한 셈이 되고, 마지막 6권은 2004년 초에 나왔으니 10년을 넘겨 겨우 단편집 한 권을 묶은 셈이 된다. 그리고 6권 출간으로부터 지금까지 10년은 단 한 편의 단편도 쓰지 않아, 그쪽으로 나는 이미 폐업한 걸로 봐야 되는 게 아닌지도 모르겠다.

요즘에도 조금은 그 자취가 남아 있는 듯하지만, 한때 우리 소설 문단은 등단뿐만 아니라 문학적 성장과 그 성취까지도 단편 소설 위주로 측정된 적이 있었다. 내가 등단한 70년대 말까지도 장편으로 등단하는 작가는 아주 드물었고, 어쩌다 문예지나 신문의 현상공모에서 장편으로 등단하게 되는 경우에도 되도록 빨리 단편으로 자신의 기량을 추인 받아야만 문인으로서의 정상적인 성장 과정에 접어들 수가 있었다. 동배의 작가로는 김성동이나 박영한 같은 경우가 좋은 예가 될 것이다. 대신 단편집(중편 포함)은 잘만 짜이면 그 자체로 엄청난 대중적 성공을 기대할 수 있는 문학 상품이 될 수 있었다. 『난쟁이가 쏘아올린 작은 공』이나 『장마』 같은 단편집이 1970년대 말의 예가 된다.

내 젊은 날의 뼈저린 인식 속에는 내게 단편을 잘 쓸 수 있는 재능이 없는 것 같다는 강한 추정이 있다. 습작 시절 체홉이나 모파상은 누구보다 자주 나를 절망하게 만들었고, 고골이나 토마스 만의 섬뜩한 혹은 중후한 단편들도 내 가망 없는 사숙(私淑)의 대상이 되었다. 그렇지, 카뮈나 카프카의 숨 막히는 명편들, 그리고 여기서 일일이 다 늘어놓을 수 없을 만큼 긴 명인과 거장들의 행렬이 있었다. 거기다가 등단에 가까워질수록 눈부셔 보이던 이청준 김승옥 황석영의 1970년대 명품들…… 그런 단편들이 주는 절망감에 가까운 압도와 외경이 69년에 구체적으로 소설 쓰기를 지망하고도 10년이나 되어서야 겨우 중앙문단에 처녀작을 내게 된 내 난산의 원인이 되었다.

나의 문단 이력에서 눈에 띄게 고르지 못한 단편 생산도 그와 같은 습작 시절의 고심이나 고련과 무관하지 않을 것이다. 재능이 모자라다 보니 죽어나는 게 시간이라 그만큼 긴 습작 기간에 재고도 늘어났다. 등단할 무렵에 들고 나온 재고 목록에서 나중에 활자화된 것만도 세 편의 중편과 아홉 편의 단편이 있다. 그 넉넉한 재고들이 나를 자주 문단의 다산왕(多産王)으로 만들었지만, 동시에 현저하게 균형이 맞지 않은 내 단편 창작 연보의 원인이 되기도 했다. 그리하여 오래 준비된 풍성함으로 독자의 저변 확대와 작가로서의 나를 문단에 각인시키는 작업을 어느 정도 마무리 짓자, 나는 곧 힘들기만 하고 생산성은 낮은 단편 창작을 경원하고 마침내는 기피하게까지 된 것은 아닌지.

나는 단편을 쓸 때 기본 구성은 물론 제목과 소재의 배분까지 치밀하게 계산된 설계도를 가지는데, 거기 따라 탈고한 원고지 매수는 80매 내외의 단편 기준으로 설계도의 그것과 200자 원고지로 3매 이상 차이가 나지 않는다. 그 이상 늘어나거나 줄어들면 무언가 쓸데없는 것을 집어넣어 늘였거나 꼭 넣어야 할 것을 빠뜨린 것 같아 원고를 넘기기가 불안해진다. 나는 지금도 단편 창작이라고 하면 정교하게 제작되는 수제 공산품을 떠올리고 긴장부터 하게 된다.

이제 돌아오지 않는 강가에서의 한나절 분주히 혹은 쓸쓸하게 몰두했던 내 투망질은 끝나간다. 날이 저물면 집으로 돌아가야 할 아이가 기우는 햇살을 보고 그러할 것처럼 나도 어느새 낡고 헝클어진 그물을 거둘 때가 가까워진 느낌에 가슴이 서늘하다. 때로는 홀린 듯 더러는 신들린 듯, 함부로 내던진 내 언어의 그물은 어떤 시간들을 건져 올린 것인가. 여섯 권 50여 편 중단편이 펼쳐 보이는 다채로움과 풍성함이 주는 자족의 느낌에 못지않게 반복이나 변주를 통해 들키는 치부와도 같은 내 상처와 열등감을 추체험하는 민망함도 크다.

그러나 모두가 내 정신의 자식들이고, 더구나 다시는 이들을 없었던 것으로 돌릴 수도 없다. 내 투망에 걸려 세상 밖으로 내던져지는 순간부터 이들의 탯줄은 끊어지고 자궁으로 되돌아갈 길은 막혔다. 못마땅한 것은 빼고 선집(選集)의 형태로 펴내는 방도를 궁리해 보지 않은 것은 아니었으나, 길고 짧은 손가락을 모두 살려 손을 그리듯 모자란 것, 이지러짐과 설익음을 가리지 않고 내가 쓴 중단편을 모두 거두어 여섯 권의 전집으로 엮는다.

돌아보는 쓸쓸함으로 읽어봐 주는 것까지는 참을 수 있으나 물색없는 동정이나 연민은 사양하겠다. 이 자발없고 모진 시대와의 불화는 1992년 이래의 내 강고한 선택이었다.

2016년 3월 負岳 기슭에서

李文烈

초판 서문

　오랜만에 중단편으로 작품집을 묶는다. 『아우와의 만남』이 1994년에 출간되었으니 햇수로 만 7년 만이다. 중단편이 요구하는 정확성과 치밀함이 부담이 되어 쓰기를 미뤄온 탓인 듯하다. 그러나 중단편은 대부분의 선배, 동도(同道)들과 마찬가지로 내 소설 쓰기의 고향이다. 한국 현대 소설은 중단편에서 나왔다고 말해도 아직까지는 지나치지 않다.

　책을 묶으면서 다시 살펴보니 한 편 한 편 감회가 새롭다. 「달아난 악령」은 1996년에 쓴 중편으로, 당시에 한창 번성하던 이른바 '후일담(後日譚) 문학'에 대증(對症)의 의미를 가지고 있다. 다시 말해, 우리 1980년대가 과연 과장과 미화의 대상일 뿐일까 하는 물음이었으나, 아무도 그 물음에 주목해 주지 않았다. 「전야(前夜), 혹은 시대의 마지막 밤」은 1998년에 발표했고 '21세기 문학상'을 받았다. IMF 초입의 우리 사회를 거품이란 상징으로 두루 살펴보고 있으나, 다분히 감성적인 작품이다.

　뒤의 단편 세 편은 지난 팔월, 구월 두 달에 몰아 쓴 소품들이다. 「김 씨의 개인전」, 「술 단지와 잔을 끌어당기며」는 모두 발표와 함께 주목 혹은 논란의 대상이 되었기로 자평(自評)은 피한다. 마지막으로 쓴 「그 여름의 자화상」은 발표 없이 바로 전작으로 싣는다. 다른 사람의 회고록에서 서사 구조를 따왔고, 요즘 들어 느닷없이 열기를 뿜는 친일파 논쟁에 기초 자료를 제공한다는 의미에서 다소의 논란이 예상되나, 작품으로서의 성패에 대해서는 확신이 안 선다.

의도한 바는 없었지만, 유난히 길고 치열했던 여름이었다. 시대와의 불화(不和)가 일시적으로 지나가는 바람이 아니라 내 삶의 한 양식으로 고착되는 것 같아 울적하고 쓸쓸해진다. 지천명(知天命)을 넘기고도 세상 시비에서 벗어나기는커녕, 오히려 소용돌이 속 깊이 빨려들고 있으니 아, 이 누구의 허물인가. 잠깐 멈춰 서서 가만히 나를 돌아봐야 할 때가 된 듯하다.

내가 세상으로부터 여지없이 몰릴 때도 믿음과 사랑으로 지켜봐 주신 독자 여러분께 새삼 감사드린다. 거듭 말하지만, 작가는 독자의 믿음과 사랑으로 크는 나무이다. 줄기와 잎은 더욱 무성하고 뿌리는 더 깊이 뻗어, 정히 쓰임이 없으면 염천(炎天)의 그늘이라도 이루고자 한다.

2001년 9월 25일

李文烈

차례

백치와 무자치

한개[大狗]가 지잉지잉 운다. 옷이라고 걸치고 있던 광목바지와 때에 절은 러닝셔츠 중에서 그나마 윗도리는 찢어지고, 드러난 알몸은 땀인지 무언지 모를 물기로 번질거린다. 크고 공허한 그의 눈은 어느새 까닭 모를 공포와 우울로 깊게 가라앉아 있다.

"야, 이 등신아. 다시는 내 눈에 띄지 말라구 그랬지? 이 부근에는 아예 얼씬거리지 말라고 그러지 않았어?"

표독스럽게 말한 승표 녀석이 다시 한개의 뺨을 모질게 후린다. 어구, 아버, 아버버버. 한개가 뺨을 감싸 쥐며 짐승 같은 소리를 지른다. 나는 말리는 대신 전내기가 가득한 물통에서 다시 한 바가지의 전내기를 뜬다. 밖은 팔월의 햇살이 하얗게 달아오른 쇠꼬챙이처럼 메마른 땅 위로 쏟아져 내리고 있었지만, 바닥은 물론 시멘트벽까지 물을 뿌려 둔 도가(都家) 안은 습기 찬 대로 견딜 만하다. 처음 술자리를 벌일 때만 해도 회계창구 앞에서 졸고 있던 박 서기는 우리가 두 되째의 전내기를 비울 무렵부터 어디 낮잠이라도 자러 간 것인지 모습이 보이지 않는다.

승표 녀석이 술 마시다 말고 발작적으로 한개를 찾아 나섰을 때쯤 해서는 자리를 떴어야 했어. 아니, 그 전 두 되의 전내기를 비운 후에 승표 녀석이 그 독한 술을 물통으로 퍼 나올 때부터. 나는 후회 비슷한 기분이 되면서도 천천히 술 바가지를 입가로 가져간다. 그 희뿌연 액체 표면에 갑자기 어린 한개 녀석의 얼굴이 떠오른다.

5학년 3반 급장 이명호. 공부는 물론 그림이며 노래까지 못하는 게 없었던 녀석. 거기다가 계집애처럼 희고 고운 얼굴로 반의 여자아이들은 물론, 그때는 밥도 안 먹고 사는 줄 알았던 젊은 여선생들의 사랑까지 독차지했다. 학예회 때는 호동왕자가 되어 우리 모두가 어린 가슴 가득 연모하던 인실(仁實)이를 낙랑공주로 맞아갔고, 학년이 끝나는 날이면 녀석의 가슴은 갖가지 상징과 상품으로 가득하였다. 그러나 집으로 돌아가면 우리와 함께 먹 감고 쇠꼴 베던 이웃의 불알친구…….

"또다시 여길 얼찐거리면 어떤 꼴이 되는지 보여주마. 이 새끼, 이 웬수놈의 새끼."

승표 녀석은 여전히 바락바락 악을 쓰며 한개를 후려 패고 있다. 그런 녀석의 눈에는 특유의 광기가 푸른빛을 뿜고 있다. 마을 사람들에게는 이미 오래전부터 기피의 대상이 돼버린 것이지만 내게는 다만 그 아픔에 오래 익숙해진 상처 같은 눈빛이다.

한개는 새우처럼 몸을 웅크린 채 자신의 몸에 퍼부어지는 이해 못할 고통을 조금이라도 줄이려고 애쓰며 입으로는 연신 비명을 내지른다. 으, 아, 어버, 아구구구…… 어느새 녀석의 얼굴에는 여기저기 피가 묻고 있다. 그러나 승표 녀석은 좀체 가학(加虐)을 멈추려 들지 않는다. 오늘은 끝장을 보자. 이 병신아, 이 악귀야. 네 놈이 죽든가, 멀리 사라져 다시는 내 눈에 띄지 않든가. 나도 지긋지긋하다. 정말 더는 견딜 수 없어. 그러다가 돌연 매질을 멈추고 내게로 와 바가지를 뺏더니 전내기를 하나 가득 떠 숨 한번 쉬지 않고 벌컥벌컥 들이켠다.

어서 달아나라, 어서 도망쳐라, 이 등신아. 나는 마음속으로 한개에게 소리친다. 그러나 말은 한 마디도 입술을 새어 나가지 않고 목만 타오른다. 나는 기다렸다는 듯 승표 녀석이 비운 바가지를 황급히 받아 들고 술을 뜬다. 그런 내 눈길에 웃통을 벗어부치고 혁대를 빼어 드는 승표 녀석이 보인다. 이제는 정말 끝내야겠어. 네놈이 얼마나 견디나 보자. 승표 녀석이 일그러진 표정으로 내뱉는다. 이제 녀석의 광기는 두 눈에서뿐만 아니라 몸 전체에서 파랗게 뿜어져 나온다. 나쁠 때에 왔구나. 이건 말려야지. 이래서는 안 돼. 하지만 내 말은 여전히 입안을 맴돌고 까닭 없이 목만 탄다. 그래, 마셔야지. 나는 마신다. 내게는 말릴 자격이 없어. 어차피 나는 너의 영원한 공범(共犯)이다. 빈 바가지를 물통에 던

지며 무력하게 고개를 돌리는 내 두 눈 가득 하얗게 타오르는 듯
한 창들이 들어온다.

한개가 자고 있다. 이미 배가 부른 꼴 망태기를 베고 새끼 감자
같은 밤송이가 맺혀 있는 밤나무 아래서 낮잠에 빠져 있다. 낭패
한 마음으로 빈 꼴 망태기를 들고 계곡으로 들어가던 승표와 나
는 발소리를 죽이고 잠든 한개에게 다가간다. 승표와 나는 다급해
있었다. 학교를 파한 후에 셋이서 나란히 소를 몰고 계곡으로 들
어선 것이지만, 더위만 식히고 꼴 베기를 시작한 한개 녀석에 비해
승표와 나는 계속 입새의 소(沼)에서 늦도록 멱을 감고 희희덕거
리다가 꼴 베기를 잊은 탓이었다.

제대로 되려면 승표와 나는 잠자는 한개를 버려두고 꼴 베기
를 서둘러야 했다. 그래야만 해가 지기 전에 꼴 망태기를 채운 채
집에 돌아갈 수 있고, 아버지의 꾸중도 면할 것이었다. 그런데 잠
든 한개 곁에 읽다가 떨어뜨린 것임에 분명한 책 한 권이 문득 우
리의 주위를 끈다, 승표 녀석과 나는 다 같이 그 책에 관해 잘 알
고 있다. 인실이의 자랑, 대학에 다니는 그 애네 외삼촌이 생일선
물로 준 동화책이다. 인실이는 그 열 권 중에서 한 권씩 빼내 책보
에 싸 다니며, 노는 시간이나 점심시간 같은 때에 보란 듯이 꺼내
놓고 읽었다. 떼도 썼지만 인실이 계집애는 눈 한번 깜박 않고 빌
려주기를 거절하던 책 — 그 책을 한개 녀석이 빌려 소 먹이러 나
오는 데까지 가져왔다.

승표와 나는 그 일에 똑같이 분노와 질투를 느낀다. 마음 같아서는 그 책을 갈기갈기 찢음으로써 인실이 계집애와 한개 녀석에게 한꺼번에 앙갚음을 하고 싶다. 그러나 우리는 그런 천박한 짓은 않는다. 아니, 그 이상 부글거리는 속조차 드러내지 않는다. 대신 짧은 삼베 잠방이 사이로 비어져 나온 한개 녀석의 쪼그라든 고추를 손가락으로 가리키며 함께 킬킬거린다. 다음에는 둘 다 꼴 망태기를 놓고 녀석에게 다가가 마음속의 악의가 변형된 장난을 시작한다. 우리는 근처의 얼마 전 감자삼곳(서리한 감자를 구워 먹는 곳)을 한 곳에서 검댕을 손에 묻혀 와 먼저 녀석의 잘생긴 얼굴에 복수한다. 순식간에 녀석의 얼굴은 우리들이 함부로 칠한 검댕 때문에 작은 식인종처럼 된다. 또 우리는 녀석의 베 잠방이를 까 내려 손가락 같은 고추에다 장난을 친다. 들풀 줄기로 한가운데를 묶자 녀석의 고추는 제법 어른의 엄지손가락만 해지며 발딱 일어선다.

전부터도 한개 녀석의 잠은 한번 눈을 붙였다 하면 떼 메고 가도 모르는 것으로 유명했다.

더군다나 그날은 전날 밤늦도록 책이라도 읽은 탓인지 녀석의 잠은 한결 깊다. 그 분탕질을 치고, 책을 녀석의 꼴 망태기 깊이 감춘 뒤 또 무슨 더 곯려줄 일이 없을까를 궁리하고 있을 때까지도 녀석은 깨날 줄을 모른다. 갑자기 승표 녀석이 내게 두 눈을 찡긋하더니 계곡을 달려 내려간다. 얼마 후 되돌아오는 녀석의 손에는 거의 석 자 가까운 뱀이 묶인 막대가 들려 있다. 녀석과 내가 얼마

전 먹을 감다가 돌로 쳐 죽인 무자치(물에 사는 뱀)다. 죽은 지 얼마 안 되는 탓인지 아직도 조금씩 꿈틀대는 무자치를 든 승표가 나타난 순간 나는 명쾌하게 녀석의 뜻을 알아차린다. 그리고 묵시적이긴 하지만 기꺼이 그 악의에 찬 장난에 동의한다.

빙글거리며 다가간 승표 녀석은 죽은 무자치를 한개의 벗은 아랫도리에 얹더니, 서서히 풀어헤친 가슴을 지나 얼굴께로 기어 올린다. 잠에 취해 있던 한개도 죽은 무자치의 차고 꺼칠꺼칠한 몸뚱어리가 사타구니에서 풀어헤친 가슴께로 올라갈 때쯤 해서는 조금씩 반응을 보이기 시작했다. 그러다가 그 불쾌한 촉감이 얼굴 가까이에 이르자 마침내 부스스 눈을 뜬다.

끼약. ── 정확히 표현할 길이 없는 비명과 함께 한개가 벌떡 몸을 일으킨다. 그 바람에 무자치의 몸뚱어리는 휘감기듯 녀석의 얼굴에 닿는다. 공포의 눈길도 일순, 한개는 본능적으로 손을 내밀어 무자치를 잡아 쥔다. 그리고 그뿐이다. 크고 공허하게 떠 있는 두 눈, 멍하니 벌린 입, 손에는 여전히 죽은 무자치의 몸뚱어리를 감아쥔 채 승표와 나를 바라본다.

우리는 그제야 갑작스러운 두려움에 사로잡힌다. 임마, 그건 죽은 뱀이야. 물려두 독이 없는 무자치야. 버리고 일어나. 그러나 한개는 반응이 없다. 네 불알 다 나왔다. 감자 두 섬에 고구마가 한 섬이구나. 자지는 리봉까지 매고…… 역시 소용이 없다. 더욱 다급해진 승표와 나는 녀석을 흔들고, 고추를 손가락으로 퉁기고, 나중에는 따귀까지 때려보지만 녀석은 종내 목석처럼 앉아 입 한

번 떼지 않는다.

큰일났다. 큰일. 녀석은 너무 놀란 거야. 그래, 잠결인데 장난이 너무 심했어. 안 되겠다, 달아나자. 우리는 누가 먼저랄 것도 없이 녀석을 버리고 달아난다. 그 창황한 중에도 우리들 범죄의 증거인 무자치를 풀 속 멀리 던져버리게 한 것은 또 어디서 얻은 간교한 지혜일까. 그 뒤는 엉망이다. 소도 먹이는 둥 마는 둥, 꼴도 베는 둥 마는 둥 우리는 아직 해도 지기 전에 마을로 돌아오다가 마을 어귀에서 물동이를 들고 가는 인실이를 만난 뒤에야 정신이 든다. 한개는 어디 두고 너희들만 오니? 인실이의 눈초리가 까닭 없이 매섭게 느껴진다. 이 기집애야, 우리가 한개 새끼 불알이니? 허구한 날 그 새끼와 붙어 다니게?

승표 녀석이 퉁명스레 쏘아붙인다. 이상하다. 너희들은 언제나 셋이서 함께 소를 먹이고 같이 돌아오지 않았니? 이 상하면 치과에 가려무나. 기집애가 웬 참견이니? 이번에는 승표 녀석의 태연한 말투에 힘을 얻은 내가 떨리는 목소리를 애써 감추며 이죽거린다. 건방진 기집애, 그러지 않으면 누가 저보고 한개 새끼 각시 아니랄까 봐서, 다시 한층 자신만만한 승표의 놀림.

그리고 그 밤 — 우리는 일찍 자리에 누워 자는 척하며 어른들의 수런거림을 듣는다. 한개 찾았다지? 그래, 해가 저물어도 돌아오지 않길래 한개 아버지가 찾아 나섰더니 아, 글쎄 깎아 놓은 목석처럼 뒷산 계곡 입새에 앉아 있더라지 뭔가? 큰 짐승(호랑이)이라도 만났나, 완전히 얼이 빠져 있더라며? 설마하니 요새…… 아무튼 뭔가 놀라기는 크게 놀란 모양이야. 아이도 아이지만 어른이 더 큰일일세. 맞아, 하나뿐인 아들이어서 그런지 한개 아버지는 거의 제정신이 아니드면. 그럴 만도 하지. 그렇게 똑똑하고 말 잘 듣던 애가 한나절 새 그 모양이 되고 말았으니. 의사는 보았나? 바로 도락꾸(트럭)에 실어 대처로 나갔다네…….

흭. 으. 어거. 흭. 어버, 어버버버. 승표 녀석의 혁대가 공기를 가를 때마다 인간의 소리라고는 하기 힘든 괴상한 비명이 한개의 입에서 새어 난다. 가해자도 피해자도 한결같이 드러난 윗몸은 땀으로 번질거렸다. 둘을 구별할 수 있는 것은 다만 한개의 등줄기에 어지러이 감긴 붉은 혁대 자국뿐이다. 그러나 내가 보고 있는 것은 그 같은 격렬한 행위의 외형이 아니라 그들의 내면을 비끄러맨 악연이다. 방금도 의미는 다르지만, 승표와 한개 두 녀석은 모두 울고 있다. 나도 울고 싶다. 두 녀석 모두를 위해.

내가 이 자리에서 이들을 위해 할 수 있는 것은 무엇인가. 과거에도 이와 비슷한 자리에 있게 될 때마다 스스로에게 던졌던 물음을 나는 다시 떠올린다. 없다. 거기에 대답할 수 있을 만큼 나는 객관적일 수 없다. 나 또한 그들을 묶고 있는 악연의 일부이기 때문이다. 기껏 내가 할 수 있는 일은 술 한 바가지를 떠 되도록 담담한 목소리로 승표에게 권하는 것뿐이다.

"목마르겠다. 한잔 마셔."

그러면 그동안이라도 둘은 모두 쉴 수 있을 것이다. 승표 녀석이 힐끗 나를 보더니 매질을 멈추고 내민 술 바가지를 받는다. 마시는 폼으로 보아 정말로 목이 말랐던 것 같다. 단숨에 들이켜고는 안주 대신 계산대 위 접시에 담아 둔 굵은 소금 몇 알을 입에 털어 넣는다. 그리고 다시 혁대를 감아쥐다가 무얼 생각했는지 문득 술 한 바가지를 뜬다.

"마셔, 이 등신아."

승표 녀석이 가득 찬 술 바가지를 한개에게 내밀며 차게 뱉는 소리다. 한개도 술은 아는 모양이다. 흘금흘금 눈치를 보면서도 내민 술 바가지를 받아 달게 마신다.

"한 잔 더."

승표 녀석이 다시 술 한 바가지를 떠 한개에게 건넨다. 이미 한 바가지를 마신 탓인지 쉬엄쉬엄 마시면서도 한개는 술을 거부하지 않는다. 그걸 보며 승표는 무너지듯 내 곁에 주저앉는다. 이 새끼, 땀 좀 식히고 보자. 그러나 그 목소리는 원한에 찬 것이라기보다는 고통과 슬픔의 여운이 더욱 짙었다. 녀석의 그 같은 변화에 나는 약간 안도한다. 우리의 침묵을 기다린 듯 발효실(醱酵室)에는 술 괴는 소리가 파초 잎에 떨어지는 이슬비 소리처럼 희미하게 들려온다.

승표 녀석과 내가 한개를 때려주기 시작한 것은 언제부터였을까. 그렇다, 이제 생각이 난다. 중학교에 들어가고 얼마 되지 않은 봄날부터다. 그 전의 2년 동안 한개는 우리 둘에게는 까닭 모를 공포였었다. 병원에 실려 간 지 석 달 만에 돌아온 한개는 이미 전날의 한개가 아니었다. 어찌된 셈인지 녀석의 회복은 겨우 대소변이나 가리고, 온종일 멍하니 마을을 쏘다니다가 집이나 찾아 돌아올 수 있는 정도에서 그쳐 버렸다.

그런데 한 가지 이상한 것은 마을 어디서건 승표와 나를 만나기만 하면 어김없이 따라붙는 일이었다. 어른들은 예전에 친하게 놀던 기억이 희미하게 남은 탓이려니 하며 달리 생각하지 않았지만, 우리에게는 그런 한개가 어떤 불가사의한 힘으로 복수하려 드는 것처럼으로만 여겨졌다. 따라서 우리는 마을 어디서 한개를 만나건 정신없이 도망치는 것을 그 무서운 복수를 피하는 유일한 방법으로 삼았다. 나중에 녀석은 도저히 치유될 수 없는 백치에 지나지 않는다는 사실을 명백히 알게 된 뒤에도 그 까닭 모를 공포는 좀체 줄어들지 않았다.

그러다가 중학교로 진학한 지 한 달쯤 되는 어느 날이었다. 그날 또 마을 어귀에서 우리를 발견한 한개가 몽롱한 눈길로 따라오는 걸 보고 달아나려고 몸을 돌리는 내게 문득 승표가 말했다.

"이제 그만 달아나자."

그리고 재빨리 주위를 살펴 아무도 없는 걸 확인한 뒤 속삭였다.

"우리 저 녀석을 흠씬 패주자. 다시는 따라붙지 않게."

그런 승표의 말투에는 충동질과 설득력이 함께 담겨 있었다. 거의 습관적으로 달아날 채비를 갖추던 나는 그 말에 걸음을 멈추었다. 그렇다, 언제까지고 도망만 칠 수는 없는 일이었다. 한번 몹시 혼내 주면 다시는 따라오지 않을는지도 모른다. 그러면 이 괴로운 도망을 계속하지 않아도 되리라. 거기서 나도 혼연히 동의했다.

한개를 때려 준 것은 확실히 잘한 일이었다. 한번 호되게 얻어맞은 뒤면 한동안 녀석은 우리를 만나도 따라붙지 않았다. 거기다가 무엇보다 큰 수확은 한개를 때려주면서부터 얻게 된 마음의 평온이었다. 그때껏 우리의 어린 영혼을 암담하게 뒤덮고 있던 죄책감과 공포의 구름은 깨끗이 걷히고, 우리도 다른 사람들처럼 그 어찌해 볼 수 없는 백치를 조롱하고 학대할 권리를 얻게 된 느낌까지 들었다. 그리하여 우리는 점점 더 심하게 한개를 때리기 시작했고, 나중에는 찾아 나서면서까지 그 기묘한 해방감을 즐기게 되었다. 승표와 나 둘 사이가 공범자로서의 우의로 굳건히 다져지기 시작한 것도 그 무렵부터였을 것이다.

지나치게 주위가 조용해진 것 같은 느낌에 언뜻 정신이 들어 주위를 살피니 한개는 아직도 술 바가지를 쉬어가며 비워 대고 있고, 승표는 조금 전의 난폭함을 깨끗이 잊은 듯 침울한 얼굴로 무언가 깊은 생각에 잠겨 있다. 정말로 누가 가해자고 누가 피해자인지 구별이 안 되는 둘의 모습이다. 그러자 얼마 전부터 내 어두운 기억의 언저리를 맴돌고 있던 또 하나의 얼굴이 머릿속 가득 떠오른다. 강인실(姜仁實), 인실이. 아아, 그녀를 이 거리에서 보지 못한 지 몇 년이 되었다.

……초등학교의 교실 바닥. 승표와 마을 모두에게 한개로 이름이 굳기 전의 급장 이명호가 어울려 뒹굴고 있다. 울고 서 있는 인실이. 얼래, 얼래요. 강인실이는 이명호 각시. — 그 놀림에 한개는 처음부터 어렴없는 그 싸움을 시작했다. 그해 학예회의 연극, 거기서도 한개, 아니 이명호는 홍승표와 인실이를 다투었다. 승표는 힘세고 나쁜 개구리 대장, 가엾은 공주 인실이를 잡아갔다가 용감한 개구리 왕자 한개에게 끝내 지고 만다. 교실에서건 학예회가 벌어지는 강당에서건 나는 언제나 마음속에 연모만 품은 구경꾼에 불과했다.

여러분, 슬픈 소식을 전하겠어요. 지난달에 몸이 아파 병원엘 갔던 급장 이명호는 완전히 학교를 쉬게 되었어요. 의사 선생님의 말씀으로는 오랜 기간이 지나야 돌아올 수 있대요. 담임선생이 그렇게 한개의 소식을 전할 때 승표와 나는 다 같이 인실이의 표정을 훑어보았다. 이상하게 핼쑥한 얼굴로 고개를 푹 수그리던 모습. 또 있다. 우리가 한개를 만날 때마다 때려주기 시작할 무렵, 인실이네 툇마루에 한개와 인실이가 앉아 있다. 갓 맞춘 여학교 교복인 세일러복 깃에 두른 하얀 테가 봄볕에 눈이 부신다. 명호야, 이거 기억나니? 인실이가 무언가를 보이며 한개에게 묻는다. 아으, 아버아버. 내가 누군지 정말 모르겠니? 으, 아으, 아버…….

고등학교에 진학하면서 승표와 나란히 D시로 나간 그 이듬해의 어느 날 밤이다. 함께 자취하던 승표가 낮부터 보이지 않더니 밤이 늦어서야 돌아온다. 누구에게 빼앗겼는지 모자도 없고 명찰도 떼인 채 제법 술이 취해 돌아온 녀석은 말한다. 야, 내일 우리 집으로 돌아가자. 가서 다시 한개 녀석을 흠씬 패주자. 아니, 아예 그 녀석을 죽여버리자. 그 녀석이 돌아버린 것은 고의임에 틀림없어. 우리를 평생 두고 괴롭히려고 말이야. 가서 복수해야 돼. 더 이상 용서해서는 안 돼. 그동안 우리는 부당하게 고통받아 왔단 말이야.

나중에 알고 보니 승표는 그날 우리처럼 고등학교에 진학하러 그 도시에 나와 있던 인실이를 만난 것이었다. 꼭 두 시간을 기다려 그 기집애를 만났지. 그런데 그 기집애가 무어라고 말했는지 아니? '너희들은 한개가 왜 미쳤는지 알고 있지? 이제는 더 이상 비겁하게 굴지 말고 떳떳이 밝혀. 늦었지만 지금이라도 한개가 그렇게 된 정확한 원인을 알려 그 애를 치료할 수 있도록 해야 돼. 그 애가 그 모양으로 남아 있는 한 너희들의 인생도 결코 온전할 수 없어. 계속해서 비겁하게 숨기려 들려거든 나를 만나러 올 필요도 없어.' 그래, 우리가, 아니, 내가 무얼 했다는 거야? 무분별한 어린 날의 장난이 예상 밖의 끔찍한 결과를 가져온 걸 왜 내가 모조리 책임져야 해? 그때 도대체 우리가 할 수 있는 일이 무엇이었어? 겨우 열한 살의 사내 녀석들이 그때 무엇을 할 수 있었다는 거야? 그리고 6년이 지난 지금 그 일을 새삼스레 밝혀 무슨 소용이냔 말이다.

솔직히 말해서 그 무렵 나는 거의 한개의 일을 잊고 있었다. 승표 녀석의 심각함도 오래 마음속에서만 그리던 소녀에게서 퇴짜를 맞은 고교 2년생의 과장된 감정으로만 여겼다. 그러나 녀석이 한개의 일로 입은 상처는 뜻밖에도 크고 깊어, 그날부터 일층 난폭해진 녀석은 거칠기 짝이 없는 학교생활을 계속하다가 끝내는 나와 함께 다니던 D고교에서 퇴학당하고 말았다. 녀석이 가진 B시의 변두리 야간 고등학교 졸업장도 술도가를 하는 그의 아버지가 돈으로 우겨 사들인 것에 지나지 않았다. 그런 의미에서 보면, 인실이는 승표 녀석에게는 한개 못지않은 또 하나의 악연이었다. 그 부분에서만은 일생의 공범인 나와도 거의 무관한.

"에에, 씨발, 안 되겠어. 오늘은 일을 끝내야겠어."

갑자기 자기의 생각에서 깨난 승표가 잔혹하게 돌변한 표정으로 내뱉으며 몸을 일으킨다. 그리고 독기 서린 눈길로 한개를 잠깐 쏘아보더니 곧장 발효실로 달려가 삽 한 자루를 들고 나온다. 잘게 바순 누룩과 꼬두밥을 섞는 데 쓰는 것으로 오래 써서 희게 닳은 삽날이 무슨 끔찍한 흉기처럼 날카롭게 빛난다.

마침 네가 왔으니, 일은 시작과 끝이 잘 아귀가 맞아떨어지는 셈이지. 본심을 말하면 너도 이 녀석을 죽이고 싶을 거야. 이제는 이 오래된 악몽에서 놓여나고 싶을 거야. 그러고는 방금 술 바가지를 비우고 영문을 모르겠다는 듯 두 눈만 껌벅이는 한개를 향해 다가간다. 이번에도 너는 곁에서 가만히 구경만 하면 돼. 그대로 두면 정말로 그 삽으로 한개를 짓이겨 놓을 기세다.

그건 안 돼. 너만큼 절실하지는 않은 탓일지도 모르겠지만, 그런 결말은 원치 않아. 그제야 나는 황급히 몸을 날려 승표 녀석의 손에 들린 삽을 빼앗는다. 그 일로 우리가 밀고 당기고 하는 동안에도 한개는 여전히 멍한 눈길로 우리를 바라보고만 있다. 억지로 두 바가지나 거푸 마신 전내기가 가뜩이나 몽롱한 그의 영혼을 더욱 몽롱하게 만든 것 같다. 내가 간신히 삽을 빼앗아 한구석에 던져둘 때까지도 그렇게 우리를 보고만 있는 한개 녀석에게 나도 갑작스러운 가학의 충동을 느낀다.

이젠 지겨워. 더 이상 저 녀석을 어떻게 참고 견디란 말이야. 저 녀석의 온몸에서 뿜어져 나오는 저주를 어떻게 감당하란 말이야. 마침내 내게 삽을 빼앗겨버린 승표가 넋두리처럼 내뱉으며 술통 곁의 나무의자에 덜썩 주저앉는다. 나는 그런 승표 녀석을 버려둔 채 한개의 허여멀쑥한 얼굴에 힘껏 따귀를 올려붙인다. 도망쳐, 도망치란 말이야. 이 병신아. 여기 길게 앉았다간 자칫하면 죽어. 나는 걷잡을 수 없는 증오에 휘말려 이제 졸음에서 깨어난 것 같은 표정으로 나를 올려 보는 한개의 뺨을 거듭 후린다. 사실은 나도 지겨워. 어린 날의 대수롭지 않은 악의의 결과에 나는 너무 많은 값을 치러왔단 말이다. 그러자 몇 년 희미했던 승표와의 공범 의식이 마치 그 세월을 보충하려는 듯 강하게 되살아난다.

이미 말한 대로 고등학교를 위해 D시로 나오게 되면서부터 나는 차츰 승표 녀석과의 공범 의식에서 벗어나기 시작했다. 우선은 백여 리라는 거리가 한개와 그 괴로운 추억에서 나를 보호해 주었다. 다음은 나이와 더불어 자라나는 의식이었다. 고의와 과실,

원인과 결과의 법칙에 대해 알게 되면서 나를 짓누르던 죄책감의 무게는 조금씩 가벼워졌다. 그날 내가 한개에게 약간의 악의를 가진 것은 사실이었지만, 그 같은 결과에 대해서는 전혀 예상조차 한 바 없었다. 더구나 행위에 이르면, 나는 손가락 하나 까딱한 일이 없지 않은가. 그러다가 승표 녀석마저 퇴학을 당해 내 곁을 떠나가자 나는 거의 완전한 해방감을 맛보았다. 한개가 그렇게 된 것은 선천적인 백치와 마찬가지로 나와는 무관한 녀석의 개인적인 불행일 뿐이다…….

하지만 아니었다. 그 뒤 몇 년도 안 돼 나는 승표 녀석의 공범으로 돌아가지 않을 수 없었다. 징병검사장에서 만난 한개의, 논리를 초월한 비참한 모습 때문이었다. 그때 한개는 검은 매직펜으로 '정신이상'이라고 쓰인 책받침만 한 베니아 판을 목에 걸고 각 신체검사 코스를 돌고 있었는데, 그 코스마다 그가 성한 사람이었다면 그대로 모욕이고 고통이었을 것이다. 혹시 병역기피를 목적으로 정신이상을 가장한 것이나 아닌가 하는 검사관들의 의심 때문에 가는 곳마다 시험적인 욕설과 폭행이 뒤따랐고, 어떤 검사관은 녀석의 수치감을 자극하기 위해 아랫도리를 내린 채 십 분이나 여럿 앞에 서 있도록 만들었다.

그리고 불행히도 한개와 본적지가 같고 나이가 같은 승표와 나는 언제나 한 조가 되어 녀석이 겪는 그 모든 수난을 바로 눈앞에서 하나하나 목격하지 않으면 안 되었다. 정말로 고문과도 같은 하루였다. 그날의 한개는 아무리 길고 멀어도 세월이나 거리로는 치유될 수 없는 우리의 상처, 어떤 교묘한 논리로도 피해 볼 길이 없는 저주 그 자체였다. 그리하여 그 밤 승표와 밤새워 술을 마시면서 나는 영원히 녀석과의 공범 관계에서 벗어나기를 포기하였다.

그래, 지금도 나는 승표와의 공범 관계를 부인하려고는 않는다. 그러나 사실은 어떻게든 이 오랜 저주가 끝났으면 좋겠어. 그때 다시 전내기 한 바가지를 퍼마신 승표가 한개에게 채운 술 바가지를 내밀며 악을 쓴다. 받아, 이 등신아. 마시란 말이다. 승표는 어느새 이취(泥醉)의 징후를 보이고 있다. 혀도 조금씩 말려든다. 한개는 흘금흘금 내 눈치를 보면서도 승표가 내민 술 바가지를 마다하지 않는다. 누군가가 술맛 하나는 제대로 가르쳐 놓은 모양이다. 아니, 가르친 것은 아마도 승표 녀석일 것이다. 녀석의 눈에 띄기만 하면 번번이 혼찌검이 난다는 것쯤은 알 만한데도 한개가 일없이 술도가 주위를 어정거리는 것은 바로 그 술맛을 못 잊은 탓임에 틀림이 없다. 한개로 보아서는 좋은 시절이고, 승표로 보아서는 절망적인 노력의 시절이었던 무렵에 배운.

……한개를 회복시키기 위한 노력, 아니 자신을 오랜 저주에서 구하기 위한 승표의 노력은 앞서 말한 징병검사가 있고 얼마 안 돼 시작되었다. 먼저 승표는 난폭한 생활을 고쳐 아버지의 신임을 얻음으로써 술도가의 경영권을 얻는 데 성공했다. 그러고는 일꾼이란 명목으로 오갈 데 없이 고향 거리를 떠도는 한개를 거두어들였다.

한개가 오갈 데 없는 처지에 떨어진 것은 남달리 똑똑하고 잘

생겼던 외아들이 한나절 사이에 그 꼴이 되자 상심한 그의 아버지가 홧술로 명을 재촉한 데 있었다. 녀석의 어머니도 남편이 죽은 뒤 몇 년간 눈물 반 한숨 반으로나마 한개를 돌보았으나 끝내는 떠돌이 산판 인부와 눈이 맞아 마을에서 종적을 감추어버렸다. 그 뒤 한개가 목숨이라도 부지할 수 있었던 것은 순전히 마을 사람들의 동정 덕분이었다.

한개를 거두어들인 승표의 정성은 한동안 참으로 놀랄 만한 것이었다. 한개의 먹을 것 입을 것을 돌보아주는 정도를 넘어, 이제는 모두가 불가능하다고 생각하는 치료를 다시 시작했다. 대도시의 전문의를 찾기도 하고, 용하다는 소문만 있으면 한의(韓醫)고 무당이고를 가리지 않았다. 언젠가는 흘러 들어온 작부(酌婦)에게 돈을 주어 한개를 건드려 보게까지 한 일도 있었다. 모두가 소용없는 일이었다. 한개의 정신상태는 조금도 나아지지 않고, 거기에 든 막대한 비용은 간신히 회복해 둔 아버지의 신임만 잃어버리는 결과를 가져왔다. 달리 길이 없는 승표가 그 돈을 도가 회계에서 빼돌린 탓이었다.

하지만 결혼만 아니었어도 승표가 지금처럼 변하지는 않았을지 모른다. 아들이 엉뚱한 일에 돈과 정력을 낭비하고 있음을 알고 속을 썩이던 승표의 아버지는 아들에게 살림 재미라도 붙여줄 양으로 결혼을 서둘렀는데, 그게 결과적으로 일을 더욱 꼬이게 한 셈이 되고 말았다. 딴에는 고르고 고른 후에 결정한 며느릿감이 바로 인실이었기 때문이다. 홍승표와 강인실, 술도가집 아들과 구(舊)면장네 딸 — 얼핏 보아 그 한 쌍은 당시로 보아서는 가장 잘 어울리는 쌍이었다. 인실이에 대한 승표 녀석의 오랜 감정을 잘 알고 있는 나까지도 그들의 결혼 소식을 듣고서는 그들의 행복을 의심하지 않았다. 하지만 그렇지가 못했다. 어찌된 셈인지 그 젊은 부부는 신혼 초부터 불화가 계속되더니 결국 1년도 안 돼 갈라서고 말았다.

"우습지 않아요? 열두어 살짜리 아이들이 서로 좋아했다 한들 그게 무엇이었겠어요? 물론 그 꼴이 된 한개에 대한 동정은 제법 철이 든 뒤까지도 계속되었죠. 하지만 그게 어쨌다는 거죠? 그게 그렇게도 용서 못 할 일인가요? 첫날밤부터 나를 학대할 구실이 될 수 있나요? 제가 보기에 그가 한개보다 한층 심하게 돌아버린 사람이에요. 한개보다 더 철저한 저주를 받은 사람이죠. 제가 그를 이해하려고 노력하지 않은 줄 아세요? 천만에, 저는 정말 피나는 노력을 했어요. 그의 지나친 죄의식을 안타깝게 여기고, 그로 인한 변태와 광기를 가능하면 참으려고 했어요. 그러나 그는 틀렸어요. 그 사람이야말로 영원히 치유될 수 없는 병자예요."

그것이 인실이가 말한 그들 부부의 갈라선 이유였다. 나는 그녀를 제대 무렵 우연히 서울 거리에서 만났던 것인데 그때 이미 그녀는 그렇고 그런 여자들의 차림이었다.

"난들 왜 모르겠어? 왜 열두 살이란 나이가 성(性)과는 거의 무관하다는 걸 모르겠어. 하지만 사람의 기억이란 때로 잔인한 것이야. 일그러진 소년의 눈으로 훔쳐본 그들의 다정한 모습은 세월이 지나도 영 잊혀지지 않았어. 첫날밤에 내가 그녀를 안지 못한 것도 바로 그 기억 때문이야. 마치 내가 한개 녀석과 그녀의 신방에 침입해 그 녀석을 죽이고 그녀를 약탈해 온 기분이었어. 더구나 그날 내가 무자치를 잠든 한개 녀석의 배 위에 올려놓을 때도 단순히 장난인 너와는 달리, 나는 알고 있었거든. 뱀에 놀라 천치가 돼버렸다는 어머니 친정 집안 아이 얘기를 말이야. 나중에 그럭저럭 그녀와 방사(房事)를 치르게 된 뒤에도 도중에 어쩌다 한개 녀석의 얼굴이라도 떠올리게 되면 내 남성은 여지없이 위축되고 말았어. 내가 그녀를 학대했다고? 그러나 사실 더욱 괴로웠던 것은 나야. 나는 그녀를 사랑하기 위해 한개를 고치려고 들 때보다 더욱 절망적인 노력을 기울였어."

지난번 귀향 때 내가 인실이의 소식을 전하며 그녀와의 재결합을 권하자 녀석은 괴롭게 고개를 저으며 그렇게 말했다. 상식으로는 얼른 이해되지 않는, 따라서 그저 악연이라고밖에 말할 수 없는 그들의 파국이었다. 그리고 그 파국을 시발점으로 한개에 대한 승표 녀석의 가학성향은 이전보다 몇 배나 더 맹렬한 모습으로 되살아나고 말았다.

무슨 일일까. 도가 앞 한길을 지나는 여럿의 발자국 소리와 아이들의 재잘거림에 나는 문득 어지러운 상념에서 깨어난다. 창문으로 내다보니, 벗어부친 윗몸에 아직 머리의 물기도 마르지 않은 초등학교 아이들 여남은 명이 한 아이를 호위하듯 하며 도가 앞을 지나간다. 가운데의 좀 나이 든 소년이 들고 있는 것은 짐작대로 뱀이다. 예전에는 돌로 쳐서 가시넝쿨 위에 던져버렸지만, 장터에 뱀탕 집이 생기고부터는 푼돈이라도 얻는 재미에 그리로 가져가는 모양이다. 제법 큰 놈이다.

뭐야? 관심 없이 앉아 있던 승표 녀석이 완전히 혀 꼬부라진 소리로 물었다. 뱀이야, 애들이 뱀을 잡아가는군. 뱀탕 집에라도 가져가는 모양이야. 그런데 내가 잘못 본 것일까. 그 순간 승표 녀석의 몽롱한 눈에 한 줄기 불꽃같은 것이 번쩍이더니 벌떡 몸을 일으킨다. 그리고 이제는 제법 느슨한 자세로 도가 바닥에 퍼질러 앉아 있는 한개에게 다가서며 명령한다.

서. 한개가 잘 알아듣지 못한 듯 멀거니 올려다본다. 서. 서란 말이다. 승표의 목소리가 한층 높아지며 발로 한개의 정강이를 걸어찬다. 그제야 한개가 멈칫멈칫 일어난다. 벗어, 승표가 다시 한개의 광목바지를 가리키며 명령한다. 한개가 역시 잘 알아듣지 못하자 이번에는 따귀 한 대를 올려붙이며 승표 녀석이 직접 한개의 허리끈을 풀고 바지를 내린다. 한개의 희멀건 알몸이 드러난다. 그러나 승표는 거기서 그치지 않고 한개를 방구석 살평상 쪽으로 데려간다.

누워. 다시 한차례의 실랑이 끝에 한개가 알몸으로 반듯이 살평상 위에 눕혀진다. 눈을 감아, 자란 말이다. 이 병신아. 한개가 눈을 감는다. 그제야 승표는 판매대 위에 놓여 있던 혁대를 내게 건네며 말한다.

이 새끼를 재워. 눈을 못 뜨도록 하란 말이야. 일어나면 이걸로 후려쳐. 그러고는 전내기를 몇 되나 들이켠 사람답지 않게 온전한 걸음으로 도가를 나간다. 눈만 뜨지 못하게 하면 저 새끼는 이내 잠이 들 거야. 기다려.

불안하면서도 까닭 모르게 승표에게 위압된 나는 충실히 그의 지시에 따른다. 몇 번인가 눈을 뜨는 것을 혁대로 후려주자 억지로 눈을 감고 있던 한개는 오래잖아 신기하게도 잠이 든다. 정신은 끝 모를 어둠 속에 갇혀버려도 육체만은 발육될 수 있는 것인가, 살평상 위에 네 활개를 뻗고 누운 성년 남자의 벗은 몸이 묘하게 섬뜩함을 불러일으킨다. 마치 그것이 지금 살아 숨 쉬는 한개의 육체가 아니라 15년 전에 죽은 어린 한개의 그 한(恨)으로 변형된 것처럼 느껴지며, 이제 그 시체는 원귀의 힘으로 다시 일어나 그때의 공범자인 내게 한을 풀려고 드는 것처럼 느껴진다.

새끼, 정말 잠들었군, 잘됐어. 그때 승표가 들어서며 등 뒤에 감추고 있던 것을 내보인다. 뱀이다. 뱀탕 집을 뒤지니 이게 있더군. 무자치야. 마치 크기도 그때 그것만 해. 그제야 나는 승표의 뜻을 알아차린다. 그러나 15년 전의 그날과는 달리, 내 혀는 묵시적인 동의를 위해서가 아니라 원인 모를 강렬한 공포로 마비된다. 왜 여태 이걸 생각하지 못했지? 이것 때문에 저 새끼의 혼이 나갔으니 이걸로 저 새끼의 혼을 불러들일 수도 있을 거야.

승표 녀석이 음산하게 웃으며 꿈틀거리는 무자치를 한개의 사타구니 사이에 올려놓는다. 한개는 아직 반응이 없다. 그러자 승표 녀석은 무자치의 머리를 묶은 끈을 차츰 한개의 얼굴 쪽으로 당긴다. 살아 기는 것처럼 꿈틀대며 무자치의 머리가 가슴께에 이르면서부터 죽은 듯이 잠든 한개가 조금씩 반응하기 시작한다. 그와 함께 혀로부터 시작된 마비는 점차 내 몸 전체에 번진다. 시체를 깨우지 마라. 원귀를 건들지 마라. 나는 그쯤에서 무자치를 멈추게 하고 싶었지만 말은커녕 손 하나 까닥할 수가 없다.

이 새끼가 왜 깨어나지 않지? 이쯤이면 깨어날 때도 되었잖아. 승표 녀석은 여전히 음산하게 이죽거리며 무자치를 점점 더 한개의 얼굴 쪽으로 끌어올린다. 안 돼, 깨워서는. 나는 거의 질식할 것 같은 공포에 사로잡힌 채 머릿속에서 부르짖는다. 하지만 무자치의 머리는 어느새 한개의 코앞에까지 이르고, 드디어 한개의 거슴츠레한 눈이 뜨인다. 끼약! 바로 15년 전의 그 소리다. 말로는 도저히 표현할 길이 없는 그 소리. 한개가 벌떡 몸을 일으킨다. 그 바람에 무자치의 몸뚱어리가 한개의 얼굴에 휘감기던 것 하며, 녀석이 본능적으로 손을 내밀어 그 무자치를 잡아 쥐는 것도 15년 전과 같다.

그러나 — 그다음은 아니다. 목석처럼 굳어버리는 대신 한차례 증오에 찬 눈길로 승표를 노려본 한개는 곧장 몸을 날려 판매대 곁에 기대 둔 삽을 잡는다. 얼마 전 내가 승표에게서 빼앗아 둔, 그 날카로운 누룩 섞는 삽이다. 도망쳐. 시체는 일어나고, 원귀는 눈을 떴어. 이번에는 나는 승표를 향해 간곡하게 외친다. 소용없다. 내 말이 안타깝게 입속에서 머무는 동안 한개의 삽날이 먼저 승표의 가슴팍을 찍고 승표는 비명 한마디 없이 쓰러진다. 뒤이은 한개의 분노에 찬 괴성과 짓이김.

　그런데 이상하다. 승표가 환히 웃고 있다. 빈정거림이나 체념 같은 잡것이 조금도 섞이지 않은 순수한 기쁨과 만족의 웃음이다. 어린 날의 놀이에서 힘에 부치는 상대를 기어이 이겨냈을 때처럼, 또는 눈 덮인 계곡에서 애써 쫓던 산토끼를 간신히 붙잡았을 때처럼.

　밖은 여전히 따가운 팔월의 햇살이 하얗게 달아오른 쇠꼬챙이처럼 메마른 대지 위에 푹푹 내리꽂히고 있다.

(1980년)

운수 좋은 날

새로 맞춰 입은 양복 때문에 그날은 아침부터가 유별났다. 윤 사장 점포에 앉아 있는데 무슨 합섬인가 하는 회사의 뒷감이라며 들고 다니는 게 하도 값싸 샀던 양복감으로 재단사인 종구 녀석에게 부탁해 삼만 원에 양복을 뽑아 놓고 보니 제법 때깔이 괜찮았다. 남의 회사 뒤로 나온 감에 남의 양복점 뒷문으로 맞춰 입어 돈은 오만 원이 채 안 들었는데도 앞으로 한 몇 해는 외출복으로 잘 입을 수 있을 것 같았다.

　북채 같은 배를 안고 설거지라고 한답시고 숨을 학학거리던 아내도 출근하는 그를 보고 한마디 했다.

　"어머, 당신 정말 새신랑 같애."

　별 악의 없는 듯한 농담이었지만 그는 갑자기 아내에게 미안해졌다. 큰소리 탕탕 쳐가며, 잘 지내는 사람 꼬드겨 서둘러 결혼한 지도 벌써 7년째, 그동안 옷 한 벌 변변한 거 사주지 못한 게 새삼 마음에 걸렸다.

"미안해. 내 곧 당신도 한 벌 해줄게. 백화점에 데려가, 거 뭐야 한 벌에 이십만 원짜리루다가."

별 자신도 없는 약속이었지만 그래도 듣기 싫지는 않은 모양이었다. 오만상을 찌푸리고 허리를 펴던 아내가 살풋 웃으며 빈말이라도 그의 부담을 덜어주었다.

"해산이 오늘일지 내일일지 모르는데 옷은 무슨……. 그리고 백화점에 이십만 원짜리 뭐 대단한 건 줄 아세요? 유명 상품부에 가면 그건 제일 하짜라구요, 하짜. 당신 새 옷 입은 거 샘 안 할 테니 어서 출근이나 하세요."

그 웃음 속에서 퍼뜩 아내의 처녀 적 모습이 피어났다 사라졌다.

이젠 정말 정신 바짝 차리고 뛰어야지. ─ 골목길을 걸어 나오면서 그는 새삼 스스로에게 다짐했다. 얼마 안 있으면 아버지가 된다는 게 순하고 착한 아내의 얼굴과 더불어 그런 전에 없는 다짐까지 끌어낸 것이었다.

생각하면 아내에게 미안한 것은 옷 한 벌 문제가 아니었다. 어쩌면 지난 7년의 삶 전체가 그녀에게 미안할 뿐이었다.

그가 아내를 만난 것은 한남동에서 자가용을 몰 때였다. 처음 그 집에 들어가니 아이들도 어른들도 고모, 고모 해 대고, 입성도 깔끔해 그는 그녀가 어김없이 사장님의 누이동생인 줄 알았다. 그러나 하루 이틀 있으며 보니 친동생 같지는 않았고, 열흘 보름 지나서는 사촌은커녕 팔촌도 못 됨을 알 수 있었다. 요컨대 그녀는 사장님 고향 쪽 사람으로 그 집에 와 식모, 아니, 가정부 노릇을 하고 있을 뿐이었다.

그때는 그도 집 떠난 지 얼마 안 됐을 때라 외로움을 많이 탔다. 거기다가 제대까지 한 건장한 남자라 여자 생각에도 꽤나 시달릴 때였다. 그녀가 그리 밉게 생기지 않은 데다 아직 도회지의 때가 묻지 않은 데 끌려 두어 달 공들인 끝에 애들 말마따나 '깃대를 꽂을' 수 있었다.

하지만 일이 그렇게 되고 보니 그 집에 그대로는 있을 수 없었다. 사장님 내외야 그들이 그냥 결혼해서 차고(車庫) 뒷방에 눌러 살며 안팎으로 전같이 일해 주기를 바랐으나 사내자식이 오기가 있었다. 천둥벌거숭이 같은 두 사람이 대책 없이 밖으로 나가는 걸 겁내는 그녀를 달래 씩씩하게 그 집을 나왔다.

그 뒤 7년, 택시도 몰아보고 운전 학원 시간 강사 노릇도 해봤지만 모든 게 신통하지가 못했다. 언제나 단칸방에 두 식구 입치레가 빠듯할 뿐이었다. 전셋집이라도 마련한 뒤에 낳기로 한 아이는 언제쯤 안게 될지 기약 없고 아내의 나이는 벌써 서른 문턱을 넘어서고 말았다. 전셋집 같은 결혼 무렵의 조건 쏙 빼고 공사를 시작한 결과가 지금 턱밑까지 차오른 아내의 배였다.

하기야 우리도 이것저것 끌어 모으면 사글세 보증금 이백 빼고도 한 오백은 되지 아마. 안 되면 성남쯤 가서 두 칸 전세방이라도 얻지 뭐……. 그는 애써 낙관적으로 생각하며 때마침 정류소에 닿은 버스에 올랐다. 언제나 그 시각이면 터질 듯한 버스여서 새 옷 단추라도 떨어지면 어떡하나 걱정했는데, 그날은 어찌 된 셈인지 제법 통로를 왔다 갔다 할 수 있을 만큼 차 안이 넓었다. 뿐만 아니었다. 겨우 두 정류장인가 세 정류장 만에 코앞에서 자리가 나고, 할머니나 할아버지같이 자리를 다투기 어려운 경쟁자도 없어, 그는 거기서부터 장한평까지 삼사십 분을 편안히 앉아 갈 수 있었다.

중고차 시장 거리는 벌써부터 사람들이 붐비고 있었다. 하지만 아직 물건이 들어오기에는 이른 시간이라 저희끼리 북적대는 셈이었다. 중고 자동차 중개상들과 그 사무실에서 일하는 이런저런 직원들, 자동차 부속품상과 그 점원들, 시트커버점 주인과 그 점원들, 자동차와 관계된 점포들 못지않게 줄지어 들어선 식당과 다방의 종업원들, 수상쩍은 사채꾼들, 그리고 그 자신과 같은 나까마(거간꾼)들이었다.

한 1년 그곳에서 밥 빌어먹다 보니 그새 아는 얼굴들이 제법 생겨 여기저기서 인사 삼아 한마디씩 해댔다. 모두 새 양복을 겨냥한 농담이었다. 나까마 권 씨도 그중의 하나였다.

"야, 박씨 오늘 새장가 드나? 이거 웬일고? 시장이 다 훤하네."

같은 나까마라도 권 씨는 그처럼 영업 허가 있는 점포에 손님을 끌어주고 건당 이삼만 원씩 구전이나 얻어먹는 패들과는 유가 달랐다. 항상 주머니에 두둑히 넣고 다니며, 좋은 물건이 나오면 제 돈으로 거둬 놨다가 감찰 있는 중개상들에게 이문 붙여 넘기기도 하고 급전 돈놀이로 재미를 보기도 했다. 그러니 만치 평소에는 거리를 두고 지내는 편인데 그런 농담까지 던지는 걸로 봐서 새 양복이 어지간히 눈에 띄는 것 같았다.

그는 먼저 칠성보험 사무실 쪽으로 갔다. 대개의 점포들처럼 보험과 자동차 중개상을 겸하고 있는 곳으로 정확히 말하자면 그곳이 그의 일터인 셈이었다. 주인인 윤 사장은 군대 생활을 함께한 고향 선배였다. 늦게 군대에 와서 여러 가지로 애를 먹고 있는 걸 자주 도와준 적이 있어 제대 뒤에도 연락을 하고 지내다가 어떻게 그 밑에서 밥 빌어먹는 처지가 돼버렸다.

사실 1년 전 처음 그가 윤 사장의 사무실을 찾을 때만 해도 나까마 같은 건 생각조차 해본 적이 없었다. 한 3년 택시를 하고 나니 넌덜머리가 나던 차에 재수 없이 사고를 내 회사에서 쫓겨난 며칠 뒤였다. 이제는 사람 좋은 주인이나 만나 자가용이나 몰아볼 셈으로 그 방면에서 발이 넓은 윤 사장을 찾아갔던 것인데, 입에 맞는 떡이 없다고 마음에 드는 일자리가 얼른 나서지 않아 스페어 운전수로 몇 달 일하게 되었다.

나까마는 그렇게 스페어 운전수로 있을 때 어떻게 손대게 된 일이었다. 처음에는 윤 사장에게 한 사람이라도 더 끌어주려고 호객꾼 비슷하게 나섰는데, 한 건(件) 한 건 일이 될 때마다 윤 사장이 어김없이 이삼만 원 쥐어 주는 돈에 맛을 들이게 되었다. 그렇다고 곧 쉬운 건 아니지만, 이틀에 한 건씩만 올려도 남의 자가용 기사로 들어가 굽신대며 받아내는 월급보다는 낫다는 계산이 들었다. 거기다가 윤 사장의 권유도 있고 해서 결국은 나까마로 주질러 앉게 된 게 그새 예닐곱 달은 되었다.

"박 군, 웬일이야? 오늘 사장은 자네가 해야겠어."

윤 사장도 인사 대신 양복에 먼저 입을 댔다. 보험 경리 김 양도 중개 경리 손 양도 별로 듣기 싫지 않은 농담으로 그를 맞았다. 허드렛일에 스페어 운전을 겸하는 이 씨도 거기 있었으면 반드시 한마디 거들었을 것이다. 이 씨는 무슨 일로 이틀째 나오지 않고 있었다.

새 양복 덕분인지 그날은 건수도 쉽게 올랐다. 열 시쯤이었다. 전날 한 건을 성사시켜 그날은 좀 느긋한 마음으로 사무실 앞 '향수' 다방에서 노닥거리다가 나오는데 저만치 로얄살롱 한 대가 느릿느릿 오는 게 보였다. 얼핏 보아도 차주는 아닌 것 같은 운전기사라 그냥 지나치려다 문득 마음이 끌려 차를 세웠다.

"사장님, 혹시 차 바꾸러 오신 거 아닙니까?"

그는 그 운전기사가 차주가 아닌 줄 뻔히 알면서도 그렇게 말을 건네 보았다. 그 운전기사는 난처해하면서도 그리 기분 나쁘지는 않다는 표정으로 어물어물 대답했다.

"아니, 그냥 한번 알아보려고……."

그렇다면 차주를 대신해 중고차를 팔려고 온 것임에 틀림없었다. 한 84년형쯤 되는, 돈 있는 주인 같으면 한창 싫증 낼 무렵의 물건이었다.

그는 드는 솜씨로 그 운전기사에게 달라붙었다. 곧 기분 상하지 않게 차주를 대신해 차를 팔러 온 기사라는 걸 실토받고, 그는 흥정에 들어갔다. 그새 몇 군데 들러 보고 가는 길인 듯 그 운전기사는 대강의 값을 알고 있었다. 값으로는 어떻게 후려쳐 볼 수 없다는 걸 간파한 그는 곧 그런 경우에 쓰는 딴 수법으로 들어갔다.

"사실 사장님들이야 오만 원 십만 원 돈으로 여깁니까? 기사님이 돌아가서 이백만 원이라면 이백만 원인 줄 알고 백구십만 원이라면 또 그런 줄 알지요. 더구나 차라는 게 끝다리 몇 만 원까지 딱 떨어지게 값이 나오는 게 아닙니다. 보는 눈에 따라 조금씩은 층이 나기 마련이지요. 이렇게 합시다. 아직 물건을 자세히 보아야겠지만 오만 원 기사님께 딱 떼어 드리기로 하고 사장님과 흥정을 할 테니 우리 사무실로 오십시오. 위임을 받았으면 그렇게 서류를 해드리지요."

그러자 그 운전기사는 이제야 찾던 사람을 만났다는 듯 공중전화통으로 달려가 당장 차주의 위임을 받아냈다. 워낙 잘 간수하여 쓴 차라 제값 다 치른 셈인데도 윤 사장 또한 그 거래를 흐뭇해했고, 그는 오전 중에 한 건을 성사시켰다.

그런데 좋은 일은 거기서 그치지 않았다. 이제는 정말로 느긋해져서 점심이나 먹으러 갈까 하는데 윤 사장이 그를 불렀다.

"박 군, 오늘 춘천 한번 갔다 오지 않을래? 내 하루 품 넉넉히 쳐주지."

"무슨 일인데요?"

이 씨가 나오지 않았으니 어쩔 수 없다고 생각하면서도 그가 짐짓 모르는 척 물었다.

"차를 바꿔 오는 일이야. 프린스 2000 있지? 83년형. 대림(大林)에서 다 손봐 났다고 하니까 그걸 몰고 가 넘겨주고 엑셀을 받아 오면 돼. 거래는 우리끼리 전화로 대강 맞춰 놨으니까 박 군은 차 바꿔 가며 드라이브하는 셈치고 한번 갔다 와."

그 프린스라면 기억에 있었다. 한번 먹어도(정면충돌해도) 크게 먹은 걸 귀 안 달린 백만 원으로 후려 둔 것인데, 이제 어떻게 넘기게 되는 듯했다. 엑셀과 바꿔 오라는 것으로 보아 실속 없이 큰 차 좋아하는 작자에게 앵길 작정 같았다. 남의 장사 속내야 어떻든, 하루 품이라면 만 오천 원이니 오후 벌이로는 괜찮았다. 그가 잠깐 그런 생각을 하고 있는 걸 가기 싫어하는 머뭇거림으로 잘못 안 윤 사장이 덧붙였다.

"그쪽에서도 가만있지는 않을 거야. 정히 입 씻고 모르는 척하거든 돈 만 원 정도 떼를 써도 괜찮아. 어서 갔다 와."

그렇다면 더욱 마다할 이유는 없었다. 이제 앞으로 사흘을 공쳐도 다급할 게 없다는 계산이 오히려 그를 흐뭇하게 했다.

서울을 떠나기 전에 좋은 일은 한 번 더 있었다. 춘천으로 가기 위해 서둘러 점심을 먹는데 불쑥 떠오른 발상이 멋지게 맞아떨어져 준 결과였다.

그 발상이란 바로 춘천까지 갈 합승객을 구해 부수입을 올린다는 계획이었다.

택시를 몰던 때의 습관이 남은 탓인지 빈 차를 끌고 그 먼 곳까지 간다는 걸 아깝게 여기다 그걸 생각해 낸 그는 먼저 상봉동으로 차를 몰았다. 거기서 한두 시간 지체한다 해도 해 지기 전에는 넉넉히 춘천을 들렀다 서울로 돌아올 수 있을 것 같았다.

하지만 상봉동 시외버스 터미널에서는 한 시간은커녕 십 분도 시간을 끌 필요가 없었다. 그가 주차장에 차를 세우고 대합실로 들어가 춘천행 매표구 어름으로 갔을 때였다. 두 쌍의 젊은 남녀가 발착 시간표를 쳐다보며 투덜대는 소리가 들렸다.

"다음 버스는 한 시간이나 기다려야 되잖아?"

"그건 그렇고 걔들이 과연 거기서 다음 버스 올 때를 기다려줄까? 여기서도 안 기다려주고 떠난 애들이⋯⋯."

"그 택시 기사 새끼, 지가 뭘 안다고 마장동으로 차를 몰아 대긴 몰아 대?"

"바로 여기만 왔어도 차는 놓치지 않았을 거 아냐?"

짐작건대는 택시 기사가 터미널을 잘못 알고 마장동에 데려다 주는 바람에 춘천 가는 버스를 놓쳐 다른 일행과 길이 엇갈린 것 같았다. 바로 그가 찾던 손님 중에서도 가장 알맞은 손님들이었다.

그가 말을 꺼내기 바쁘게 그들은 반갑게 따라붙었다. 요금도 그가 마음속으로 기대했던 최고의 금액 — 일 인당 오천 원 쳐서 이만 원으로 어렵잖게 결정을 보았다.

엔진이야 먹었건 말건, 윤 사장이 그들 세계에서 그런 일로 거금(巨金)인 이십만 원이나 들여 때 빼고 광낸 차는 안팎이 다 번지르르했다. 겨우 오천 원짜리 시트커버지만 안목 있게 고른 색상에다 새것이라 그런지 내부는 거의 호화스럽게까지 느껴졌다. 그걸 보자 요금 문제로 입을 한 자나 빼물었던 여자들도 얼른 입을 도로 끌어들였다.

춘천까지의 길도 좋았다. 휴일이면 미어터지곤 하던 교문리 사거리도 막히는 법 없이 지났고, 도로 확장 공사로 단선(單線) 구간이 자주 나오는 팔당까지도 차는 거침없이 빠졌다. 그리고 가평을 지나면서는 그야말로 드라이브하는 기분으로 이제 막 녹음이 짙어가고 있는 경춘 가도의 경치를 즐길 수 있었다.

그런데 춘천에 도착해서 예상과는 좀 어긋나는 일이 생겼다. 시외버스 터미널에서 그 젊은이들을 내려주고 초행길인데도 이렇다 할 헤맴 없이 목적지를 찾아간 것까지는 좋았으나 목표로 하는 사람과 물건이 모두 없었다.

"사장님은 급한 일이 있어 오전에 양구로 가셨습니다. 오후 다섯 시까지는 돌아오겠다고 하셨으니까 한 두어 시간 춘천 구경이나 하시지요."

찾아간 사람이 경영하는 작은 공장의 종업원인 듯한 젊은이가 그렇게 말할 때만 해도 그는 떨떠름한 기분이었다. 그렇게 되면 사장이라는(제기랄, 사장도 많았다.) 그 사람을 만나자마자 돌아선다 해도 서울 도착은 저물기 십상이었다. 밤길이라고 특별히 어려울 것은 없고, 품값도 이미 넉넉히 챙긴 셈이긴 해도, 낯선 도시에서 공연히 아까운 시간을 죽이며 기다려야 하는 게 싫었다.

그러나 차를 몰고 시원한 춘천호를 끼고 돌게 되면서 그의 기분은 금방 풀렸다. 그래, 오늘은 벌이도 좋았으니 마음 느긋하게 춘천 관광이나 하자. 이런 때가 아니고 언제 팔자 좋게 물 구경 산 구경 하고 다닐 수 있겠는가. — 그렇게 마음을 돌려 먹자 그런 기회가 만들어진 것도 오히려 그날 재수의 연장인 듯싶었다.

벌써 확보된 일당이 칠만 원, 거기다가 앞으로 또 얼마간은 더 불어날 것이어서, 잘하면 그날의 수입은 이 한 해 최고가 될 가능성마저 있었다. 지난가을 한창 경기가 좋을 때 하루 세 건이나 성사시켜 십만 원 가까이 챙긴 게 그가 가진 최고 수입 기록이었다. 오후 대여섯 시면 오히려 서울로 돌아가는 '나라시' 손님을 얻기가 더 쉬울지 모른다. 그때도 엑셀이 있으니까 한 이만 원 챙길 수만 있으면, 사장인가 뭔가 하는 작자에게 돈 만 원 졸라 내 오늘 일당을 십만 원 넘길 수 있을 텐데.

껍질 번지르르한 승용차에 새 양복이 어울려 한몫을 하는지 유원지 휴게소에 차를 세우고 내리자마자 여기저기서 간드러지게 사장님을 불러 댔다. 행락객이 좀 뜸해진 계절의 평일이라 파리를 날리던 업소들이 노는 입에 염불이라고 질러 대는 소리지만 사장님 소리가 미상불 듣기 싫은 것은 아니었다.

회 한 접시 시키고 소주나 한잔 걸쳐? — 그는 문득 그런 유혹을 느끼다가 서울까지 끌고 갈 차가 있다는 걸 상기하고 스스로를 억제했다. 몸에 밴 운전이라고는 하지만 아무래도 낯선 곳 낯선 길이었다. 그 바람에 그는 콜라나 한잔 마시기로 하고 휴게소 한구석의 비어 있는 파라솔 밑으로 들어갔다.

기껏 시킨 게 콜라 한 병에 담배 한 갑이었지만, 가게 주인은 사장님 어서옵쇼, 였다. 그는 가져온 콜라를 빨대로 빨며 눈앞에 펼쳐진 호수를 바라보았다. 물은 회색빛이 돌 만큼 흐려도 시원한 전망에 가슴이 탁 트이는 것 같았다. 문득 북채 같은 배를 안고 지하실 단칸방에서 숨만 가쁘게 몰아쉬며 앉아 있을 아내 생각이 났다. 몸을 풀면 언제 하루쯤 여기 와서 같이 보내야지.

그런데 콜라 한 병을 다 비운 그가 담배 한 대를 붙여 물 때였다. 저만치 택시 한 대가 서더니 젊은 여자 하나가 내렸다. 얼른 얼굴을 알아볼 수는 없었지만 어딘가 낯익은 데가 있었다. 상대가 낯익어 보이기는 그 여자 쪽도 마찬가지인 듯했다. 할끔할끔 보며 그가 앉은 파라솔 쪽으로 다가오다가 갑자기 반색을 했다.

"어머, 박 사장님 아니세요?"

그 목소리를 듣자 그도 그녀를 알아보았다. 사무실 부근 '동원' 다방에 있던 미스 양이었다. 그녀를 알아보자 그도 반가웠다. 그녀 또한 그 부근의 흔한 다방 아가씨들 중에 하나였지만, 그에게는 퍽 인상적이던 여자였다. 다른 아가씨들처럼 되바라지지 않고, 한두 달 지나면 들리게 마련인 이런저런 지저분한 소문 없이 한 다방에서 다섯 달이나 있다가 조용히 떠나갔다는 것 외에도 그에게는 특별한 추억이 하나 있었다.

"아니, 미스 양이 여기 웬일이야?"

"박 사장님이야말로 웬일이세요? 신수도 훤하시고…… 혹시 저 차 박 사장님이 끌고 오신 거 아니세요?"

중고차 거리의 업소에서는 나까마도 도매금으로 사장이라고 불러주었다. 미스 양은 옛날 습관대로 그렇게 부르는지 몰라도 그가 듣기에는 자신을 갑자기 성공한 사람으로 착각해 그러는 것처럼만 들렸다. 그는 굳이 자신의 궁색함을 드러낼 것도 없다 싶어 애매하게 말끝을 흐렸다.

"83년형이야. 때 빼고 광내 그렇지 몇 푼 안 가……"

"그런데 혼자 오셨어요?"

미스 양이 다시 그렇게 묻자 비로소 그는 그녀도 자신이 스페어 운전까지 겸한다는 걸 안다는 게 떠올랐다. 동시에 조금 전의 물음이 착각에 의한 것이 아니라 누구 차를 몰고 왔느냐를 물은 것이란 걸 깨닫고 볼이 화끈해 왔다. 그 남모를 부끄러움이 갑자기 허세가 되어 생각지도 않은 거짓말을 하게 했다.

"그럼 떼로 몰려와야 돼?"

"아니, 그저……"

"골치 아픈 일도 있고…… 마음도 어수선해서 바람이나 쐴까 하고 왔어."

하지만 그렇게 거짓말할 때만 해도 무슨 특별한 속셈이 있었던 것은 아니었다.

"어머, 멋있어. 그런데 왜 하필 춘천이에요?"

"시원한 물 구경이나 하려고. 오히려 미스 양이야말로 여기 웬 일이야?"

"모르셨어요? 여긴 제 고향이에요. 이젠 아무도 안 살지만……."

미스 양이 거기까지 말해 놓고 느닷없이 한숨을 푹 쉬었다. 그 한숨이 갑자기 그에게 이상한 기대를 걸게 했다. 그러나 그는 그 걸 감추고 짐짓 농담 섞어 말했다.

"그렇다고 여기 이 휴게소 파라솔 밑이 바로 고향은 아니잖 아?"

"아뇨."

그녀가 고개를 살래살래 젓다가 다시 처량한 어조로 말했다.

"저두 시원한 물 구경이나 하려고……."

"나처럼 골치 아프고 마음도 어수선해서 말이지."

그러면서 그는 대여섯 달 전에 있었던 일을 언뜻 떠올렸다. 그 날은 찬 날씨로 거래가 끊겨 아침부터 다방에 죽치고 있는데, 갑 자기 미스 양이 시키지도 않은 엽차를 가져다 놓으며 재빨리 소 곤거렸다.

"차 한잔 시키고 절 불러주세요. 그리고 절 곁에 앉혀 몹시 저 와 친한 척해 주세요."

그는 영문을 모르면서도 시키는 대로 했다. 그날 미스 양은 참 으로 이상했다. 그토록 새침을 떨던 여자가 수다스레 재잘거리는 가 하면 곁에 붙어 앉아 팔을 끼며 머리를 기대오기도 했다. 그 게 별로 기분 나쁠 것도 없어 그녀가 하는 대로 받아주고 있던 그가 어렴풋하게나마 그 까닭을 눈치챈 것은 한 청년이 험악한 눈길로 그녀와 그를 쏘아보다가 거칠게 일어나 그 다방을 나가버린 뒤였다. 아침부터 다방 한구석에 죽치고 앉아 있던 음침한 얼굴의 청년이었다.

"벌써 다섯 달째 따라다니는 사람이에요. 다방을 옮겨도 용케 알고 찾아와요. 귀찮고 으스스해요. 오늘 일이 효과 있을는지 몰라."

저녁에 그녀는 그렇게 까닭을 밝혔지만 청년은 다음 날도 다음 날도 그 다방에 나왔다. 그가 두어 번 더 그런 식의 대역(對役)을 해줬어도 끝내 효과를 본 것 같지는 않았다. 미스 양이 동원다방을 떠난 것도 어쩌면 그 청년 때문이었을 것이다.

"그 청년 아직도 따라다녀?"

짧은 시간에 그런 일들을 모두 떠올린 그가 문득 궁금해 물었다.

"이젠 끝났어요."

그녀가 까닭 없이 독기를 품으며 그렇게 말했다. 그러고 보니 겨우 대여섯 달 만인데도 그녀는 많이 달라져 있었다. 좋게 말하면 도회적으로 세련된 것이었고 나쁘게 말하면 탁해지고 찌들었다 할 수 있는 그런 변화였다.

하지만 결국은 미스 양과의 만남도 그날의 유별난 재수에 또 다른 행운을 보태줄 것 같은 예감을 주는 일이 곧 일어났다.

"뭐 마실 거라도 가져올까?"

그 청년 때문에 분위기가 굳어진 듯해 그가 그렇게 묻자 그녀가 뜻밖의 소리를 했다.

"이왕 시키려면 맥주를 주세요."

그리고 맥주가 오자 먼저 그에게 한 잔 가득 부어 주며 말했다.

"여기까지 와서 시시하게 콜라가 뭐예요? 자, 한 잔 마셔요."

그런 그녀는 벌써 옛날에 알고 있던 그 햇내기 다방 아가씨가 아니었다. 술잔을 내미는 목소리에 금세 느낄 만큼 칙칙한 고혹이 배어 있었다.

아마도 평소 때 그런 일을 당했으면 그는 먼저 몸부터 사리며 그녀를 살폈을 것이다. 그러나 아침부터 거듭된 행운에 마음이 풀어져 있던 그에게는 오히려 그런 그녀의 변화가 은근히 반가울 뿐이었다.

사실 그녀가 동원다방에 있을 때, 망상 속에서나마 수없이 싱싱한 그녀의 나체를 품었었다. 아내와의 방사(房事)가 차츰 누림보다는 의무로 변해 가면서 꿈꾸기 시작한 아름답고 달콤한 사랑의 대상으로도 그는 여러 번 그녀를 꿈꾸었다. 거기다가 그 청년의 일로 그녀와 맺게 된 그 대단찮은 관계도 그에게 엉뚱한 기대를 품게 했다. 그래서 한 번쯤 대담하게 다가가 볼까 하다가 나 같은 것이, 하는 생각에서 풀썩 주저앉고 하는 사이에 그녀는 사라져버린 것이었다.

어쩌면 이 여자는 내 그때의 갈망을 채워주기 위해 다시 나타난 것인지도 모른다. 이 운수 좋은 날에. ― 그는 문득 그런 생각에 들뜨기 시작했다. 미스 양도 그런 그의 짐작이 옳음을 확인시키려는 듯이나 점점 대담하게 다가왔다. 무엇에 쫓기는 사람 같기도 하고, 그래서 절박하게 그에게 매달리고 있는 듯한 기색이 까닭 없이 불안하기는 했지만, 그는 그게 바로 그냥은 기대하기 어려운 그녀를 그의 품에 안겨주려는 그날의 유별난 운수 덕분으로만 여겨졌다.

거기다가 그를 더욱 자신 있게 만든 것은 그럭저럭 다섯 시가 가까워 걸어본 전화의 응답이었다.

"사장님이 아무래도 오늘 돌아오시기 어려울 거라는 전화를 주셨습니다. 돌아와도 밤이 늦을 것 같으니 어디 적당한 곳에 자리 잡고 쉬시랍니다. 오늘 밤 숙식은 사장님이 물어 드리겠답니다. 내일 아침 일찍 떠나도록 하십시오."

그는 그 말이 마치 미스 양과 이왕 만났으니 끝을 보고 헤어지라는 말처럼 들렸다.

"바람 쐬러 오셨다더니, 결국은 일 땜에 오셨군요? 이제 어디로 가세요?"

겨우 맥주 세 병으로 취한 듯 수다를 떨던 그녀가 전화를 걸고 돌아오는 그에게 약간 실망한 얼굴로 그렇게 물었다. 그가 대수롭잖은 일이라는 듯 빙긋 웃어주며 말했다.

"응, 여기서 가내 공업 조그맣게 하는 사람인데 거래가 좀 있어서. 하지만 내일 아침 일찍 만나기로 했어."

마침 그녀를 위해 일부러 거래를 다음 날로 미뤘다는 투였다.

그녀가 드러날 만큼 반가움을 과장하며 호들갑을 떨었다.

"잘됐어요. 그럼 그때까지 박 사장님 시간은 제가 몰수예요. 괜찮죠? 우리 어디 가서 진짜로 한잔하며 얘기나 해요. 오늘 울적한데 잘 만났어요. 어쩌면 내일 아침에 저도 박 사장님 따라 서울로 갈지 모르겠어요."

"그럼 아예 거기서 잘 수 있는 곳으로 가. 술이 취해 차를 몰고 다닐 수는 없으니까."

이제는 완연히 천박한 교태로 바뀐 그녀의 응석에 어떤 경계나 의심을 느끼기보다는 오히려 까닭 모를 확신 같은 것에 차서 그가 그렇게 말했다. 그 말에 숨겨진 뜻을 아는지 모르는지 그녀가 발딱 몸을 일으키며 신을 냈다.

"그런 곳이라면 딴 데 갈 것도 없어요. 제가 묵고 있는 방갈로로 가요. 분위기도 좋고 음식도 정갈해요. 싱싱한 향어도 있고……."

"미스 양이 묵고 있는 방갈로? 아니 젊은 여자가 그런 델 왜?"

"오늘이 사흘째예요. 제가 거기 묵고 있는 까닭은 이따가 얘기해 드릴게요. '동원'을 나온 뒤로 우여곡절이 많았어요."

"혹시 뭐 자살이라도 하려고 마지막으로 고향을 둘러보러 온 거 아냐? 그러고 보니 여기까지 혼자 택시를 타고 온 것도 그래. 이 호수 어디에 잊지 못할 추억이라도 있어 엉뚱한 생각으로 온 거 아냐?"

그는 농담 반 진담 반으로 그렇게 슬쩍 건드려 보았다. 아무리 운수 좋은 날 절로 굴러 들어온 염복이거니 여기려 해도, 그녀에게서 어딘가 광기 같기도 하고 살기 같기도 한 어떤 불길한 기운이 느껴진 까닭이었다. 그녀가 그 웃음으로 그의 불안을 한꺼번에 씻어버리려는 듯이나 깔깔거리며 말했다.

"걱정 마세요. 박 사장님. 아무렴 함께 죽자고 조르지는 않을게요."

뿐만이 아니었다. 그녀는 또 그곳의 계산을 굳이 고집해 자신이 했다. 만 원 남짓한 돈이지만, 그에게는 또 한 번 그날의 유별난 재수를 상기시켜주는 일이었다.

"여기는 제 나와바리(구역)니까요."

그렇게 말하는 게 방갈로에서 숙식도 그녀가 맡겠다는 것 같았다. 이미 그날의 수입을 따지는 일은 뒷전으로 밀려나 있었지만 그녀가 그렇게 나오자 그는 다시 한번 그걸 따져보지 않을 수 없었다. 사장이란 작자가 아무리 노랭이라도 사람을 붙들어 재워 놓고 그 숙식비로 이만 원도 안 내놓지는 못하겠지. 그렇게 되면 내일 서울 나가서 손님을 못 받아도 오늘 수입이 십만 원은 넘어서는구나…….

미스 양이 운전석 옆자리에 붙어 앉아 길을 안내하여 간 곳은 거기서 10킬로미터쯤 떨어진 곳에 있는 어떤 산장(山莊)이었다. 강물을 발치에 두고, 멀리 춘천호를 굽어보는 산 중턱에 몇 채 자리 잡은 것들 가운데 하나로, 미스 양의 말대로 분위기가 있었다.

"어서 오십시오, 사장님."

차를 마당에 대자 주인인 듯한 중년 사내가 나와 꾸벅 고개를 숙이며 그를 맞았다. 그러다가 뒤이어 미스 양이 내리는 걸 보고 알은체를 했다.

"아이구, 아가씨도 같이 왔구먼. 나는 어디 갔나 했지."

그런데 그때였다. 그 집 뒤 수풀 쪽에서 무언가 번쩍 쏘아오는 듯한 빛이 있었다. 그가 놀라 그쪽을 보니 어떤 남자 하나가 막 돌아서서 숲길로 접어드는 중이었다. 그 남자의 뒷모습 어디에도 빛을 뿜을 만한 게 없는 것으로 미루어 자신이 잘못 본 줄 알았지만, 그는 왠지 그 남자가 마음에 걸렸다.

그는 주인에게 그 남자에 대해 물어보려고 몸을 돌렸다. 그러나 그때 주인은 미스 양의 주문을 받느라 그쪽으로만 정신을 쏟고 있었다.

"아저씨, 내 방 그대로 있죠? 그리고 술 좀 보내줘요. 향어 회하고. 술은 소주면 돼요. 그리고 저녁도 좀 준비해 주세요. 담배도 한갑 주시구요."

그러다가 그녀의 주문이 끝나고 겨우 주인의 주의를 끌 만했을 때는 이미 숲길의 남자는 보이지 않았다. 하기는 그때껏 남자가 거기 남아 있었다 해도 그는 구태여 그 남자에 관해 주인 남자에게 묻지는 않았을 것이다. 그리고 오는 동안 죽 마음 한구석에 자리 잡고 있던 의심 — 혹시 그 산장은 어떤 고급스러운 비밀 요정이고 미스 양은 거기서 술을 따르는 색시는 아닐까, 그래서 손님을 끌기 위해 호숫가의 유원지로 나왔다가 내 허세에 속아 나를 유인해 온 것이나 아닐까, 하는 — 이 막 풀어진 뒤의 안도감 때문이었다.

미스 양이 묵었다는 방은 서울의 어떤 장(莊)급 여관 못지않은 설비였다. 미스 양이 간단히 씻으러 들어간 뒤, 보료처럼 두터운 요에 이불을 끼고 비스듬히 기대앉아 그는 다시 한번 그날의 행운을 되새겨보았다. 그 대여섯 달 동안 미스 양이 어떻게 타락해 어떤 여자가 되어 있다 해도 그 뜻밖의 염복은 감격이었다. 어쩌면 그 하루의 엄청난 벌이보다 더한.

그 감격은, 함께 밤을 지낼 사람들끼리가 아니면 보이기 어려운 흐트러진 차림새의 미스 양이 화장기 지워진 예전의 그 신선한 얼굴로 머리에 물기를 닦으며 방 안으로 들어서고 뒤이어 보기에도 먹음직한 향어 회와 함께 그런저런 정갈한 밑반찬이 곁들여진 술상이 날라져 옴으로써 절정에 이르렀다. 아직 해가 서쪽 산자락에 걸려 있었건만 그는 술상이고 뭐고 다 밀어 치우고 미스 양과 질펀한 정사부터 한바탕 먼저 벌이고 싶었다.

그런데 술상을 내려놓고 방을 나가던 아주머니가 문득 미스 양에게 지나가는 듯한 소리로 불쑥 한마디 했다.

"아가씨, 밖에서 어떤 손님이 찾는데요."

"손님?"

이상하게 긴장하며 미스 양이 물었다.

"나와 보면 아실 거라는데요. 지금 문밖에 있어요."

아주머니가 여전히 무표정한 얼굴로 그렇게 대꾸했다.

"누굴까? 아무도 내가 여기 있는 줄 모를 텐데……."

미스 양이 그렇게 말끝을 흐리다가 이내 고개를 까닥하며 말했다.

"알겠어요. 크림이라도 바르고 나갈 테니 잠깐만 기다리라고 하세요."

그래 놓고 급하게 크림을 찍어 바른 다음 흐트러진 차림 그대로 방을 나갔다. 별거 아닐 거라는 걸 과장하는 듯 그에게는 한마디 양해조차 구하지 않았다.

갑자기 부풀어 오르는 욕정으로 들떠가던 그도 별생각 없이 그녀를 내보냈다. 기다리는 사람은 방문에서 좀 떨어진 곳에 있는지 그녀는 방문을 열어 둔 채 복도 쪽으로 사라졌다. 그런데 이상한 것은 그 뒤로 당연히 들려야 할 그녀의 말소리가 들리지 않는 것이었다. 혹, 하고 짧고 숨 막히는 듯한 소리가 희미하게 들리는가 싶더니 바깥은 그대로 잠잠했다.

그녀가 어서 돌아오기만을 기다리던 그가 바깥을 내다보고 싶어진 것은 바로 그 이상한 고요 때문이었다. 그녀가 좀 멀리 갔다 해도 슬리퍼 끄는 소리는 들려야 한다는 생각이 들어 몸을 일으킨 그는 천천히 문께로 가서 그녀가 사라진 복도 쪽을 내다보았다.

참으로 이상한 일이었다. 그녀는 문에서 겨우 서너 발자국 떨어진 곳에 서 있었다. 어떤 남자의 품에 얌전히 안겨. 그는 온몸의 피가 거꾸로 치솟는 듯한 느낌으로 그녀를 안고 있는 남자의 얼굴을 보다가 움찔했다. 바로 그 청년이었다. 동원다방에서 보았던 그 음침한 얼굴의 청년.

그렇다면 안겨 있는 게 아닐지 모른다. ― 이번에는 갑작스러운 공포로 얼어붙으며 그는 퍼뜩 그런 생각을 했다. 그리고 안긴 자세가 어딘가 어색한 그녀를 다시 한번 살피려는데 그 청년이 갑자기 그녀를 밀어젖히고 그를 향했다. 그때껏 그 청년의 앞을 가리고 있던 그녀가 흘러내리듯 풀썩 마룻바닥에 쓰러지자, 피 묻은 칼을 든 그 청년의 손이 드러났다.

본능적으로 위기를 느낀 그는 어떻게든 몸을 빼 그 청년을 피해 보려고 했다. 그리고 되도록 틈을 얻어 몇 마디라도 미스 양과의 관계를 해명해 보려 했다. 하지만 그 어떤 시도도 쓸모없었다. 그 청년이 퍼뜩 다가오는가 싶더니, 무언가 둔중한 것으로 거세게 얻어맞은 것 같기도 하고 날카로운 바늘에 찔린 것 같기도 한 묘한 통증이 그의 옆구리에 일며 몸이 휘청 기울었다.

"이 더러운 새끼. 돈이란 그렇게 쓰는 법이 아니야. 네놈이야 아무리 쉽게 벌었더라도…… 쉽게 써서는 안 되는 게 돈이란 말이야. 그런데…… 그런데 기껏 한다는 짓이 반짝거리는 자가용에 계집이나 싣고 유람질이야? 너 같은 놈은…… 세상에 살 자격이 없어. 세상을 구석구석까지 썩게 하는 모진 독물 같은 존재야……."

그런 외침과 함께 앞서의 그 묘한 통증이 어깨에도 등허리에도 가슴에도 일었다. 그는 아픔보다는 이상한 막막함에 빠져 드러눕고 싶었다. 콰당, 소리를 내며 복도 바닥에 드러눕는 그의 귀에 이제 울부짖음으로 변한 그 청년의 외침이 무슨 아련한 자장가처럼 들려왔다.

"네놈들은 무슨 장난처럼 흩뿌리고 다니는 독물이지만…… 한 번 거기 중독되면 저 아이들은 일생이 썩어. 한번 맛들이면…… 제가 떠나온 곳도 돌아갈 곳도 깨끗이 잊어버리고…… 몸과 마음이 함께 썩어 문드러져…… 도회의 시궁창을 흘러야 겨우 끝장을 보게 되는…… 그런 독극물이란 말이야. 너는 그런 독극물을 함부로 뿌리고 다니는 쓰레기 같은 인간이야……."

그러나 아물아물한 가운데도 그의 머릿속을 맴도는 말은 이런 것이었다.

"빌어먹을, 하필이면 이 운수 좋은 날에……."

(1987년)

홍길동을 찾아서

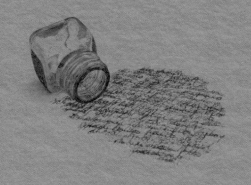

옛날 옛적까지는 아니고, 한 백 년 전에 경상도 안동 땅에 한 유서 깊은 집안이 있었다. 멀리로는 망국의 한을 달래며 금강산으로 들어간 마의태자와 혈맥이 닿고 가까이로는 이조 중기의 거유(巨儒)요 동인(東人)의 영수였던 덕봉(德峰) 선생을 배출한 가문의 종가였다.

그때의 종손은 몸집이 크고 풍채가 당당한 데다 주로 의학과 역술에 관계된 여러 가지 기이한 행적이 많아 문중과 인근 민촌 사람들에게는 이인(異人)으로 여겨지고 있었다. 의원은 아니지만 마땅한 경우를 당하면 사람을 고치는데, 별나게도 약을 쓰는 일이 거의 없고 어쩌다 약을 써도 세 첩을 넘기지 않았다. 또 주역에 밝아 방위와 때를 잘 보았는데 한번은 도둑맞은 소가 어느 때 어

느 장(場)에 나올지를 알아주어 그 소 한 마리를 전 재산으로 삼
던 농부를 감동시킨 적도 있었다.

옛 선비들에게는 여기(餘技)쯤으로 여겨지는 의학과 역술이 그
정도에 이르렀으니 다른 학문의 경지도 짐작 가는 바가 있을 것
이다. 그러나 벼슬길에는 나아가지 않아 장년에 이르도록 포의(布
衣)로 지냈다. 이를 두고 사람들은 어지러운 천기를 미리 알아보
고 벼슬길을 피했다고 하지만 실은 도도한 자부심 때문이라는 편
이 옳을 듯싶다.

대원위(大院位) 합하(閤下)의 집정 후 탕평책의 일환으로 경신
대출척(庚申大黜陟) 이래 이백 년 불우를 겪고 있던 영남 남인(南
人)을 불러 쓰던 때의 일이었다. 유림의 천거로 아직 40대에도 이
르지 않았던 그 종손에게 고을이 내려진 적이 있었다. 종손은 그
때 끝내 고을살이를 마다하였는데 그가 족당들에게 입버릇처럼
하던 말에 이런 게 있다.

"이 종군(宗君)의 자리는 경상 감사와도 바꾸지 않는다 했다."

그러다가 불혹을 넘기면서부터는 문하(門下)를 열어 인근에서
찾아오는 인재를 기르는 낙으로 남은 삶을 채웠다.

그런데 그 종손에게는 늦게 본 딸이 있었다. 고명딸이라 그 문
중으로 보아서는 종녀(宗女)가 되는 셈인데 그 딸에 대한 종손의
사랑은 유별났다. 늦게 본 막내딸이라는 점도 있었겠지만 그보다
는 젖도 떼기 전에 어미를 여읜 어린것에 대한 애처로움이 유별난
자정(慈情)으로 변한 것이라 보는 편이 옳다.

상처(傷妻) 역시도 마흔 이쪽저쪽의 일이었건만 어찌 된 셈인지 종손은 재취를 하지 않고 딸이 겨우 유모의 품을 벗어나자 아예 사랑방으로 데려다 길렀다. 그 딸이 다섯인가 여섯 살 때 심하게 생손앓이를 한 적이 있었다. 그때 종손은 몇 날이고 몇 밤이고 줄곧 고름 잡힌 딸의 손가락을 빨아 마침내는 깨끗이 낫게 했다.

"짐승들을 보아라. 그들에게 침이 있느냐? 뜸이 있느냐? 약이 있느냐? 상한 곳이 있으면 오로지 핥아 다스리느니라."

종손은 그렇게 자신이 한 일을 의술의 한 처방쯤으로 풀이했으나 사람들은 오히려 그걸 어린 딸에 대한 그의 지극한 사랑으로 보았다.

그 종녀의 생김이나 자태가 고왔다는 이야기는 전해지지 않고 있다. 그렇다고 특별히 못생겼다거나 괴이쩍었다는 말이 있는 것도 아니어서 외모는 그저 수더분했던 것으로 여겨진다. 하지만 그녀의 내면은 여러 가지로 미루어 유별났던 것 같다.

그 유별남 중에서도 가장 먼저 들 수 있는 것은 나중에 얻은 '군자(裙君子, 치마 두른 군자)'라는 별명으로 짐작되는 남성적인 성취였다. 친정 쪽으로든 시가 쪽으로든 일치되는 인물평으로는 그녀가 식견과 기상 어느 면에서도 당대의 어떤 선비에 못지않았다고 한다.

그 종녀의 그 같은 정신적인 성취는 아마도 딸에 대한 종손의 유별난 자정에서 비롯되었을 것이다. 사랑방에서 자라던 그녀는 일곱 살이 되자 조모와 고모들이 있는 안채로 돌아갔지만 정신만은 여전히 사랑방에서 길러졌다. 종손은 낮이 되면 여전히 그녀를 사랑방으로 불러내 어미 없는 어린 딸에 대한 애틋한 정을 이번에는 엄격한 훈도로 나타냈다. 어떤 때는 남녀칠세부동석의 계율을 깨고 문도(門徒)들 곁에 앉혀 가르침을 내리기도 했다.

그 종녀가 여느 규수들처럼 안채로 돌려진 것은 거의 혼기가 가까워서였다. 그러나 이미 그녀의 정신에 뿌리를 내린 사랑방의 문화 탓인지 침선(針線)에도 별 뜻이 없고 전병(煎餅)과 탕갱(湯羹)에도 솜씨가 붙지 않았다. 그저 타고난 기억력과 변통수로 그럭저럭 흉내만 낼 수 있을 뿐이었다.

"네 복이 그뿐이로구나. 만약 남자로 태어났으면 너를 훌륭한 선비로 길러낼 수도 있었을 것을."

종손은 이따금 안채에서의 적응을 힘들어하는 딸을 보며 그렇게 탄식하고는 했으나 그 시절로는 달리 길이 없었다. 나이가 차자 하는 수 없이 문도 중에 쓸 만한 젊은이 하나를 골라 혼사를 정했다. 학행도 빼어났으려니와 문벌도 인근에서는 알아주는 집안의 자손이었다.

그 혼례 날의 광경은 볼 만했다고 한다. 벌써 여러 대가 이름 없이 사림(士林)에 묻혀 지내 은연중에 영락의 기운이 돌던 아흔아홉 칸 고가는 십여 년 전의 길례(吉禮) 이래로 가장 붐볐다. 안채는 안채대로 대소가의 아낙들과 연(계집종)들로 붐비고 바깥채는 바깥채대로 가깝고 먼 곳에서 온 하객들과 상을 들고 오락가락하는 눔(사내종)들로 분주했다. 특히 열두 칸 사랑 대청은 원근 이름 있는 씨족들의 종손들만으로 가득 찰 정도였다.

해가 기웃할 무렵 당도한 신랑 쪽의 행렬도 볼 만했다고 한다. 사모관대 하고 말 위에 높이 앉은 신랑은 저게 부급구사(負笈求師)로 사랑채에 묵으며 종손에게 가르침을 받던 그 도령인가 싶을 정도로 의젓했으며, 상객(上客)이 탄 가마와 앞뒤를 따르는 구종들의 행렬은 사또의 행차인가 싶을 정도였다. 예물 바리를 실은 마소며 후행(後行)을 비롯한 신랑 쪽 하객들이 타고 온 나귀의 행렬도 동구 밖까지 뻗쳤다.

초행(醮行) 대반(對盤)이 있은 뒤 안대문 앞마당에서 전안상이 차려지고 홀기(笏記) 소리도 낭랑하게 예식이 치러졌다. 교배(交拜) 합근(合卺, 신랑과 신부가 잔을 주고 받음.)의 예가 격식대로 일없이 지나갔다. 그런데 신방을 차릴 즈음해서 작은 이변이 일어났다. 신부가 차려 둔 신방을 마다하고 그 집 동북각에 있는 폐방(廢房)으로 든 때문이었다.

원래 그 종택은 아흔아홉 칸이라는 규모보다도 특이한 구조로 더 알려져 있었다. 파조(派祖) 되는 청곡공(淸谷公)이 명나라 사신으로 갔다가 그곳에서 도본을 얻어 와 지은 까닭에 대개가 입 구(口)자 뜰집인 인근의 다른 세가(世家)들과는 양식을 달리하는 까닭이었다. 곧 동북각을 접점으로 하는 두 개의 크고 작은 입 구(口)가 겹쳐 있는 형태가 그러했다.

그날 신부가 든 폐방은 바로 그 동북각 두 개의 입 구 자가 겹치는 곳에 있는 방으로 원래는 안채의 건넌방에 해당되었다. 그러나 집이 들어설 때부터 그 방은 집 전체의 지기(地氣)가 뭉쳐 있는 곳으로 지목받았고, 그래서 풍수적으로는 종가의 기운이 몰려 있는 곳일 뿐만 아니라 그곳 문중의 기운이 몰려 있는 곳으로 여겨졌다.

어떤 우연의 일치인지는 몰라도 그런 풍수적인 믿음은 오래잖아 현실로 나타났다. 윗대 종가의 딸네 하나가 그 방에서 해산한 아들이 귀하게 되어 그때까지는 보잘것없었던 이웃 가문을 하루아침에 행세하는 집안으로 올려놓은 일이 있었다. 그렇게 되자 그 문중 사람들은 아무런 주저 없이 그 외손(外孫)이 자기들 문중의 진기를 뽑아간 것으로 단정했다.

따라서 그 뒤로는 그 방에서 시집간 딸네의 해산이 엄하게 금지되었는데 다시 몇 대 뒤에 같은 일이 벌어졌다. 역시 인근 몰락한 문중으로 시집을 간 종녀 하나가 당시의 종손이 머리끄덩이를 잡고 끌어내는데도 두 발로 문지방을 버티며 기어이 그 방에서 아들을 낳았다.

그 아이 역시 크게 되어 아무개 하면 다 알 만한, 유림이 높이 우러르는 학자로 자라자 다시 이쪽 문중에서는 크게 공론이 일어났다. 덕봉 선생 이후에 이렇다 할 인물이 나지 않은 것은 모두가 딸네들이 문중의 진기를 그렇게 빼내 간 탓이라 믿은 까닭이었다. 그들은 공론 끝에 더 이상 그런 일이 일어나지 않기 위해 그 방의 구들을 파내고 마루를 깔아 아예 광으로 만들어버렸다.

그날 열세 번째의 종녀가 신방 대신 들어앉은 곳은 바로 그 폐방이었다. 이미 신랑이 정해 둔 신방에 든 뒤라 안채에서는 적지 않은 소동이 일고 곧 그 변괴는 사랑까지 전해졌으나 결국은 신부의 뜻대로 되고 말았다. 그날같이 경사스러운 날 혼례복 차림으로 산악처럼 버텨 앉은 신부를 억지로 그 방에서 끌어낼 수도 없었을 뿐더러 신부의 처녀 적 성정을 아는 사람들은 그럴 엄두조차 내지 못했다. 혼인이 새삼 흡족해 상객으로 온 사돈과 함께 흥겨운 술잔을 기울이고 있던 종손도 그 같은 안채의 전갈을 듣고는 실소와 더불어 한마디 탄식으로 딸의 고집을 승인하고 말았다.

"그년 욕심이 대적(大賊)이다. 놔둬라. 외손도 자손이니라."

그렇게 되자 백여 년 광으로 쓰이던 그 폐방은 신부가 한구석에 버티고 앉은 채로 급히 신방으로 꾸며졌다. 뒤주며 건어물 독은 다른 광으로 옮겨지고 마룻바닥에는 돗자리가 깔렸다. 뜯겨져 있던 문종이가 급히 발라지고 도배도 안 된 벽은 병풍으로 가렸다.

안채에서의 그 같은 북새통을 알 리 없는 새신랑에게는 그 일이 몹시 괴이쩍었을 것이다. 잘 꾸며 둔 방을 놔두고 안채 모퉁이 허술한 마루방에, 그것도 예에 없이 신부가 미리 자리 잡고 있는 곳으로, 신방을 옮기게 한 처가를 괘씸하게 여기기까지 했다는 후문도 있다.

하지만 그 신방 일만 빼면 나머지는 가절호일(佳節好日) 기세 좋은 두 가문의 성대하고 흥겨운 혼인 잔치일 뿐이었다. 다음으로는 별달리 할 만한 얘기 없이 신부 쪽에서의 혼례가 끝나고 우귀(于歸, 신부가 혼인 뒤 처음으로 시집에 들어감.)가 있었다. 인재행(引再行, 신랑이 처가 부근에서 하룻밤을 묵은 뒤 처가로 (장가를) 듦.)의 형식을 빌려 삼일우귀(三日于歸, 신부가 혼인한 지 사흘째 되는 날 시집에 들어감.)를 한 게 이른바 묵신행(신부가 혼례 뒤 한 해가 지나 시집에 들어감.)이 흔했던 당시의 풍습으로 보아서는 좀 유별났다 할까.

그날 그 종택에서는 새벽같이 연눔들을 휘몰아 신행 길을 보내는데 신랑은 말을 타고 앞장을 서고 신부는 교전비(轎前婢) 딸린 가마에 올라 뒤를 따랐다. 상객은 종손 자신이 몸소 나섰다. 워낙 몸집이 커서 젊을 때는 집에서 특별히 기르는 크고 기운 좋은 붉은 말을 타고 먼 길을 다녔으나 이제는 늙어 말을 타지 못하고 역시 그 몸집에 맞게 특별히 마련된 팔인교(八人轎)에 올랐다. 뒤따르는 하님과 짐꾼의 행렬도 초행길의 신랑 쪽에 못지않았다.

신부의 시댁까지는 백 리 길, 해마다 안동부와 영해부에서 번갈아 치도(治道)를 한다고 했으나 길이 여간 험하지 않았다. 우마차가 다니기 힘든 좁은 길에 높은 재가 둘이나 있었는데 그중에서 가랫재는 험하기도 하거니와 그 근년에는 활빈도라 자칭하는 도둑 떼가 든 적이 있기도 한 곳이었다.

새벽길을 나선 데다 교군을 배로 하여 번갈아 가마를 메게 하고 잿길을 평지 닫듯 걸음을 재촉했으나 신부가 시가에 이른 것은 역시 춘삼월 짧지 않은 해가 뉘엿할 때였다. 굽이굽이 산길을 돌아 한군데 이르니 빠안하게 들이 터지고 아스라이 노을 진 언덕에 모여 선 기와집들이 보였다. 멀리서 보아도 스무 칸은 넘을 듯한 반듯반듯한 입 구(口) 자 뜰집들이 여남은 채 벌어져 나름의 위세를 보이고 있었다. 영해 땅 진안현 광려산(廣廬山) 기슭에 자리 잡은 안릉(安陵) 이씨 일문의 세거지(世居地)였다.

원래 안릉 씨는 영해 땅 사람들이 아니었다. 그로부터 한 삼백 년 전에 부제학으로 있던 모공(某公)의 자제 하나가 영해 부사로 내려온 중부(仲父)를 따라와 책방(冊房) 도령 노릇을 하다가 그 땅의 풍광이 수려하고 어미(魚米)가 풍족함을 보고 토호(土豪)의 딸과 혼인하여 눌러앉았는데 그가 바로 안릉 이씨 영해파의 파조(派祖)가 되었다.

그 뒤 안릉 씨는 번창하여 조손(祖孫) 삼대에 이른바 '칠산림(七山林)'이 나고 남인 영수로서 대제학 이조판서를 지낸 태재 선생(太宰先生)을 낳았다. 또 퇴계학의 진전(眞傳)도 두 대에 걸쳐 그 문중에 머물다 대산(大山) 이상정 정제(定齊) 유치명에게 넘겨진다.

신부의 시가는 바로 그 태재 선생과 더불어 칠산림으로 꼽히던 현제공(玄齊公)의 둘째 집이었다. 시증조부는 종이품 가선대부 돈 녕부사를 지낸 좌명공(佐明公)이었고 삼대 증직(贈職) 위로는 다시 실직(實職) 당상이라 나름으로는 '삼대불하당(三代不下堂, 삼대가 당하로 내려서지 않았다. 곧 당상관을 지냈다.)'을 뽐내던 집이었다.

그러나 신부의 친정과 마찬가지로, 아니 천하의 운세와 마찬가지로 시가도 희미하나마 조락의 기운을 보이고 있었다. 벌써 두 대를 현관(顯官)도 명유(名儒)도 내지 못하고 보내서인지 학문과 벼슬길에 아울러 초조함을 드러내며 가문의 여망을 오직 외아들인 신랑에게만 걸고 있었다. 그래도 재지사족(在地士族)으로서의 몇 백 석 재물만은 어떻게 지켜 신랑이 궁색하지 않게 부급구사의 길을 나설 수 있었던 게 다행일 정도였다.

그 우례(于禮)의 요란스러움이나 잔치의 흥청거림을 길게 얘기하는 것은 지루함이 될까 하여 피한다. 다만 그날로부터 일 년이 안 돼 세상을 버린 신부의 시조부가 현구례(見舅禮) 뒤에 손주 며느리의 손목을 잡듯이 하며 한 당부는 한 번 더 그 집안을 감도는 스산한 기운을 확인하게 해준다.

"이 집은 3대를 독자로 내려왔고 2대를 포의(布衣)로 허비하였다. 더구나 네 신랑은 독자인 데다 학문에 몸까지 상한 기색이다. 자손이 적으면 영화도 드문 법. 부디 너라도 이 집안에 좋은 자손을 많이 낳아 다오."

갓 시집온 신부에게 그런 시조부의 당부가 어떻게 받아들여졌는지는 알 길이 없다. 그러나 이미 초행 날 자식에 대한 만만찮은 욕심을 보여준 신부이고 보면 시조부의 어조에 실린 간곡한 떨림이 여느 새댁네에게보다는 훨씬 강하게 그 의식에 가닿았을 것이다. 그것을 간접적으로 드러내는 일이 그녀의 첫 근친(覲親)이었다.

산 설고 물 선 곳으로 와 역시 낯선 사람들 틈에 부대끼며 살게 되는 새댁네에게 가장 기다려지는 것은 근친이 된다. 그리운 부모님을 찾아뵙는 기쁨도 있지만 그보다는 낯익은 마을과 정든 사람들 사이로 돌아가 시집살이에 지친 몸과 마음을 쉬게 한다는 뜻이 큰 그 관례는 낯선 문중으로 시집간 옛 여인들에게는 짧으나마 구원과도 같은 것이었다 해도 과장은 아니다.

그런데 시집에서 첫 근친의 논의가 나왔을 때 새댁은 시조부의 우환을 핑계로 그날을 미루었다. 시집에서는 새 며느리의 그 같은 효성을 갸륵하게 받아들였으나 나중을 보면 꼭 그래서였던 것 같지는 않다. 그로부터 오래잖아 마침내 시조부가 세상을 버렸는데 소상도 치르기 전에 이번에는 새댁이 스스로 근친을 졸라 온 까닭이었다.

시어머니는 내심 의아롭게 여겼으나 시집온 지 2년이 가깝도록 근친을 보내주지 않은 터라 이웃 눈에 야박하게 보이기 싫어서라도 며느리를 보내주지 않을 수 없었다. 이에 새댁은 조촐한 가마에 시집올 때 데려온 교전비 하나만 딸린 채 2년 만에 친정으로 돌아갔다. 그러나 이때도 며느리가 회임하고 있는 걸 알았다면 자손이 귀한 시집에서는 그 멀고 험한 근친 길을 허락하지는 않았을 것이다.

그런데 시가 쪽으로 보아서 알 수 없는 일은 더 있었다. 근친은 길다 해도 석 달을 넘기지 않는 법이건만 상중인 시집을 이른 봄에 떠난 며느리는 그해 여름이 다 가도 돌아올 줄 몰랐다. 궁금한 시어머니가 사가에 사람을 보내 알아보니 실로 뜻밖의 소식이 있었다. 회임을 알지도 못하고 보낸 며느리가 그새 만삭이 되어 해산 뒤에야 돌아가리라는 상살이(아랫사람이 웃어른에게 올리는 언문 편지. 특히 며느리가 시어머니에게 보내는 편지.)를 올려온 게 그랬다.

친정집도 딸이 알 수 없기는 마찬가지였다. 시가 상중에 근친을 온 것도 그러하거니와 까닭 없이 근친을 끌어 만삭에 이른 것도 수상쩍었다. 애초부터 친정에서 해산을 하러 온 것인데 그렇다면 그 의도는 얼른 짐작이 갔다. 초행 날 보인 욕심으로 미루어 두말할 나위도 없이 해산도 그 폐방에서 할 작정임에 틀림없었다.

근친 온 딸네가 모르는 사이 친정 문중은 그 일로 문회까지 열었다. 신방으로는 얼결에 그 방을 내주었지만 해산만은 결코 허락해서는 안 된다는 것이 모여든 문중의 공론이었다. 종손도 이번만은 양보할 수 없어 나름대로 수단을 썼다. 안채에서 제일 넓고 불이 잘 드는 방을 골라 새로 도배를 한 뒤 딸의 산방(産房)을 꾸며주고 문제의 방은 마루까지 걷어내어 도저히 방으로는 쓸 수 없는 흙 봉당 헛간을 만들어버렸다.

그런데도 딸은 아무 내색 없이 친정에서 꾸며준 산방에 자리를 잡고 해산 날을 기다렸다. 거기다가 곧 가을로 접어들어 서늘해진 날씨도 친정 문중의 마음을 놓게 했다. 아무리 그 방이 발복(發福)에 영험하다 해도 그런 날씨에 흙 봉당에서는 해산할 수 없다고 본 까닭이었다.

하지만 결과로 보면 지나친 방심이었다. 추석 사흘 뒤 그 종갓집은 백 년 만에 다시 그 방에서 갓난아이의 울음소리가 나는 것을 듣게 되었다. 엄청난 참을성으로 가까운 산기(産氣)를 숨긴 그 딸네는 출산에 즈음해서야 기습적으로 산방을 그 헛간으로 옮겨 기어이 그 방에서 아들을 낳았다. 흙 봉당에다 거적을 깔고 차림 이불만 그리로 옮겨 그 위에서 해산을 했다는 후문이었다. 물론 그렇게 할 수 있었던 데는 영리하고 기민한 교전비의 도움이 컸다.

그 밤 자정이 가까워서 느닷없이 그 방에서 터져 나온 어린애의 울음소리를 듣고서야 놀란 친정 식구들이 몰려갔지만 이미 늦은 뒤였다. 역시 전의 신방 소동 때처럼 한마디 따져볼 겨를조차 없이 이리저리 해산 뒤치다꺼리나 해주는 수밖에 없었다. 급하게 산모와 아이를 원래 꾸며 두었던 산방으로 옮기고 물을 데운다 의원을 부른다 법석을 떨 뿐이었다.

　안채의 소동을 전해들은 종손은 이번에도 하릴없이 쓴 입맛만 다셨다. 그러다가 무슨 생각이 났는지 문득 서죽(筮竹)을 뽑아 갈라보더니 딸의 산방으로 내려가 이제 막 정신이 돌아온 딸에게 말했다고 한다.

　"네 욕심이 지나쳤다. 여의주를 둘씩 문 용은 등천(登天)을 못하느니."

　그리고 갓 태어난 외손자를 그윽이 굽어보다가 사랑으로 나갔다는데 여기서 그런 종손의 행동에 대한 해석은 둘로 갈라진다. 친정집 문중은 종손의 그 같은 말을 이인(異人)다운 예언으로 보고 외손자를 본 눈길도 연민에 가득 차 있었다고 전한다. 그러나 시집 쪽은 오히려 그 말에 주술적인 효력을 부여하고 외손자를 보는 눈길도 심술이 뚝뚝 듣는 것으로 묘사한다.

　딸도 그때는 이미 시집 쪽의 정신에 가까워져 있었다. 그 말을 가문의 진기를 도둑질해 가는 딸에 대한 섭섭함의 표현으로 받아들이고 크게 마음 쓰지 않았다고 한다. 그리고 삼칠을 보내기 바쁘게 교꾼과 교전비를 재촉하여 시집으로 돌아갔다.

시집에서는 큰 경사가 났다. 그새 달덩이처럼 피어난 손자를 받아 안은 시아버지는 아직 탈상도 못한 상주임을 잊고 파안대소하며 말했다.

"이제 너로 하여 이 집안이 다시 일겠구나."

그리고 며느리를 대견한 듯 바라보며 보탰다.

"낮은 욕심보다 더 큰 욕심으로 잘 길러라. 이 집안이 다시 일면 이는 모두 네 공일 것이니라."

그 말로 미루어 시아버지도 사가(査家)의 그 방에 얽힌 전설을 들어 알고 있었으며 또 많은 그 시대 사람들처럼 그 발복 설화(發福說話)를 은근히 믿었던 듯하다.

그로부터 다시 1년이 지났다. 태어난 아이는 무럭무럭 자라 첫돌이 되었다. 정말로 한 유서 깊은 집안의 정기를 모두 뽑아 와서 그런지 벌써부터 시집에서뿐만 아니라 그 문중 전체의 입 끝에 오르내릴 정도로 유달리 크고 잘생긴 아이였다. 그사이 탈상도 한 터라 새댁의 시아버지는 큰 잔치를 차리고 사돈을 초대했다.

종손은 사돈의 초대를 받자 아무 말 없이 채비를 시켰다. 이태 전 딸의 신행 때처럼 자신의 거구를 실을 팔인교에 치도(治道) 인부삼아 교꾼 서넛을 여벌로 딸린 채 광려산 기슭의 안릉 이문(李門)으로 날을 맞춰 떠났다.

재를 넘고 물을 건너 종손이 사가에 이르렀을 때는 돌잔치 바로 전날 해가 저물 무렵이었다. 이미 그 길흉은 뽑아 보았지만 그래도 종손은 예사롭지 않게 태어난 외손자가 그사이 어떻게 자랐는지 궁금했다. 사돈댁 사랑에 들어 인사를 나누기 바쁘게 딸과 외손자를 불러 보려 했다.

뒷날 시집 쪽에서는 종손의 그 같은 서두름조차 어떤 음험한 저의가 있었던 것으로 깊이 의심했다. 그러나 아무리 가문이 앞선다지만 외할아버지도 핏줄로 이어져 있기는 마찬가지인데 어린 외손자에게 나쁜 뜻이야 있었겠는가. 있었다면 자신이 읽은 불길한 조짐에 행여라도 어떤 변화가 있었기를 바라는 마음 정도였을 것이다. 그날로 보아 야박했던 것은 오히려 사돈 쪽이었다.

"사돈께서는 멀고 험한 길을 오신 터라……. 도중에 장기(瘴氣, 축축하고 더운 땅에서 생기는 독기. 나쁜 기운.)도 쏘이셨을 것이고 흉한 꼴도 보셨을 것이니 하룻밤을 새워 장기가 삭고 사기(邪氣)도 가신 뒤에 아랫대를 보시는 게 어떠하올른지."

그러면서 끝내 그날은 사돈에게 외손자를 보여주지 않았다.

종손이 1년 만에 외손자를 다시 보게 된 것은 다음 날도 해가 높이 솟은 뒤였다. 소세에 의관을 정제하고도 삼신에게까지 부정을 씻은 뒤에야 사랑방에 나가 앉자 딸이 외손자를 치장하여 돌상 앞으로 데리고 나왔다. 같이 앉았던 사돈이 흡족한 눈길로 손주를 내려 보며 입버릇처럼 크게 뇌었다.

"허엇, 그놈 참 밉상이다."

그리고 어떠냐는 듯 종손을 돌아보았다. 종손은 뚫어질 듯 외손자를 바라보다 쓰게 입맛만 다실 뿐 아무 말도 없었다. 한마디 덕담이라도 기대했던 사돈이 조바심을 감추고 묻지도 않은 말을 허허거리며 늘어놓았다.

"아명(兒名)을 땅닝으로 해두었소이다. 두 글자 모두 진서(眞書)
에 없는 글자니 염라대왕 명부에도 오를 수 없을 터. 아무리 저승
사자인들 명부에도 없는 사람을 어찌 데려갈 수 있겠소?"

그래도 종손은 여전히 말이 없다가 딴청을 피웠다.

"이 집의 좌향(坐向)이 아주 좋소. 누대의 선성(善聲)과 문명(文
名)이 우연은 아니었던 듯싶소."

마침내 참지 못한 사돈이 종손에게 바로 대고 물었다.

"사돈께서는 역(易)의 이치에 밝으시다고 들었는데 — 아랫대를
한번 봐주시오. 이 물상(物相)이 어떻소?"

"만상이 불여심상(不如心相)이라던가요. 겉으로 보이는 상을 어
찌 상이라고 하겠소?"

그래도 종손이 말을 돌리자 사돈이 한 번 더 다그쳤다.

"사돈께도 외손주가 됩니다. 짚이는 대로 길흉을 일러주시오."

천하에 거리낄 게 없던 종손으로서는 그만하면 자제할 만큼 했
다 싶었던지 사돈의 그 같은 다그침에 다시 한번 외손자를 가만
히 쳐다보았다. 그러다가 고개를 절레절레 흔들며 평소의 성품대
로 스스럼없이 말했다.

"사돈께서는 저 아이에게 너무 많은 것을 걸지 마시오. 오래
이 세상에 머물지 못할 것이외다. 둘째 손주를 보실 일이 급하오."

성품이 불같기로는 안릉 씨 쪽도 남에게 지지 않은 터, 그렇게
되자 잔치고 사돈 간의 예의고 그걸로 모두 끝장이 났다. 낯색이

변한 사돈이 소매를 떨치듯 일어나 혀를 차며 방을 나가고 방 안에 있던 하객들도 해괴하고 심란하다는 표정으로 하나둘 자리를 떴다. 이윽고 방 안에 남게 된 것은 무덤덤한 얼굴의 종손과 그 딸뿐이었다. 딸이 아이를 안은 채 폭삭 꼬꾸라지듯 흐느끼며 아버지를 원망했다.

"이 여식이 불효하였기로 어찌 차마 그런 말씀을……"

그래도 종손은 무덤덤하기만 했다.

"두 번 세 번 묻기에 대답했을 뿐이니라."

그 뒤 당연하게도 그들 사가는 조면(阻面)에 들어갔다. 시가 쪽은 며느리를 내치지는 않았지만 엄하게 친정 길을 막았고 친정 쪽에서도 사죄는커녕 따로이 그 일을 발명하는 일조차 없어 절로 왕래가 끊겼다.

그러다가 종손이 다시 딸의 시가에 들른 것은 그로부터 7년 뒤 사돈의 초상 때였다. 그사이 세상이 변해 그곳까지도 왜인들이 와서 닦은 신작로가 이르고 종손도 쇠약해져 이번에는 사인교로 왔다. 사위에게 문상을 하고 사랑 건넌방에 앉아 있는데 소복에 산발한 딸이 종손에게 울며 문안을 올린 뒤 원망 섞어 물었다.

"아버님 제가 몇 년이나 친정을 찾아보지 못한 지 아십니까?"

"일곱 해쯤 되지, 아마."

쇠약해지기는 해도 기상은 조금도 꺾인 데가 없는 종손이 여전히 덤덤하게 대답했다.

"아이는 아직도 튼튼하게 자라고 있습니다. 총기가 놀라워 신동이 났다고 원근이 떠들썩하지요."

"나도 그 소문은 들었다만 여덟 살 가지고는 아직 알 수 없느니라."

그 말이 어떻게 새어 나가는 바람에 모처럼 전기가 찾아왔는가 싶던 두 집안의 화해는 다시 까마득해지고 말았다. 사위인 상주가 전송조차 않는 바람에 늙은 종손은 안릉 씨들의 눈총만 따갑게 느끼며 온 길을 되짚어 돌아가지 않을 수 없었다. 그것도 딸과는 그로부터 다시 5년 뒤에 화해라도 하게 되지만 사위하고는 그게 마지막 작별이 되고 말았다.

그 아이, 이름을 한문으로 적을 수 없어 염라대왕 명부에조차 오르지 못하고, 그래서 저승사자도 불러 가지 못하리라던 땅닝은 바로 그 이듬해에 죽었다. 겨우 나이 아홉 살 때였는데 남긴 절명시(絶命詩)가 뜻만으로는 아직도 전해진다.

살아 그 죄가 삼천 가지라도
불효보다 더 큰 죄가 있으리.
죽어 불효가 삼만 가지라도
부모 앞 죽음보다 더 큰 불효가 있으리.

아마도 장질부사 계열의 열병을 앓다 죽은 것으로 추측되는 그 아이가 문득 정신을 가다듬어 그런 뜻의 오언절구를 읊자 전부터 허손(虛損)의 증세를 보이던 젊은 아버지가 먼저 피를 토하고 쓰러졌다. 아이는 그날 새벽에 숨을 거두었다. 젊은 아버지는 곧 혼절에서 깨어났지만 그도 오래 세상에 남아 있지는 못했다. 그 이듬해 젊은 아버지도 갑자기 악화된 허손으로 눈을 감게 되는데 그때 그의 나이 겨우 스물아홉이었다.

마침 그 젊은 아버지가 죽은 날이 경술국치로부터 꼭 사흘 뒤여서 사람들은 흔히 그 죽음을 망국의 한과 연관 짓는다. 그도 뼈대 있는 선비였으니 반드시 무관하달 수는 없겠지만 병든 몸으로 이태를 내리 겪어야 했던 상제로서의 애통과 자식 잃은 비탄도 잊어서는 안 된다. 어쨌든 그의 죽음으로 이번에는 3년 만에 삼대가 잇달아 세상을 떠난 셈이 되고, 그렇게 되면 집안의 몰락은 필연적이었다.

하지만 그렇다고 바로 그 집안의 대가 끊어진 것은 아니었다. 미처 말할 겨를이 없어 그냥 지나왔지만 일찍이 그 집안은 죽은 그 아이 밑 세 살 터울로 아들 하나를 더 얻었다. 집안의 유일한 남자로 남았을 때 겨우 일곱 살이었고 죽은 형의 화려하고도 비장한 전설에 가리어 얼마 동안은 그 재주를 인정받지 못했으나 그래도 범상함을 넘어서는 아이였다.

그 뒤 그 외아들과 미망인의 감동적인 재기의 노력도 있었다. 오래잖아 다시 처녀 적의 식견과 꿋꿋함을 회복한 미망인은 홀로된 지 이태 뒤 겨우 아홉 살 난 아들을 서울로 유학 보내 새로운 시대와 맞서게 했고 그 아들도 노력과 열정으로 무너져 내리는 집안을 되일으키려 했다. 그러나 어설픈 한국판 도약 이론으로 그 아들이 선택한 이데올로기는 오히려 그 집안의 몰락을 훨씬 급속하고 처참한 것으로 만들었다. 그리하여 그다음 대는 유리걸식과 다름없는 삶의 밑바닥으로 내몰리게 되는데 그것도 현대적인 서사 공간 속에 전개되는 또 다른 긴 이야기가 된다.

아홉 살에 죽을 외손자를 돌날에 이미 알아본 그 종손이 정말로 이인이었는지, 아니면 자신의 가문만 아는 심술 사나운 외할아비에 지나지 않았는지는 아직도 판가름 나지 않았다. 백 년 가까운 세월이 지나간 지금도 한쪽 집안은 그 예견을 한 빼어난 이인의 직관으로 보고, 다른 한쪽에서는 다만 약간의 주술력 있는 심술로만 우기기 때문이다. 그 뒤 반세기가 넘도록 두 집안이 나란히 걸어야 했던 참담한 몰락의 세월로 미루어 어쩌면 그같이 상반된 이해는 다가오는 몰락의 예감을 받아들이는 두 집안의 태도 차이일 뿐이었던 것은 아닐는지.

그런데 — 이쯤 되면 왜 이런 얘기를, 그것도 소설이 차지하기로 된 공간을 빌려 쓰고 있는가를 묻는 이들이 생길 때도 되었다. 거기 대해 홍길동을 찾아서, 라고 대답한다면 너무 엉뚱할까?『홍길동전』의,『심청전』의,『장화홍련전』의 전통이 우리 현대 소설에도 이어질 수 있는가를 살펴보고 싶었다면 말이다. 그렇다면 하나 더 보태기로 하자. 가족사적 회고에 따르는 특이한 흥취도 이 수상쩍고 정체 모를 글쓰기의 한 동기가 되었을 거라고.

(1994년)

전야前夜, 혹은 시대의 마지막 밤

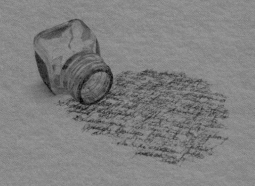

서로 잘 모르는 대한민국 남자들을 쉽게 어울릴 수 있게 하는 화제 중에 으뜸은 아무래도 정치 얘기일 것이다. 우리에게도 그랬다. 아마도 내가 켜둔 자동차 라디오에서 방금 흘러나오고 있는 다섯 시 뉴스의 영향이었겠지만 정치 얘기를 먼저 꺼낸 것은 그였다.

"이 사람 이거 너무 설치는 것 아냐?"

그가 혼잣말처럼 그렇게 중얼거렸을 때 이미 나는 그가 무슨 말을 하고 있는지 알아들었다. 하지만 솔직히 그때까지만 해도 나는 그의 말을 받을 여유가 없었다. 내 주의는 며칠 전에 내린 큰 눈으로 아직도 고갯길 군데군데에 남아 있는 빙판에 온통 쏠려 있었다. 늦어진 출발에다 도로 정체까지 겹쳐 기회 있을 때마다 액

셀러레이터를 밟아야 하는 게 그때의 내 처지였다.

"방송 이 쌔끼들도 그래. 이런 위대한 인물을 왜 30년 동안이나 그렇게 못 알아봤지? 오공(五共) 때 땡, 전(全)이란 말이 있더니 요즈막은 땡, 김(金) 당선자라니까."

그가 한층 뚜렷하게, 그리고 무언가 나의 동조를 기다리는 투로 다시 그렇게 중얼거렸다. 마침 기울기가 덜하고 곧은 오르막이 시작된 데다 나도 어느 정도 그런 기분에 동조하고 있던 터라 무심코 한마디 받았다.

"다 그런 거죠, 뭐. 어쩌면 그게 인지상정(人之常情) 아니겠습니까?"

그가 당선자를 지지한 사람인지 반대한 사람인지 알 수 없어 그렇게 두루뭉술하게 대답했는데 그게 시작이었다.

"나는 당최 못 미더워서……. 아닌 말로 승냥이 꼬리 3년 묻어 둔다고 해서 개 꼬리 되겠소? 내, 참. 앞으로 5년 보낼 생각을 하면 꿈자리가 다 뒤숭숭하다니까."

그는 그렇게 반대자의 입장을 분명히 한 뒤에 은근히 동조를 구해 왔다.

"그리고 아무리 다수결 원칙이라도 그렇지, 싫어하는 사람이 더 많은데 대통령이 되다니. 그리고 세상에 2퍼센트로 이기는 선거가 어딨어?"

개표 당일은 소주병깨나 비웠음 직한 불복(不服)의 언사였다.

"그건 꼭 그렇게 볼 수 없을 겁니다. 아마도 이인제 후보의 19퍼센트도 반대표로 계산하신 것 같은데 그건 모르죠. 그 사람들이 당선자를 더 싫어했는지 이회창 후보를 더 싫어했는지는 알 수 없으니까요. 만약 그들이 당선자를 더 싫어했다면 차점자 쪽으로 표를 몰아주었어야 했습니다. 그런데 굳이 가능성이 적은 이인제 후보에게 표를 던진 것은 이회창 후보보다 지금의 당선자가 낫다고 생각해서일 수도 있지 않겠습니까? 그리고 다수결 투표인 이상 2퍼센트가 아니라 0.2퍼센트라도 그건 아주 중요하죠."

나는 당선자를 옹호한다기보다는 그의 논리적 허점을 일깨워준다는 기분으로 그렇게 받았다. 거기에는 아직도 포기하지 않고 있는 '반DJ'란 이름의 끈질기고 음험한 정서에 대한 일침의 뜻도 없지 않았다. 그가 금세 벌겋게 달아올라 목소리를 높였다.

"그건 저쪽 동네 얘기고……. 긴말할 거 없이 이번 선거 이 꼬라지 난 건 모두 이인제 고 악종(惡種) 때문이라. 지지표의 분포를 한번 보쇼. 경남, 충청도, 강원도 그게 다 원래 어디 갈 표요? 거기다가 뭐라더라. 고 얌통머리 없는 게 선거 다음 날 신문에 대고 한 말 들었지요? 세상에 겨우 19퍼센트 얻은 놈이 38퍼센트 얻은 사람보고 지가 양보했으면 내가 됐을 거라구 할 수도 있는 거요? 두고 봐요. 고런 놈한테 앞날이 있는강. 어림없지. 우리 같은 보수적 정치 풍토에……. 아직도 헤헤닥거리고 있지만 고 쥐 같은 누깔에 피눈물 흐를 날이 멀잖을 거라."

흥분해서인지 표준말에 감춰져 있던 그의 영남 억양이 조금씩 드러났다. 그게 다시 심기를 건드려 내 의사와 달리 그를 정면으로 반박하게 만들었다.

"그것도 꼭 그렇게 볼 수만은 없을 겁니다. 모든 게 한 젊고 패기 있는 정치가의 치밀한 계산 끝에 나온 정략일 수도 있지요. 이회창 체제 아래서는 살아남을 수가 없지만, 현 당선자의 정권 안에서는 은근한 논공행상(論功行賞)까지 기다리며 살아남을 수 있다는 게 그가 빠져 있는 상황이었다면, 그런 선택을 나무랄 수도 없지 않습니까? 자신이 살아남기 위한 선택은 살인도 위법성이나 책임을 면제해 주는 법입니다."

어떤 흥에선지 내 대꾸가 차츰 길어지기 시작했다. 어쩌면 나 자신 그와 별반 다를 바 없는 감정의 터널을 막 빠져나온 뒤라 그럴 수 있었는지도 모를 일이었다. 타는 불에 기름을 끼얹은 격이랄까. 기실 나로서는 그리 힘주어 말한 것도 아닌데 상대는 이제 숨소리까지 씩씩거리며 목소리를 더욱 높였다.

"정말로 이인제가 그만큼이라도 앞날을 헤아리고 그랬다면 내 손바닥으로 장을 지지지. 그 물건은 처음부터 YS 꼭두각시라. 아니, 그놈의 몸서리나는 소산(小山)인가 '나사본'인가의 기획 팀 작품이지. 척하면 삼천리라고 이 마당에 와서도 이번 선거 진상이 안 보이슈? 이인제는 벌써 YS 집권 초기부터 있었던 시나리오라구요. 덜떨어진 자식새끼가 끝까지 저희 아빌 잡아 놓은 거라."

그렇게 아무 근거도 없는 단언으로 난데없이 대통령의 영식(令息)을 물고 늘어졌다. 이번에는 반대하고 싶어서가 아니라 그가 그 같은 믿음을 품게 된 과정이 궁금해져 물었다.

"그런 말이 있긴 했지만 그것도 별로 근거가 있어 뵈지 않는데요. 영식이 거느리고 있던 기획 팀이 어느 정도 이인제 씨 캠프에 가담했는지 정확히 확인된 바도 없고…… 또 실제에 있어서도 그들이 이번 선거에 무슨 대단한 몫을 한 것 같지는 않고……."

"그럼 취임 이듬해 YS가 세대 교체론을 말하면서 '상당히 젊은' 혹은 '깜짝 놀랄 만큼 젊은'이라고 말한 것은 누굴 지칭하는 겁니까? 뭘 보고 기라성 같은 정치 선배들이 떼를 지어 귀때기 새파란 이인제 밑으로 몰려갔겠어요? 공직자 재산 등록 때 이십억도 안 되던 재산으로 어떻게 백억도 넘게 드는 창당 자금을 잡음 한번 내지 않고 감당했나 이겁니다."

얘기가 그렇게 불붙으면 자동차의 속도는 포기하는 수밖에 없었다. 나는 자동 기어를 내리막 서행으로 바꾸고 시답잖게 시작한 그 화제에 점점 깊이 빠려 들었다.

"저도 신문에서 그런 걸 읽은 기억은 납니다만…… 그렇게 진작부터 치밀하게 기획돼 있었고 YS의 의중이 그랬다면 경선 때는 왜 그리됐겠어요?"

"정말 그걸 몰라 물으십니까? 한번 가만히 따져보세요. 이회창, 이홍구, 박찬종, 이수성, 이런 중량급을 한꺼번에 받아들였다는 것부터가 개별적으로는 무슨 약속을 했건 결국 그들 중에는 아무도 후보감이 없었다는 뜻입니다. 원래 있는 당내 중진들에 보태 표 분산용으로 끌어들였을 뿐이죠. 그래서 표가 조각조각 날

때 그 망할 놈의 기획이란 게 위력을 발휘할 수 있는 겁니다. 아무리 민주적 경선(競選)이라지만 당내(黨內) 행사인 만큼 상황이 그리되면 얼마간은 막후의 힘을 이용할 수 있는 것 아니겠습니까? 그래서 이인제가 후보로 추대됐으면 정말 YS가 좋아하는 깜짝쇼가 되었을 겁니다. 어쩌면 그 기획으로 대통령까지 무난히 만들 수 있었을는지도 모르구요. 그런데 차질이 난 겁니다. 한보(韓寶) 사건이 터지고, 최형우 쓰러지고, 이른바 소산(小山) 비리가 드러나 핵심적인 멤버가 구속됨으로써 기획 팀이 한껏 위축되어 있을 때 경선이 치러지게 된 바람에 모든 게 빗나가버린 거죠. 거기다가 더 나쁜 것은 첫 단추가 잘못 끼워진 뒤에도 계속 그 망할 놈의 기획을 포기하지 않은 일이라 이겁니다. 세상에 일생의 정적(政敵)에게 생색 한번 제대로 못 내보고 대권을 갖다 바치는 그런 돌대가리가 어딨습니까? 만약 YS가 정말로 DJ의 경륜을 믿고 처음부터 그를 밀었다면 그건 정말 세계사에서도 드문 감동적인 사건이 되었을 겁니다."

그때 나는 그가 이회창 후보 선거 본부의 잘 알려지지 않은 중요 멤버 중에 하나가 아니었을까 추측했다. 대한민국 남자들에게 세계 어느 나라 남자들보다 실력이 두드러진 게 고스톱과 정치 평론이라지만 맞든 틀리든 분석이 그쯤 되면 아무래도 아마추어 수준은 넘어 보였다. 그래도 그에게서 아마추어의 특성을 보여주는 게 있다면 자신의 감정을 감추지 못하는 정도일까. 하지만 적어도 자신이 나의 호의(好意)를 입고 있는 처지라는 것은 잊지 않았는지 내게 더는 공격적으로 나오지 않았다.

　내가 인제(麟蹄)를 지나 한계령 초입에 들어선 것은 오후 네 시를 조금 넘겨서였다. 서울서의 출발이 예정보다 한 시간이나 늦은 데다 양평 근처의 병목 구간에서 다시 한 시간 가까이 갇혀 있은 탓이었다. 그 바람에 나머지 길은 스스로도 지나치다 싶을 만큼 과속으로 달려왔지만 아직도 군데군데 빙판 져 있는 한계령에 접어들면서는 속력을 줄일 수밖에 없었다.

　그때부터 조금씩 눈에 들어오는 웅달진 골짜기의 설화(雪花)도 눈먼 복수감(復讐感)과 같은 속도에의 집착에서 벗어나는 데 도움이 되었다. 누가 일부러 물을 뿌려 얼린 듯 하얀 얼음 막을 덮어쓰고 있는 소나무들과 참나무 등걸의 숲은 섬뜩한 아름다움으로 젊은 시절의 한때를 상기시켜 주었다. 유학을 앞두고 내 땅을 다시 한번 둘러보겠다고 길을 떠난 70년대 중반의 어느 이름 모를 재[嶺]에서, 나는 그와 같은 풍경에 압도되어 하마터면 눈길에 그대로 풀썩 주저앉을 뻔한 적이 있었다. 그 아련한 추억이 스산하다 못해 울적하기까지 한 현재의 기분과 결합되어 야릇한 감상을 자아냈다.

　그때서야 나는 인선(仁善)과 함께 출발하지 않은 것을 후회했다. 아름다움은 때로 함께 누릴 사람이 없으면 쓸쓸함이 되기도 한다. 멀리 동해안에서 한 승용차에 탄 채 사람들의 눈에 띄는 것은 위험하다 여겨 따로 출발한 것인데 아무래도 잘못된 결정 같았다. 그러고 보니 서울을 떠날 때 확인한 그녀의 호출기에 남았던 메시지에도 여린 한숨이 서려 있는 듯했다.

"저예요. 지금 열 시고 강남에서 떠나요. 도착 뒤에 다시 메시지 남길게요."

모든 것을 함께 누리지 못하는 것, 그게 지난 2년 동안 그녀가 한처럼 품어왔던 불만이요 결핍감이었다. 이제 어쩌면 마지막이 될지 모르는 여행조차 시작과 끝을 함께할 수 없다는 게 어찌 가슴 아프지 않았으리…….

그런데 오르막을 절반쯤이나 올랐을까, 굽이진 길 위쪽에 멀리서부터 때 아닌 감상에 젖은 내 눈길을 끄는 게 하나 있었다. 어떤 남자가 산중턱에 있는 고장 차량 대피소에 승용차를 세워 놓고 담배를 피우고 있었는데 그 모습이 꽤 인상적이었다. 훤칠한 키에 잘 어울리는 잿빛 바바리코트 자락을 바람에 날리며 맞은편의 눈 덮인 바위산을 그윽하게 바라보고 있는 게 까닭 모를 비장미와 아울러 얕지 않은 품격을 드러내고 있었다.

하지만 내가 비탈을 올라 그 곁에 이르러 보니 사정은 먼빛으로 볼 때의 인상과는 달랐다. 그는 거기서 갑자기 서 버린 자신의 승용차를 간신히 대피소로 밀어 넣고, 지나가는 차량의 도움을 기다리고 있는 중이었다. 그의 번질거리는 얼굴과 공연히 허풍스러워 보이는 대형 승용차가 먼빛으로 보았던 비장미와 품격을 단번에 씻어버렸다.

솔직히 말해 나는 처음 정지 신호를 보내는 그를 그대로 지나쳐버릴까 했다. 그때까지의 감상에서 깨어나면서, 무언가 그를 위해 지체해야 할 듯한 시간이 갑자기 부담으로 느껴졌기 때문이었다. 그러나 그의 절박한 표정을 보고 이내 마음을 바꾸었다. 시간도 이미 다섯 시에 가까워 골짜기 깊은 곳은 벌써 어둑어둑해 오고 있었다.

"죄송하지만 양양까지만 편승할 수 없을까요? 아니, 빈 택시라도 잡아탈 수 있는 곳까지만이라도. 보시다시피 내 차가 저 모양이라서…… 작년에 뺀 건데 내 참……."

차를 세우자 그가 간절한 어조로 그렇게 말했다. 자동차 수리를 돕거나 부품을 구해 달라거나 또는 가까운 정비 업체를 알아보고 연락을 취해 달라는 것보다는 시간이 적게 먹히는 요청이라 나는 더욱 거절할 수 없었다.

내가 고개를 끄덕이자 그는 공손하게 조수석에 올랐다. 그런데 그 뒤가 잠깐 이상했다. 그럴 때 흔히 있게 마련인 공치사나 자기소개가 없는 게 그랬다. 대신 무슨 근심이 있는지 내게 양해도 구하지 않고 줄담배만 피워 댔다. 가끔씩 자신 쪽의 차창을 열어 환기를 시키는 게 그래도 나를 의식하고는 있다는 표현이었을까.

그렇지만 나도 그런 그를 불쾌하게 여기지는 않았다. 그의 말 못할 사정을 감안해서가 아니라 내가 운전에 전념하는 데는 오히려 그게 나았기 때문이었다. 그가 일깨워준 현실감은 내 상념을 다시 인선과 늦어도 너무 많이 늦게 된 그녀와의 약속 시간 언저리만을 맴돌게 했다.

그렇게 한 십 분이나 갔을까. 혼자 한숨도 쉬고 주먹도 불끈 쥐어보던 그가 갑자기 꺼낸 게 정치 얘기였다. 그도 상식을 크게 벗어난 사람은 아니어서 자신의 태도가 내 호의에 대한 답으로는 적합지 못하다는 것을 의식하고 있었던 듯했다. 하지만 나는 그때까지도 그의 이름이나 직업은 물론 주소의 가장 큰 지역 단위조차 모르는 채였다.

그사이 차는 오르막을 거의 다 올라 길가 안내판이 멀지 않은 정상의 휴게소를 알려주었다. 마지막 말 뒤로 한참을 씩씩거리다가 조용해졌던 그가 갑자기 딴 사람이라도 된 것처럼 은근한 목소리로 물었다.

"저…… 바쁘지 않으시면 휴게소에서 뭘 좀 드시고 가시지 않겠습니까? 제가 대접하고 싶습니다만."

그렇지만 그 친절은 결코 고맙지 않았다. 한계령 꼭대기에서 날이 저무는 것도 싫었거니와 저녁도 인선과 함께하기로 약속되어 있는 터였다. 그녀는 식당에서 홀로 하는 식사를 가장 못 견뎌 했다. 거기다가 그의 청을 들어주면 먼저 도착한 그녀의 기다림은 그만큼 더 길어질 것이었다.

"실은 약속 시간이 많이 늦어졌습니다. 고맙습니다만 대접받은 걸루 치고 어둡기 전에 이 고개부터 넘는 게 좋겠는데요."

나는 정중하게 그의 호의를 거절했다. 그도 나를 배려해서였을 뿐 자신은 별로 식욕이 없었던 듯 더 조르지는 않았다. 이미 불이 환히 켜진 휴게소를 지나는데 썰렁해서 더욱 넓어 보이는 주차장이 IMF 한파를 실감나게 했다. 몇 년 전인가 비슷한 계절, 비슷한 시각에 그 재를 넘은 적이 있는데, 그때는 잠시 차를 대기조차 마땅한 곳이 없을 만큼 붐비고 있었다.

"저, 어디서 많이 뵌 분 같은데……. 그렇지, 선생님은 작가시죠?"

내리막길을 들어선 지 얼마 안 돼 한동안 말없이 나를 살피는 눈치이던 그가 불쑥 그렇게 물어왔다. 그로서는 지극히 상식적인 인간관계에 시동을 건 셈인지 몰라도 나에게는 가장 당황스러운 물음이었다.

"아닙니다. 이것저것 몇 권 쓰기는 했지만 작가라고는 할 수 없습니다."

나는 공연히 쓸쓸해 오는 기분은 억누르며 그렇게 잘라 말했다. 그러나 그는 그걸 내 겸양쯤으로 오인하는 듯했다.

"틀림없어요. 책 표지에서 사진으로도 뵈었고 TV 화면에서도 더러 뵌 듯한데. 맞아요. 제게도 선생님 책이 있습니다. 뭐더라, 그렇지.『인간의 얼굴을 한 기업』. 솔직히 다 읽지는 못했지만 최신 경영 이론을 대중적으로 쉽고 재미있게 풀이하신 책이라고 알고 있는데……."

"강의하는 틈틈이 쓴 잡문들을 묶은 겁니다. 읽으셨다니 부끄럽군요."

그 대답은 한때 변형된 거드름으로서의 겸양이었다. 그러나 이제는 내 진심이 되었다. 하지만 그가 갈수록 짐스러워지는 내 부업(副業)을 들먹인 이유는 다른 데 있었다.

"아, 맞아요. 원래는 교수님이시죠. 미국에서도 명문대에서 학위를 받은 박사님이시고…… 신문에 쓰신 칼럼도 몇 편 기억납니다만."

아아. 그건 또 무슨 주제넘음이었을까. 한창 공허한 이름에 취해 있을 때 나는 모든 것을 다 알고 있다는 착각에 빠져 이것저것 가리지 않고 세상 시비에 간섭했다.

"분에 넘치는 짓을 가끔 한 셈입니다."

내가 그렇게 시인하자 그가 갑자기 활기에 찬 목소리가 되어 추궁하듯 물었다.

"그런데 선거전이 한창일 때 나온 칼럼에는 은근히 DJ를 비판하는 것이 많았던 것 같은데……"

그는 내 멱살이라도 잡은 듯 느긋한 미소까지 지었다. 아마도 그는 반(反)DJ 정서가 가지는 또 하나의 특징인 집요함까지 갖춘 사람이었다. 잠시 대화가 중단되어 있던 동안도 그의 생각은 줄곧 지난 대선(大選)에 머물러 있었던 듯했다.

"지지자는 아니었습니다."

"그런데도 이번 선거 결과에 별로 충격을 받지 않으신 듯하군요. 깨끗한 승복입니까? 아니면 속된 말로 이제 줄을 바꿔 서신 겁니까?"

그는 그렇게 묻다가 스스로도 너무 추궁조라고 생각됐는지 자신의 속부터 먼저 털어놓았다. 우리끼리니까, 라는 전제가 생략된 말투였다.

"지금 발등에 떨어진 불이 급해 그렇지. 나는 솔직히 이민이라도 떠나고 싶은 기분입니다. 아니, 지금이라도 사정만 나아지면 곧장 이민 수속 들어갈 겁니다."

참 엉뚱한 곳, 엉뚱한 상황에서 정치 얘기를 하고 있구나, 싶으면서도 나는 다시 그가 이끌어 낸 화제에 빨려 들어가지 않을 수 없었다. 그만큼 그의 표정과 목소리는 절실하였다.

"열렬히 지지한 사람이 선거에 떨어지면 누구든 서운할 겁니다. 하지만 선거가 벌써 열흘이나 지났는데…… 혹시 영남 출신이십니까?"

"물론 아버지 할아버지를 따지면 나도 영남이지요. 선산과 문중이 그쪽에 있으니까. 하지만 나는 입학한 초등학교부터 영남과는 멀어요. 중고등 대학은 서울에서 했고……. 거기다가 이번 선거에서도 꼭히 지지한 사람은 없어요. 다만 딱 한 사람. 그 사람만 되지 않았으면 했는데 ― 그게 거꾸로 되니……."

나는 먼저 질문을 받은 쪽이 나라는 것을 잊고 내처 반문하지 않을 수 없었다.

"그 사람이 왜 그렇게 싫습니까?"

"그의 거짓과 술수가 싫습니다. 허구와 조작이 정교한 게 싫고, 그것에 놀아나는 집단 히스테리가 겁납니다……."

그렇게 시작한 당선자에 대한 험구는 곧 그의 이력과 행적으로 번져 길게 이어졌다. 대부분이 이제는 너무 오래되어 증명할 수도 부인할 수도 없게 된 뜬소문들이었다. 이 사람의 직업이 무얼까. ― 그때 나는 문득 그런 의문을 가졌다. 지금은 아니더라도 한때는 신문이나 그 비슷한 언론기관에 몸을 담은 적이 있는 사람 같았다.

진위(眞僞)야 어떻든 그가 늘어놓는 것은 오래된 정치부 기자나 나이 먹은 정치 건달들도 가끔은 헷갈려 하는 정치 비사(秘史)가 되었다. 세상일 다 아는 척해 온 나도 주제넘은 잡문으로 신문사를 들락거리면서 겨우 귀동냥한 일들이 태반이었다. 하지만 그렇다고 무턱대고 그에게 동조해 주고 싶은 마음은 없었다.

"그건 정치를 너무 순진하게 이해하고 계신 탓 아닙니까? 다시 말해 정치란 원래가 책략과 술수를 싫어하지 않는 분야고 그런 뜻에서는 오히려 이번 당선자야말로 가장 정치적 자질이 있는 사람이라고 볼 수도 있습니다. 현대 정치학에서도 정치를 사적(私的) 동기 혹은 이익의 공적(公的) 전화(轉化)라고 정의하니까요. 집단 히스테리로 보신 지역감정도 그렇습니다. 그렇다면 영남도 온전하지는 못할 텐데요. 수치만으로 본다면 호남보다 훨씬 덜해 보이지만 그 지역에 대규모 공업단지가 많아 유입돼 있는 타 지역 인구를 뺀다면 적어도 DJ를 반대한다는 점에서는 호남의 지지율이나 크게 다를 게 없을 테니까요."

그러자 그도 이번에는 어지간히 기분이 상한 표정이었다. 내게 호의를 입고 있다는 사실마저 잊은 듯 빈정거림으로 받았다.

"이거 아무래도 제가 실례한 것 같은데요. 당연히 한편이라고 믿고 눈치 없는 소리 많이 했습니다. 깨끗한 승복이든 줄을 바꿔 선 것이든 선생님의 입장은 이미 전 같잖으신 듯한데……."

그 말이 은근히 사람을 자극하는 데가 있어 나는 또 길게 말하지 않을 수 없었다. 그것도 그때까지 한 번도 남 앞에서 그렇게 진지하게 털어놓아 본 적이 없는 속마음이었다.

"그건 아닙니다. 나도 그를 싫어하지만 이유가 다를 뿐이죠. 사실 86년 내가 유학에서 돌아왔을 때만 해도 나는 그에게 별다른 선입견이 없었습니다……."

하지만 한참 계속하다 보니 스스로도 한심한 기분이 들었다. 이 무슨 쓰잘 데 없는 험구를 하고 있는가……. 그렇게 되자 이야기는 절로 맥이 빠졌다. 나는 텔레비전 토론 때의 실수들 — 태연하게 일생 양심과 정의를 위해 살았다고 한다든가, 95년 위기 때 미국 친구들에게 얘기해서 카터를 북한에 보냈다든가, 따위 턱없는 허풍에 대해서까지 얘기했지만 끝이 어떻게 맺어졌는지 기억에 없을 정도로 그 화제는 흐지부지되었다. 내가 적어도 투표 때까지는 한편이었음을 확인한 것으로 만족한 듯 그도 더는 서로가 난감해질 수도 있는 정치 얘기를 끌어가려 하지 않았다.

차가 양양읍으로 들어선 것은 이미 날이 저문 뒤였다. 저만치 거리의 가로등이 보이는 곳에서 그가 지갑을 꺼내더니 명함 한 장을 내밀었다.

"오늘 신세 많이 졌습니다. 언제 연락 한번 주십시오."

예의 삼아 명함을 훑어보니 그의 직함은 '(株)청암(靑岩)문화사 대표'로 되어 있었다. 정확히 어떤 분야의 업체인지는 알 수 없었 지만 대강 짐작은 갔다. 상호(商號)에 문화가 붙어 실속 있고 번듯 한 업체는 본 적이 없었다.

그가 차에서 내리고 나자 내 머릿속은 이내 인선의 생각으로 온전히 채워졌다. 바로 낙산으로 갔다면 두 시간은 넉넉히 기다렸 겠구나. 마지막까지 저를 우선시키지 않았다고 원망하겠지. — 문 득 전에 경험한 낙산비치의 객실 사정이 상기되었다. 재작년인가, 연말 가까울 무렵 그곳에 묵은 적이 있는데 객실이 차버려 바다 쪽이 아닌 복도 건너 줄 온돌방에서 적잖은 불편을 겪어야 했다.

그때 내 눈에 공중전화 부스 하나가 눈에 들어왔다. 아무래도 그냥 낙산비치로 차를 몰고 가는 것보다는 확인을 하고 가는 게 나을 것 같았다. 인선이 거기서 객실을 잡았든 아니든 호출기에 메시지를 남겼을 것이기 때문이었다.

나는 전화 부스 곁에 차를 대고 내렸다. 동전 전화기는 고등학 생인 듯한 여학생 둘에게 점령되어 있었다. 송수화기를 번갈아 바 꿔 들며 한없이 이어지던 소녀들의 통화는 내 세 번째 헛기침이 있 고서야 끝났다. 인선이 남긴 메시지는 두 개였다.

"여긴 '뉴비치'라고 낙산비치에서 속초 쪽으로 2킬로쯤 되는 바 닷가에 새로 지은 호텔이에요. 규모는 작지만 깨끗하고 조용하네 요. 503호실 예약해 두었어요. 저는 506호실인데 전망이 아주 좋아요. 기다릴게요."

첫 번째 메시지는 그랬다. 호텔이 바뀐 것으로 보아 망하네, 죽네, 해도 경관 좋은 바닷가 호텔의 연말 특수(特需)는 그대로인 듯했다. 그런데 시간으로 봐서는 먼저인 두 번째 메시지가 그런 내 짐작이 틀렸음을 일깨워주었다.

"낙산비치예요. 길을 잘 알지도 못하면서 구룡령(九龍嶺)을 넘다가 좀 늦어졌어요. 하지만 저보다 한 시간이나 늦게 출발하셨다니 아직 도착하지는 못하셨겠지요. 과연 IMF 바람이 차긴 차네요. 연말인데도 객실은 많이 비어 있어요. 하지만 무슨 문화 단체의 모임이 있어 우리가 묵기에는 마땅치 않군요. 제가 아는 얼굴이 몇 있어서요. 아마 선생님을 알아볼 사람은 더 많을 성싶어요. 다른 곳을 알아보고 다시 메시지 남길게요."

특별히 강조되지 않은 것 같은데도 IMF 바람이라는 말이 강하게 내 의식을 찔러왔다. 그러고 보니 서울을 떠난 뒤로 다섯 시간 가까이 나는 그 말을 잊고 있었다. 요즘 그 말은 어디를 가든 삼십 분에 한 번은 듣게 되는 말이었다. 아직 나와는 상관없는 말 같으면서도 다른 한편으로는 이미 무의식의 바닥에 어둡고 무겁게 가라앉은 그 말. 어쩌면 우리도 그 바람에 쓸려 여기까지 오게 되었는지 모른다……

"아무래도 이대로는 견뎌내지 못할 것 같아요. 거품이 잔뜩 낀 이 의상실부터 정리하고 어디 가서 몇 년 조용히 공부나 더 해야겠어요."

지난가을부터 인선은 가끔씩 그런 말을 했다. 그러나 나는 그 말을 귀담아듣지 않았다. 이미 유학을 다녀온 데다 나이도 마흔에 가까운 그녀였다. 의상 디자인에 그녀가 더 공부해야 할 학구적인 측면이 있다는 것도 별로 실감 나지 않는 얘기였지만, 압구정동 요지에 있는 그녀의 의상실도 그 바닥에서는 아직 예전의 성가를 누리는 걸로 듣고 있었다. 오히려 나는 그 말을 내게 보내는 그녀의 간접적인 압력 정도로 이해했다. 이제는 태도를 분명히 결정해 주세요. 이대로 마냥 기다릴 순 없어요, 라는.

그런데 지난번에 만났을 때 그녀는 제법 입술까지 잘근거리며 말했다.

"결심했어요. 의상실 내놓고 모교로 가서 한 3년 공부나 제대로 해보기루. 껍데기만 남았지만 이리저리 뜯어 맞추면 의상실 보증금은 제 손에 남을 것 같네요. 아무리 달러 값이 올랐다지만 몇 년 버틸 학비는 되겠지요."

"그다음엔?"

"돌아와 다시 시작해 보는 거죠. 정식으루 대학에 자리 잡든가. 그때쯤이면 이 사태도 끝나 있지 않겠어요?"

내가 알기로 그녀가 공부한 디자인 스쿨은 여러 종류의 학위를 주는 곳이었다. 공부만 제대로 하고 오면 그녀가 받은 A.A.S라는 일종의 수료증만으로도 대학에 자리 잡을 길이 전혀 없는 것은 아니었지만 앞으로는 그것도 어려울 것 같았다. 지금 같은 우리 대학 풍토에서는 정식의 박사 학위나 적어도 M.FA는 따야 하는데 그녀에게는 너무 요원해 보였다. 따라서 내게는 그녀의 계획이 모든 것을 털어버리고 빈손으로 다시 시작하겠다는 비장한 결의로만 느껴졌다.

나는 그 비장한 결의 뒤에 지난 3년의 피곤한 우리 사랑과 무엇이든 미루기만 하는 내가 있음을 알아보았다. 그녀는 자신이 빠져 있는 유예(猶豫)와 불확실성에서 달아나고 싶어 한다. ― 여행은 그런 그녀를 안쓰럽게 여겨 내가 제안한 것이었다. 나도 이제는 무언가 결단할 때가 되었다는 자각이 새삼 가슴을 저리게 했다.

이 여행을 결정하고 난 다음 사나흘 내 생각은 밤낮없이 그 결단에 쏠려 있었다. 한번 마음을 다잡아먹자 도저히 해체나 일탈이 불가능해 보이던 완강한 인간관계들에도 빈틈들이 보였다. 그러나 단번에 그것들로부터 자유로워지는 길은 없었다.

그래서 나는 우회(迂廻)를 생각했다. 그녀의 계획에서 암시 받은지도 모르지만, 일단 지금의 인간관계로부터 한발 물러선 곳으로 나를 빼낸 다음 다시 궁극적인 단절로 가는 방식이었다. 교환교수나 초청교수의 형식을 빌려 나도 잠시 이 나라를 떠난다…….

하지만 결정은 언제나 마지막 순간으로 미루는 습성에 따라 그 이상 구체적인 계획을 진전시키지 못한 채로 나는 서울을 떠났다. 나머지는 차 안에서 생각할 수도 있다는 핑계로. 그런데 전반은 늦은 출발과 뜻밖의 교통 체증이 준 다급함 때문에, 그리고 후반은 한계령에서 내 차에 편승한 그 사내와의 잡담 때문에 더 생각할 여유를 잃고 말았다.

생각이 거기에 미치자 나는 갑자기 그 훼방꾼이 밉살맞게 느껴졌다. 눈 덮인 한계령을 넘으면서 고작 정치 얘기라니, 그것도 이미 끝나버린 대통령 선거의 당선자 험구라니. — 나는 뒤늦은 핀잔을 중얼거리면서 피우던 담배를 끄고 시동을 걸었다.

그때 누군가가 다가와 차창을 두드렸다. 차창을 내리고 보니 좀 전에 헤어진 그 사내였다.

"아직 여기 계셨군요."

"네, 전화 한 통 하느라구요. 어떻게 차는 잘 해결되었습니까?"

나는 마지못해 그렇게 받았다. 그러자 그가 다시 들러붙는 어조로 말했다.

"글쎄. 그게 잘…… 시골이라서 그런지 읍내에는 레커차 있는 곳이 없어요. 그런데 아까 얼른 들으니 낙산 쪽으로 가신다고 한 것 같은데……."

"네, 낙산 좀 지나 외딴 바닷가에 새로 지은 '뉴비치'라는 작은 호텔로 가는데……."

나는 그가 다시 편승을 바라는 게 싫으면서도 그 때문에 오히려 더 정직하게 내가 가는 곳을 밝히고 말았다. 거기에는 내가 가는 곳이 외진 곳인 만큼 더 이상의 편승은 어렵다는 뜻도 포함돼 있었다. 갑자기 그의 얼굴이 어둠 속에서도 알아볼 만큼 환해졌다. 그제야 나는 아차, 싶었다.

"뭐라고 하셨습니까? 뉴비치요?"

"네, 아직 잘 알려지지 않은 모텔 같은 곳인 모양입니다만……."

"아, 압니다. 잘 알지요. 실은 나도 바로 그리로 가고 있는 중입니다."

나는 그때 그와 나 사이에 얽힌 알 수 없는 인연 같은 것을 느꼈다. 그게 뒤이은 그의 편승 요청을 일종의 체념으로 받아들이게 했다.

"남의 일을 봐주려면 삼년상까지 치러 주랬다구 — 그럼 거기까지 같이 갑시다. 가서 한턱 단단히 내지요. 그 호텔 주인이 바로 고종형님 됩니다. 제 차 문제는 거기서 전화로 해결하기로 하고……. 어차피 내가 레커차 끌고 다시 한계령을 넘을 여유는 없으니까."

하지만 그도 좀 전과는 달리 닫혀버린 내 마음을 곧 읽은 듯했다. 차에 오른 그는 또 정치 얘기를 꺼내다가 성의 없이 대꾸하는 내게 갑자기 변명조가 되어 말했다.

"나 같은 장사꾼이야 장사만 잘하면 되지, 무슨 정치에 그리 관심이 많으냐고 나무라실 테지만 그게 어디 그렇습니까? 들으니 재경원에서 하마 이 사태를 알아차린 게 지난 육칠월이라고 합디다. 그런데 뻔히 알고도 경제를 이 꼴로 만들었으니……. 어디 입 안 대게 생겼습니까? DJ도 그래요. 그 사람의 멘탈리티가 바로 이 나라를 이 지경으로 만든 그 사람들과 별로 다른 것 같지 않아 이렇게 불안하다 이겁니다. 정치 논리로 경제를 풀어 나가려는 발상 같은 거 말입니다."

그러나 그때 나는 그의 존재가 조금씩 난감스럽기 시작하였다.

'뉴비치'에 기다리고 있을 인선 때문이었다. 왠지 그는 거기 가서도 줄곧 우리 사이에 끼어들 것 같은 예감이 들었다. 거기다가 그가 인선을 알아보게 되는 것도 걱정거리였다. 하지만 내가 대꾸 없는 걸 자신의 설명 부족으로 여겼는지 그는 목소리에 한층 힘을 주어 이었다.

"인수위원회란 게 설치는 꼴 한번 보쇼. 이 난판에 뭐 경제 청문회를 해? 한보 비리, 대규모 정부 수주 공사 내막 다시 조사한다? 전직 대통령 잡아들이는 일이야 자신이 길을 냈으니, 그래서 YS 옭아 넣는 거야 YS의 자업자득이겠지만 이 나라 경제 꼴은 어떻게 되겠어요? 드러나 봐야 우리 관료의 무능 아니면 부패일 텐데, 그거 매스컴에 떠들어 세계에 알려봐야 외자(外資) 유치에 무슨 득이 되겠나 이 말입니다. 불교에 '독전(毒箭)의 비유'란 게 있지 않습니까? 사람이 독화살을 맞았으면 빨리 화살을 빼고 치료하는 게 중요하지, 누가 이 독화살을 쏘았는가, 어디서 날아왔으며 크기는 얼마인가를 따지는 일은 급하지 않단 말입니다. 그런데 지금 그 사람들 하는 짓이 꼭 그렇다니까. 하마 싹수가 노래요. 내 참……."

그러다가 느닷없이 시비조가 되어 내게 따지듯이 말했다.

"한 달 전에 담보까지 등기 설정하고 떠먹듯이 약속한 기업 운영자금 이제 와서 오리발이 뭡니까? 이자만 잘 물면 당연히 유예해 주던 설비 자금을 이제 와서 갑자기 회수하겠다고 설쳐 대면 우리 같은 중소기업은 무슨 수로 견딥니까? 이따위 은행들이나 어떻게 손봐 하루에도 수십 개씩 엎어지는 기업 살릴 생각은 않고, 그저 한다는 소리가…….”

가는 동안 차 안이 좀 소란스럽기는 했지만, 그가 길을 알고 있어 '뉴비치'를 찾아가는 데는 크게 어려움이 없었다.

“저깁니다. 지난 여름휴가 여기서 보냈는데 장사 한번 기차게 되더니……. 낼 돈 다 내고 묵어도 오래 방 차지하고 있기가 미안하더라니까. 그런데 여기도 지금은 썰렁한 분위기네.”

그러면서 그가 가리킨 곳은 바닷가 작은 언덕에 세워진 푸른색의 아담한 오 층 건물이었다. 낙산과 물치의 중간쯤 될까, 바닷가 호텔로서는 나무랄 데 없는 위치였다. 그러나 나는 그가 더 이상 내게 들러붙는 게 싫어 되도록 쓸데없는 대꾸를 삼갔다. 그도 거기 이르자 뭔가 긴한 용무에 마음을 뺏겼는지 간단한 인사와 함께 프런트 데스크 안으로 사라졌다. 주차를 마치고 뒤따라가면서 보니 데스크 직원들도 그를 잘 아는 것 같았다.

예약되어 있는 503호실에 짐을 푼 다음 나는 전화도 없이 인선의 방문을 두드렸다. 누구세요? 하는 인선의 목소리가 몹시 가라앉아 있었다. 그렇게 보아서 그런지 나를 말끄러미 바라보는 그녀의 두 눈에도 물기 같은 것이 어려 있었다.

“미안해. 오는데 길까지 막혀서…… 많이 기다렸지?”

“기다리고 또 기다리는 거 — 제 운명 아녜요?”

그녀가 희미하게 웃으며 내 말을 받았다. 그 웃음이 또 나를 가슴 아프게 했다. 방 안을 둘러보니 창가에 있는 테이블 위 재떨이에 그녀가 방금 끈 듯한 담배가 아직도 연기를 피워 올리는 중이었다.

그녀는 평소의 빈틈없이 격식을 갖춘 나들이옷에서 청바지에 헐렁한 티셔츠 차림으로 갈아입고 있었다. 그새 샤워를 했는지 긴 머리칼도 여고생의 생머리나 다름없었다. 그런데 화장이 지워진 그녀의 얼굴이 다시 애틋한 연민을 자아냈다. 왠지 파슬파슬하게 느껴지는 피부와 숨김없이 드러나는 잔주름이 내게 뭔가를 문책하는 듯했다. 그때는 얼마나 눈부신 아름다움으로 다가왔던가. — 나는 때아니게 3년 전 그녀를 처음 만난 날을 떠올렸다.

그 무렵 나는 이미 전공과 무관한 프로에도 별다른 거부감 없이 출연하기 시작해 일주일에 한 번은 방송국을 드나들고 있었다. 그날 오전 강의를 마치고 곧장 달려갔는데도 생방송 시간이 임박해서 나는 지정된 녹화실로 뛰듯이 걸음을 재촉했다. 그런데 휴게실 옆 자판기를 지날 때였다. 뭔가 한 줄기 눈부신 빛살처럼 두 눈을 찔러오는 게 있었다.

나는 다급한 중에도 걸음을 멈추고 그쪽을 살펴보았다. 한 젊은 여자가 방금 자판기에서 뺀 커피를 마시고 있었다. 그리 성장(盛裝)을 한 게 아니면서도 어딘가 격식과 품위를 느끼게 하는 옷차림에 역시 화려하지는 않지만 사람의 눈길을 끌기에는 충분히 아름다운 얼굴이었다.

어디서 본 듯한 느낌 때문에 나는 처음 그녀를 신인 탤런트거나 가수쯤으로 짐작했다. 그러나 다시 살피니 신인으로서는 좀 나이가 들어 보여 이번에는 아나운서거나 토크쇼 프로 진행자가 아닐까 추측했다. 그쪽도 아니었다. 전문으로 방송에 매달려 있는 처지는 아니지만 적어도 아나운서나 진행자들의 얼굴 정도는 알고 있을 만큼 나는 자주 방송국을 드나들었고 또 관심을 가지고 있었다.

그러다가 그녀가 누구인지를 알게 된 것은 내 대담 프로가 막 시작되기 직전이었다. 프로듀서가 체크하는 몇 개의 모니터 중에 그녀가 비쳤는데, 그 대담 분위기를 보자마자 나는 이내 그녀를 기억해 냈다. 내가 텔레비전에 끌려 나오기 시작한 것과 비슷한 시기부터 패션계에서 떠오르는 별로 지목되어 그 분야의 대담에 자주 불려 나오는 디자이너였다.

그녀는 양장점 출신의 제1세대나 외국 패션을 눈요기한 정도로 시작한 제2세대와는 달리 체계 있게 디자인을 공부한 이른바 제3세대 디자이너로 아마도 내가 그녀를 기억하게 된 것은 그녀가 공부한 학교 때문일 것이다. 나는 보스턴에서 학위를 받았지만 처음 어학연수를 받은 뉴욕 대학 부근도 좀 아는 편이었다. 그런데 그녀가 수학한 디자인 학교는 그 뉴욕 대학 근처에 있고 나도 먼빛으로 바라본 적이 있었다.

하지만 그녀가 누구인지를 알아도 그날 그렇게 총총히 뛰어가던 내 눈길을 끈 그 빛의 정체는 얼른 잡히지 않았다. 여인의 아름다움 혹은 성적인 호기심에 끌린 것이라면 텔레비전 방송국에는 그 점에서 그녀보다 훨씬 매력적인 여자들이 얼마든지 있다.

그런데 전에는 한 번도 그런 일이 없었다. 거기다가 나는 그때 이미 사십을 훌쩍 넘어 우스갯소리로 불감(不感)의 중턱을 넘고 있는 나이였다.

그런데 그로부터 보름도 되지 않아 나는 다시 그 빛과 마주쳤다. 그날 세 시간 연강(連講)을 마치고 역시 무언가 학교 밖의 일로 교정을 나서던 나는 이제 막 잎이 돋기 시작하는 은행나무 가로수 길 아래서 또 그 빛을 보았다. 그녀였다. 옷차림도 방송국에서 만났을 때와는 다르고 화장도 그랬지만 내 눈을 쏘아오는 그 빛은 똑같았다. 그 빛이 끌어들인 힘이 얼마나 강했던지 나는 따로 마음을 다잡을 필요도 없이 걸음을 빨리해 그녀에게로 다가갔다.

"안녕하십니까?"

내가 그녀에게 인사를 던지자 그녀도 스스럼없이 인사를 받았다.

"안녕하세요?"

"우리 구면이지요?"

"네. 그런 것 같네요."

"그럼 지난번 방송국에서……."

"네."

그 대답을 듣고 나는 비로소 그 빛살의 정체를 안 느낌이었다. 그녀도 나를 보고 있었다. 내가 본 것은 나를 향해 보낸 그녀 존재의 어떤 신비한 신호였다. ― 해석은 곧장 그렇게 비약했다. 그때 다시 그녀가 짤막하게 보탰다.

"하지만 전에도 몇 번 뵈었어요. 또 전 선생님 독자구요."

"내게 이런 미인 독자가 있었는지 몰랐군요. 영광입니다."

평소 같으면 잘 모르는 젊은 여자와 그 정도로 대화를 끌어가기 위해서는 예사 아닌 용기를 내야 했다. 그런데 그날은 왠지 모든 게 자연스럽기만 했다.

"그런데 이 학교에는 무슨 일로?"

"이번 학기 의상학과에 강의를 맡은 게 있어서……."

"호오, 그럼 동료 선생님이 되신 셈이네. 진작 알았으면 연구실로 초대해 커피라도 한잔 내는 건데……."

거기까지도 말은 자연스럽게 나왔다. 그러나 그때부터 내 마음은 조금씩 흔들리고 있었다. 나는 커피 호사를 즐기는 편이었고 남자 교수들에게는 흔치 않은 커피 집기들도 갖추고 있었지만 젊은 여자를 혼자 쓰는 연구실에 불러들여 커피를 마신 적은 없었다. 제자라도 나이 찬 여학생이 혼자 찾아오면 공연히 불편해지는 게 그 방면의 결벽 아닌 결벽이었다. 그런데 그녀의 대답이 한층 나를 혼란스럽게 했다.

"초대 고마워요. 실은 저도 이 학교에 강의를 맡으면서 여기가 선생님이 계시는 학굔데…… 했어요. 다음 주 강의 끝나면 한번 들를게요."

나는 처음 그녀의 그런 반응을 기혼 여성의 당돌함으로 추측했다. 그러나 다시 기억해 보니 그녀는 아직 미혼이었다. 그것도 미혼이라기보다는 독신이라는 말이 더 어울릴 30대 중반이었다. 그러자 갑작스레 모든 게 어색하고 쑥스러워졌다.

"그것 참 기대되는데요. 좋은 커피 마련해 기다리겠습니다."

간신히 그렇게 받기는 했지만 목덜미까지 화끈해졌다. 그러나 그때만 해도 그게 그녀와 나를 특별하게 맺어주는 계기가 되리라고는 감히 상상도 못했다. 그런데 다음 주 그 시각 그녀는 정말로 왔다…….

내가 얼마나 회상에 잠겨 있었는지 모르지만 그때까지 참고 나를 살피던 그녀가 회상의 한 단락이 끝난 걸 어떻게 알아차렸는지 가만히 물어왔다.

"무얼 그렇게 골똘히 생각하세요?"

"처음 인선을 만났을 때, 그때 네가 얼마나 눈부시게 예뻤던지를."

나는 솔직히 그렇게 대답했다. 그러자 그녀가 살풋 웃으며 반문했다.

"그런데 지금은? 이젠 눈부시지도 않고 예쁘지도 않아요?"

그 웃음이 내게는 다시 쓸쓸하기 그지없게 보여 갈수록 가슴 흥건히 괴어오는 슬픔의 정조(情調)를 더했다. 나는 그게 견딜 수 없어 그녀를 껴안았다.

"아니야. 더 예쁘고 눈부셔."

나는 그러면서 팔에 힘을 주었다. 부스러질 듯 안겨오는 그녀의 여윈 몸이 또 한 번 슬픔의 정조를 자극하는가 싶더니 이내 견딜 수 없는 요의(尿意)와도 같은 욕망으로 변해 그녀를 침대 가로 끌어가게 했다.

흔히 요구되는 예비 동작이나 사전 교감 없이 치러진 것이었지만 우리의 성합(性合)은 그 어느 때보다 길고 뜨겁고 집요한 것이 되었다. 그 바람에 성합이 끝난 뒤의 적막과 정지도 깊고 길었다. 온몸에 뒤덮어쓰다시피 한 땀이 닦지 않았는데도 가시어 갈 무렵에야 그녀가 입을 열었다.

"전 아무래도 바타이유란 사람, 뭘 잘못 알고 말한 것 같아요."

그런 그녀의 목소리에는 나이를 잊게 하는 해맑음과 천진성이 되살아나 있었다. 그러나 서서히 깨어나는 내 가슴에는 잠시 욕정에 밀려났던 슬픔의 정조가 다시 제자리를 찾아들고 있었다. 떠나야 할 사람, 혹은 보내야 할 사람……

"응, 바타이유?"

"언젠가 제게 말씀해 주셨잖아요? 에로티즘은 본질적으로 슬픔이나 허무와 관련된 것이라구요."

"생식과 죽음의 관련을 그렇게 표현한 것이겠지. 생식의 가장 기초적 형태인 세포분열에서도, 분열로 새로 태어나는 세포에게는 그게 생명이고 출생이지만 분열하는 원래의 세포에게는 죽음의 의미일 뿐이니까. 왜냐하면 분열한 둘과 원래의 하나 사이에는 이미 동일성이 없거든."

그녀가 깨어났다면 나도 굳이 비감에 젖어 있을 필요가 없었다. 나는 그녀가 좋아하는 논리적 명쾌함을 회복하려 애쓰면서 그렇게 대답했다. 그래, 우리를 기다리는 것이 이별이라 할지라도 그것이 다시 만나기 위한 이별임을 믿자. 아니, 다시 만나지 못하게 되더라도 한 되지 않을 사랑으로 이 순간을 채워 나가자.

"그게 바로 일면적인 논리로만 짜여진 관념일 것 같다구요. 왜 원래의 세포가 가졌던 의지 혹은 목적성은 무시하죠? 원래의 세포가 분열로 생식을 의지했다면 혹은 그런 목적성에 따라 분열했다면 설령 그게 자기 존재의 소멸을 뜻한다 해도 반드시 슬픔이나 허무만을 의미할까요?"

"세포의 의지라……."

"존재의 의지라는 편이 옳죠. 내가 보기에 에로티즘이나 그 원초적 양식인 섹스는 오히려 존재 확인 혹은 존재 확대의 의지와 관련된 어떤 것이라는 게 옳을 듯한데요."

"그런데 왜 갑자기 그런 생각을 했지?"

"실은 섹스 뒤의 제 느낌이 그렇거든요. 우울하고 쓸쓸하고 한스럽고 ―. 어두운 상념에 젖어 선생님을 만났다가도 한차례의 뜨거운 섹스가 있고 나면 그 모든 걸 다 잊어버리고 이렇게 아늑하고 느긋해지니까요. 처음엔 이게 섹스의 마비 작용이 아닌가 의심했는데, 시간이 갈수록 그게 아니라는 생각이 들어요. 무언가 근원적인 낙관과 관련된 감정이라는 거죠."

그녀는 그 말과 함께 갑자기 몸을 일으켰다. 그리고 침대에서 뛰어내려 조금 전 내가 함부로 벗겨 던져 둔 옷을 찾아 입는 모습이 꼭 어릴 적 강둑에서 훔쳐본, 멱을 다 감은 또래의 여자애 같았다. 새파래진 입술로 몸을 옹송그리고 서둘러 옷을 걸치는. 헐렁한 티셔츠 위에 오리털 파카까지 걸친 그녀가 아직도 늘어져 누워 있는 내 팔을 잡아끌며 성미 급한 아이처럼 보챘다.

"우리 어디 맛있는 거 먹으러 가요. 저녁이 늦었어. 벌써 여덟 시야. 너무너무 배가 고파요."

그런 그녀의 웃고 있는 얼굴에서는 처음 만났을 때 본 그 빛살이 눈부시게 쏘아져 나오고 있었다.

습관처럼 따로따로 호텔을 나와 주차장 후미진 곳에 세워 둔 그녀의 차에 올랐을 때 그녀가 다시 뽐내는 아이처럼 말했다.

"제가 이래 봬도 미리 와서 사전 답사까지 다 해두었다는 거 아녜요. 대포나 낙산까지 갈 것도 없이 바닷가 분위기 나는 횟집들이 들어선 곳이 새로 생겼더군요. 시설은 포장마차 같지만 괜찮을 것 같아 선생님이 오면 함께 가야지 하고 봐뒀어요. 어때요? 이만하면 똑똑한 선발대 아녜요?"

그리고 그녀가 차를 몰아 간 곳은 호텔에서 오 분 거리도 안 되는 곳에 있는 물치라는 조그만 포구의 시멘트 방파제 위였다. 거기에 전에 보지 못했던 대형의 포장마차 같은 횟집들이 줄지어 들어섰는데, 역시 IMF 한파 탓인지 아니면 아직 그리 알려지지 않아선지 거의가 텅 비어 있었다.

인선은 그중에서 낮에 미리 점찍어 둔 듯한 집으로 나를 안내했다. 바다 가까운 쪽으로, 내부도 포장마차 분위기 그대로였으나 난방만은 제대로 신경을 써 춥지는 않았다. 그녀가 이것저것 아는 체 주문을 했다.

나도 되도록 인선의 기분에 맞춰 밝고 가벼운 마음을 가져보려 애썼다. 하지만 무슨 강박관념처럼 나를 억누르고 있는 이번 여행의 의미에서 좀체 자유로워질 수가 없었다. 비장한 결단으로 내 삶과 세계를 바꾸지 않으면 결국은 이별의 의식(儀式)이 되고 말 이 여행, 그것도 종당에는 이별의 의식으로 낙찰될 공산이 더 큰 이 여행. ― 어쩌면 눈물과 한탄만이 그녀에 대한 내 예의일지도 모른다는 생각까지 들었다.

"선생님 오늘 왜 이러세요? 꼭 장례식에 온 사람 같애, 힘내세요. 하늘이 무너지는 것도 아니고 땅이 꺼지는 일도 없어요."

그런 내 기분을 애써 무시하던 인선이 마침내 참지 못한 듯 그렇게 말했다. 그러나 이내 그 화제를 끌어낸 것 자체가 후회스럽다는 듯 재빠르게 말머리를 돌렸다.

"애인 중에 대학교수가 가장 인기 있는 이유가 뭔지 아세요?"

"뭔데?"

"첫째, 시간이 많아 언제든지 만날 수 있다. 둘째, 머리에 든 게 많아 배울 게 많다. 그리고 마지막으로 정히 못 나올 때는 조교라도 대신 보낸다. 이거예요. 그런데 우리 교수님은 왜 이래?"

그녀가 그래 놓고 깔깔거렸다. 나도 따라 웃지 않을 수가 없었다. 그러나 가슴속에는 여전히 검은 안개가 자우룩한 듯했다. 둘만의 자리에서는 좀체 시키지 않는 술을 그날따라 독주로 시킨 것은 아마도 그 때문이었을 것이다. 그녀는 내가 술에 취하는 것을 별로 좋아하지 않았다.

빈속이라 그런지 소주를 몇 잔 하자 짜르르 술이 오르며 무겁던 기분이 조금씩 풀려왔다. 내가 뒤늦게 그녀의 농담을 받은 것도 그 표현이었을 것이다.

"아까 대학교수 어쩌고 그랬지? 그럼 이번에는 내가 한번 물어볼까? 대학교수하고 거지하고 비슷한 점 세 가지 뭔지 알아?"

"뭐예요?"

"첫째, 출퇴근 시간이 자유롭다. 둘째, 되기는 어렵지만 되고 나면 편하다. 셋째, 한번 맛 들이면 그만두지 못한다."

그녀가 좀 전보다 더 크게 깔깔거렸다. 그런데 그 웃음에 웬지 과장이 섞인 듯해 모처럼 풀려가던 내 기분이 다시 움츠러들었다. 서로에게 중요한 화제는 뒤로 물려 놓고 변죽만 울리는 게 아무래도 온당치 못한 노릇 같아 내가 먼저 얘기를 꺼냈다.

"그런데 수속은 별 문제 없어? 어드미션은……."

그러다가 나는 자신도 모르게 입을 다물었다. 곧 울음이 터질 듯한 눈으로 나를 보며 항의하는 그녀의 표정 때문이었다.

"선생니임……."

그녀가 차가운 목소리로 나를 불렀다.

"응?"

"우리에게 사흘이 있댔죠? 제발 그 사흘이라도 망치지 말아요. 그 얘긴 마지막 한 시간을 남겨 놓고 시작하는 거예요. 알겠어요?"

그렇게 말을 끝내는 그녀의 목소리는 거의 애원조였다. 이제는 정말 항복이었다. 나는 진심으로 그녀가 마음이 내켜 스스로 그 얘기를 꺼낼 때까지는 결코 우리의 음울한 처지를 상기시키는 말을 하지 않으리라 결심했다. 우리는 행복한 연인들이다. 겨울 바다를 찾아 아름다운 추억 만들기에 나섰고 지금은 그 달콤한 첫 밤이다. — 나는 스스로에게 최면이라도 걸듯 그렇게 속으로 다짐하며 축 처진 분위기를 힘들여 수습했다.

"나도 알아. 이게 오랜만에 맞게 되는 우리 둘만의 밤이라는 것. 그리고 정말로 행복해. 하지만 너무 완전한 행복은 왠지 불안한 느낌을 줘. 이럴 때 중국 사람들은 일부러 하늘을 바라보며 불행한 척 엄살을 떨어 하늘의 질투를 막는다더군. 나도 우리 행복이 그리 완전한 것이 아니라는 것을 하늘에 상기시키려고 엄살을 떨고 있는지도 몰라."

그런 내 말은 어느 정도는 진실이었다. 하지만 내 어조가 너무 진지한 탓인지 그녀의 어두운 기색은 쉬 풀어지지 않았다. 대신 평소에는 입에 대지 않는 술 한잔을 청하는 것이었다. 아아, 어쩌다 우리가 여기까지 왔나.

인선이 처음 내 연구실에 나타난 날을 나는 아직도 선명히 기억한다. 며칠 전부터 나는 세심한 주의로 그날을 모든 약속으로부터 빼냈다. 강의에 들어가기 전에 일부러 조교실에 들러 연구실 청소까지 부탁했고 강의마저 이십 분 일찍 끝냈다. 연구실로 돌아와 커피를 준비할 때는 가슴마저 설렜다.

그 설렘의 정체는 무엇이었을까. 그때는 나 자신도 잘 몰랐지만 이제는 무엇인지 알 듯도 하다. 그것은 황폐하고 삭막한 젊은 날을 보낸 중년 남자의 한(恨)과도 같은 보상 심리 혹은 비뚤어진 욕망이었을 것이다.

그해 마흔다섯 고개를 넘으면서 나는 전에 없던 감정을 경험해야 했다. 일류 대학을 향한 집념과 코흘리개들을 가르치는 일로 또래와 격리되어 흘러가 버린 고등학교 시절. 병든 홀어머니와 어린 동생들을 돌보면서 학업을 잇기 위해 세 군데 네 군데까지 겹쳤던 시간제 가정교사로 앞뒤를 돌아볼 틈이 없던 대학 시절. 절실한 필요에 따른 이른 결혼과 오직 유학 준비에만 몰두해 기억조차 희미한 중등 교원 시절 5년, 그리고 다시 송금 없이 견뎌야 했던 유학 시절 5년과 그곳에서의 실속 없는 강사 노릇 2년. 귀국 뒤 그래도 괜찮은 대학에 자리 잡기 위해 분주했던 몇 년과 시답잖은 저서로 일약 유명 인사가 되어 매스컴과 캠퍼스 사이를 팽이처럼 돈 몇 년……. 은근한 자족(自足)이고 자부였던 그 이력이 갑자기 고달프고 초라한 삶의 역정으로 비하되기 시작했다.

한때는 나를 위해 열심히 살았다고 믿었지만 엄밀히 따져보면 나를 위한 것은 그리 많지 못했다. 남이 규정한 가치에 충실하게 삶을 기획하고 거기 따라 숨 가쁘게 달려온 나날들. 그래서 어느 정도 목표에 근접하게 되면서부터는 삶 자체가 남에 의해 기획되고 집행되고 어이없는 전도(轉倒)가 일어나고 이제는 화석화(化石化) 현상마저 일어나고 있다. 육체적인 욕망과 허영을 가진 인간,

느낌과 누림 같은 피와 살의 생생한 진실로 보면 얼마나 억지스러우면서도 허황된 삶인가. ─ 유치하고 섣부른 허망감일 수도 있고 달리는 작은 성취에서 비롯된 자만의 변형일 수도 있지만 당시에 내게는 자못 절실한 회의였다.

인선이 나타난 것은 바로 그런 때였다. 나이는 이제 더 이상 젊음을 주장할 수 없고 따라서 젊음에 바탕한 여러 즐거움과 누림도 내 삶의 기획에 더는 끼어들 여지가 없게 된 때에, 특히 사랑이나 여성적인 구원(救援)을 말하는 것은 그대로 망령이 될 수도 있는 시기로 접어드는 길목에서. 하지만 솔직히 말하자면 그날 커피를 마시면서 내 연구실을 꼼꼼히 돌아보는 그녀의 호기심과 선망 어린 눈길에서 나는 이미 내 삶의 마지막 축복과 마주하고 있다는 환상까지 품었다.

"여어, 이게 누구십니까? 교수님 아니십니까?"

잠깐 회상에 빠져 있는 내 목덜미를 후려치듯 누군가 등 뒤에서 술기 있는 외침을 보냈다. 돌아보니 술기운과 예사 아닌 반가움으로 벌겋게 단 사내의 얼굴이 저만치서 다가오고 있었다. 그러나 나는 조마조마하며 기다리던 일이 현실로 벌어지는 걸 보는 심경이었다. 결국 나타났구나.

"실은 두어 시간 전부터 찾았습니다. 503호실로 여러 차례 전화 드렸지만 안 받으시더군요. 호텔 레스토랑에서도 한 시간은 좋게 기다렸습니다. 맥주나 마시며 기다리다 보면 저녁 식사 하러 내려오실 것 같아서. 그런데 알고 보니 동행이 있었군요."

다가온 사내가 인선을 곁눈질하며 다시 큰 소리로 너스레를 떨었다. 갑자기 인선과 나 사이를 추궁받는 것 같아 그 난감함이 사내의 출현을 더욱 못마땅하게 했다. 처음에는 인선과 동행임을 강력하게 부인해두고 싶었으나 나는 곧 생각을 바꾸었다.

"네 아는 분을 만나서……. 술이나 한잔할까 하고."

멀리 동해안의 호젓한 바닷가에서 밤 아홉 시가 넘은 시간 술집에 마주 앉아 있는 남녀를 무관한 사이로 해명할 길은 없다 싶자 나는 그렇게 애매하게 대답했다. 그러면서도 마음속으로는 그가 분별 있게 그 정도의 수인사로 우리에게서 떠나주기를 간절히 바랐다. 하지만 헛된 바람이었다. 그가 승낙도 받지 않고 내 곁의 의자 등받이를 잡으며 천연덕스레 말했다.

"이놈의 밤을 어떻게 보내나 막막했는데 잘됐습니다. 두 분에게 실례가 될지 모르지만 잠시 여기서 시간을 죽이고 들어가야겠습니다. 술은 제가 사지요. 어차피 여기 교수님께 신세 진 것도 있고……."

그러다가 나의 굳은 표정과 인선의 눈가에 지는 희미한 찌푸림의 주름을 느꼈는지 갑자기 간절한 어조가 되었다.

"대신 오래 훼방 놓지는 않겠습니다. 이대로 들어가 누웠다가는 내 속이 그냥 터져버릴 것 같아서……. 맞아요. 터지고 말지, 확 불이 일던가……."

그 말에 이은 깊은 한숨과 왠지 젖어 있는 듯 번들거리는 눈가에서는 어떤 처절함까지 느껴졌다. 인선도 그 분위기에 눌렸는지 희미한 찌푸림을 살풋한 웃음으로 바꿔 그의 말을 받았다.

"괜찮아요. 어차피 우리도 술 한잔하며 세상 얘기나 나누려고 앉은 자린데요 뭘."

그러자 그는 고마움의 표정을 숨김없이 드러내며 내 곁에 앉았다. 나도 마지못해 굳은 얼굴을 풀고 순간적으로 변화된 상황에 알맞은 대처를 궁리했다. 어차피 오래 얼굴을 맞대고 앉게 될 거라면 어떻게든 인선을 설명해 두어야 하지 않을까. 대학 제자로 만들어 지금은 근처 관동대(關東大)쯤에 출강하는 것으로.

하지만 애써 그런 거짓말을 지어낼 필요는 없었다. 자연산을 유난히 강조하며 회 한 접시를 추가로 주문한 사내가 받은 첫 잔을 비우기 바쁘게 인선을 바라보며 말했다.

"그런데, 저…… 이 선생님도 제게 많이 낯이 익은데요. 아니 분명 제가 아는 분 같습니다만……."

"저를요?"

인선이 긴장을 감추지 못하고 되물었다. 그러자 그가 스스럼없이 받았다.

"김인선 선생이시죠? 압구정동에서 '부티크 조앤'을 경영하시고. 대학에도 출강하시던가? 맞아, 어딘가 강의 나가신다는 말 들었어요."

그래 놓고는 서로 듣기 민망한 거짓말을 할 생각은 말란 듯 덧붙였다.

"실은 제 공장에서 몇 종류의 여성지(誌)를 찍습니다. 워낙에 미인이시라 그랬는지 거기서 몇 번인가 선생님의 인터뷰 꼭지를 읽은 적이 있습니다. TV「여성살롱」에서도 언뜻언뜻 뵌 듯하구요."

또 꼼짝없이 먹살을 잡혔구나. 나는 이번에는 까닭 모르게 낙담한 기분이 되었다. 그래도 한 가닥 위로가 되는 것은 그가 적어도 무식하고 막돼먹은 사람은 아닌 것 같다는 그동안의 짐작 정도였다. 인선도 더는 위장을 포기했는지 다시 웃음기를 되살린 표정으로 받았다.

"관심을 가져주셔서 고맙습니다."

하지만 그대로 두면 그가 우리 사이를 두고 대답하기 거북한 질문을 할 것 같아 내가 적당히 화제를 바꾸었다.

"그럼 청암문화사란 게 인쇄 사업……."

"꼭 인쇄만은 아닙니다. 출판이나 광고 기획도 곁들일 예정입니다."

"그런데 여기는 어떻게?"

"빌어먹을 IMF 바람 때문이죠. 아까 말씀드렸지만 이눔의 바람이 얼마나 거센지…… 평생 공들여 키운 기업 흑자도산(黑字倒産)으로 날리게 되었습니다."

"그래도 문화 쪽은 그리 크게 여파가 미치지 않는 것으로 알았는데……."

나는 뻔히 알면서도 그의 주의를 딴 데로 돌리기 위해 그렇게 건드려보았다. 내 의도대로 그는 이내 그 화제에 말려들었다.

"원래 불경기는 문화 쪽이 더 민감하다는 거 모르십니까? 그런데 IMF 사태 같은 태풍을 만났으니…… 말 마십쇼. 인쇄소건 출판사건 절반 이상이 문 닫아야 할 겁니다. 아니 열에 한둘 정도밖에 살아남지 못할지도 모르지요."

"설마 그렇게야……."

"이놈의 바닥은 어찌 된 셈인지 옛날부터 어음 쪼가리로만 왔다 갔다 하는 게 무슨 관행이 되어 있죠. 그런데 지금 어찌 된지 아십니까? 그 어음이 모두 휴지 쪼가리가 되어버렸단 말입니다. 이렇다 할 대기업 어음도 할인이 안 되는데 언제 엎어질지 모르는 군소 출판사 어음 누가 거들떠나 봅니까? 이 보십쇼."

그래 놓고 그는 문득 양복 안주머니를 뒤지더니 두툼한 편지봉투 하나를 꺼냈다. 그가 보인 봉투 안에는 여남은 장의 어음들이 들어 있었다.

"이거 이래 봬도 하나같이 은행도(渡) 어음들로 일억입니다. 내 사무실 캐비닛에도 이만큼은 더 있죠. 그렇지만 이제는 좋던 시절의 문방구 어음보다 더 시세가 없어요. 거 왜 있잖습니까? 문방구에서 파는 어음 용지 사서 금액만 써넣은 사제(私製) 어음……. 그런데 이 멀쩡한 은행도 어음들을 은행은 물론이고 사채시장에 가져가 한 달에 일 할을 떼 준다 해도 손사래를 칩니다. 하지만 내가 발행한 어음은 또 어찌 되는지 아십니까? 기일되어 현금으로 박아 넣지 못하면 그날로 바로 부도란 말입니다. 에익, 이놈의 얘기하자니 또 속에서 열불이 콱콱 나네."

그는 자기 앞에 놓인 술을 훌쩍 비운 뒤 잔을 내밀었다. 그리고 내가 잠자코 채워 준 잔을 거푸 털어 넣고서야 얘기를 이었다.

"경영학 전공하신 교수님이니 훤히 아시겠지만 속이라도 시원할까 싶어 이리 떠들어보는 겁니다. 생각해 보십쇼. 남의 어음은 이억이 넘게 받아 들고 있으면서 현금이 없어 단돈 일억에 삼십 억짜리 공장이 넘어가게 된다면 얼마나 허파가 뒤집히겠습니까? 그런데 지금 내가 바로 그 꼴이 난 겁니다. 바로 내일이라구요. 내일 다섯 시까지 일억 이천을 못 막으면 부도란 말입니다. 그래서 부모 형제 일가친척 다 돌았지만 지금이 어떤 땝니까? 사업하는 치들은 모두 나나 저나 싶게 그 모양이고, 그 힘 남은 이들도 제 몸 사리기 바빠 죽는 시늉이더군요. 하기야 누가 이 판에 이 휴지 쪼가리 같은 어음 맡고 현금 일억을 척척 헤어 내놓겠습니까? 그래도 가만히 앉아서 당할 수는 없어 마지막으로 여기 있는 고종형님 만나러 온 겁니다. 바로 '뉴비치' 사장 말입니다. 워낙 돌다리도 두드려 보고 건너시는 성미라 언제나 여유를 가지고 사업하시는 분이죠. 근년에는 좀 소원하게 지냈지만 학창 시절에는 몇 년 한솥밥도 먹은 적이 있어 생떼라도 한번 써볼까 하고……."

그는 묻지도 않은 일까지 단숨에 주욱 늘어놓고 땅이 꺼져라 한숨을 내쉬었다. 그러고 보니 내가 짐작하기보다 훨씬 더 취해 있는 듯했다.

"그래, 얘기는 잘되셨습니까?"

"얘기가 잘되기는……. 아직 만나 보지도 못했습니다. 지배인 말로는 무슨 급한 일루 강릉에 가셨다는데 오늘 밤 늦을 거라는 전화가 있었다는군요. 하는 수 없이 자 누워 가며 기다려보기로 했지만 여기 분위기도 어째 심상치 않습니다. 뭔가 형님도 크게 일을 벌여 허덕이는 눈치라⋯⋯."

화제를 바꾼다고 거기까지 얘기를 끌고는 왔지만 그 이상 늘여 갈 기분은 없었다. 화제가 그리 절실한 것이 아니었거니와 점점 뚜렷해지는 그의 취기도 부담스러워졌다. 그래서 어색한 침묵으로 대꾸를 대신하고 있는데 그가 돌연 목소리를 높였다.

"하여튼 이 쌔끼들 일렬로 나란히 세워 놓고 총살을 하든지 해야지⋯⋯. 어떻게 나라꼴을 이 꼴로 만들 수 있어?"

취기에서 비롯된 악의가 또 정치에서 그 희생을 찾고 있는 듯했다. 그때껏 잘 참아내던 인선의 얼굴에 다시 살풋 짜증이 어렸다. 그러나 사내는 아랑곳 않고 퍼부어 댔다.

"뭐? 문제는 인식하고 있었지만 푸는 방식에서 시각이 달랐다고? 남은 죽어 자빠지는 판에 그 말로 될 일이야? 거기다가 책임지겠다는 놈 하나 없고⋯⋯. 하지만 그걸 해결하겠다고 큰소리치고 나서는 작자들도 그래. 생빚으로 임시낭패나 겨우 면하나 하는 판에 무슨 경제 청문회를 한다고? 넘어진 놈 꼭지 누르기로 벌써부터 자기들 정권 홍보에나 열을 올리는 그런 작자들이 하긴 뭘 해? 내가 보기에는 이놈의 밤이 새로운 시대의 전날 밤이 아니라 아직 덜 끝난 시대의 마지막 밤 같다니까. 진짜 어둠은 아직 남은⋯⋯."

그리고 다시 소주 한 잔을 입에 털어 넣더니 안주도 집지 않고 이번에는 재벌들을 짓씹어 댔다.

"하기야 정말로 코를 꿰고 주리를 틀 것들은 재벌 놀음 한 새끼들이지. IMF 사태 터지지 않았다면 나같이 순진한 중소기업가는 평생 속고 살 뻔하지 않았어? 몇 천억 달러가 될지 모르는 우리 외채 누가 썼어? 모두 그 새끼들이 가져다 쓴 거 아니야? 제 돈처럼 끌어다 이것저것 문어발식으로 덩치만 키워 놓고 저희가 망하면 나라 경제가 어쩌구, 하며 거꾸로 우리한테 공갈쳐 온 걸 생각하면……. 나쁜 새끼들. 간도 크지. 자산의 열 배가 넘는 부채를 지고도 그걸 제 거라고 우기며 대대손손 해먹을 궁리를 해?"

별로 새로운 얘기는 없었지만 절박한 그의 사정을 알고 들으니 그런 비분강개가 영 어울리지 않는 것은 아니었다. 하지만 인선에게는 그렇지 않은 모양이었다. 사내가 다시 술잔을 비우느라 고개를 젖히는 사이 인선이 내게 살짝 눈짓을 보냈다. 아무래도 안 되겠으니 우리가 자리를 뜨자는 신호 같았다.

그사이 마신 술 때문인지, 아니면 전공 때문인지 문득 나를 사로잡는 호기심으로 나는 인선의 눈짓을 못 본 척했다. 이 사내는 정말로 이번 사태에 무죄한 자일까, 하는 의심에서 비롯된 호기심이었다.

"그게 어디 어제오늘 얘깁니까? 하지만 앞으로는 달라지겠지요."

나는 그가 취기를 드러낸 뒤 처음으로 그렇게 대꾸해 놓고 슬며시 물었다.

"아까 공장이 삼십억 간다고 하셨지요? 그것도 적은 자산이 아닌데…… 어떻게 일으켰습니까? 혹 물려받은 자산이라도 있으셨는지요?"

"물려받은 자산이오?"

사내가 손까지 휘휘 내저으며 강하게 부인했다.

"대학 마치고 시골집에 가보니 남은 거라고는 텃밭 서너 마지기와 오두막 한 채뿐입디다. 별수 없이 단칸방에서 이제는 망해 버린 어떤 일간지 기자로 시작했지요. 그 뒤 출판사, 잡지사 돌다가 제작 일을 맡게 되고 제작 일 하다 보니 인쇄까지 알게 되었는데 유(類, 동종업자)는 많아도 잘만 하면 먹고살기는 할 것 같아 인쇄소를 해보기로 했습니다. 그래서 한 20년 고생한 끝에 근근히 얽은 변두리 집 한 칸을 자산으로 일을 벌여본 겁니다."

사내는 내 의도도 모르고 자못 감개까지 섞어 창업의 비화를 털어놓기 시작했다.

"집 한 채루요?"

"살 때는 수유리도 끄트머리 오두막이었는데 서울이 자꾸 밀려나오는 데다 대지가 좀 있고 골목 코너라 사억 팔천을 손에 쥐게 되더군요. 팔천으로 일산에 널찍한 아파트 한 채 전세 얻고 사억으로 출판단지에서 멀지 않은 논 이천 평을 사서 시작했습니다."

"출판단지라면 말이 나온 지 사오 년밖에 안 되는데 그새 사억이 삼십 억짜리 공장이 된 겁니까? 대단한 수완이시군요."

그러자 사내는 취한 중에도 자랑스러운 빛을 감추지 못하며 받았다.

"운도 따랐지만…… 나같이 하기도 쉬운 일은 아닐 거라."

"나도 십수 년 경영학이란 걸 해왔지만 그 비법이 궁금하군요."

그 과정이 전혀 짐작 가지 않는 바는 아니었으나 나는 모르는 척 능청을 떨었다. 그간 마신 술이 있어 그런 능청이 자연스러웠던지 사내는 별 의심 않고 계속해 털어놓았다.

"평당 십팔만 원에 산 논을 삼천만 원 들여 매립한 뒤 공장 부지로 바꾸고 보니 손에 달랑 이천만 원이 남더구만. 그걸 운용 자금으로 사방 뛰어다녀 먼저 끌어낸 것이 중소기업 시설 자금 오억이었습니다. 그걸로 조립식 건물 팔백 평 얽고 대강 공장 흉내를 낸 뒤 일본으로 건너갔지요. 그리고 남은 돈에 여기저기서 끌어들인 일억을 보증금으로 최신 인쇄기 세 대를 월 구백에 리스해 왔습니다. 개중에는 전지(全紙)를 올 컬러로 자동 인쇄할 수 있는 놈도 있지요. 여성지 십만 권쯤은 한나절에 찍어 낼 수 있는……."

사내는 제법 성취감까지 드러내며 떠들고 있었지만 나는 그때부터 그의 경영 수지를 계산하기 시작했다. 은행 빚과 사채를 합쳐 육억이니 IMF 시절에 각오해야 할 은행 연이율(年利率) 20퍼센트만 쳐도 월 천이백에, 리스료 월 구백은 환율 상승으로 일천팔백이 되었으니 그것만으로도 금융비용이 월 삼천만 원은 들어가야 하는 기업이구나.

"그래 놓고 감정원에 우리 공장 평가를 시켜보니 그새 십사억 짜리로 불어 있습디다. 그 감정에 뒷돈이 좀 들어가기는 했지만,

그렇다고 그게 전혀 터무니없는 것은 아닙니다. 주변 땅값이 오른 데다 토지와 건물과 기계 설비가 결합되는 과정에서 생긴 부가가치란 게 있으니까. 뭐, 시너지 효과라던가…….”

뒷돈은 더 있다. 농지를 매립해 공장 부지로 바꿀 때, 각종 인허가를 낼 때, 나대지 이천 평과 거기에 지어질 공장을 후치 담보(後置擔保)로 중소기업 자금 오억을 끌어낼 때, 일본을 오가며 시원찮은 담보로 고가의 기계 설비를 리스해 올 때도 적잖은 뒷돈을 물었을 것이다. 부실한 신용 때문에 물게 된 가외 비용이지만 나중에 모두 그 기업의 생산원가에 전가되어야 할. 그래도 사내는 자랑스레 이어갔다.

“그 공장을 다시 은행에 담보로 넣고 중소기업 자금 융자를 뺀 차액에서 운용 자금 오억을 더 빼내니 제본 설비, 포장 설비, 운송 장비에 기타 공장에 필요한 모든 설비를 갖추고 사무 집기까지 번듯하게 차려 놓을 수 있더군요. 부대 설비는 대개 부도난 기업에서 중고를 싸게 인수한 덕분이지만……. 물론 그 과정에서 어려움도 있었습니다. 리스해 온 기계를 설치하는 데 하자가 발생해 기계를 돌릴 때까지 여섯 달이나 끌었고, 인수해 온 중고 기계들도 한두 달씩은 말썽을 부렸지요. 논을 매립하기 시작한 날로부터 공장이 돌 때까지 거진 이 년이 걸렸으니까요.”

금융비용이 월에 일천만 원 더 늘었고, 미리 투입된 구억의 2년간 자본 이율도 생산원가에 추가로 전가되어야겠구나.

“하지만 기업이란 게 설비만으로 끝나는 게 아니더군요. 운영자금이란 게 엄청납디다. 내 주먹구구로 운영자금은, 남는 공장 건물 삼백 평을 남에게 빌려주고 그 임대 보증금 일억으로 어떻게 버텨볼 생각이었는데 어림없더군요. 열여섯 명 종업원 봉급에 엄청난 전기료만 해도 한 달에 삼천만 원 가까이 들어가는 판이라……. 거기다가 기계 세 대를 돌릴 만큼 인쇄 물량도 들어오지 않고. 다시 한 대여섯 달 고전했지요. 금방 호전될 것 같아 이번에는 사채로 메워 나갔는데 안 되겠더라구요. 빚내 이자 갚는 꼴이 나자 덜컥 겁이 납디다. 그래서 다시 공장 평가를 시키고 은행을 찾았지요. 그사이의 투자가 감안돼 이번에는 이십삼억으로 평가가 나오고 거기서 이미 받은 융자를 뺀 나머지를 담보로 운영자금 삼억을 더 뺐습니다. 이억은 필요하면 추후로 융자해 주겠다는 언질을 받고 말입니다."

인건비 경상비 월 삼천만 원에다 금융비용 육백을 추가하면 이 기업은 최소한 한 달 팔천만 원의 이윤을 올려야 현상 유지가 되겠구나. 이윤 박하기로 소문난 인쇄업으로, 그것도 이 같은 IMF 시대에.

"그제야 모든 게 제대로 돌아가는가 싶더군요. 일거리도 점차 늘어 기계도 두 대는 돌고……. 그런데 이 빌어먹을 IMF 바람이 불어온 겁니다. 여름부터 뭔가 이상하다 싶더니 찬바람 불면서 어음 부도로 슬슬 모습을 드러내더군요. 거기다가 결정타가 된 것은 은행의 오리발이었습니다. 나중에 빌려주겠다던 그 운영자금 이억 말입니다. 나는 그걸 믿고 미리 담보까지 설정해 주었는데 이제 와서 오리발이지 뭡니까? BIS인가 뭔가에 눈깔들이 뒤집혀 추가 융자는커녕 이미 빌려간 것도 내놓으라고 떼를 쓰는 겁니다. 망할 새끼들, 재벌들한테는 빤스까지 다 벗어 주고도 아무 말 못하면서 우리만 쥐 잡듯 하더라구요. 그 이억만 약속대로 나와도 이 고비는 어떻게 넘겨볼 만한데……."

사내의 말에 다시 비분이 어리기 시작했다. 그러나 이미 동조의 기분을 잃어버린 나는 조금씩 난감해졌다. 그때 인선이 잔기침으로 주위를 끈 뒤 내게 말했다.

"그럼 두 분 얘기 나누세요. 저는 이만 들어가 잘까 해요."

목소리는 상냥해도 그 눈길은 차갑기 그지없었다. 그녀가 핸드백을 잡고 일어서려는 것을 보고 나는 당황했다. 우리에게 불리한 질문을 피하기 위해 꺼낸 화제가 오히려 그녀를 못 견디게 만든 것 같았다.

다행히도 사내는 내 짐작대로 최소한의 분별은 보여주었다. 완연히 취한 기색인데도 자신의 실수를 금세 알아차리고 서둘러 수습에 나섰다. 일어서면 어깨라도 눌러 되앉히겠다는 듯한 과장스러운 몸짓으로 인선을 말린 뒤 스스로 자리에서 일어났다.

"아뇨, 제가 일어서겠습니다. 술이 과해 실례가 많았습니다."

그러고는 새삼 나와 인선에게 정중하게 머리를 숙인 뒤 예절 있게 말했다.

"두 분 선생님 끼워주셔서 정말 고맙습니다. IMF와는 무관한 두 분께 어지러운 저잣거리 얘기로 소란을 떨어 죄송합니다. 그래도 아직은 초저녁이니 천천히 즐기다 오십시오."

그는 애써 반듯한 걸음걸이로 계산대에 가 자신의 몫을 치른 뒤 횟집을 나갔다. 그러나 포장을 걷고 밖으로 나서는 그의 발걸음은 멀리서도 알아볼 수 있을 정도로 휘청거리고 있었다.

"선생님도 차암, 속도 좋으시네요."

그 사내가 나간 뒤에도 한동안이나 새침해 있던 인선이 뾰족한 목소리로 말했다. 나는 그게 무슨 뜻인지 잘 알면서도 모르는 척했다.

"뭘?"

"오늘 첨 만난 사람이라면서요? 그런데 자리에 불러 앉혀 한 시간씩이나 그런 한가한 얘기를 주고받을 만큼 저와 있는 게 지루하세요?"

"사정이 딱해 속이라도 시원하라고 하소연을 들어준 거지."

나는 자신도 모르게 변명조가 되어 그렇게 대답했다. 그러나 인선은 쉽게 풀어지지 않았다. 이번에는 비난의 방향을 그 사내에게로 돌렸다.

"자기야말로 IMF 사태를 불러들인 기업인의 전형(典型)이면서 남의 욕이나 해대고……. 빚 많이 얻어내는 걸 무슨 대단한 사업 수완으로 아는가 봐."

"그게 우리 기업 풍토야. 농촌까지 번져가는……. 그리고 실제에 있어서도 어떤 때는 그게 사세(社勢) 확장이나 자산 증식의 유효한 수단이 될 수도 있어. 부채도 엄연한 자산이니까 말이야."

내가 마음에도 없이 그를 변명해 준 게 거슬렸는지 그녀가 완연히 토라진 목소리로 받았다.

"하기야 선생님은 전공이 그쪽이시니까……. 그렇지만 멀리 동해바다까지 와서 자신과는 아무 상관없는 얘기를 한 시간씩이나 듣고 앉았어야 하는 나는 뭐예요?"

그래 놓고는 입을 꼭 다물었다. 그 입을 다시 열게 하자면 꽤나 공을 들여야 할 것 같았다. 그러나 나는 서둘러 그녀를 달래지 않았다. 사내의 마지막 말에 이어 그녀에게서 들은 '무관한' 혹은 '상관없는'이란 말 때문이었다. 정말 이 사태는 우리와 무관한가, 비난받을 것은 저들 정치와 경제뿐이고 다른 분야는 모두 그 피해자일 뿐일까.

하지만 금세 마음을 고쳐먹은 그녀가 막 풀어지려던 내 상념의 실마리를 끊었다. 내가 말이 없는 까닭을 잘못 읽은 듯했다.

"기분 상하셨어요?"

그렇게 묻는 그녀의 얼굴에는 양보의 기색이 뚜렷했다. 나는 그 자리에 어울리지도 않는 상념으로 그녀에게 엉뚱한 부담을 준 게 되레 미안해 황급하게 부인했다.

"아니, 그냥 잠시……."

그런 내 대답에 그녀가 반짝 미소까지 되살리며 제안했다.

"그럼 우리 진짜 한잔해요. 오늘은 나도 마셔 볼래."

그러고는 자기 앞의 잔을 쳐들었다. 내가 그걸 마다할 리 없었다. 그녀와 유쾌하게 잔을 부딪고 어느 때보다 달게 잔을 비웠다.

평소 술이라면 고개부터 돌리고 보던 그녀도 그날은 아주 태연스레 소주 한 잔을 단숨에 마셨다.

철골에 비닐 천막을 씌워 큰 포장마차 같은 인상을 주는 술집이었지만 바다 쪽으로는 넓은 알루미늄 새시의 창문이 나 있었다. 그 창을 통해 먼 바다에 뜬 오징어잡이 배들의 불빛이 영롱한 구슬을 줄줄이 꿰어 놓은 듯 반짝였다. 나보다 먼저 거기에 눈길을 주고 있던 인선이 나를 돌아보며 갑자기 사람이 달라진 것처럼이나 밝은 얼굴로 웃었다.

"이제 겨울 바다에 온 것 같아. 거기다가 선생님도 있고 맛있는 회도 있고 술도 있고……. 행복해지려고 그래요."

"행복해지기를 기다리지 말고 이제부터 본격적으로 행복해 보자구."

딴에는 맞장구를 친다고 그렇게 말해 보았으나 아무래도 어색한 기분이 들었다. 나는 술잔을 채우는 것으로 그 어색함을 지우며 다시 건배를 제의했다. 이번에도 인선은 겁 없이 따라 비웠다.

하지만 인선의 술은 그걸로 끝이었다. 뒤이어 주인에게 냉수 한 잔을 청해 마신 그녀는 선언하듯 말했다.

"원래 체질이 아닌가 봐요. 마음은 끌려도 몸이 따라주지 않는군요. 벌써 머릿속이 웅웅거리는데요."

그러고는 한동안이나 힘들어하는 눈치였다. 나는 더는 권하지 못하고 남은 술을 혼자 비웠다. 다행히도 많은 양이 아니어서인지 술로 거북했던 인선의 속은 오래잖아 가라앉았다. 하지만 그사이

흡수된 알코올의 작용일까, 뒤로 미루었던 우리들의 거취 문제를 꺼낸 것은 그녀였다. 남 앞에서는 좀체 태우지 않는 담배를 꺼내 천천히 불을 붙이며 그녀가 불쑥 말했다.

"선생님 저 실은 요즘 한껏 고양되어 있어요. 선생님은 이번 유학을 도피성으로 이해하실지 모르지만 다행히도 아녜요. 참된 유학이 될 수 있을 것도 같아요."

"호, 그거 정말 다행이군."

나는 진심으로 그렇게 받았다. 알아보게 발그레해진 그녀의 얼굴이 또 다른 사랑스러움으로 다가왔다. 하지만 그런 감정보다는 무엇이 그녀를 고양시켰는지에 대한 궁금함이 더 커 슬쩍 덧붙였다.

"하지만…… 그렇다면 저번 유학은 뭐였나?"

"그건 허영스러운 양장점 안주인의 좀 길고 겉모양만 낸 외유(外遊)였을 뿐이었어요."

"양정점 안주인?"

나는 그녀의 표정이 그 말을 할 때 특히 시니컬해지던 것에 유의해 되풀이해 보았다. 그녀가 무엇을 결심한 사람처럼 입술까지 꼬옥 깨물었다가 고백투로 말했다.

"어렸을 때 저희 집이 양장점 했다는 얘기 제가 한 적 있어요?"

"글쎄…… 들은 것도 같고."

"저희 아버지는 20년 공무원 생활을 겨우 주사(主事)로 마감한 하급 공무원이었어요. 만약 저희 다섯 남매가 그분의 성품이나 능

력에 맡겨졌다면 시골 읍의 고등학교도 제대로 나오지 못했을 거
예요. 그런데 어머님이 당시로 보아서는 대단한 활동가셨어요. 처
녀 적에 양장점에서 일한 적이 있어 양장점을 차리고 아버님의 부
실한 수입을 보충하셨죠. 거 왜 있잖아요? 시골 양장점 — 간따호
쿠(칸탄후크)라 부르던 원피스나 블라우스, 스커트 같은 것을 맞추
기도 하지만, 다른 사람이 입던 블라우스 소매도 줄여주고 헌 스
커트 단도 내려주던 곳 말예요. 그런데 어머님이 눈썰미가 있고
솜씨도 좋았던가 봐요. 잡지 사진 같은 데서 좀 특별한 디자인이
나오면 눈여겨봐 두셨다가 적당하게 응용하시는 재주가 있으셨어
요. 주로 '에리'라고 부르던 칼라와 소매 끝, 주름, 리본 따위 부분
적인 응용이었는데 그게 시골 읍에서는 대단한 인기를 끌었대요.
그래서 어머님의 수입이 아버님의 월급을 넘어서게 되자 아버지
는 당신 벌어 당신 품위 유지만 하면 되는 한량이 되고, 집안 살림
은 모두 어머니에게 맡겨지게 되었죠……."

거기까지 듣자 나는 그녀가 왜 입술까지 깨물어가며 결심해야
했던지를 알 것 같았다. 깔끔함과 우아함으로 대표될 수 있을 성
싶은 그녀의 미적(美的) 지향은 대화에서도 잘 드러났다. 그녀는
삶의 끔찍하거나 천박한 면을 못 견뎌 했을 뿐만 아니라, 고단하
고 너절한 부분도 입에 담기를 꺼려했다. 조금 전 그 사내의 하소
연을 그렇게 못 참아 한 것도 그게 우리 삶의 어두운 진실과 연관
되었기 때문임에 틀림없었다. 그런 만큼 자신의 소박한 가족사(家
族史)를 털어놓는 일도 무슨 대단한 고백처럼 느껴졌을 것이다. 나

는 그녀를 격려하기 위해 한마디 거들었다.

"짐작보다 특색 있는 가정에서 자랐네."

"특색 있는지 어떤지는 모르지만 하여튼 그 시골 읍에서 자신을 얻은 어머니는 우리 오 남매를 데리고 서울로 올라와 그때만 해도 달동네였던 사당동 변두리에 자리를 잡았죠. 그 양장점 지금도 기억나요. 제가 중학 다닐 때까지였는데 그때도 상당히 잘되는 양장점이었어요. 그런데 어머니의 성공은 그 정도에서 그치지 않았어요. 그 뒤 강북 도심으로 양장점을 옮기고, 솜씨 좋은 양재사까지 두엇 거느리시게 되었죠. 어쩌면 어머니가 바로 우리나라 1세대 의상 디자이너에 들 수 있을는지도 모르겠어요. 나중에는 이미 자신이 재봉틀에 앉는 법은 없고 구상과 재단, 그리고 지시가 전부였으니까요. 외국 잡지 사진의 부분적인 응용을 결합한 것이지만 때로는 제법 독창적인 디자인을 선보이기도 하구……."

"1세대 디자이너에 들 수 있을는지도 모른다가 아니라 바로 그러셨군. 1세대가 아니라 2세대, 3세대인들 우리 디자이너들 그 수준 크게 넘을까? 그러고 보니 인선의 전공 선택에는 가업(家業) 승계의 의미도 있었겠네."

"여러 자매들 중에서 제가 양장점 일에 관심을 많이 가졌던 건 사실이었어요. 어려서부터 양장점 벽 가득 늘어져 있는 새 옷감들이 이상하게 좋더군요. 그 독특한 냄새와 울긋불긋한 색상들이 묘한 환상을 불러일으키곤 했죠. 그러다가 철이 들면서는 아직 추상인 그 천들에서 역시 추상인 재단을 거쳐 마침내 예쁜 옷들이 만들어진다는 게 신기하게 여겨졌어요. 하지만 대학에서 전공을 의상 디자인으로 결정하게 된 첫 번째 이유는 솔직히 고백하면 성적 때문이었어요. 전 어려서부터 잔병치레가 많아 제대로 공부를 못 했죠. 특히 고3 때는 일주일에 한 번은 결석을 해야 할 정도로 건강이 좋지 않았어요. 그러니 내신이고 예비고사고 제대로 성적이 나왔을 리가 없죠. 그래도 전 할 수만 있다면 언니들처럼 제대로 된 학문을 하고 싶었어요. 철이 들면서 내 삶이 점점 그런 것들과 멀어지고 있다는 느낌 때문에 그랬는지 모르지만 학구적인 분위기가 그렇게 좋을 수 없데요……."

거기서 내 상념은 잠깐 곁가지를 쳤다. 학구적 분위기라, 지성에 과도한 가치 부여를 했지만 그것이었구나. 네 두 번의 사랑이 모두 슬프게 끝나버린 까닭은.

우리 사랑이 시작되기 전에 인선은 고해(告解)처럼 자신의 지난 사랑을 내게 들려주었다. 한 번의 짝사랑과 한 번의 쓰디쓴 실연이었다. 짝사랑은 대학교 때 어떤 명문 대학의 수재를 사랑한 일이었다. 그만 원한다면 무엇이든 할 수 있다는 기분으로 주위를 맴돌았으나 그는 어릴 적부터 마음에 두고 있는 여자가 따로 있었다. 두 번째 실연은 유학을 다녀온 직후에 있었다. 이래저래 서른을 넘긴 그녀 앞에 반짝반짝한 신랑감이 나타났다. 미국 동부 명문 대학에서 박사 학위를 받았고 귀국해서도 이내 일류 대학 교수로 자리 잡은 사람이었는데, 선배의 소개로 만난 뒤 그녀는 곧 사랑에 빠졌다. 하지만 불행히도 그에게는 별거 중인 아내와 딸이 있었고, 그와 그 아내의 재결합이란 형태로 그녀의 사랑은 슬프게 끝나고 말았다. 이제 알 듯도 하다. 네가 무엇 때문에 그때 그리 부주의하게 사랑에 빠졌으며 다시 나의 마뜩지 못한 다가감도 거부하지 않았던가를.

"그 무렵 나날이 설 자리를 잃어가고 있는 어머니의 탄식이 제게 한 선택을 암시했어요. 당시만 해도 그리 흔치 않던 의상 디자인이란 전공 말예요. 도심으로 진출한 어머니의 양장점은 70년대 말까지만 해도 그럭저럭 버텨 나갔죠. 그러나 80년대가 시작되면서 두 방향의 공격을 받아 휘청거리고 있었어요. 하나는 세련된 기성품의 홍수 같은 출시(出市)였고, 다른 하나는 2세대 디자이너들의 활약이었어요. 어머니는 그 중간에 끼어 대중 고객은 기성품 시장에 뺏기고, 고급한 고객은 피에르 김이니 엘레나 조니 하는 외국 이름을 가진 2세대 디자이너들에게 밀리신 거죠. 특히 어머니는 그들 2세대 디자이너들에게 원한이 깊었어요. 외국물을 먹고 키운 패션에 대한 감각이나 안목도 그랬지만 특히 자기 홍보나 고객 관리 측면에서 어머니는 그들을 따르실 수 없었던 거예요. 어머니는 그걸 자신의 무식 탓으로 돌리고 한탄하셨는데, 저는 오히려 거기서 제 길을 찾은 거예요. 전 그들의 국제적 감각이란 게 수박 겉핥기식의 흉내에 지나지 않는다는 걸 알았거든요. 지금부터라도 전문적이고 일관된 교육과 훈련을 거치면 그들을 따라잡기 어렵지 않다는 걸요. 그런 면에서 제 전공은 가업의 계승이란 의미도 분명히 있어요."

원인이 무엇인지는 명확히 알 길이 없지만 아마도 우리의 만남에서 그녀가 그토록 오래 주도권을 잡고 대화를 끌고 나간 것은 그때가 처음이었을 것이다. 그러나 나는 제법 긴장까지 느끼며 귀를 기울였다. 언제부터인가 내게는 그녀의 몸보다 정신에 대해 아는 게 적을지 모른다는 불안이 은근한 자괴감(自愧感)으로 자라나고 있었다.

　"제가 대학을 나와 어머니의 양장점에 변화를 준 것은 먼저 그 상호였어요. '부티크 조앤.' 그리고 실제에 있어서도 어머니의 양장점엔 많은 변화가 있었죠. 비록 이류 대학이지만 사 년에 걸친 일관된 과정의 배움이란 게 어머니의 많은 약점을 보완할 수 있었던 거죠. 당연히 경쟁력이 살아나 한동안은 저 자신도 감탄할 만큼 우리 양장점은 번성했어요. 하지만 어쩌면 그건 모든 게 풍족해 넘쳐나던 80년대 중반의 우리 사회 상황 덕분이었는지도 몰라요. 80년대 후반의 첫 불경기가 시작되면서 우리 한계는 드러나기 시작했으니까요. 점점 낡아가는 어머니의 기술과 세계 첨단과는 한 단계 시차(時差)가 있는 저의 개념적인 지식만으로는 갑자기 불어닥친 세계화 바람을 버티기 어려워진 거예요. 패션에서의 세계화는 사회 일반보다 훨씬 빨리 와 이제는 이웃 누구와의 경쟁이 아니라 바로 본바닥 상표와의 경쟁이 되어버렸기 때문이죠. 벌써 80년대 후반 그때 말예요. 그래서 제 유학이 결정되었죠. 저는 잠시 '부티크 조앤'을 어머니에게 맡기고 뉴욕으로 갔어요. 그리고 2년, 지금은 터무니없이 요란스럽게 포장되어 알려져 있는 그 유학 시절이 있었어요. 하지만 뻔하잖아요? 그때의 제 영어 실력으로는 귀 트이고 말문 열리는 데만 해도 2년이 바빴어요. 제 모교의 장삿속 때문에 입학 허가는 빨리 받았지만 그 강의 겨우 알아들을 만하자 2년이 지나가 버리더군요. 제가 받은 A.A.S도 실은 사립인 제 모교의 장삿속이 남발한 제삼세계용 자격증 수여에 가까울 거예요. 하지만 그때도 저는 사정만 허락하면 F.I.T로 옮겨 제대로 의상학을 전공하고 싶은 마음이었어요. 제가 세 얻어 살던 집 가까이에는 뉴욕 대학 기숙사가 있었는데 거기 밤늦도록 불 꺼져 있던 창들이 제게 왜 그렇게 부럽게 느껴졌는지 몰라요. 나도 이제는 할 수 있다는 기분이 들기도 하고⋯⋯. 그런데 여기 사정이 그렇지 못했어요. 풍요한 80년대에 채워졌던 우리 양장점의 속살은 제 유학 2년과 어머니의 힘겨운 버티기로 다 깎여 제가 거기서 더 시간을 끌면 우리 의상실은 간판까지 내려야 할 지경이 되고 만 거예요. 나는 할 수 없이 돌아왔고⋯⋯ 나머지는 선생님께서도 대강 아시는 대로예요. 본격적으로 외국 유학까지 하고 돌아와 이론과 실력을 겸비한 제3세대 디자이너 조앤, 킴. '부티크 조앤'을 압구정동으로 확장 이전시키고, 멋모르는 매스컴의 각광을 받으며 겁 없이 대학 강단까지 기웃거리고⋯⋯. 이만하면 지난번 제 유학, 양장점 주인의 겉모양만 낸 외유란 말 이제 이해하시겠어요?"

그때 다시 내 상념이 곁가지를 쳤다. 너를 만났을 때 너는 내게 뭐였나. 나름의 성취가 있는 젊고 아름다운 여자 — 너는 이제 양장점 주인으로 비하하고 있구나. 그렇지만 우리가 마침내 이렇게 만나도록 만든 친밀감의 축적에는 너의 그런 면도 한몫했을지 모르겠구나.

　인선이 자신이 경영하고 있는 조그만 의류 생산업체의 경영 실태 점검을 부탁해 온 것은 우리가 다섯 번째로 둘이서만 만났을 때였다. 그날 나는 서울의 야경이 내려다 뵈는 남산의 한 호텔에서 저녁을 먹으면서도 다음에 단둘이 만날 구실을 어떻게 만들 수 있을까 고심하고 있었다. 그런데 고맙게도 그녀가 썩 훌륭한 구실을 만들어주었다.

　"저, 선생님 같은 분께 이런 부탁이 당키나 한지 모르지만 제 부탁 하나 들어주시겠어요?"

　"내가 할 수 있는 거라면 기꺼이 들어드리지요. 무슨 일인데요?"

　"실은 작년부터 '조앤'이란 상표로 조그만 의류 공장을 하나 꾸려오고 있는데 이게 애를 먹여요. 앞으로는 남고 뒤로는 밑져 오히려 우리 의상실에 부담을 주고 있거든요. 그래서 정리하려고 보면 아직 유망해 보이고……. 저로서는 어떻게 해야 할지 통 알 수가 없어요."

　다행히도 전에 나는 친분 때문에 지금은 부도가 나 은행 관리에 들어가 있는 어떤 유명 상표의 경영 실태를 점검해 준 적이 있었다. 하지만 그런 경험이 없었더라도 나는 기꺼이 응낙했을 것이다. 그때 이미 그녀는 내 황폐하고 삭막한 젊은 날을 보상해 줄 존재로서 어느 정도 특화(特化)되어 있었다. 나는 오히려 어떤 예사롭지 않은 운명 같은 것까지 느끼며 그녀의 부탁을 들어주었다.

그로부터 두 달 나는 틈나는 대로 그녀의 의상실과 광주(廣州) 쪽에 있는 공장을 드나들며 그 의류업체의 경영 실태를 파악하고 넘겨받은 회계장부를 점검했다. 규모가 별로 크지 않아 문제점은 금세 드러났다. 문제는 무엇보다도 바로 그 규모에 있었다. 대량생산의 이득을 기대하기에는 너무 작고 수공업적 희소가치를 노리기에는 너무 큰 게 그녀의 의류업체였다.

그 업체의 인사관리도 방만하기 그지없었다. 그녀의 어머니가 공장장을 맡아 사람들을 쓰고 있었는데 친인척 관계와 안면 위주여서 임금은 턱없이 높고 생산성은 낮았다. 거기다가 공기(工期)나 물류(物流)의 개념이 없어 그쪽으로도 이윤의 많은 부분이 잠식되고 있었다. 역시 그녀 어머니의 친정 조카가 맡아 한다는 회계 쪽도 문제가 많았다. 전체적으로 분식의 혐의가 짙은 데다 부분적으로 누락이나 중복 같은 초보적 실수들이 자주 눈에 띄었다.

만약 그 일이 신속을 요구하는 것이었다면 두 달까지 걸리지 않아도 되었을 것이다. 어쩌면 나는 궁색한 구실을 마련할 필요 없이 그녀를 만날 수 있다는 편리함 때문에 필요 이상 시간을 썼는지도 모른다. 하지만 그보다는 결론을 내리면서 겪어야 했던 고심이 더 많은 시간을 쓰게 했다는 편이 옳다.

여러 문제점에도 불구하고 그녀의 업체가 전혀 희망이 없는 것은 아니었다. 나는 한때 어렵지만 그 업체를 살려 그녀와 나 사이를 상시적(常時的)으로 연결할 구실을 삼는 쪽도 검토해 보았다. 하지만 결국은 정리하는 쪽을 권했는데, 그것은 업체가 작지만 한 경영자를 요구하고 있었기 때문이었다. 내가 품고 있는 그녀의 이미지는 그런 경영자와 너무도 맞지 않았다. 그녀도 별 애착 없이 그 업체를 포기하고 의상실에만 전념하는 데 동의했다. 그런데…… 이제 보니 너도 그 이미지가 싫었구나. 네가 양장점 주인이라고 비하시켜 표현한 그 경영자의 이미지…….

"참 겁도 없이 세상을 속여 왔지. 이론과 실력을 겸비한 제3세대 선두주자, 우리 패션을 세계적 수준으로 한 단계 접근시킨 재원(才媛)……. 그러고 보니 IMF 사태를 부른 게 정치적 판단 착오나 기업의 실수만은 아닐지도 몰라요. 아니 문화적 허영이나 착각도 분명 한몫을 단단히 했을 것 같네요. 우리 쪽으로 보면 비싼 로열티 물고 외국의 유명 상표 도입한 것으로 우리 패션의 세계화가 이루어졌다고 믿는 업자들이나, 몇 가지 피상적인 첨단 패션 흉내가 바로 자신을 세계적인 수준으로 끌어올려 주었다고 믿는 디자이너 같은 이들이겠죠. 바로 여기 이 나를 포함해서……."

한층 시니컬해진 그녀의 목소리가 잠시 다른 곳을 헤매던 내 상념을 깼다. 나는 간신히 그녀의 말을 기억해 내느라고 더듬거리며 받았다.

"그건, 그건, 지나친 자기 비하야. 아니면 — 흔히 어리석음이라고 믿는 일종의 오만이거나."

"저두 그랬으면 좋겠어요. 하지만 아니야. 요즘 곰곰 생각할수

록 스스로 비참해져요. 정말 마실 수만 있다면 흠뻑 마시고 취하
고 싶어."

그녀가 금세 눈물이라도 떨굴 것처럼 어두운 표정으로 말했다.
나는 아픔과도 같은 가슴 뻐근함을 느끼며 가만히 그녀의 손을
움켜잡았다. 잠시 말없이 손을 맡기고 있던 그녀가 황급히 손을
빼며 몸을 일으켰다.

"이제 돌아가요. 여긴 추워. 추워서 더 우울해지는지도 몰라요."

나도 더 취하기는 싫어 아무 반대 없이 따라나섰다.

생각보다 밤은 깊어 있었다. 술집을 나오면서 휘 둘러본 바닷가
에는 전혀 인기척이 없고 멀리 해변 초소의 서치라이트만 이따금
밤바다와 빈 모래사장을 훑고 갈 뿐이었다. 호텔로 돌아가는 해변
길도 차량이 끊겨 어둡고 적막하기 그지없었다.

"정말 추워서 그랬던가 봐. 여기서 내려다보니 여전히 정취 있
는 겨울 밤바다네. 선생님도 샤워하고 나오세요. 기분이 달라질
거예요."

내 방으로 따라와 더운 물로 샤워를 하고 나온 인선이 의자를
창가로 끌어당기며 사람이 달라진 듯 밝은 목소리로 말했다. 그러
나 나는 뜨겁든 차든 물을 뒤집어쓸 기분이 아니었다. 냉장고에서
맥주 한 캔을 꺼내며 심드렁히 받았다.

"아니, 이걸루 입가심이나 하구 자겠어."

그러자 그녀가 내 쪽으로 의자를 당기며 장난스레 웃었다.

"아까 너무 청승을 떨었나? 하지만 제가 지금 한껏 고양돼 있다

는 것, 그리고 희망과 자신에 차서 떠난다는 것만은 믿어주세요. 이번에는 정말 제대로 공부할 수 있을 것 같아요."

"그건 반가운 일이야. 부럽기도 하고."

"보다 본질적인 접근을 해볼 거예요. 의상미(衣裳美)의 이데아 같은 것, 필요와 허영, 실용과 미학의 접점(接點)이나 의상 언어(衣裳言語) 같은 것도 탐구해 볼 가치가 있겠지요."

"그렇다면 파슨즈나 F.I.T에 가서 될 일이 아니겠는데. 철학부에 적(籍)을 두는 편이 낫겠군."

"꼭 그래야만 한다면요."

그런 인선은 정말로 무엇인가에 고양되어 있는 사람 같았다. 타월 천으로 된 목욕 가운의 높은 깃에 싸인 발그레한 얼굴에 꿈에 젖은 소녀의 몽롱한 표정이 떠올랐다. 까닭 모르게 죄의식을 자아내는 청순함이 희미한 후광처럼 그녀를 둘러쌌다. 그러다가 그 청순함은 이내 성숙한 여인의 농염함으로 바뀌었다.

"그리구우……."

그녀가 갑자기 짙은 콧소리로 길게 말끝을 끌며 덧붙였다.

"그리고?"

"그러면서 선생님을 기다릴 거예요."

그 말과 함께 자리에서 일어난 그녀는 살며시 다가와 내 어깨에 머리를 기댔다. 분명 그녀는 아무 말도 보태지 않았는데 나는 꼭 와주실 거죠, 란 질문을 받은 느낌이었다. 나는 저항을 온전히 포기한 포로 같은 기분이 되어 황급히 대답했다.

"그래, 나도 가지. 가구말구."

성(性)을 지배하는 정서에 관한 한 적어도 내게는 바타이유의 해석이 옳아 보인다. 격렬한 성합 뒤에 나를 지배하는 정서는 일쑤 허망이 아니면 작은 종말감이다. 그날 밤도 그랬다. 적잖이 마신 술 때문에 악전고투와도 같은 성합을 치른 뒤 나는 그 어느 때보다 텅 빈 듯 하면서도 막막한 기분에 젖어들었다.

그런 나와는 달리 인선은 그녀의 이른바 '근원적 낙관' 탓인지 잠들 때까지 한동안을 새로 시작될 유학 생활에 관해 재잘거렸다. 그걸 위해 다지고 있는 장한 결의들과 이어지는 밝고 희망에 찬 상상들이었다. 그러다가 오래잖아 그녀도 만족한 피로에서 온 듯한 단잠에 빠져들었다.

하지만 가늘게 코까지 골며 잠든 그녀 곁에서도 나는 쉬이 잠들지 못했다. 그날따라 길게 꼬리를 끄는 허망과 종말감에다 그녀가 잠든 뒤 땀을 씻기 위해 한 짧은 샤워가 준 각성의 효과 때문이었다. 적지 않게 마신 술기운이 조금씩 걷히면서 정리되지 못한 그 하루의 상념들이 일시에 되살아났다.

상념의 첫머리는 말할 것도 없이 이 여행에서 가장 절실한 화두가 되는 나와 인선의 앞날이었다. 만난 뒤 2년을 넘기면서 우리는 무언가 비상한 결단의 요구에 쫓기게 되었다. 그 때문에 최근 우리의 만남은 자주 울적해졌고 때로는 인선의 흐느낌이 섞여 들기도 했다. 그러다가 이루어진 결단이 인선의 출국이었고, 조금 전

나는 뒤따라간다는 약속으로 그 결단에 동의하였다.

그렇지만 냉정히 돌아보면 그것은 약속이라기보다는 내 주관적인 희망 사항에 가까웠다. 학위 논문을 지도해 준 은사나 유학 시절 선후배에게 두루 알아보면 교환교수나 초빙교수로 미국에 몇 년 머물 길은 있고, 그렇지 못하더라도 내년이 안식년(安息年)이라 자리 걱정을 하지 않고도 1년 정도 미국을 다녀올 구실은 얼마든지 만들 수 있었다. 하지만 그렇게 얻은 거리와 시간이 20년 넘는 내 결혼 생활과 거기서 파생된 여러 인간관계에서 나를 자유롭게 해주리란 보장은 별로 없었다.

그곳에서 결행될 우리의 결합은 틀림없이 이곳에서보다는 덜 요란스럽고 부담도 적을 것이다. 우리가 영영 그곳에 머물러 살 수 있다면 그 결합만으로 모든 것은 해결된다. 하지만 우리 삶의 기반은 모두 이곳에 있고, 우리는 돌아오지 않으면 안 된다. 그리고 그때 이 땅은 단지 유예해 주었던 것에 지나지 않은 모든 의무와 책임을 우리에게 한꺼번에 물을 것이다. 아마도 우리는 그동안의 모든 성취를 그 불이행에 대한 벌금으로 물어야 할지 모른다. — 거기에 이르자 내 사고는 저절로 작동을 중단했다. 어차피 맞을 매라도 미룰 수 있다면 되도록 뒤로 미루고 싶다는 기분뿐이었다.

그러자 상념은 그날의 구체적인 기억에서 새로운 실마리를 찾았다. 악연과도 같은 그 사업가와의 만남이 떠오르고 이어 그의 불만과 원망, 분노와 증오의 언어가 새삼스럽게 되살아났다. 그의 자랑과 자부도. 그는 의심 없이 자신을 피해자의 자리에 두고 느닷없이 불어 닥친 시대의 찬바람을 저주하고 있었지만 실은 그 또한 영문도 모르면서 그 바람을 불러들인 엉터리 주술사(呪術師) 중의 하나였다. 지금 준비되고 있는 마녀재판에 불려 나올 소문난 주술사들과 목소리의 높이가 다르고 몸짓의 크기에서 차이가 날 뿐 똑같은 효능을 가진 주문을 그는 현대적 기업 경영이란 부적 아래 열심히 외워 왔다. 그리하여 내 상념 속을 떠도는 그의 마지막 모습은 내가 만난 구체적인 중소기업인의 그것이 아니라 한 어두운 시대의 초상 같았다.

그러고 보니 처음 듣는 인선의 가족사나 거기에 이어진 안쓰러운 자기 분석도 단순히 젊은 연인의 변형된 정담(情談)으로만 되씹을 수는 없었다. 어쩌면 그것은 그녀 개인의 이력이나 실상이 아니라 그녀가 속한 세계의 어두운 진상이며, 이 참담한 사태를 부른 거품의 일부일지도 모르는 일이었다. 거품은 우리 경제나 정치뿐만 아니라 문화에서도 한국적인 특징을 이루고 있었다. ― 그렇게 번지자 문득 얼마 전 망년회에서 만난 대학 동창의 말이 떠올랐다. 내가 유학길에 오를 때 등단한 그는 그새 알려진 중견 작가로 자라 있었는데, 동창들이 아첨 삼아 노벨 문학상의 가능성을 묻자 숨김없이 혐오를 드러내며 쏘아붙였다.

"요새 거품, 거품 하는데 말이야. 그놈의 거품 많기로는 우리 문학 판만 한 데도 없을 거라. 바로 노벨상 타령이 가장 같잖은 거품이지. 시(詩)야 내 전공이 아니니 제쳐 두고서라도 말이야. 우리 소설이 노벨상을 받게 된다면 그건 스웨덴 한림원의 가장 잘못

된 수상자 선정의 예가 될 거야. 우리로 봐서는 기막힌 요행이 되구……. 한번 냉정히 생각들 해보라구. 우리 소설 중에서 우리가 젊은 날 밤새워 감동하며 읽던 그 삼엄한 세계 명작 전집에 끼워 넣어 어울릴 만한 책이 과연 몇 권이나 돼? 안됐지만 내가 보기에는 한 권도 없어. 내 책은 아직 저들 습작 수준밖에 안 되고. 그런데 실질은 그 모양이면서 이건 무슨 노벨상에 환장이라도 했는지, 젊고 늙고 간에 책 몇 권 우리끼리 겨우 읽을 만하게 냈다 하면 노벨상 타령이니……. 그게 빌린 돈에 비싸게 사들인 기술 가지고 어거지로 버티면서 세계적, 세계 일류 하고 떠벌려 대던 우리 재벌 기업의 거품하고 다를 게 뭐 있지? 두고 보라구. 어떤 꼴들 날지. 좋은 시절에 문학적 속살을 찌울 생각들은 않고…… 되잖은 물량(物量)의 환상에 빠져 재능과 열정을 낭비하거나 낡아 빠진 이념으로 허세나 부리고 ─. 그 거품 걷어내면 드러날 우리 문학의 빈약한 속살 정말 한심할 거라. 모르긴 하지만 이 바람 가장 혹독하게 맞을 판은 이 판일걸."

그때는 그걸 그 동창의 뒤틀린 겸손으로 이해했지만 다시 냉정히 돌이켜보니 한 작가의 뼈아픈 자기 진술 같기도 했다.

좀 엉뚱하게도 상념이 거기에 미치자 의혹과 불신은 문화 전반으로 번져 나갔다. 따져보면 다른 분야에서도 거품으로 의심되는 현상들은 많았다. 이를테면 애초부터 현지의 평가보다는 국내에서의 그림 값 인상에 관심이 더 많은 외국에서의 전시회들. 그 나라 관객들보다는 국내로의 파급효과만을 겨냥한 출혈적인 해외

공연들. 그리고 턱없는 허영으로 세계 일류만을 쫓아 경쟁적으로 이루어지던 엄청난 로열티의 외국 공연단 초청들. ― 문화에 대한 국제적 인식이나 우리의 안목을 틔우는 데 약간의 도움이야 되었겠지만 본질적으로는 투입(投入)과 산출(産出)의 균형이 어림없이 깨어진 문화적 거품이 아니었을까.

우리 학문은, 우리 진리와 이상은 이 거품들로부터 안전한가. 지금 연구실 깊숙한 곳에서 소리 없이 숙성하고 있는 학문들도 있겠지만 더욱 많이는 요란스러운 거품으로만 부풀어 있지 않은가. 그들이 세계의 명문 대학에서 학위를 취득할 때는 그 학문적 성취의 수준은 미래의 세계 석학들과 비슷하였는데, 그로부터 몇십 년의 세월이 흘러도 왜 이 땅에서는 손꼽을 만한 세계적 석학이 없는가. 혹시 그들이 한번 이른 그 수준에 안주하여 그걸 값싸게 파는 데만 성급했던 탓은 아닐까. 조변석개(朝變夕改)하는 이 나라의 정책은 바로 일찌감치 정치로 줄을 바꿔 선 그들이 학문적인 숙성을 거치지 못한 지식을 섣불리 현실에 적용한 탓은 아닐까. 매스컴에서는 석학이 넘쳐나면서도 세계의 지성사에는 아무런 자취를 남기지 못하는 것은 분별없는 매스컴의 장단에 취해 실질적인 성취와는 무관한 우리끼리만의 허명(虛名)을 쌓아 올리는 데 세월을 탕진한 탓은 아닐까.

그러다가 그런 의혹과 불신은 한 통렬한 부메랑이 되어 내게로 되돌아왔다. 바로 너다……. 네가 학위를 딴 논문은 부분적으로 Z이론에 자극받은 것이었지만 인간관계론 중심의 경영 이론으로서 당시로는 세계적 수준에 손색이 없었다. 한국의 기업 일부와 화교(華僑) 기업들에서 유가적(儒家的) 인간관계론을 추출하여 서구적 경영 이론에 접목시키고자 했던 시도도 의미가 있었다. 그런데 한번 이 땅에 돌아와 자리 잡은 너는 그것들을 학문적으로 천착하고 숙성시키는 대신 대중적으로 팔아 치우기에 바빴다. 너의 첫 저서, 『인간의 얼굴을 한 기업』— 한 학자로서는 얼마나 낯간지러운 잡문이냐? 그런데도 너는 거기서 얻은 매스컴의 허명에 취하고 부끄럼 없이 그 과일을 즐겼다. 학문적으로는 있어도 그만이고 없어도 그만인 잡문들로 논문을 대신하고 변할 줄 모르는 강의안(講義案)에 대한 학생들의 의구는 대중적인 지명도로 억눌렀다. 거기다가 더욱 용서 못 할 일은 그 거품 같은 허명에 자족해하기까지 한 점이었다……

"일어나세요. 선생님, 그만 일어나시라니까요."

인선이 가만히 내 가슴을 흔들며 소리치는 바람에 나는 눈을 떴다. 남쪽으로 난 창문의 커튼을 걷어버려 햇살이 눈부시게 방 안으로 쏟아지고 있었다.

"내 이럴 줄 알았다니까. 벌써 열 시가 넘었다구요. 다시는 나하고 있을 때 술 드시게 하나 봐라."

인선이 다시 투정하듯 말했다. 그녀는 내 늦잠의 원인을 그녀와 함께 마신 술 때문으로만 알고 있었다. 나는 무거운 머리로 간밤의 일을 떠올렸다. 거품이 내 학문을 거쳐 우리 사랑으로까지

번지려 할 때, 나는 화들짝 놀라 비디오 스위치를 끄듯 상념을 멈
추고 자리에서 일어나 냉장고로 갔다. 그리고 작은 위스키 병 하
나를 따 물잔에 반 넘게 채운 뒤 단숨에 마셨다. 그런 다음 침대
등마저 끈 뒤 그녀 곁에 누웠는데 — 이미 동녘 창이 휘부윰해 오
는 느낌이었다.

"술 때문이 아냐. 잠이 늦게 들었어."

"뭐예요? 그럼 내가 잠든 사이에 홀로 깨어 계셨단 말예요?"

인선은 그게 더 큰 잘못이라는 듯 따지는 말투가 되었다.

"무슨 생각을 하시면서요?"

"그냥 이것저것……. 오히려 술을 설마셔 그랬던가 봐."

나는 간밤의 어두운 상념을 되뇌기 싫어 그렇게 대답하고 그
녀를 끌어당겨 볼에 가볍게 입맞춤했다. 그녀도 실없는 말다툼으
로 새 아침을 망칠 기분은 아닌지 곧 평소의 상냥스러움으로 돌
아갔다.

"그래도 해장은 하셔야 하잖아요? 아침 어떡하실래요?"

"글쎄, 어떡할까?"

입으로는 그렇게 말을 받고 있어도 솔직히 나는 움직이고 싶
은 기분이 아니었다. 인선이 따라 준 생수가 제 맛이 아닌 게 해장
도 아직은 이를 성싶었다. 하지만 아침밥이 늦은 그녀를 위해 성
의 없게 덧붙였다.

"내려가서 사골 우거지탕이나 한 그릇 하지 뭐. 어제 올라오다
보니 특별 메뉴로 써 붙여 놓았던데."

"그걸루 해장이 되겠어요?"

인선이 그러면서도 앞장을 섰다. 그런데 아래층으로 내려가 막 식당 문을 열려 할 때였다. 인선이 갑자기 내 옷소매를 끌며 말했다.

"우리 그러지 말고 대포항(港)으로 가요. 거기 가면 틀림없이 속 시원히 해장할 만한 곳이 있을 거예요."

나는 그 갑작스러운 변덕에 약간 어리둥절했다. 그래서 까닭을 물으려는데 그녀가 눈짓으로 식당 안을 가리켰다. 유리창 너머로 보니 어제의 그 사내가 텅 빈 식당에 혼자 앉아 맥주를 마시고 있었다. 인선이 안으로 들어가기를 꺼린 것은 우리 사이에 다시 그가 끼어드는 게 싫어서인 듯했다.

나는 잠깐 걸음을 멈추고 그 사내를 살폈다. 그는 무엇인가 깊은 생각에 빠져 멀리 창밖만 응시하고 있었다. 어찌 보면 허탈한 듯 보이기도 하고 어찌 보면 무슨 비장한 결의를 다지고 있는 듯하기도 한 그 모습이 왠지 심상찮은 느낌을 주었다.

"사장님 돌아오셨습니까?"

인선에게 끌리듯 호텔을 나오다가 마주친 지배인에게 내가 그렇게 불쑥 물은 것도 그 느낌 때문이었을 것이다.

"아뇨. 그런데 사장님 만나러 오셨습니까?"

지배인이 공연히 움찔하며 내 눈치를 살폈다.

"그게 아니라 저기 저……."

가벼운 턱짓으로 식당 쪽을 가리켰을 뿐인데도 지배인은 금세 누구를 말하는지 알아차렸다.

"아, 저 양반……. 하지만 기다려도 소용없을 텐데. 내 코가 석 자란 말도 있잖아요. 사장님도 삼척 쪽에 새로 벌인 일 때문에 정신없으시다구요."

지배인은 그 사내에 대한 내 관심을 어떻게 이해했는지 그렇게 묻지도 않은 일까지 일러주었다.

늦긴 해도 아침이라 그런지 대포항은 썰렁하기 그지없었다. 문 앞에 나와 붙드는 사람들을 뿌리쳐 가며 포구 안쪽으로 들어가던 인선은 한군데 바다를 향해 시원하게 창을 낸 2층 횟집을 가리키며 말했다.

"우리 저 집으루 가요. 이 층을 전세낼 수 있을 거야."

지끈거리는 머리와 쓰린 속 때문에 흥을 잃고 있는 나를 격려하듯 밝고 장난스러운 목소리였다. 횟집에 들어가서도 그녀의 그런 노력은 계속됐다.

"여기 세상에서 젤루 시원한 해장국 두 그릇 줘요."

인선이 무뚝뚝하게 생긴 종업원 아줌마에게 그렇게 주문하자 그녀가 생김보다는 싹싹하게 대답했다.

"세상에서 제일 시원한 해장국은 없고오 — 술 마이 드셨으믄 물회에 소주 한잔 걸쳐보소. 보이 여기 술꾼들은 그리 해장 잘하두만."

그제야 나도 몇 해 전에 설악산에 왔다가 그런 해장의 효험을 본 적이 있음을 기억해 냈다.

"맞아요. 물회 얼큰하게 둘만 말아 주십쇼."

"얼큰한 거야 매운 꼬치 몇 개 썰어 줄 테이께는, 싱미(성미)대로 놓고 초장은 알아서 치소. 그럼 물회 두 개씨데이."

그때 인선이 다시 장난처럼 끼어들었다.

"나는 물회 처음 먹어보는데……."

그런데 그 물회가 해장에 기대 이상의 효험을 드러냈다. 인선의 강요에 따라 마지못해 든 수저였지만 몇 술 뜬 뒤 소주 한 잔을 걸치자 신기하게도 속이 풀려오는 느낌이었다. 처음에는 새로운 술기운 덕분인가 싶었으나 아니었다. 금세 입맛이 돌아와 물회 한 그릇을 거뜬히 비웠을 뿐만 아니라 머릿속까지 개운해졌다.

"선생님께 맡겨 두면 이번 여행은 또 호텔 천장과 음식 먹은 기억밖에 남지 않을 거야. 안 되겠어요. 오늘 낮은 제가 압수해요."

인선이 내 회복을 기뻐하며 약간 들뜬 듯한 목소리로 그렇게 말해 놓고 제 딴에는 미리 짜 놓은 듯한 일정표를 내밀었다.

"우선 오색(五色)으로 갈 거예요. 그 입구 주차장에 차를 세우고 대청봉으로 가는 등산로를 3킬로쯤만 따라 올라갔다 와요. 약수도 마시고. 그런 뒤에 온천을 들러 땀과 남은 술기운을 씻는 거예요. 거기서 산채 나물로 점심을 먹으면 그걸로 산은 끝나고 다음이 바단데…… 가요. 바닷가를 따라 걷다가 따뜻한 찻집에서 커피 한잔한 뒤 낙산사를 한번 둘러볼 거예요. 선생님 낙산 비치에 여러 번 묵으셨다지만 틀림없이 낙산사는 가보지 못했을 거야."

하지만 그러는 말투와는 달리 그녀의 표정에는 즐거운 나들이보다 무슨 치러야 할 의식을 앞둔 사람 같은 긴장이 엿보였다.

해안도로는 눈 녹은 물로 질퍽거렸다. 앞차가 튀긴 미세한 흙탕물 방울이 금세 앞을 분간하기 힘들 만큼 전면 차창을 덮었다. 인선이 와이퍼를 작동시키면서도 성가셔 하는 기색 없이 말했다.

"날씨가 따뜻한가 봐요. 산도 바닷가도 문제없겠어."

속은 풀렸다지만 히터로 더워진 차 안 공기 탓인지 다시 머리가 무거워진 나는 대답 없이 밖을 내다보았다. 해변 쪽은 눈이 다 녹은 데다 잇대어 펼쳐진 푸른 바다가 이상하게 봄기운을 느끼게 했다. 그러나 응달진 내륙 쪽 산기슭은 쌓인 눈 때문에 여전히 삼엄한 겨울 풍경을 연출하고 있었다.

"저기 저 산그늘 참 아름답죠?"

인선이 다시 눈짓으로 한곳을 가리키며 동의를 구했다. 외설악 줄기인 성싶은 나지막한 연봉(連峰)들을 가리키고 있었는데 산그늘이란 햇볕이 비치지 않는 골짜기를 말하는 듯했다. 햇볕에 희게 반짝이는 봉우리와 등성이들에 비해 그늘진 골짜기는 푸른빛을 띠고 있었다.

"나는 흰 바탕에 함부로 그어진 푸른 선들을 보면 왠지 상처라는 말을 떠올리게 돼."

자칫하면 동의를 거부하는 뜻으로 들리게 된다는 것을 알면서도 나는 순간적으로 떠오른 대로 대답했다. 그러나 인선은 별로 개의치 않았다.

"그건 저두 그래요. 하지만 온전함보다 상처가 있어 아름다울 수도 있어요. 순백 그대로 남아 있는 것보다는 저 푸른 그늘이 주는 조화가……."

그러고 보니 차에 오른 뒤부터 그녀는 갑자기 사람이 달라진 듯 여리고 감상적이 된 것 같았다. 뒤이은 그녀의 말이 더욱 그런 느낌을 주었다.

"저는 눈 덮인 겨울 산그늘에서 아름다운 영혼 같은 것을 느껴요. 상처로 더욱 아름다워진 영혼 말예요. 상처 없는 영혼이 어디 있으랴 ―. 내 상처도 저만 같아라……."

그때 언뜻 그녀의 맑고 흰 이마에 그 산그늘 같은 푸른 주름이 스쳤다. 나는 그걸 알아본 척하지 않고 짐짓 목소리를 밝게 해 말했다.

"어여쁜 우리 님께서 오늘 아주 기분이 좋으신 모양이군."

내 노력이 더해지자 어딘가 좀 억지스럽던 그날의 우리 일정은 금세 환하게 피어났다.

"오늘이 아니라 지금 이 상태가 즐거운 거예요. 이렇게 둘이서만 차를 몰게 될 때에야 비로소 선생님과 저만의 공간을 확보했다는 생각이 들거든요."

그녀는 그 말과 함께 핸들에서 한 손을 떼어 가만히 내 손을 잡았다. 늘상 차가운 그녀의 손길이 그날따라 따뜻하고 부드럽기 그지없었다. 무거워 오던 머리가 갑자기 개운해지는 듯했다.

양양읍을 벗어나 오색으로 가는 산길로 접어들면서 간밤 어둠 속을 급하게 달려오느라 놓쳤던 설경이 새삼스러운 감동으로 다가왔다. 둘만의 평온하고 다감한 밀회의 분위기가 대수롭지 않은 도로변 풍경의 아름다움을 과장했는지도 모를 일이었다. 인선의 눈에도 감탄의 빛이 어렸다.

"어제 구룡령을 넘어오면서 선생님과 함께 그 설경을 보지 못하는 게 어찌 그렇게도 한스럽던지요. 그런데 그 한스러움이 반은 풀어지는 듯하네요."

"나도 어제 한계령을 넘으면서, 때로는 아름다움도 함께 누릴 사람이 없으면 쓸쓸함이 되는구나, 생각했어."

나도 조금은 감상적이 되어 전날의 기억을 되살렸다. 아닌 게 아니라, 그녀가 있어서 그런지 녹다 만 눈으로 휘어진 소나무 가지 하나, 바람에 휜 억새 한 줄기가 새롭게 다가왔다. 특히 눈 덮인 계곡 사이의 얼어붙은 개울은 아득한 기억 저편 유년의 정취까지 되살렸다.

연말이라도 주중이어서 그런지 오색은 전에 없이 작고 조용하게 웅크리고 있었다. 남설악 호텔 쪽으로 들어선 대형 숙박업소들이 아니면 눈 속에 파묻힌 작은 산촌처럼 느껴졌을 것이다. 차들이 드문드문 서 있는 주차장에 차를 세우고 약수터로 가니 언제나 사람들이 줄지어 서 있던 그곳도 그날은 한산하기만 했다.

"저쪽으로 건너가요. 등산로가 아주 운치 있을 것 같애."

차가운 약수로 한 번 더 속을 달래고 담배를 붙여 무는데 인선이 서둘러 옷깃을 끌었다. 나도 약간은 알고 있는 등산로 쪽이었다.

등산로에는 오가는 사람들이 좀 있었다. 돈 안 드는 산행이라 경기에 영향을 적게 받는 것일까. 등산로로 접어든 지 얼마 안 돼 인선이 밤색 털실 모자를 쓰고 얼굴을 반쯤은 가릴 만한 선글라스를 꼈다. 미리 준비한 듯했다.

"저 어때요? 누군지 알아보시겠어요?"

나를 쳐다보는 인선의 입은 웃고 있었지만 내 가슴속에는 그때부터 다시 검은 안개가 피어오르기 시작했다. 검은 유리알에 감춰져 보이지 않아도 그녀의 두 눈가에는 틀림없이 쓸쓸한 빛이 감돌 것이다. 사람들에게 드러낼 수 없는 우리 사랑, 당당하게 승인받지 못하는 사랑, 자랑할 수 없는 연인……

다행히도 그 등산로에서는 별일이 없었다. 마주쳐 오던 등산객 중 몇몇이 어디선가 많이 본 듯한 사람이다, 싶은 눈길로 나를 힐끔거리며 스쳐 갔으나 정확히 알아보고 다가와 난처하게 만드는 사람은 없었다. 털실 모자와 선글라스 덕분인지 인선을 알아보는 사람은 더욱 없었다.

오색에서의 나머지 일정도 그런 점에서는 다행이었다. 예정보다 높이 올라갔다 내려와 들른 온천에서도, 아삭아삭한 민물고기 튀김과 정갈한 산채 나물을 내던 식당에서도 아는 사람 때문에 난처해진 적은 없었다. 하지만 오색으로 오는 차 안에서 모처럼 되살려 놓은 호젓한 밀회의 감흥은 이미 사라져버린 뒤였다. 인선은 그래도 분위기를 유지하려고 애를 썼다.

"자, 이제는 바다예요. 본격적으로 겨울 바다를 느끼러 가자구요."

그러면서 털실 모자와 선글라스를 벗고 핸들을 잡는 그녀의 표정에는 어두운 그늘이 별로 느껴지지 않았다.

그런데 낙산 해수욕장에서 기어이 걱정하던 일이 벌어지고 말았다. 그 모래사장 역시 사람이 그리 많지 않아 여유 있게 바닷바람을 쐬고 한군데 찻집을 들렀을 때였다. 인선에게 한 팔까지 맡긴 채 앉을 자리를 찾고 있는데 안쪽 소파에서 젊은이 대여섯 명이 일어나 꾸벅 인사를 했다.

"안녕하세요? 교수님."

놀라 그들을 살펴보니 그중에 셋이 대학원 연구 과정에 나오는 학생들이었다. 그들도 얼결에 인사를 해놓고는 내 난감한 처지를 알아본 듯했다. 마지못해 인사를 받는 내게 변명처럼 거기에 오게 된 경위를 늘어놓고 황급히 자리를 떴다. 다시 털실 모자와 선글라스로 얼굴을 가리고는 있었지만 인선도 적잖이 난감했을 것이다. 하지만 이번에도 내색은 하지 않았다.

"어디 학생들이에요?"

"셋은 우리 과(科) 대학원생들이고 나머지는 회계(會計) 쪽 아이들인 것 같애."

"그럼 나는 전혀 알아보지 못했겠네. 선생님두 신경 쓰지 마세요. 선생님이라구 젊은 여자와 겨울 바다 구경 오면 안 된다는 법이 있어요. 뭐."

오히려 그렇게 나를 안심시키려 들었다. 그리고 낙산사에 가서는 더욱 대담하게 팔짱까지 끼었다.

"선생님, 낙산(洛山)이 무슨 뜻인지 아세요?"

"거기 무슨 뜻이 있어? 이곳 땅 이름이겠지."

"아녜요. 뭐라더라 ── 범어(梵語)의 음역(音譯)인데 관세음보살이 머무는 땅이래요. 굉장하죠?"

그럴 때는 영락없이 명승지를 관광 온 속 좋고 구김 없는 젊은 연인이었다. 하지만 내 속은 이미 휘지도 펴지도 못하게 뒤틀려 있었다.

"그렇다면 그건 엉터리겠군. 무슨 관세음보살이 제 앉은자리도 못 지켜? 몽고 침입 때도 불타고, 임진왜란 때도 불타고, 6·25 때도 불타고……."

나는 방금 지나오면서 읽은 그 절의 연혁을 떠올리며 심드렁하게 받았다. 점점 짙어가는 내 가슴속의 검은 안개를 단숨에 날려버리겠다는 듯이나 그녀가 밝은 미소로 핀잔을 주었다.

"부처님의 뜻을 선생님이 어떻게 알아요? 그건 하버드 박사라도 함부로 말할 수 있는 게 아녜요."

그래 놓고 다시 재미있는 게 생각났다는 듯 장난기마저 어린 웃음과 함께 물었다.

"거기다가 여기 계신 관세음보살님이 어떤 분인지 아세요? 적어도 사랑에는 멋진 해결사시라구요. 특히 괴로운 사랑에는."

"괴로운 사랑의 해결사? 그건 또 무슨 소리야?"

"이광수의 『꿈』 보셨어요?"

나는 소설 읽기는 별로 좋아하지 않았다. 아니, 좋아하지 않았다기보다는 그럴 시간이 없었다. 그러나 언젠가 영화로는 그『꿈』을 본 적이 있는데 꽤나 감동적이었다.

"소설로는 읽지 못했지만 줄거리는 대강 알아."

"바로 그『꿈』에 나오는 조신(調信) 스님이 자신의 괴로운 사랑을 호소한 곳이 여기 이 관음보살 앞이었대요. 그 긴 꿈을 꾼 곳두요."

"그래⋯⋯?"

"어때요? 훌륭한 해결사였다는 생각이 들지 않으세요? 그래도 여기 관음보살님을 얕보실 거예요?"

그녀는 여전히 농담조였지만 내게는 그 말을 받을 여유조차 없었다. 갑자기 심장을 찔러오는 듯한 고통 때문에 말문이 막혀버릴 지경이었다. 어쩌면 영원히 내 가슴속에만 묻어두게 될지 모르는 너. 아픈 내 사랑. 우리도 지금 꿈을 꾸고 있는 것은 아니냐⋯⋯. 나는 걸음마저 비틀거리며 속으로 그렇게 중얼거렸는데, 그 돌연하고 어울리지 않는 감상이 어디서 비롯되었는지는 알 길이 없다.

우리가 해수관음입상(海水觀音立像)과 홍련암(紅蓮庵)까지 돌아보고 호텔로 돌아온 것은 오후 네 시 조금 지나서였다. 낙산사를 나올 무렵 인선은 다시 차를 몰고 속초로 올라가 보자고 졸랐으나 나는 들어줄 수가 없었다. 아침에 호텔을 나선 뒤의 다섯 시간이 평소 운동량이 많지 않은 내게는 무리였을 뿐만 아니라 낙산사 입구에서 갑작스러운 파산(破産)을 만난 내 감정도 영 회복되지 않았다.

"두 시간만 쉬었다 가자. 그다음엔 밤새도록 돌아다녀도 좋아. 속초가 아니라 원산까지 올라가도……."

토라지려는 인선을 달래 호텔로 들어서는데 로비 분위기가 이상했다. 분명 투숙객은 아닌 듯한 사람들이 로비의 소파와 의자들을 점령하고 있고, 그 대표 격인 몇몇은 프런트 데스크에 몰려 지배인을 몰아대고 있는 중이었다.

"사장 어서 데려와. 어디 숨었어?"

그렇게 무턱대고 사장만을 찾는 사람도 있고 구체적으로 용건을 밝히는 사람도 있었다.

"일을 시켰으면 품값을 줘야 할 거 아냐? 연말 보너스는 못 줘도 밀린 임금은 줘야 할 게 아니냐구?"

"환율 오르기 전에 넣은 자재대(資材代)라도 제때 갚아야지. 달러가 올라 그 물량 충당하려면 들어갈 돈이 두 배가 될지 세 배가 될지 모르는 판에……."

몇 마디 안 들어도 그 호텔 사장이 어떤 처지에 빠졌는지는 대강 짐작이 갔다. 거기다가 엘리베이터에 오르기 전에 들은 술기운 섞인 고함소리는 그의 경영방식까지 드러내 보이고 있었다.

"뭐시라? 동해안 제일의 관광호텔을 지어? 태백 카지노와 연결한다꼬? 쥐뿔도 없는 누무 새끼가, 어예다가 복덕방 구전 모아 찌그덩한 호텔 하나 얽고 나이(나니), 간이 배 밖에 나와 가주고……. 내 하마 알아봤다 카이. 택도 없는 바닷가 야산 몇 필지 가주고 이

은행 저 은행 돈, 지 돈맨치로 꺼내 호텔 짓고 찔락거리미 댕길 때.”

　그렇지만 나는 더 이상 그런 사태에 관심을 보낼 처지가 못 됐다. 따뜻한 실내로 들어와 그런지 엘리베이터 문이 닫히면서 보는 사람만 없다면 그 자리에 주저앉고 싶을 정도로 심한 피로를 느꼈다. 그러고 보니 좀 길었던 온천욕도 그 피로에 한몫을 한 것 같았다. 인선도 그때쯤은 내 지쳐 하는 모습을 알아보았는지 객실로 돌아가는 것을 더는 불평하지 않았다.

　“그럼 난 뭘 하지?”

　내 방 앞에서 잠깐 망설이던 그녀가 큰 인심이라도 쓰듯 따라 들어왔다.

　“혼자 빈방에 들어가 청승 떨어 좋을 게 뭐야. 책이라도 읽으며 선생님 잠이나 지켜드려야지.”

　방 안에 들어서자마자 들고 다니던 색에서 책 한 권을 꺼내면서 인선이 하는 말이었다. 유학을 결정하고부터 영어 어휘를 되살린다며 읽고 있는 원문과 번역 합본(合本)의 문고판 소설들 중에 하나였다. 지난번에 만났을 때는 『노인과 바다』를 가지고 있었는데 표지가 달라진 것으로 보아 그 책은 그새 다 읽은 듯했다.

　“고마워. 꼭 한 시간만 눈 붙이고 일어날게.”

　나는 그렇게 말하고 겉옷도 벗지 않은 채 침대에 몸을 뉘었다. 그런데 미처 잠을 청하기도 전에 인선의 약간 호들갑스러운 목소리가 나를 일으켰다.

　“어마, 선생님. 저기 봐요. 저기 저 사람…….”

창가로 의자를 당겨 앉아 책을 펴 들고 있던 인선이 손가락으로 가리킨 곳은 그 창에서 엇비스듬히 보이는 호텔 앞 바위산이었다. 산이라기보다는 바닷가로 툭 튀어나와 있는 큰 바윗덩이에 가까웠는데 그 위에 한 사내가 서 있었다. 바람에 휘날리는 잿빛 바바리 코트 자락이 몹시 눈에 익은 것이었다.

　"그 사람이군. 아직도 안 간 모양이네."

　"왜 그런지 몹시 위태위태하게 느껴지네요. 꼭 무슨 일을 낼 사람 같애."

　그 말에 나도 풀어져 있던 시선을 모아 그 사내를 유심히 살펴보았다. 멀리 바다 쪽을 망연히 바라보고 있는 그의 옆모습에는 한계령 중턱에서 처음 만났을 때보다 더 짙은 비장미가 풍겨 나왔다.

　"안됐군. 지금 한창 심사가 복잡하겠지. 마지막으로 믿고 찾아온 사촌 형마저 그 모양 났으니……."

　나는 자신도 모르게 중얼거렸다. 그런데 비정일까, 둔감일까. 내게 더 급한 것은 이제 눈시울을 내리눌러 오는 졸음이었다.

　"하지만 무슨 일이야 있겠어? 나이도 지긋하고 분별도 있어 뵈던데."

　나는 인선보다도 나를 설득하기 위해 그렇게 중얼거려 놓고 다시 침대로 돌아갔다. 그러고 여전히 창밖을 내다보고 있는 그녀 쪽이 신경 쓰이면서도 아슴아슴 밀려오는 염치없는 잠에 이내 빠져들고 말았다. 하지만 어차피 오래가지는 못할 잠이었다.

"어머, 어머, 저를 어째……."

잠든 지 얼마나 되었을까, 먼저 그런 인선의 다급한 목소리가 들리더니 이어 그녀의 손이 내 가슴을 가볍게 흔들었다.

"선생님, 일어나 보세요. 무슨 일이 벌어졌나 봐요. 네, 선생님……."

"응? 무, 무슨 일이야?"

내가 아직도 무슨 끈적끈적한 액체처럼 머릿속에 눌어붙는 졸음을 지워 내려고 애쓰며 그렇게 묻자 인선이 약간의 울먹임까지 섞어 말했다.

"책을 읽으면서도 줄곧 그 사람을 보고 있었는데 잠깐 책에 빠져든 사이에 그 사람이 보이지 않더라구요. 바람이 차니까 그만 돌아갔나 했는데……."

그제야 나도 벌떡 몸을 일으켰다. 인선이 달려간 창가로 따라가 보니 호텔 발치 바닷가의 손바닥만 한 모래사장에 사람들이 여남은 명 모여 웅성거리고 있었다. 거기 매어져 있던 두 대의 모터보트를 바다에 띄우려고 하는 것 같았다. 한 대는 그새 바다에 띄워져 벌써 밭은 발동기 소리를 내는 중이었다.

"그럼 바다로 뛰어들었단 말이야?"

"그런 모양이에요. 이럴 줄 알았으면 진작에 사람들에게 알려 말리게라도 해야 하는 건데, 저를 어째……."

인선이 난데없이 강한 죄의식을 드러내며 눈물까지 글썽거렸다. 나는 그런 인선부터 진정시키는 게 급했다.

"그건 누구도 말릴 수 있는 게 아냐. 그의 일이야. 인선이 부담 가질 이유가 없어."

나는 가만히 인선을 감싸 안으며 시계를 보았다. 다섯 시 반이 좀 덜 된 시각이었다. 나는 좀 더 근거 있는 말로 그녀를 진정시켰다.

"그가 바다에 뛰어들었다면 그건 다섯 시를 넘긴 뒤였을 거야. 다섯 시가 최종 부도 처리 시간이었다니까. 그렇다면 그가 바다에 뛰어든 걸 사람들이 금방 알았다는 뜻인데 — 자책할 거 없어."

그사이 나머지 한 대도 바다에 띄워져 두 대의 모터보트가 앞뒤로 하얗게 물을 가르며 바위 언덕 모퉁이로 향했다. 곧 무엇을 발견했는지 배 위의 사람들이 무어라 외치며 손짓을 하고 보트들은 속력을 죽이며 바닷물에 잠긴 바위 언덕 발치로 다가들었다.

이어 구조 작업이 시작된 듯했다. 한동안 배들이 바위산 모퉁이 뒤로 숨었다 나왔다 하며 사람들이 줄을 던지고 바다로 뛰어들고 했다. 이윽고 희미한 환성 같은 것이 들리더니 배들이 다시 원래 있던 모래사장으로 돌아왔다. 앞의 배에는 물에 젖어 늘어진 사람의 모습이 길게 실려 있었다.

"심장만 튼튼하다면 죽지는 않았을 거야."

열어두었던 창문을 닫으며 나는 그 말로 다시 한번 인선의 죄의식을 덜어주려고 애썼다. 쓸모없는 노력이었다. 내가 흘깃 훔쳐본 그녀의 얼굴에는 이미 죄의식의 그늘 같은 것은 남아 있지 않았다.

"삶에 낀 거품이 사람을 죽일 수도 있군요."

인선은 내 말을 그렇게 받았는데 착 가라앉은 그 목소리도 그녀가 죄의식과는 거리가 먼 어떤 골똘한 상념에 빠져 있음을 짐작할 수 있게 했다.

우리가 '뉴비치'를 나온 것은 오래잖아 도착한 구급차가 그 사내를 싣고 가고 호텔 안팎에서 모여든 구경꾼들도 흩어진 뒤였다. 적잖게 몰려 있던 거친 채권자들도 그 소동에 쓸려 갔는지 로비는 평온을 회복해 있었다. 프런트에 열쇠를 맡기면서 알아보니 짐작대로 바다로 뛰어들었던 그 사내는 무슨 쇼크 때문인가 실신하였을 뿐 죽은 것은 아니었다.

"무슨 생각을 하고 있지?"

속초로 올라가는 해안도로에 들어서면서 나는 까닭 모를 불안에 차 인선에게 물었다. 그녀는 호텔 방을 나설 때부터 줄곧 말이 없었다. 우리의 시간을 밝고 아름다운 기억으로만 채우기 위해 그 한나절 그녀가 기울인 안쓰러운 노력을 상기하면 충분히 불안하게 여겨야 할 만큼 어둡고 무거운 침묵이었다.

"우리 사랑에는 거품이 없었던가를요."

그녀가 별 억양 없는 목소리로 짧게 대답했다. 그렇지만 듣는 내게는 오래 두려워하며 기다리던 선고가 드디어 현실로 떨어진 듯했다. 네 불안과 회의가 마침내 거기에 미쳤구나……. 그러자 기억은 간밤으로 돌아가고 억지스레 잘라버린 상념으로 이어졌다. 그래, 우리 사랑에 거품은 없었던가. 있었다면 어떤 게 거품이었던가.

한때 내게 사랑은 한 찬연한 이데아였다. 그러나 그 이데아는 눈부신 만큼 완강하게 젊은 나의 접근을 거부했다. 선망하여 가까이 달려갈수록 멀어진다는 무지개 같은 것이었고, 거기서 느낀 야속함은 일찍 내 사랑을 실용(實用)으로 바꾸었다. 결혼은 사랑을 실용으로 바꾸는 절차다.

결혼 뒤 내 이데아는 학문이 되었다. 실제에 있어서도 내 젊은 날의 나머지는 그 이데아에 투입되었고, 한때 상당한 접근도 있었다. 그리하여 내 사랑의 이데아는 죽었으며, 그 위에 돋은 새 이데아로 내 삶은 성숙되었다고 나는 문제없이 믿었다.

그런데 아니었다. 사랑의 이데아는 죽은 것이 아니라 억지스러운 의식에 밀려 무의식 바닥으로 깊숙이 자맥질하였고, 거기서 형체 없는 갈망으로 자랐다. 그러다가 더 이상 드러내 놓고 젊음과 사랑을 지향할 수 없는 나이로 접어들면서 새로운 모습으로 내 의식 표면을 뚫고 솟았다. 실재하는 세계, 보고 듣고 맛보고 어루만질 수 있는 대상에 대한 형언할 수 없는 그리움을 더한 채.

그때 네가 나타났다. 너는 이데아이자 실재였고 나는 그것에 나를 투척하고 몰입하였다. 너도 아무런 저항 없이 나를 받아들여 나는 때로 우리 사랑에 운명이란 구식 이름을 붙이기도 했다. 네가 한 이데아에서 실재성(實在性)을 갖추게 된 밤을 나는 또한 생생히 기억한다. 두 사람만 따로 만나기 시작한 지 1년쯤 되었을까, 그날 우리는 오랜 망설임을 결행하듯 무턱대고 서울을 벗어났다. 청평호 부근을 돌다가 해가 지자 보다 깊은 산촌 호젓한 모텔에서 묵기로 하고 내처 밤길을 떠났는데 그만 길을 잃고 말았다.

같은 길을 두 번이나 오락가락 헤매다가 자정이 넘어서야 다급한 김에 찾아들게 된 양평 부근의 작은 모텔. 그 후미진 방의 마뜩지 못한 침대에서 내가 성급하게 너를 요구했을 때 너는 미안한 듯 영어로 말했다. "아이 엄 인 피리어드(지금 생리 중이에요.)." 그래도 복수심과도 같은 내 욕망으로 우리 몸의 만남은 이루어졌다. 그 밤 나는 낭패한 사람처럼 피로 얼룩진 시트를 닦고 있는 네 벗은 몸에서 실재(實在)로 피어난 사랑의 이데아를 보았다고 믿었다.

그렇지만 이제 와서 돌이켜보면 모든 것이 조금은 수상쩍다. 누구에게나 지나가 버린 젊음은 황폐하고 삭막한 것으로 기억되는 것이 아닐까. 그리하여 내가 장황하게 술회하는 삶의 쓸쓸한 이력도 실은 때늦은 일탈을 변호하기 위해 의도적으로 과장한 것은 아닐까. 사랑의 이데아와 실재를 이어주는 형체 모를 갈망이라는 것도 어쩌면 이제 더는 앞날을 기약할 수 없게 된 중년의 비뚤어진 욕정에 지나지 않을는지도 모른다. 길을 잘못 들어 엉뚱한 곳에서 자신을 낭비하고 만 속된 영혼이 다시 엉뚱한 곳에서 그 보상을 구하려 한 것인지도 모른다.

그리고 너의 사랑은? 나를 향한 네 사랑의 본질은 무엇이었을까. 이 물음에 대해 너는 즐겨 리스펙트란 단어를 써왔다. 비코즈 아이 리스펙트 유. 리스펙트, 리스펙트. ― 그런데 무엇을 향한 존경이었을까. 매스컴에 값싸게 내다 판, 그래서 매스컴에서만 요란한 거품 같은 이 지식? 그 하찮은 지식을 맵시 있게 포장하는 기술? 아니면 그것들로 인해 헛되이 부풀려진 이름? 하지만 정작으로 의심이 가는 것은 우리 이 같은 사랑을 가능하게 한 의식이다. 아내와 20년을 평온무사하게 살아온 유부남과 어느 모로 봐도 모자람이 없는 미혼녀의 느닷없고 대담한 사랑. 사랑은 오직 사랑만 있으면 된다는 그 확신. 그러면서도 하루에도 몇 번씩 천국과 지옥을 오락가락하며 보내야 했던 지난 2년……. 어쩌면 우리 사랑의 진정한 거품은 사랑을 처음 결행할 때의 의식 상태에 있지 않을까. 사회의 윤리의식이나 관습은 아직 보수적인 가치관을 고집하고 있고 자신들도 그것으로부터 자유롭지 못하면서 다만 그 표면을 휩쓰는 분위기에 둘 모두가 홀렸던 것은 아닐까. 사랑을 전능(全能)의 면죄부로 삼는 그 유행가(流行歌)적 분위기.

"선생님은 지금 무얼 생각하고 계세요?"

앞만 보고 차를 몰던 인선이 문득 잠에서 깨어난 사람처럼 물었다. 너무 갑작스러운 물음에 나는 다음 물음을 예상해 볼 겨를도 없이 대답했다.

"인선과 같은 거."

"그래, 우리 거품은 뭐였어요?"

그녀는 잠시 눈길을 돌려 나를 가만히 살피며 물었다. 그런 되물음에 나는 당황했다. 하지만 내 상념 속을 스쳐간 진실을 그대로 밝힐 수는 없었다.

"글쎄……. 거기서까지 거품을 찾아내기는 어려웠어."

더듬거리는 내 대답에도 불구하고 그녀는 굳이 진실을 추궁하려 들지는 않았다. 아니, 그럴 겨를이 없을 정도로 딴생각에 빠져든 것 같았다. 다시 한동안 말없이 차를 몰다가 앞뒤 없이 불쑥 말했다.

"전 그동안 조신(調信) 스님과 그 '꿈'을 생각했어요. 낙산사의 그 관음불 앞에서 꾸었다는 그 50년의 꿈."

그래 놓고 다시 나를 돌아보며 처연하기 짝이 없는 미소와 함께 물었다.

"우리가 꾸고 있는 이 꿈, 정말 이제 거기서 깨어나야 하나요?"

그런 그녀의 목소리에도 묘하게 사람의 가슴을 후벼오는 여운이 있었다. 나는 그 미소와 여운에 저항하듯 짐짓 엄한 표정으로 그녀를 보며 말했다.

"잘 들어요. 우리는 비상하지 않으면 안 돼. 평범하면 나도 죽고 인선도 죽어. 대신 한 바람둥이 중년과 경박하고 변덕 많은 노처녀가 남을 뿐이야. 우리 사랑이란 것도 지저분한 정사(情事)의 집합일 뿐이 되고……. 비상하게 시작한 것을 평범하게 끝내 우리 모두를 초라하게 만들지 말아요."

그때 내 가슴은 이미 피를 흘리고 있었다. 네 말이 맞을지도 모르지. 그렇지만 정녕 깨어나고 싶지 않은 꿈이구나……. 인선이 다시 그녀 특유의 생기와 재치를 되찾은 것은 차가 속초시로 접어든 다음이었다. 첫 사거리에서 신호등에 걸려 기다리는 동안 그녀가 언제 그랬냐는 듯 상글거리며 제의했다.

"저녁은 우리 어디 괜찮은 불고깃집으로 가요. 생선은 이제 질렸어. 거기서 불고기로 든든하게 먹고 노래방으로 가는 거예요. 몸도 흔들 수 있는 넓은 방을 얻어 — 쌓인 것 모두 풀고 맘껏 즐겨요."

말뿐이 아니었다. 저녁을 먹고 노래방으로 옮기자 그녀는 정말 기말고사라도 끝낸 학생 아이들처럼 신나게 노래하고 몸을 흔들었다. 시들어가는 젊음이 애절해서 더 눈부신 빛을 뿜는 듯했다. 그녀가 마지막으로 청한 『애모(愛慕)』란 곡만 아니었더라면 내가 그때까지 품고 있던 한 가닥 마음속의 불안마저 털어버릴 뻔했다. 그대 앞에만 서면 왜 나는 작아지는가. 사랑 때문에 침묵해야 할 나는 나는 당신의 여자…….

얼른 이해 못 할 그녀의 흥은 돌아오는 차 안에서도 이어졌다. 자동차 라디오에서 나오는 서태지와 아이들의 노래를 소리 내어 따라 부르기도 하고 따라할 수 없는 신곡은 손바닥으로 핸들을 두드려 장단을 대신했다. 그러다가 호텔로 돌아와서는 앞장서서 바를 찾았다.

"아실랑가 몰라, 합환주(合歡酒)라고."

위스키 두 잔을 청해 잔을 부딪히며 그렇게 말할 때는 사람이 낯설어 보일 정도였다. 하지만 한편으로 그런 그녀는 말 그대로 한 고혹(蠱惑)이었다. 이왕 시작한 것이라 몇 잔 더 걸치고 함께 내 방으로 올라가니 시간은 어느새 열한 시에 가까웠다. 분명 술기운은 아닌 대담함으로 인선이 옷을 훌훌 벗어 던지더니 가운도 걸치지 않은 채 욕실로 들어가며 말했다.

"선생님도 벗고 들어오세요. 함께 샤워해 시간을 절약해요."

그날의 샤워는 유달리 정성 들인 것이었다. 인선은 내 몸 구석구석을 꼼꼼히 비누칠해 씻겨주었을 뿐만 아니라 자신도 평소보다 배는 걸려 샤워를 마쳤다. 그리고…… 그 뒤 그녀는 지난 2년 동안 한 번도 보여준 적이 없는 열정과 욕망으로 내게 다가들었다. 그녀에게서 느껴지는 광기 혹은 절망감이 잠시 나를 위축시켰으나 나도 이내 거기 휩쓸려 들었다. 그녀는 끊임없이 자극하고 도발했고 나는 충실하게 반응했다. 성(性)의 깊이 모를 심연을 헤어[泳] 보지 못한 사람은 그 밤 우리가 길고 거칠고 힘든 싸움에 빠진 줄 알았을 것이다.

우리가 맹목과도 같은 탐닉에서 빠져나온 것이 언제쯤이었는지는 알 수가 없다. 침대 머리맡 탁자의 전자시계로 새벽 두 시를 확인하고도 한참이나 더 서로에게 빠져 있던 우리는 어느 순간 미리 합의라도 한 것처럼 떨어져 누웠다. 그 뒤 더는 서로를 찾지 않았고 — 나는 혼절하듯 잠에 빠져들었다. 허망도 종말감도 느낄 겨를이 없었다.

내가 길고 요란한 전화벨 소리에 잠을 깬 것은 다음 날 아침 아홉 시였다. 잠결에 든 수화기에서 굵직한 남자의 목소리가 울려 나왔다.

"모닝콜입니다. 일어나실 시간입니다."

"우리는 모닝콜을 부탁한 적이 없는데……."

성가심 때문에 겨우 되살아난 의식으로 나는 그렇게 항의했다. 그러자 상대는 예상하고 있었다는 듯, 설명조로 받았다.

"506호 손님께서 체크아웃 하시면서 부탁하신 겁니다."

그제야 나는 옆자리가 허전한 걸 느끼며 놀라 물었다.

"뭐? 그 손님 언제 나갔소?"

"여덟 시쯤 나가셨습니다. 메모가 침대 머리맡 테이블에 놓여 있을 거라 그러시더군요."

그렇게 되면 잠 같은 게 남아날 리 없었다. 나는 벌떡 몸을 일으켜 침대 머리맡 테이블을 살폈다. 객실에 비치된 메모 용지에 휘갈겨 쓴 인선의 편지가 스탠드 아래 얌전히 접혀 있었다.

"한때의 거품에 취해 양양거리다가 거덜 난 양장점 주인이 연말 대목까지 소홀히 해서야 쓰겠습니까? 또 다른 거품일 성싶은 제 유학 건(件)도 다시 생각해 볼 작정입니다. 다만 우리 일만은 저 홀로 선뜻 결단을 내리지 못해 선생님의 뜻에 맡기고 이렇게 먼저 떠납니다. 문득 그 불행한 사업가가 그제 술집에서 한 말이 떠오르는군요. 우리 사랑에도 지금이 새로운 날의 전야(前夜)인지 진정한 어둠은 아직 뒤에 남은 한 시대의 마지막 밤인지 통 알 수가 없네요. 인선."

(2001년)

달아난 악령

다인면(多仁面)은 뜻밖의 산골이었다. 처음 소속 군(郡)을 들었을 때만 해도 나는 다인면이 그렇게 심한 벽지이리라고는 짐작하지 못했다. 오대산과 설악산이 멀지 않고 해안에는 십 리마다 해수욕장이 널려 있는 군이라 거기에 딸린 면이라면 옛날얘기로만 듣던 그 강원도 산골은 아니리라고 지레짐작한 까닭이었다.

　거기다가 내가 다인면을 사람 살기에 그리 불편하지 않은 곳일 거라고 믿은 까닭은 또 있었다. 그것은 내가 찾아가고 있는 곳이 바로 악령이 선택한 땅이었기 때문이다. 그동안의 추적을 종합해 보면 악령은 언제나 반듯하고 기름기 있는 땅, 사람들이 버글거려 자신의 독을 쉽게 퍼뜨릴 수 있는 곳만을 거처로 삼아왔다.

　그런데 읍(邑) 합동 정류장에서부터 벌써 조짐이 이상했다. 서울서 출발한 버스에서 그 정류장에 내리자마자 나는 그곳 토박이로 보이는 중년에게 다인면으로 가는 버스를 물어보았다.

"하이고, 다인 가는 버스라믄 한참은 기다려야 할 거로. 보자…… 그게 두 시간 만에 있나, 세 시간 만에 있나."

원래가 경상도 사람인지 아니면 그곳 사투리가 그런지, 내가 듣기에는 영락없는 경상도 사투리로 그 중년이 그렇게 일러주었다. 요새 세상에 서울서 네 시간이나 걸려 도착한 곳에서도 그 정도 간격으로 버스가 왕래할 지경이라면 어느 정도 산골인지 알 만했다. 그런 산골에 중학교가 있을 것 같지 않아 이번에는 내가 찾아가는 중학교를 물어보았다.

"다인중학교라꼬? 그기 남아 있기는 남아 있나? 아매 벌씨로 문 닫았을 낀데……. 아이다, 아이다. 지난겨울인강 언젠강 보이거다도(그곳에도) 안죽꺼정 중학교 교복 입고 얼찐거리는 아아들이 있기는 있드라. 맞지러. 글치만 올해 문 닫을 동 내년에 문 닫을 동……."

그렇다면 처음부터 뭔가가 예상 밖으로 돌아가는 셈이 되고 만다. 내가 추적해 온 악령은 결코 그렇게 궁벽한 곳의 오늘내일하는 그런 중학교로 쫓겨 내려올 종류가 아니었다. 더구나 그는 벌써 재작년에 대학원 석사과정을 마치고 박사과정에 들어가 있지 않았던가. 나는 지긋이 이를 악물고 세차게 고개를 저었다.

뭔가 노릴 만한 게 있어서겠지. 아니면 세상 돌아가는 판세를 재빨리 읽어 잠시 아홉 발 꼬리를 사린 채 숨을 만한 으슥한 곳을 찾아왔거나. 그래, 여기서는 어떤 요사를 떨고, 어떤 분탕질을 치고 있는지 보자. — 나는 버스를 기다리기 위해 정류장 앞 다방을 찾아들면서 속으로 그렇게 중얼거렸다.

그 악령이 처음 내 삶에 그림자를 드리운 것은 딸아이가 중학교 3학년 때였다. 새 학기가 시작된 지 한 달도 안 돼 딸아이가 자기 반 담임선생 자랑을 늘어놓기 시작했다. 성적도 좋고 얼굴도 예뻐 언제나 선생님들께 사랑받는 편인 딸아이라, 그 애 쪽에서도 좋아하는 선생님이 많았으나 아무래도 그때의 열성은 유별난 데가 있었다.

"정말 끝내주는 선생님이에요. 다른 선생님들보다 한 시간은 일찍 와서 저녁 여섯 시까지 계시면서 학교 안팎을 골고루 보살피세요. 우리들에게는 또 얼마나 잘한다구요. 점심시간이면 저희들과 함께 점심을 잡수시는데 도시락 안 싸 온 애들에게는 모조리 짜장면을 사주기도 하세요. 그 때문에 일부러 점심 안 싸 오는 애들도 있다구요. 게다가 아직 한 달도 안 됐는데 우리 모두의 집안 사정도 훤히 꿰고 계신 것 같아요. 현숙이란 애는 할아버지가 독립유공자란 걸 자신도 잘 모르고 있는데 선생님은 어느 때 무슨 일로 감옥살이 몇 년 하신 것까지 다 말씀해 주시더라니까요, 글쎄. 저희들하고 놀기도 잘 놀아주세요. 틈만 나면 같이 운동하고 노래도 부르시고 옛날얘기도 들려주시고……. 그래서 우리 반 애들 중에는 방과 후에 일부러 남아 교실 주위를 맴도는 애들도 있어요.

조금이라도 더 선생님과 함께 있으려구요."

가만히 두면 끝도 없을 것 같을뿐더러 내용에도 뭔가 석연찮은 데가 있어 내가 슬쩍 비틀어 보았다.

"내가 보기에는 반드시 좋은 선생 같지도 않은데, 맨 사 먹이고 놀아주는 얘기뿐 아냐? 좋은 선생이란 잘 가르치는 선생이야. 그 선생님 수업은 잘해?"

그러자 딸아이가 더욱 열을 냈다.

"잘하구말구요. 우리 반 아이들뿐만 아니라 다른 반 애들도 그 선생님이 수업 들어가면 미쳐요."

"그건 인기가 있다는 뜻이겠지. 하지만 잘 가르친다는 것은 애들을 미치게 하는 것과는 다른 일이잖아?"

그 같은 내 말에 딸아이의 눈길이 드러나게 샐쭉해졌다.

"아녜요. 정말로 잘 가르치신단 말이에요. 그 선생님 수업 시간이 되면 그 전 시간까지 졸립다가도 정신이 또랑또랑해진다니까요. 한마디 한마디가 귀에 쏙쏙 들어오고……."

"그럼 선생님으로서는 그걸로 된 거야. 한데 내가 보기에는 그 선생님, 뭔가 넘치고 있어. 오히려 조심해야 될 선생님 같은데. 사람은 누구나 비슷비슷해. 쓸데없이 남보다 피로해지려 하지 않는다구. 그런데 그 선생님은 그토록 열심히 너희들의 마음을 사려는 거 보니 가르치는 일 이외에도 무언가 너희들의 마음을 사 두어야 할 일이 있는 사람 같구나."

요즘의 신체 발육 상황으로 보아서 여중 3년 학생이면 성적(性

的)으로 행실이 나쁜 교사를 경계할 필요는 있었다. 혹은 그렇지 않더라도 인기 전술로 지나치게 아이들을 사로잡아 그 덜 여문 정신을 자신의 개똥철학에 가두어버리는 것 또한 바람직한 일은 못 되었다. 그러나 솔직히 나는 그때까지만 해도 그에 관한 얘기를 그리 심각하게 받아들이지는 않았다. 틀림없이 경계는 있었지만, 기껏해야 딸 가진 아비의 과잉 방어 심리거나 어떤 시기심에 가까운 것이었다.

그러다가 다시 한번 그가 내 경계심을 자극한 것은 그해 여름으로 접어들던 어느 날 밤이었다. 아이들이 잠자리에 들고 둘이 남게 되자 아내가 걱정스럽게 말했다.

"요즘 큰애가 이상해졌어요. 그것도 사춘긴가……."

"뭐가?"

"그만 나이면 멋도 부리고 싶고 비싼 옷도 좋아할 텐데 앤 정반대라니까요. 백화점에 가자면 펄쩍 뛰고 바지 하나도 메이커 있는 것이면 안 입어요."

"벌써 사치부터 배우는 것보다 낫지 뭐. 좋은 딸 둔 거야. 바로 철이 든 셈이란 말이야."

"그게 아니라니까요. 뭐가 이상하다구요. 단순히 검소해서가 아니라 관심의 방향이 달라진 것 같아요."

그제야 나도 조금 이상한 기분이 들었다. 아무리 딸이 어리다고는 하지만 때는 그 요란하던 80년대 중반이었다.

"달라지다니, 어떻게?"

"아빠는 어떻게 돈을 버느냐, 우리 집은 어떻게 샀느냐, 우리 부동산은 무엇무엇 있느냐…… 이런 것들을 꼬치꼬치 캐묻는가 하면 할아버지는 무얼 하셨느냐, 우리 집안은 어떤 집안이냐를 묻기도 해요."

"그래, 뭐라고 했어?"

"아버지는 오래 직장 생활 하시다가 근년에 작은 자영업을 하고 있고, 집은 내가 교편 놓을 때까지 맞벌이해서 장만한 거라 그랬죠. 시골 부동산은 유산으로 받은 건데 대개 산소에 딸린 위토라는 거고, 모두가…… 사실대루예요."

"아버님 일은?"

그렇게 묻는 내 가슴은 절로 뛰었다. 좌익을 하다 산으로 들어가신 아버님은 6·25 이듬해 늦봄 한 야산대장(野山隊長)으로 전투경찰의 토벌을 만나 고향 근처의 이름 없는 산에서 돌아가셨다.

"그거야 바로 말해 줄 수 있겠어요? 그냥 병환으로 젊어 돌아가셨다구 해두었죠."

"그랬더니 뭐래?"

"별말은 없었지만 몹시 불만스러운 눈치였어요. 아니, 그 이상으로 대단치도 않은 우리 재산을 부담스러워하는 기색까지 보이더라구요."

그러자 내게도 문득 상기되는 게 있었다. 학기 초까지만 해도 출근길에 내 승용차로 등교시켜 주면 좋아하던 아이였는데 언제부터인가, 되도록이면 피하려는 눈치가 있었다. 그러다가 새로 나온 중형차로 바뀐 뒤로는 펄쩍 뛰며 손을 내젓는 것이었다. 이제 그 원인을 알 것 같다는 생각이 들자 나는 벌컥 역정부터 났다.

"뭐야? 건방진 것 같으니라구. 머리에 피도 안 마른 게. 당신도 알다시피 내가 가진 것 중에 부정하거나 부당한 것은 하나도 없어. 내가 누구 아들이야?"

"어린것 놓고 역정 내실 일이 아니에요. 그보다는 걔가 왜 그렇게 됐는지를 알아보는 게 더 중요해요."

아내가 오히려 냉정을 잃지 않고 나를 다독이듯 말했다. 그 바람에 나도 목소리를 죽였다.

"그래 알아봤어?"

"알아보긴 했는데…… 심증은 가지만 확증은 없어요."

"누구야? 어떤 놈이 어린걸 데리고 그런 못된 짓을 한 거야?"

"아무래도 그 담임선생님 같아요. 수업 시간에 이상한 소리를 하는가 봐요."

"그 귀에 쏙쏙 들어온다는 얘기가 그럼 그거였어? 내 이 자식을 그냥……."

하지만 말뿐이었다. 대기업의 몫 좋은 대리점 영업이란 것이 원래 실속 없이 바쁘거니와 그자가 우리의 의심을 간단하게 벗어버릴 일이 곧 터졌기 때문이었다. 바로 전교조(全教組) 사건이었다. 딸아이가 다니던 학교도 홍역처럼 전교조 사태를 치렀는데 그자는 용케도 주동자의 명단에서 빠져 있었다. 우리는 그것을 그자가 무죄함의 징표인 양 여기고 딸아이에 대한 걱정도 기우로 치부해 버렸다.

그러다가 다시 그자의 불길한 그림자가 아직도 우리 가정에 드리우고 있음을 깨닫게 된 것은 그해 연말에 있었던 대선(大選) 때였다. 아무리 걱정 없다지만 그래도 입시가 눈앞에 있는데, 딸아이는 볼이 발갛게 얼도록 나다니기만 했다. 그것도 꼭 무엇에 달뜬 아이 같았다.

딸아이는 반장이라서 졸업에 따른 여러 가지 교내 활동을 떠맡게 된 탓이라 했지만 아무래도 그게 석연찮았다. 그래서 이번에도 아내가 뒷조사를 해보았더니 하루 종일 어떤 야당 후보의 선거 팸플릿을 돌리고 있었다. 그것도 그 후보의 여의도 집회가 있기 전날 밤은 자정이 다 돼서야 돌아올 정도였다.

내막을 알고 난 나는 정말로 격분했다. 더구나 그자가 그런 딸의 등 뒤에 있다는 것을 알자 이제 더는 참고 있을 기분이 아니었다. 하지만 그때도 결국은 이렇다 할 행동 없이 지나가고 말았다.

이튿날 막상 학교로 찾아가려고 보니 갑자기 자신이 없어졌다. 딸아이가 부인하고 있는 한 그자가 잡아떼면 입증 책임은 내게 돌아올 것인데 나는 어디서나 구할 수 있는 선거 팸플릿 외에 구체적인 증거를 확보하지 못하고 있었다. 또 설령 내가 증명을 한다 해도 학생에게 선거 팸플릿 몇 장 나눠 주게 했다는 것만으로는 그자에게 치명상을 줄 수 있을 것 같지가 않았다.

거기다가 얼마 남지 않은 딸아이의 졸업도 내 격분을 누그러뜨렸다. 어쨌든 그 학교를 떠나면 딸아이도 그자의 영향권에서 벗어

나게 될 것이란 안이한 판단 때문이었다. 정말이지 그때까지만 해도 나는 이 악령이 그토록 집요하게 내 딸의 정신을 사로잡고 있으며 마침내는 파멸로까지 이끌리라고는 짐작조차 못했다.

다인면으로 가는 버스는 꼬박 두 시간을 기다려서야 나타났다. 알고 보니 한 대가 하루 종일 읍과 면 소재지 사이를 왔다 갔다 하고 있어 어쩌다 고장이라도 나면 그보다 배차 간격이 훨씬 길어지기도 하는 것 같았다.

예정 소요 시간은 한 시간 이십 분, 읍을 벗어난 버스는 이내 산비탈로 접어들었다. 단순한 산비탈이 아니라 높은 재[嶺]의 시작인 듯한데 초입 얼마간은 2차선 도로나마 포장이 되어 있어서 견딜 만했다. 그러나 해발 이백 미터도 이르기 전에 문득 포장은 끊기고 울퉁불퉁한 흙길이 나타났다. 2차선도 아닌 외길이었다. 마주 오는 차량과의 교행(交行)은 군데군데 넓혀 둔 지점에서만 가능하게 되어 있는 옛 산판 길 같은 것으로, 아직도 그런 길이 남아 있다는 게 신기한 느낌을 주었다.

"이눔의 길은 어째 이래 만날 그 모양이고, 일제 때나 지금이나······."

곁에 앉은 노인이 그렇게 불평하는 소리를 듣고 내가 물어보았다.

"다인면은 인구가 얼마나 됩니까?"

"몰라. 보자아······. 이번 선거에 천 표만 얻으믄 군의원이 될 수 있다 캤으이 안즉 아 어른 합해 삼천은 남은갑제."

"그럼 작은 면도 아닌데요. 그런데 아직 길이 이래요?"

"오대산에서 넘어오는 길은 포장이 다 됐제. 읍에서 오는 길만 이렇다꼬. 광산이 있는 것도 아이고, 무슨 관광지도 아이이, 사방 길마다 포장해 놓으라 칼 수 없어 이런 게라."

하지만 차가 워낙 덜컹거려 오래 얘기하기에는 마땅치가 못했다. 그게 다시 생각을 지난 일로 돌려놓았다.

딸아이의 졸업으로 그자와의 악연도 끝날 것이라는 내 믿음은 이듬해가 다하기도 전에 처참하게 무너졌다. 하지만 그때도 우리는 마지막 순간까지 그런 일이 어째서 우리에게 벌어졌는지, 그리고 그 뒤에는 누가 있는지를 전혀 알아차리지 못했다.

딸은 말수가 적어지고 생각이 많아졌다는 것 외에 별다른 변화 없이 고등학교 생활을 시작했다. 줄곧 학년 전체에서 1등을 놓치지 않던 성적이 갑자기 학급에서도 중상위권으로 떨어진 게 걱정되었지만 1학기도 별일 없이 지나갔다. 그런데 여름방학이 시작되던 날이었다. 밤이 제법 깊어 안방으로 들어온 딸아이가 의논이라기보다는 무슨 선언처럼 말했다.

"아빠, 학교에서 농촌 봉사 활동을 가는데요. 저도 갔으면 해요."

"농촌 봉사? 너희들이 뭘 해? 그건 대학생들이나 하는 거야. 괜히 가봤자 오히려 시골 사람들에게 폐만 끼친다구."

나는 서울의 고등학교 1학년이 할 수 있는 농촌 봉사란 게 도무지 짐작이 가지 않아 그렇게 딸의 입을 막았다. 하지만 딸의 결심은 이미 굳어져 있는 듯했다.

"자매학교 대학생 언니들과 연합해서 가는 거예요. 이미 가겠다고 약속까지 해둔 걸요. 학교에서도 과외활동으로 허락했고, 일주일이에요."

그래도 나는 허락하지 않았다. 이번에는 대학생들과 함께 간다는 게 걱정되어서였다. 그 무렵에는 농활(農活)이 바로 중요한 의식화 과정의 하나라는 것쯤은 나도 들어 알고 있었다. 그런데 아내가 뭣에 씌었던지 갑자기 딸아이를 편들고 나왔다.

"그냥 보내주세요. 학교 특별활동 지도교사에게서 전화가 왔는데 걔 말대로예요. 고등학생이면 어린애가 아니니 경험 삼아 한번 보내보죠, 뭐."

나중에 아내는 두고두고 그 일을 후회했지만 그때는 나름대로 믿는 게 있어 보였다. 거기다가 나도 갈수록 더해지는 딸아이의 자폐증에 가까운 침묵이 조금은 걱정되던 터라 마침내는 허락하고 말았다. 딸아이가 웃는 얼굴을 본 것이 어쩌면 그때가 마지막이었을 것이다.

하지만 우리 쪽에서 학교에다 확인해 보지 않은 것은 큰 실수였다. 일주일을 기한하고 떠난 딸은 열흘이 지나도 돌아오지 않았다. 그제야 이상하게 여긴 우리 부부는 학교의 비상망을 통해 알아보았다. 그 농촌 봉사 일은 담임도 모르고 특별활동 지도교사도 모르고 있었다.

아내에게 두 번씩이나 전화를 했다는 특별활동 선생은 전혀 가공의 인물임도 곧 확인되었다. 그때 우리 부부가 겪어야 했던 괴로움과 슬픔이란. 하지만 그 배후로 벌써 반년 전에 졸업한 중학교의 담임선생을 지목하기는 어려웠다.

딸은 방학이 끝나기 바로 전날에야 집으로 돌아왔다. 어디서 무얼 하고 왔는지 파리하고 야윈 얼굴로 몹시 지친 표정이었다. 그러나 두 눈만은 그 어느 때보다 깊게 번쩍였다. 거기다가 더욱 충격적인 일은 그 애가 우리 부부의 걱정을 미안하게 생각하는 기색이 없을뿐더러 그로 인한 내 분노조차 조금도 겁내지 않고 있다는 것이었다.

나는 그 돌연스럽고 어이없는 사태를 맞아 완전히 혼란에 빠지고 말았다. 처음에는 앞뒤 모를 분노로 소리소리 질러 댔지만 흔들림 없는 딸아이의 태도에 이내 으스스해졌다. 이미 아이 적의 체벌이나 위협으로는 수습할 수 없는 난국을 맞고 있다는 느낌 때문이었다.

무엇이 잘못되었을까, 무엇이 어디서 잘못되었을까. ― 나는 그렇게 안절부절못하고 중얼거리며 이런 경우에 효과적인 대처 방법을 알고 있다는 여러 사람을 찾아다녔다. 아무도 자신 있는 대답은 주지 못했다. 그러나 한 가지, 폭력이나 억압만으로 딸아이가 빠져 있는 상태를 개선시킬 수는 없다는 데는 모두가 동의했다.

그 바람에 더욱 속수무책의 기분이 된 나는 결국 딸아이가 그

한 달 동안 어디에 있었는지조차 제대로 알아보지 못하고 얼마간을 그저 멍하니 바라보기만 했다. 아내는 나보다 많은 노력과 시도를 되풀이했다. 그러나 그녀 역시도 딸아이가 방학 한 달 동안 머문 곳이 어떤 공단이었음을 알아낸 것 외에는 나와 비슷한 심경에 빠져들었다. 가끔씩 나를 바라보며 훌쩍거리는 게 겨우 나와의 차이였을까.

그런 우리 부부에 비해 딸아이는 영악스러울 만치 차분하게 제자리를 찾아갔다. 자신이 없는 동안 우리가 벌인 소동으로 학교생활이 순탄하지 못할 것임이 분명한데도 전혀 그런 기색을 보이지 않았고, 차가운 얼음 같은 것이 깔려 있기는 하지만 우리 부부나 동생들과의 관계에서도 이렇다 할 변화를 보이지 않았다. 책을 읽고 학교 공부를 하는 데도 마찬가지였다.

그러다가 그해 첫 추위가 닥칠 무렵 딸아이는 홀연히 사라져버렸다. 남겨 놓은 것은 낙서와도 같은 쪽지였다.

"저는 민중 속으로, 무산대중의 대열로 합류하러 떠납니다. 아빠 엄마의 딸 정아는 죽고 민중의 딸, 무산계급의 딸로 다시 태어나는 것입니다. 저를 찾지 마세요."

우리 부부는 꼭 무슨 악몽을 꾸고 있는 것 같았다. 어떻게 하여 여고 1년생에게 민중과 무산계급이 부모를 버리고 떠날 이유가 되며, 아직은 남아 있는 정신의 성장 과정을 아예 포기할 수 있는 이유가 되었을까. 민중의 딸, 무산계급의 딸이란 무엇일까. 도대체 그 아이는 자기가 하고 있는 말이 정확히 무엇인지 알기나 하였을까. ― 분통 터지기보다는 어이없는 일이었지만 당장 급한 것은 아이를 찾는 일이었다.

"그럼 아주 공활(工活)로 들어서 위장 취업이라두 했나……."

친척 대학생들 중에서 운동권에 가까운 조카아이에게 그간의 사정을 말하고 짐작되는 딸아이의 행방을 묻자 그도 약간은 어이없어 하면서 그런 말로 고개를 갸웃거렸다. 그 말을 듣자 나는 눈에서 불길이 확 이는 듯했다. 공활은 무슨, 바로 공순이가 된 거지. 요새 세상에 아무리 여공이라지만 중학교 안 나온 여공이 어딨어. 위장 취업은 또 무슨……. 위장할 게 뭐 있어서. 여고 1년 중퇴하고 공장에 갔으면 바로 거기가 제 길인데.

드디어 나는 화가 났다. 방심하고 있었던 자신에게 분통이 터지는 만큼이나 그 아이를 그렇게 이끈 자에게 불같은 원한이 일었다. 그게 누구이든 찾기만 하면 그 자리에서 목을 비틀어버릴 작정이었다. 사랑과 이해니 어쩌고 하는, 아는 척하는 것들의 충고에 대해서도 저주를 퍼부었다. 진작부터 몽둥이로 후려서라도 딸아이를 제자리로 돌려 두지 못한 게 원통스러울 뿐이었다.

처음 아내와 나뉘어 구로공단이며 부천, 인천의 여러 공장들을 헤맬 때만 해도 나를 휘몬 것은 그 앞뒤 없는 분노였다. 나는 딸아이를 찾기만 하면 바로 머리를 깎아 집에 들어앉힐 작정이었다. 그래도 있는 다리라고 다시 집 밖으로 나가려 들면 다리 몽뎅이를 분질러 놓아서라도 집 안에 가둬 둘 결의가 되어 있었다.

그렇지만 그 맹렬하던 분노도 시간이 흐를수록 부모의 자정(慈

情) 앞에 조금씩 무릎을 꿇어 갔다. 어디로 갔는지 모르는 자식에 대한 걱정이 차츰 분노를 대신해 가슴을 짓눌러 왔고 마침내는 자식을 잃은 부모의 아득한 슬픔으로까지 변해 갔다. 그러다가 석 달이 넘어서면서부터는 무슨 꼴로 어떻게 살아 있더라도 찾기만 하면 나는 딸아이를 위해 무엇이라도 바칠 기분이 되어 있었다.

그럴 때 무슨 영감처럼 떠오른 것이 그 악령이었다. 아니, 그때 까지는 아직 악령이라기보다는 딸아이를 찾을 수 있는 마지막 끄나풀로서의 중학교 때 담임선생이었다. 다행히도 그는 아직 그 학교에 있었다. 그러나 기대를 품고 찾아간 내게 냉담하기 짝이 없 었다. 그는 표정 한번 변함없이 잡아뗐다.

"저는 모릅니다. 한 학년 담임을 했다고 해서 졸업한 뒤까지 아이들을 챙기고 있을 수는 없죠."

희고 차갑게 느껴지는 이마와 번득이는 안경알이 그의 단호 한 부인을 보증하는 것 같았다. 하지만 그도 조금의 파탄은 있었 다. 내가 너무도 실망하는 게 안됐던지 위로처럼 한 말이 그 단서 가 되었다.

"하지만 너무 걱정하지 마십시오. 워낙에 똑똑한 아이였으니까 요. 어쩌면 바른 삶을 찾았는지도 모릅니다. 투철한 이념가들 중에는 벌써 그 나이부터 사회적 의식에 눈뜬 사람들도 있죠."

나는 일단 교무실에서는 물러났으나 이내 물에 빠진 사람이 지푸라기에라도 매달리는 심경으로 그 암시와도 같은 한마디에 매달려 보기로 했다. 나는 아직 두어 시간이나 남은 퇴근 시간까지 교문 밖을 서성이며 끈질기게 그를 기다렸다. 그리고 나를 보며 은근히 놀라는 그를 잡고 떼를 쓰듯 가까운 술집으로 끌고 갔다.

그는 술집에서도 차가운 부인을 계속했다. 하지만 그때까지만 해도 나는 그런 식으로 사람을 설득하는 일에는 남다른 자신이 있었다. 직장에서의 마지막 대여섯 해를 바이어라면 깜둥이고 흰둥이고를 가리지 않고 술집으로 끌고 가 이른바 '쇼부'를 보는 일로 보낸 까닭이었다.

첫 번째 생맥줏집에서 이렇다 할 성과를 얻어 내지 못한 나는 두 번째로 데려간 허름한 카페에서 이번에는 술로 공세를 바꾸었다. 그도 술깨나 마시는지 권하는 잔은 굳이 마다하지 않았다. 둘이서 국산 양주를 한 병쯤 비우자 제법 낯빛이 술꾼다워졌다.

그제야 나는 다시 딸아이의 얘기를 꺼내 보았다. 분명히 취한 듯한데도 그 부분에 이르면 그는 여전히 완강했다. 그런데 그때 내게 무슨 암시처럼 떠오른 게 아버지의 슬픈 역사였다. 운동권은 곧 좌파라는 당시의 상식이 도움을 준 셈이었다.

나는 되도록 비장한 어조로 이념을 위해 싸우다 죽은 어떤 빨치산 대장의 얘기를 시작했다. 바로 내 아버지의 얘기였다. 중앙당과는 아무런 선도 닿지 않는 지방의 한 좌경 지식인은 해방 정국에서 한몫한 공산당 간부가 되고, 적치하(赤治下)의 이름뿐인 직책 때문에 수복 후의 마구잡이 처형을 피해 비슷한 처지의 몇몇과 인근의 야산으로 들어간 일은 당과 인민을 위한 비장한 유격

전의 결의로 과장되었다. 탄약도 보급되지 않는 구식 장총 몇 정으로 변변한 보급 투쟁 한번 못 해보고 산속 토굴에서 초근목피로 연명하다 우연히 그곳을 지나던 전투경찰대에 아지트가 들켜 총 한 방 제대로 못 쏴보고 당하게 된 전멸도 그랬다. 대규모 군경 토벌대와 치열한 접전 끝에 전원 장렬히 옥쇄(玉碎)한 것으로 한껏 미화되었다. 그렇지만 그 마지막에 덧붙인 얘기는 거의 사실대로인 데다 내 진정까지 담긴 것이었다.

"그들이 그곳에서 전멸했다는 소문은 전쟁과 학살의 공포에 짓눌려 겨우 백 리 저쪽에 사는 할아버지에게 전해지는 데만 해도 일주일이나 걸렸다고 합니다. 거기다가 51년 그 당시는 그런 소문을 들었다고 해서 바로 시체를 수습하러 갈 수 있는 때도 아니었습니다. 그래서 이 눈치 저 눈치 살피면서 다시 대엿새가 더 지난 뒤에야 할아버지와 몇몇 동네 사람들이 그 골짜기로 가보니 유달리 일찍 온 그해 더위에 벌써 시체들은 알아볼 수 없게 부패되어 있었다더군요. 그것도 토벌군이 성의 없이 한 구덩이에 던져 넣어 시체가 서로 뒤엉킨 바람에 사지를 제대로 수습하기도 어려웠다고 합니다. 제 할아버지께서는 비슷한 옷차림과 금니를 근거로 시체 한 구를 자식의 것으로 지목해 가까운 선산발치에 묻었지만, 돌아가실 때까지도 못내 자신 없어 하셨습니다. 그 산소에 대해 자신 없어 하시기는 어머니도 마찬가지셨지요. 돌아가실 때까지도 그 골짜기 어딘가에 쓰러져 계신 아버지의 꿈을 꾸었다시며 선산발치에 있는 무덤에 대한 의심을 제게 내비치곤 하셨습니다. 그

때문에 저는 시제 때마다 두 군데에 제사를 지냅니다. 마침 그들
이 전멸당한 골짜기가 선산으로 가는 길목이라 먼저 그 골짜기를
향해 망제(望祭)를 올리고, 다시 선산발치의 그 무덤에 가서 술을
따르는 식이지요……."

그렇게 얘기를 맺을 무렵 아마도 나는 울고 있었을 것이다. 얼
굴도 기억나지 않는 아버지지만 그래도 그를 위해 울게 될 때가 있
는데, 그것은 언제나 그 골짜기에서 망제를 올릴 때였다. 내 얘기
에 감동되어서인지, 아니면 그동안 마신 술로 경계심이 무디어진
탓인지 그도 비로소 진지한 반응을 나타냈다.

"훌륭한 이념의 전사를 부친으로 두셨군요. 그런 선친과 이념
을 잊고 어떻게 이토록 부르주아적인 삶에 탐닉하십니까?"

비록 추궁하는 말투이긴 하지만 어딘가 그의 목소리에는 정감
이 배어 있었다. 나도 어떤 충동에 휘말리어 조금도 과장하고 있
다는 느낌 없이 내 소시민적 삶의 양식에 대한 회의를 내비쳤다.
아버지의 죽음이 내게 남긴 원한보다는 그 무렵 내가 겪고 있던
대기업의 횡포가 그런 자연스러움의 원인이었을 것이다.

그렇지만 그는 취해도 역시 악령다운 철저함이 있었다. 이제 어
지간히 마음이 통했다 싶어 딸아이의 얘기를 꺼내자 그는 이내 자
신의 차가운 껍질 속으로 숨어버렸다.

"정말로 저는 모릅니다. 졸업하고 한 번도 정아를 보지 못했어
요. 또 그런 가출은 누가 시킨다고 되는 게 아닙니다. 설령 그랬더
라도 이 식민지적 분단 현실에 눈떠 스스로 선택한 길이라고 보

아야지요."

그러다가 내가 술로 과장된 슬픔을 주체할 수 없는 눈물로 쏟아 놓자 위로하듯 한마디 덧붙였을 뿐이었다.

"너무 상심하지 말고 기다려 보십시오. 스스로 나갔다면 스스로 돌아올 것입니다. 혁명의 고귀한 혈통이 격세유전(隔世遺傳)된 셈이라 치시면 마음 상할 일도 없지 않습니까?"

사실 그 말을 듣는 순간 나는 갑자기 치미는 격분으로 하마터면 그의 멱살을 잡을 뻔했다. 뭐, 식민지적 분단 현실에 눈을 떠? 혁명적 혈통의 격세유전? 그게 열여섯 살 난 철부지 계집아이의 가출에 붙일 수 있는 구실이냐? 여고 1년생의 의식에 당키나 한 말이냐? 요놈, 요 뻔뻔스러운 악귀 같은 놈…….

하지만 그때도 무언가 그의 말 속에 들어 있는 암시 같은 것이 내 그런 폭발을 막았다. 그는 끝까지 부인했지만 나는 취한 중에도 왠지 딸은 그의 장악 아래 있다는 믿음을 떨쳐버릴 수 없었다. 그 바람에 헤어질 때까지도 비굴하리 만치 그의 기분을 해치지 않으려고 애썼던 기억이 아직도 난다.

그런데 아비의 직감이 맞았던지 놀랍게도 딸은 그날로부터 일주일도 안 돼 집으로 돌아왔다. 집을 떠난 지 다섯 달 만이었다.

딸아이는 그사이 많이 변해 있었다. 얼굴 전체에 전에 없던 모와 그늘이 더해져 있었고, 눈길에도 옅지만 파란 불길 같은 게 느껴졌다. 굳게 다물고 있는 입가에는 희미한 대로 줄곧 떠나지 않는 냉소가 서려 있었다…….

태도나 말투는 더욱 변해 있었다. 그 전해 여름의 가출 때보다 훨씬 당당하고 확신에 찬 게 이제 갓 열일곱으로 접어든 여느 계집아이들과는 사뭇 달랐다.

"제겐 힘이 필요해요. 더 배워야겠어요. 아버지 어머니가 반대하지 않으신다면 집에서 대학까지는 공부하고 싶어요. 그다음에 제 갈 길을 갈 생각인데 그래도 저를 받아들일 수 있으시겠어요?"

첫날 나와 아내 앞에서 그렇게 입을 여는 정아는 오랜 가출 끝에 돌아와 용서를 비는 딸아이이기는커녕 승세를 타고 협상을 벌이는 장군 같았다. 그러나 다섯 달에 가까운 근심과 슬픔으로 허물어지기 직전에 있던 우리 내외에게는 그런 딸아이의 태도나 말투를 따질 겨를이 없었다. 아내는 무조건 항복의 자세로 눈물만을 줄줄이 쏟아냈고 나도 당장은 억누를 길 없는 반가움으로 저항다운 저항조차 없이 그 협상을 받아들이고 말았다.

"다인면 다 왔습니데이. 안 내리니껴?"

몇 안 되는 손님이 다 일어나는 것도 모르고 자리에 앉은 채 생각에 빠져 있는 나를 가볍게 건들며 누군가 말했다. 퍼뜩 정신을 차려 쳐다보니 버스 선반에서 짐을 내리고 있는 옆자리의 노인이었다.

다인면의 첫인상은 경상도나 강원도에서 흔히 볼 수 있는 오래된 산골 면(面)의 그것이었다. 면 소재지이자 버스 정류장이 있는 장터거리가 늙은 작부처럼 어울리지 않는 현대성을 분칠하고 맥없이 퍼질러 앉아 있는 느낌이었다. 그 현대성은 주로 싸구려 건축 자재로 싸 바른 점포들이나 다방, 식당, 호프 같은 업소의 현란한 입간판이 풍기는 것으로, 그렇게 펼쳐 놓은 거리에 비해 나다니는 사람이 너무 적은 게 공연히 보는 사람을 심란하게 했다.

"다인중학교요? 저짝으로 쭉 내려가소. 한 두어 마장 가믄 거랑(개울)가에 학교가 하나 있니더."

내가 길을 묻자 슈퍼 옆에 채소 몇 단으로 좌판을 펴고 있던 사십 줄의 아낙이 한쪽을 가리키며 그렇게 일러주다가 생각난 듯 덧붙였다.

"그런데 중학교는 무슨 일로 찾니껴? 거다 가 봤자 문 닫았을 낀데."

"듣기로는 지난 학기까지 수업을 했다던데요?"

"그거사 그랬지마는 인제는 다 옮겼니더. 학생이 백 명도 안 남 아 가주고 이번 봄 학기부터 송림중학교하고 합쳤다 카던데……. 선생들도 얼매 전에 송림면으로 이사를 가고."

중학교를 통폐합했다면 하루아침에 결정난 일은 아닐 터였다. 그런데 비공식적인 통로이긴 하지만 지난달 내가 교육부에서 확 인할 때까지도 다인중학교는 서류상으로 남아 있었다. 그렇다면 내가 찾는 악령은 어떻게 된 것일까.

"그럼 다인중학교에 계시던 선생님들도 모두 송림중학교로 옮 기셨습니까?"

"자세히는 모르지만 다는 아이라 카지, 아매. 몇이는 글(그리)로

가고 나머지기는 딴 데로 갔을 께라."

그 말에 나는 갑자기 다급해졌다. 만약 송림중학교로 옮긴 그 몇 명 중에 악령이 들어 있지 않다면 나는 이번 길에서는 그를 만날 길이 없게 된 까닭이었다.

"저어, 이상현이라고 — 국어 선생인데, 그 선생님은 어디로 갔습니까?"

내가 그렇게 묻자 좌판 아주머니가 어이없어하면서도 순한 웃음으로 받았다.

"우리 둘째 아아가 재작년에 거다 졸업하기는 했지만 내가 어예 선생들 이름까지사 면면이 다 알겠니껴? 그거 알아볼라 카거든 차라리 그 동네 가서 물어보소. 그 학교 소사(掃使)질 하던 사람이 아직 그 동네에 살고 있을 께시더."

그제야 나도 조금 무안해졌다. 아무리 서로 기명화(記名化)된 산골 면이라 하지만 학교에서 오 리나 떨어진 장터의 좌판 아주머니에게서 폐교된 중학교의 교원 이동 사항까지 알아낸다는 것은 무리였다. 나는 고맙다는 말로 무안함을 얼버무리고 그녀가 일러 준 대로 다인중학교를 향해 걸음을 옮겼다.

세월이 많이 변했다고는 하지만 시골 아낙네의 거리감은 옛날과 다를 바 없어서 두어 마장이라던 다인중학교까지는 줄잡아 오리가 넘었다. 거기다가 마을은 또 중학교보다 한 오백 미터 위쪽에 있어 그 학교 잡무수(雜務手)였던 김 씨네 집까지는 내 느린 걸음으로 반시간이 꼬박 걸렸다. 그 반시간이 다시 이제 곧 그 자취를 알게 될 악령과의 지난날을 회상하게 했다.

 딸아이는 돌아왔지만 이번에도 자신이 그동안 어디 있었는지에 대해서는 말하지 않았다. 다만 아내의 안쓰러워하는 추측이 있을 뿐이었다.

 "저번처럼 공장에 있다가 온 모양이에요. 손이 형편없이 거칠어지고 뭔가 기계에 다친 곳 같은 흉터도 더러 있었어요. 우리가 저를 어떻게 키웠는데, 뭐가 아쉬워서……."

 이제는 지난번처럼 캐묻지도 못하고 관찰만 하던 아내가 목메어 하며 내린 결론은 그랬다. 왜 갑자기 집으로 돌아오게 되었는지에 대해서도 마찬가지였다. 딸아이는 돌아온 첫날 저녁 우리 내외에게 한 말 이외에 자신이 돌아오게 된 경위에 대해서는 한마디도 하지 않았다. 그 부분은 내 추측이 메우는 수밖에 없었다.

 "역시 그놈 짓이야. 내가 아버지 얘기를 했더니 그 순 빨갱이 새끼가 인심 한번 쓴 거라구. 그런데 이 악귀 같은 놈을 어떻게 하지? 정말 악독한 놈이야. 착한 우리 정아 혼을 빼고 대신 무얼 집어넣은 거야? 무엇이 애를 이렇게 바꾸어 놓은 거야?"

 하지만 그때 역시 나는 아무런 조처도 취하지 못하고 넘겨버렸다. 이번에도 딸아이가 입을 열지 않는 한 심증뿐 아무런 객관적인 증거가 없었다. 거기다가 어쨌든 딸아이는 돌아왔고, 내 추측이 맞다면 그렇게 된 데는 그자의 도움이 컸다.

 딸아이를 찾아다니느라 경영이 부실해진 대리점도 내가 별 승산도 실익도 없는 시비를 벌이는 걸 막았다. 전해만 해도 서울 시내에서 실적으로 열 손가락 안에 들던 내 대리점은 그사이 두 명 점원의 월급과 점포 임대료를 무는 일이 걱정될 정도로 오그라들어 있었다. 딸아이를 찾아 발등의 불이 꺼지자, 다음은 바로 그 부실해진 경영을 원상으로 돌려놓는 일이 급했다.

하지만 내 마음속 깊은 곳에서는 그에 대한 두려움도 있었다. 딸아이를 집으로 돌려보낸 것이 그러면 다시 데려갈 수도 있다. 그를 잘못 건드렸다가는 딸아이를 영영 잃게 될지도 모른다……. 아마도 그에게서 어떤 섬뜩한 악령의 이미지를 받게 된 것은 그 무렵이었을 것이다.

당장은 딸아이가 학업으로 복귀하는 걸 돕는 일도 급했다. 방학을 빼고도 넉 달에 가까운 결석은 딸아이가 학교로 되돌아가는 걸 허락하지 않았다. 아내가 엉터리 사유서(事由書)를 제출해 한 학기 휴학을 시킨 바람에 학적은 유지되고 있었으나, 제 학년으로 돌아가기는 이미 틀린 일이었다. 아이도 학교로 돌아가기를 원하지 않았다.

"이제 거짓되고 썩은 제도 교육은 안 받겠어요. 홀로 공부해볼 테니 책이나 사주시면 돼요. 대학은 검정고시로 가면 되니깐."

딸아이는 그러면서 책을 안고 제 방에 틀어박혔는데 우리 내외에게는 바로 그게 새로운 걱정이었다. 학교가 싫으면 검정고시 학원에라도 나가 또래들과 어울리기를 바랐으나 딸아이는 눈도 깜박하지 않았다. 오히려 보란 듯 밤을 새워가며 홀로 하는 공부에 극성을 부렸다.

"이러다간 생으로 아이 하나 잡겠어요. 당신 좀 어떻게 해봐요. 대학만이 인생의 전부가 아니라구요. 아니 대학은 천천히 가두 된다구요. 몇 달 그냥 쉬다가 복학하면 되잖아요?"

아내가 애간장을 졸이다가 그렇게 나를 들볶았다. 어찌 된 셈인지 아내는 그때부터 딸아이를 겁내고 있었다. 유심히 관찰해 보면 딸아이의 눈길조차 똑바로 받지 못할 정도였다. 하지만 겁나기는 나도 마찬가지였다. 딸아이가 아니라 어떤 방식으로 폭발할지 모르는 내 분노가 겁이 났다. 나는 진심으로 말했다.

"내버려 둬. 저러다가 뒈지면 걱정 하나 더는 거지 뭐. 공순이 노릇 하며 감옥이나 들락거리는 것보다 조용히 죽어주는 게 백번 나아. 저 못나 죽는 걸 어떻게 해? 안 낳은 셈 치는 게 차라리 맘 편하지. 경수나 잘 키워."

사실 나는 딸아이의 일이 있기 전까지만 해도 사회에서 힘들고 보수 적은 직종을 맡게 된 사람들을 특별한 악의로 보거나 경멸한 적은 없었다. 나는 틀림없이 그 운명에서 벗어나기 위해 혼신의 힘을 다했고, 그 결과 용케 소시민 행렬의 끄트머리에 끼어서게 되었으나 마음속으로는 오히려 그들에게 까닭 모를 죄의식까지 느껴왔다.

지주 출신이라거나 양반계급이라는 것도 내게 특별한 반동 성향을 길러주지는 못했다. 내 출신을 굳이 분류하면 지주와 양반계급에 낄지도 모르겠다. 그러나 지주랬자 겨우 몇 백 석 하던 땅은 이미 해방 전에 거덜 난 상태였고 양반 또한 오대조의 진사가 마지막인 잔반(殘班)에 지나지 않았다.

전해들은 추억밖에 없는 출신도 출신일 수 있는가. 오히려 철들고 난 뒤의 내 의식을 지배한 것은 늙고 무력한 할아버지와 홀어머니로 짐작될 가난이었고, 거기서 절로 길러진 유산계급(有産階級) 혐오였다. 더군다나 나는 어찌 됐건 바로 그 무산대중을 위해 싸우다 죽은 사람의 외아들이 아니던가.

하지만 딸아이의 일이 있고 난 뒤부터 세상을 보는 내 눈은 바뀌었다. 나는 바로 나의 악령과 같은 정신들이 그 운동의 배후에 있다는 이유 하나만으로도 그 무렵에 벌어지는 여러 운동들에 가차 없이 등을 돌릴 수 있었다. 가진 사람들이 좀 양보하지 않고……, 하며 바라보던 텔레비전의 노사분규 장면도 전과는 다르게 보였다. 임금 인상을 절규하는 노동자들이 음흉하면서도 잔혹한 악령의 조종을 받는 그만한 수의 아귀 떼처럼 느껴지는 것이었다.

언젠가 딸아이가 읽던 책 중에서 『강철은 어떻게 단련되는가』란 소설을 본 적이 있다. 한번 읽어 보리라 벼르면서도 바빠 끝내 읽어 보지는 못했지만 내용은 대개 짐작이 간다. 그 소설이 진실로 감동을 줄 수 있는 작품이라면, 강철은 결코 이념과 논리만으로 단련되지는 않았을 것이다. 나의 보수 혹은 반동 성향도 그렇다. 그것은 그 1년의 뼈아픈 체험으로 단련되었고, 나는 그것에 충실하게 내 딸이 공장 노동자로 떨어지거나 그 운동가가 되는 것보다는 스스로를 소진해 죽어가는 쪽을 오히려 낫게 보았다.

방향을 달리하는 두 이데올로기의 본질과는 거의 무관한, 하지만 그래서 더 위험스럽고 폭발적인 감정의 아슬아슬한 균형과, 그걸 둔감 속에 묻어버리게 하는 번잡한 일상과, 동물적인 혈육의 정애가 착잡하게 어우러진 낮과 밤이 한동안 이어졌다. 이제 와서 돌이켜보면 그것은 갓 열일곱으로 들어서는 계집아이 하나가 빚어낸 우리 가정만의 개별적인 혼란과 갈등이 아니라 요란했던 그 시대의 한 단면이었는지도 모르겠다. 그러다가 석 달 만에 다시 작은 변화가 일어났다.

"아무래도 영어와 수학은 학원을 이용해야겠어요. 혼자 공부하는 데는 한계가 있으니까요. 입시 학원 단과반(單科班) 둘만 끊어주세요."

그 며칠 공부에 극성을 넘어 표독까지 부리던 딸아이가 그렇게 새로운 요구를 해왔다. 여름방학 무렵이었다. 무엇보다도 자폐증 환자 같은 딸아이의 공부 방식을 걱정하던 아내는 그 변화를 반갑게 받아들였다.

"그보다 학교에 다시 다니는 게 어떻겠니? 한 학년 늦어지기는 했지만 그게 대학 가는 데는 더 좋지 않겠어?"

그렇게 복학을 유도하다 새파란 불길을 이는 듯한 딸아이의 눈길을 받고 찔끔하며 말을 거둬들였지만 그날부터 신이 나 딸아이와 함께 이 학원 저 학원을 돌아쳤다. 아내는 딸아이가 학원에 나가는 걸 제도 교육에로의 복귀가 시작되는 걸로 믿는 눈치였다.

"말은 않아도 정아가 돌아온 것은 그 생활이 힘들어서였을 거예요. 그런데 이제 됐어요. 집을 나가거나 여공이 되는 것은 제 맘대로였지만 공부만은 그렇게 안 된다는 걸 알았으니 다시는 그러지 않겠죠. 당신도 걔가 얼마나 공부 욕심이 많고 남에게 뒤지기를 싫어하던 아인 줄 알죠? 공부 때문에 한번 혼이 나보면 저도 철이 날 거예요."

아내는 그렇게 낙관했지만 왠지 내게는 그렇지가 못했다. 아마도 딸아이는 주관적인 후회가 아니라 그 악령의 사주(使嗾)와도 같은 설득을 받았을 것이다. 현장에서 노동자들과 함께 일하는 것보다 더 효율적인 투쟁의 방법이 있다. 가서 대학을 마치고 오너라. 아니, 대학만 가면 거기에도 너를 필요로 하는 싸움터가 있을 것이다…….

설령 딸아이가 정말로 여공 노릇이 힘들어 돌아왔다 해도 여전히 위험은 남아 있었다. 아내는 딸아이의 일탈을 집을 나가 있었던 지난 다섯 달만 쳤지만 나는 달랐다. 내 계산으로는 딸아이가 완전히 학교 공부에 손 놓은 기간만도 1년이 넘었다.

언제나 전교에서 첫째 둘째를 다투던 아이의 성적이 학급에서도 중간치기로 떨어졌다면 그것은 완전히 학교 공부에서 마음이 떴음을 나타내는 증거로 충분하다. 그런데 딸아이에게는 그런 일이 벌써 고등학교에 진학한 첫 학기에 일어났기 때문이다. 아니, 그보다 훨씬 앞당겨 중학교 졸업 이전으로 잡는 게 옳을 것이다.

따라서 나는 딸아이가 제도 안의 학습으로 복귀하는 데는 적어도 손 놓고 있었던 만큼의 시간이 필요하거나 어쩌면 영영 불가능할지도 모른다고 생각했다. 감수성이 예민할 대로 예민한 시기에 사회의 밑바닥을 헤매면서 받은 충격은 그대로 치유할 길 없는 상처가 될 수도 있다. 그리하여 그것이 정상적인 학습을 방해하는 경우, 이제야말로 딸아이에게는 다시 집을 나가는 것밖에 달리 길이 없게 될까 봐 걱정이었다.

그때는 부진했던 사업도 다소 만회가 된 뒤라 나는 전에 없이 딸아이에게 정성을 들였다. 아내를 시켜 신경 건드리지 않고 학원에서의 학습 진척을 알아보게 하고 따로이는 고등학교에서 대학 진학반을 맡고 있는 동창생을 찾아 딸아이의 일을 상의하기도 했다.

"한두 달 두고 보다가 잘 안 되는 눈치거든 내게 연락해. 비용이야 나겠지만 그 방면의 전문가를 소개해 주지. 후배 중에 일류 학원 강사로 나가는 친구가 하나 있는데 수학이라면 똑소리 나게 해결해 준다고 들었어. 얼굴이 반듯하고 말솜씨도 좋아 특히 여학생들을 잘 다루기로 소문난 사람이라구. 영어도 찾아보면 그 못잖은 친구가 있을 거야."

그 두 전문가의 보수는 내 수입의 절반을 넘는 것이었으나 나는 동창의 말을 받아들였다. 어떻게든 딸아이를 대학까지만 끌고 가면 무슨 수가 날 것 같았다. 아니, 운동을 하든 투쟁을 하든 대학만이라도 나오고 한다면 더는 분할 것도 억울할 것도 없다는 기분이었다. 아이를 잔인하고 파렴치한 악령의 꼭두각시로 빼앗기지만 않으면 된다. 아무리 아비라 해도 한 지성인의 선택이라면 존중할 수밖에 없다. — 나는 진심으로 자신에게 그렇게 말했다.

그렇지만 한 합리적인 아버지로서 지성인이 된 딸의 선택을 존중해 줄 기회는 내게 끝내오지 않았다. 딸아이는 그로부터 한 달도 안 돼 다시 사라졌다. 아내를 통해 애써 학원에서의 학습 진척이 부진함을 캐낸 내가 두 전문가를 투입한 그다음 날이었다. 그처럼 돌연한 딸의 가출에 대해 아내도 전문가들도 한결같이 놀랍고 뜻밖이라는 반응을 나타냈다.

"우리가 얼마나 저를 사랑하고 있는지를 알려주려고 과외비용을 말해 준 것밖에 없어요. 말이야 바른 말이지, 우리한테 한 달에 이백만 원이 적은 돈이에요? 그러니 딴생각 말고 정신 차려 공부하라고……."

아무 소리 없이 사라진 딸의 심리적 배경을 추적하기 위해 그 며칠 모녀 사이에 있었던 특별한 일을 캐묻는 내게 아내는 이제 더 슬퍼하거나 걱정하기도 지쳤다는 듯 그렇게 말했고, 다음 날 차례로 찾아온 전문가들은 까닭 없이 변명조가 되어 기억을 쥐어짰다.

"별다른 일은 없었고 — 수업하기 전에 여학생들이 듣기 좋아하는 말을 몇 마디 해주었을 뿐인데……. 너는 얼굴이 예쁘고 머리도 좋으니까 일류 대학 배지만 달면 정말로 멋진 기사를 만나게 될 거다. 잘 안 되는 수학은 그 멋진 기사들의 무도회로 가는 입장권이라 생각해라. 뭐. 그런 얘기였는데……."

"영문 독해 문제에 벤저민 프랭클린의 이름이 나오길래 그의 호각 얘기를 해줬습니다. 거 왜 있잖습니까? 그의 자서전에 나오는 휘슬(호각) 얘기 말입니다. 어린 눈에 좋아 보여 터무니없이 비싼 값을 주고 샀다는 호각?…… 가족들을 괴롭히며 혼자 좋아 하루 종일 불고 다녔다는……. 선배에게서 정아에 관해 들은 말도 있고 해서 넌지시 들려주었지요. 인생에서 너무 일찍, 너무 비싼 값으로 그런 호각을 사는 일이 없도록 하라구요. 하지만 정말로 넌지시 얘기했을 뿐인데."

나는 딸아이가 다시 집을 나갔다는 말을 듣고 처음에는 놀랐으나 그들의 그 같은 말을 종합하자 적어도 뜻밖은 아니었다. 다만 사전에 그 같은 자극적인 말을 피하도록 그들에게 주의를 주는 치밀함이 없었을 뿐, 왜 딸아이가 다시 집을 나갔는지는 훤히 알 것 같았다.

내 짐작이 틀림없다면 딸아이는 한편으로는 자존심이 상하고 한편으로는 절망하여 떠났다. 비록 1년 남짓이지만 딸아이가 겪은 일탈은 정상적인 학업으로 돌아가기에는 여러 가지로 불리한 종류였다. 한때 자신에게 보장된 것이나 다름없었던 세계를 되찾는 데 또한 한때 자신의 동료였던 여공들의 몇 년 치 평균 임금이 들어가야 한다는 게 딸아이를 이중으로 괴롭혔을 것이다. 거기다가 일류 대 지망생만 가르쳐온 전문가들의 요구도 딸아이에게 자신으로서는 감당하기 어려우리란 단정을 주었음에 틀림없다.

하지만 내게는 하등 귀할 것이 없는 자존심이었고 전혀 동정이 가지 않는 절망이었다. 할 만큼 했다. — 이런 기분이 그저 맥이 빠져올 뿐 전과 같은 격렬한 감정은 일지 않았다. 이미 말했듯 아내 역시 더 걱정하고 슬퍼하기에는 지쳤다는 듯 전처럼 울고불고하는 일은 없었다. 어쩌면 우리는 그때 이미 딸을 영영 잃은지도 모를 일이었다.

"아부지 어무이 다 집에 안 계십니더. 산에 갔심더."

몇 군데 물어 중학교 소사였던 김 씨네 집을 찾아가자 마당에서 놀던 아이가 퉁명스럽게 말했다. 초등학교 상급반쯤으로 보였는데 그도 부모가 다 집에 없다는 데 심사가 나 있는 듯했다.

"두 분이 다 산에? 무슨 일로 가셨지?"

나는 조금 낭패한 기분이 되어 막 나가려는 아이를 잡고 달래듯 물었다. 아이는 아랑곳 않고 마당을 나서며 여전히 퉁명스러운 어조로 대답했다.

"아부지는 더덕 캐고 어무이는 나물하러 간다 캅디더."

그래 놓고 큰길로 횡하니 달려 나가는 게 친구들과 약속이라도 있는 듯했다. 산나물을 하러 갔다면 늦어서야 돌아온다는 것쯤은 나도 알고 있었다. 면 소재지에 여관이라도 알아놓고 다시 와서 기다릴까 하다가 생각을 고쳐 주위를 돌아보았다. 바로 학교가 있는 마을이니 꼭 김 씨가 아니라도 악령의 자취를 알 수 있는 사람이 있을 것이란 추측에서였다.

마침 멀지 않은 국도(國道) 가에 어울리지 않게 큰 간판이 허옇게 먼지를 덮어쓰고 기울어져 있는 가게가 하나 눈에 띄었다. 가까이 가서 보니 시골에서 흔히 있는 학교 앞 가게로 간판에는 '다인슈퍼'라고 쓰여 있었다. 학교에 학생이 많을 때는 문구류까지 갖춰 그런 대로 쏠쏠한 재미를 보았겠지만 학교가 문을 닫은 이제는 스무 집도 안 되는 동네와 어쩌다 있는 뜨내기 손님으로 힘들게 버텨가고 있음을 한눈에 알아볼 수 있었다.

나는 그 가게 툇마루에서 콜라라도 한잔 마시며 악령의 자취를 물을 생각으로 가게로 들어섰다. 그런데 가게를 지키는 처녀아이가 악령을 추적하는 자에게 어울리는 발상을 자극했다. 스물서너 살쯤 될까, 딸아이의 또래 되는 아가씨라 더욱 그랬는지도 모를 일이었다.

내게는 사악한 아름다움의 전형으로만 인상 지워졌지만 악령의 얼굴은 분명히 반듯하면서도 이지적인 데가 있었다. 세상의 고민을 혼자 다 짊어지고 있는 듯한 그 꾸며낸 표정도 우수로 덮인 듯 보일지 모르고, 그래서 그가 지닌 치명적인 감염력(感染力)의 원천도 어쩌면 지각한 사회주의 논리보다는 여자아이들이 좋아하는 그런 얼굴에 있는지 모른다. 거기다가 이제는 마흔이 다 되어가지만 아직도 악령은 결혼을 하지 않은 것으로 알고 있다. 틀림없이 시골 처녀들이 관심을 가질 만한 총각 선생이었을 것이다. 어쩌면 이 처녀가 소사였던 김 씨보다는 악령을 더 잘 알고 있는지 모른다. ― 나는 그같이 단정에 가까운 추측으로 콜라 병을 따주는 처녀에게 대뜸 물었다.

"저, 아가씨, 혹시 이상현 선생님이라고 몰라요?"

"이상현 선생님? 그게 누군데요?"

내 단정적인 물음에 비해 아가씨의 대답은 실망스러울 만큼 담 담한 것이었다. 억양은 사투리여도 어휘는 표준말인 것 또한 갑자 기 나를 자신 없게 만들었다. 어쩌면 이 아가씨는 이 지방 사람이 아닐지도 모르고 그래서 우리 악령에게 관심을 가질 기회가 없었 는지 모른다. ― 퍼뜩 그런 생각이 들었으나 내친김이라 뻗대듯 다 시 물어보았다.

"왜, 저 중학교에서 국어를 가르치던 이상현 선생 말이오. 지난 학기까지 있었다니 아가씨도 알 텐데."

"전 몰라요. 그런 사람. 선생님이 한두 분도 아니었는데 제가 어 떻게 일일이 다 알아요?"

그런 처녀의 대답에 나는 잘못 짚은 게 아닌가 싶어 물음을 바 꾸었다.

"아가씨는 이 지방 사람이 아닌가 보지? 언제부터 여기 살았 소?"

그런데 대답이 또 이상했다.

"아녜요. 읍에서 고등학교를 다닐 때 빼고는 쭉 여기 살았어요."

실로 종잡을 수 없는 말이었다. 그 말대로라면 그녀는 서로가 서로에게 속속들이 기명화(記名化)된 그 지역 주민의 하나요, 더구 나 한창 이성에 호기심 많을 나이의 아가씨였다. 그런데도 외지에 서 들어온 총각 선생을 전혀 모른다니, 벌써 이런 시골까지 도회의 익명성이 번졌는가.

"그러면서도 이상현 선생을 모른다는 말이지. 잘생긴 총각 선생이라 나는 관심이 있을 줄로 알았는데……."

나는 이제 탐색한다는 기분도 없이 속마음을 그대로 털어놓았다. 그러자 비로소 아가씨의 반응이 왔다.

"흥, 총각 선생이라구요? 총각은 무슨……."

그런 그녀의 목소리에는 감출 수 없는 경멸이 배어 있었다. 나는 일순 묘한 쾌감 같은 걸 느꼈다. 역시 여기서도 저질렀군. 그럼 그렇지. ― 나는 그런 기분을 들키지 않으려고 애쓰며 목소리를 가다듬었다.

"그럼 아가씨는 이상현 선생을 알고 있구만. 그런데도 왜 모르는 척했지?"

"그런 사람 이름조차 입에 담고 싶지 않아서 그랬어요."

이제 처녀는 더 이상 적의를 감추려 들지 않았다. 높지 않은 목소리였지만 거기 담긴 적의가 어찌나 강렬했던지 나까지 움츠러들게 했다. 그 바람에 공연히 조심스러워진 내가 더듬거리며 물었다.

"그런 사람……이라니? 왜, 이 선생이 무슨 몹쓸 짓이라도 한 거요?"

"그걸 왜 제게 찾아와서 묻죠? 어디서 무슨 소릴 듣고 절 찾아오셨는지 모르지만 전 이상현인지 기생오라빈지, 그런 사람과는 아무 상관없어요. 그러면 나보다 몇 배나 더 잘 아는 사람이 따로 있는데 왜 절 찾아와 야단이세요?"

그제야 나는 비로소 왜 우리 대화가 그렇게 겉돌았는지 짐작이 갔다. 처녀는 내가 처음부터 자신에게 어떤 마뜩잖은 혐의를 걸고 찾아온 줄 알고 화를 누르며 대답해 온 것임에 분명했다. 터무니없는 단정에서 우러난 내 말투가 그런 오해를 부른 원인인 듯한데, 나는 그것도 모르고 저 혼자 혼란을 일으킨 것 같았다.

"아무래도 무슨 오해가 있었던 것 같소. 나는 아가씨를 만날 때까지 아무 말도 들은 게 없소. 그저 학교 앞 가게에 있는 아가씨이니 이상현을 알고 있을는지도 모른다는 짐작으로 물었을 뿐이오. 그자가 명색 총각인 데다 전에는 인물도 반지르르해 어디 가나 아가씨들에게 인기가 있었으니까."

나는 먼저 그렇게 말해 그녀의 까닭 모를 악의와 경계심을 누그러뜨린 뒤에 물었다.

"그런데 그게 누구요? 이상현을 잘 안다는 사람. 아가씨가 이상현의 말은 입에도 담고 싶지 않다면 그 사람이라도 만나 봐야겠소. 어쨌든 나는 이상현을 꼭 찾아야 하니까."

그러자 그녀가 묘한 표정이 되어 물었다.

"아저씨 혹시 경찰에서 나오셨어요?"

내가 묘한 표정이라고 말한 것은 짧게나마 그녀의 얼굴을 스치는 우려와 동정의 그늘이 그 전의 격한 감정과는 너무도 어울리지 않았기 때문이었다. 그래도 악의만은 아니구나, 애증이 얽혀 있어…… 거기서 문득 그녀에게 새로운 호기심이 일었으나 나는 애써 그 호기심을 억제했다.

"맹세하지만 경찰은 아니오. 그러니 걱정 말고 좀 도와주시오."

그 말에 그녀도 자신의 감정이 읽힌 게 새삼 부끄러운지 가볍게 얼굴을 붉혔다가 이내 무관심한 표정을 지으며 말했다.

"뭐, 경찰이라도 내가 걱정할 일은 없어요. 박상수란 사람 집으로 가보세요. 그 사람이 잘 알 거예요."

그러면서 상세하게 길을 일러주었다. 오대산 쪽으로 국도를 따라 십 리쯤 가다가 접어드는 골짜기 안의 외딴집이라 서둘러야 할 것 같았다. 하지만 생판 낯선 사람을 찾아가는 만큼 조금이라도 그에 대해 알아두는 게 필요했다. 내가 박상수란 사람에 대해 묻자 그녀가 어딘가 빈정대는 듯한 말투로 대강을 일러주었다.

"우리 보기에는 좀 우스운 데도 있지만, 농민운동가쯤으로 알아두세요. 옛날에 가톨릭 농민회 좀 따라다니다가 농촌 후계자도 하고 전업(專業)농민협의회인가 무언가도 결성하고……. 들으니까 작년인가 서울까지 올라가 데모도 했다죠, 아마."

박상수에 관해 궁금한 것은 그 밖에도 한둘이 아니었으나 나는 서둘러 그 가게를 나왔다. 어느새 불그레 노을이 어리는 서편 하늘이 나를 다급하게 만든 까닭이었다.

딸아이가 세 번째로 집을 나간 뒤 우리 내외는 더 이상 찾으러 나서지 않았을 뿐만 아니라 딸아이의 일을 드러내 놓고 말하는 것조차 삼갔다. 그것은 둘 모두에게 건들수록 심하게 허는 상처 같아서 각기 안으로만 끌어안고 앓을 뿐이었다. 그사이 악화돼 끝내는 위궤양으로까지 발전한 아내의 신경성 위염이나 1년 사이에 나를 반(半)대머리로 만들어버린 탈모증은 그 상처의 병발증(併發症)이었다고 보아도 좋을 것이다. 그러나 아내가 그랬을 것처럼 나도 마음속으로는 끊임없이 딸아이를 찾고 있었다.

그래, 영어 과외 교사의 말처럼 너는 인생에서 쓸모도 없는 호각을 너무 일찍, 그리고 너무 비싸게 산지도 모르지. 철없어 성급했건 간교한 장사치의 꼬임에 넘어갔건 그것도 선택은 선택이다. 가족들에게야 그 호각 소리가 괴롭건 말건 너라도 즐겁게 불고 다녀라…….

나는 오히려 그렇게 딸아이를 성원하며 마음의 평온을 구했지만 피의 끈끈함은 그런 이성과는 무관했다. 날이 차면 차서, 더우면 더워서 딸아이를 걱정했고 꽃피는 봄은 꽃이 아름다워, 잎 지는 가을은 단풍이 고와, 함께 즐기지 못하는 딸아이를 가슴 저리게 그렸다. 과장하면 딸아이가 떠남으로써 내게는 아름답고 귀한 것이 모두 의미를 잃었다고 말할 수도 있었다. 아내도 아마 그랬을 것이다.

그러다가 내가 다시 악령을 찾아간 것은 딸아이가 집을 나간 지 반년이 지나서였다. 그사이 나는 되도록 딸아이를 잊고 남은 가족들의 삶이나 다독이려 했으나, 며칠 앞으로 다가선 구정(舊正)이 나를 더 참을 수 없게 했다. 어쨌든 딸아이는 내 첫 정기로 맺어진 자식이었고, 열일곱 해나 고이 기른 정은 이 세상의 어떤 논리로도 지울 수 있는 게 아니었다.

하지만 악령을 만나러 가면서도 솔직히 그를 통해 딸아이를 찾으리라는 기대는 거의 품지 않았다. 길러오면서 관찰한 대로라면 딸아이는 내가 이미 그 존재를 알고 있는 이상 그를 귀찮게 하지 않기 위해서라도 악령을 찾아가지는 않을 것이기 때문이었다. 그저 이제 반년이나 지났으니 어딘가 자리를 잡은 딸아이가 제 영혼의 주인에게 연락쯤은 했을지도 모른다는 자신 없는 추측만이 내가 다시 악령을 찾게 된 동기였다.

만난 지 채 1년이 안 됐는데도 그사이 악령의 신상에는 많은 변화가 있었다. 근무처가 산업체 부설의 야간 고등학교로 옮겨져 있었고, 자신은 난데없이 늙은 대학원생이 되어 있는 게 내게 적잖은 충격을 주었다. 그를 추적하는 동안에 알게 된 그의 새로운 탈도 그랬다. 주위 사람들에게 그는 서른이 훨씬 넘어서야 학문에 눈뜨게 된 학자 지망생 또는 예비 학자로 알려져 있었다.

나를 대하는 태도도 전과는 판이하게 달랐다. 썩은 부르주아를 대하는 이념가의 젠체하는 태도나 탈속(脫俗)한 논객의 차가움 같은 것은 자취도 없었다. 대신 새롭게 학문의 길로 들어선 만학도(晩學徒)가 이제야 무지를 깨달은 겸손함과 삶을 함께 괴로워할 줄 아는 다감함으로 옛 제자의 학부모를 맞았다.

"제가 아무것도 모르면서 시대의 바람을 타고 촐싹거리다가 심려를 끼쳐드린 것 같아 부끄럽습니다. 많이 반성하고 그 반성에 바탕해 공부나 좀 더 할까 합니다. 정아에게도 지난 일이 너무 큰 상처로 남지 않기를 바랄 뿐입니다. 그래, 정아는 요즘 학교에 잘 다니고 있습니까? 그러고 보니 벌써 대학 입시반이 되는군요."

몇 마디 수인사를 나누기도 전에 악령이 그렇게 나오자 나는 일순 눈앞이 아득해지는 것 같았다. 그에게 걸었던 한 가닥 기대가 무참히 끊어졌을 뿐만 아니라 언제나 내 정당성의 근거를 이루었던 악령마저 자취 없이 사라져버린 듯한 느낌 때문이었다. 이제 딸아이의 문제는 우리 가정 밖에서 안으로 던져진 불행이 아니라 내부의 자생적인 갈등이 발전한 것이며, 나는 속수무책의 피해자에서 원인 제공자 혹은 가해자의 위치로 바뀌 서야 할 판이었다.

변신과 둔갑은 악령의 특기다. 네놈이 무어라 하든 나는 네놈의 말굽처럼 갈라진 발과 아홉 발 꼬리를 알고 있다. 네놈이 겨드랑이에 날개를 달고 머리 위에 광배(光背)를 그려 넣든, 네 미끄러운 혀가 천상의 언어를 흉내 내든 나는 속지 않는다. ― 나는 절망적인 노력으로 나를 다잡으며 그의 탈을 벗겨 보려고 애썼다. 그도 알고 있다는 단정 위에 딸아이의 가출을 말하고 그 행방을 추궁했으며, 더 심하게는 딸아이와 그 사이에 있었던 그동안의 연결까지도 조작해 을러댔다. 하지만 악령의 변신은 완벽했다.

"한번 원인을 제공했으니 그렇게 의심하셔도 원망할 수가 없군요. 좋습니다. 이제는 거의 끈이 끊어졌지만 선후배들을 통해 어떻게 알아보죠. 아직 남은 몇 군데 패밀리에게도 문의를 넣고……. 어쨌든 최선을 다해 알아보고 곧 연락드리겠습니다."

악령이 그러면서 공손히 머리를 숙이고 물러나는 데는 더 억지를 부려볼 수가 없었다. 게다가 며칠 후에 온 성실하고 공손하기 그지없는 전화는 내게서 일시 악령의 그림자까지 지워버렸을 정도였다.

"아무리 찾아봐도 알 길이 없습니다. 만약 정아가 다시 운동에 투신했다면 저와는 전혀 계통을 달리하는 언더 그룹일 것입니다만, 글쎄요…… 정아의 경력으로 그런 데까지 선이 닿을지. 혹시 모르니 다른 방향으로도 찾아보십시오. 가출계를 내 경찰의 협력도 받아보시고."

그런 악령의 전화를 뒷받침하듯 이번에는 딸아이에게서도 아무런 소식이 없었다. 그 아이는 온전히 홀로 출발했다. 악령은 사라졌다. ― 나는 차츰 그렇게 믿기 시작했다.

그런데 그 뒤 꼭 한 번 그런 내 믿음이 흔들린 적이 있었다. 내가 악령을 만난 지 한 석 달이나 되었을까. 그의 근무처인 학교를 운영하던 산업체가 심한 노사분규에 휘말린 것을 신문에서 읽고 나는 불현듯이 의심이 일어 뒷조사를 해보았다. 당시는 이른바 산업 평화라는 것이 점차 자리 잡아가는 시기였는데 그곳만 유독 여공들이 주동이 되어 80년대 초반에도 흔치 않던 격렬한 형태의 시위를 벌이는 게 악령과 무슨 연관이 있는 듯해서였다.

하지만 내 의심이 지나쳤음은 어렵잖게 확인되었다. 알아보니 오히려 부설 학교의 교사들이 더 헌신적으로 분규를 말리고 있다는 소문이었으며, 악령은 그중에서도 앞장을 서고 있었다. 전교조 때도 악령은 한쪽으로 슬쩍 비껴서 바람을 피한 적이 있음을 잊지는 않았으나, 이번에는 행동으로 명확하게 부인하고 있어 의심을 거둘 수밖에 없었다.

딸아이의 가출이 악령과 직접으로는 아무런 연관이 없다는 결론이 나자 이제 그는 우리에게 더는 악령일 수 없었다. 그러나 그게 내가 그를 용서했다는 뜻은 아니었다. 그는 어쨌든 어린 딸아이를 처음 그 길로 몰아넣은 못된 담임선생으로서 자취를 알 길 없는 딸아이의 일이 심장에 박힌 바늘처럼 가슴을 쑤셔올 때면 나는 어김없이 그를 떠올리고 이를 갈았다.

그런데 딸아이가 돌아왔다……. 내가 악령을 만나고 1년 남짓 뒤가 되는 이듬해 삼월 초순의 어느 새벽이었다. 나이 탓인지 엷어진 새벽잠으로 반쯤 깨어 있는 내 귀에 "경수야, 경수야아……." 하며 남동생의 이름을 부르는 딸아이의 목소리가 들렸다. 놀라 눈을 뜨니 벌써 일어나 잠옷을 벗고 있던 아내도 굳은 듯이 서 있었다.

"여보, 방금 무슨 소리 못 들었소? 누가 경수를 부르는 것 같았는데……."

내가 몸을 일으키며 그렇게 묻자 아내도 가위눌림에서 깨어난 사람처럼 잠옷을 벗어 던지고 서둘러 겉옷을 걸치며 받았다.

"그래요. 정아 소리 같았는데……. 하지만, 아니, 아무렴, 이 꼭두새벽에……."

"그렇다면 꿈결은 아니군, 얼른 나가 봐야겠어."

나는 잠옷 바람으로 일어나 현관문을 따고 나가 보았다. 애써 침착하려 했지만 안마당을 가로질러 대문을 여는 내 발은 신도 꿰지 못한 맨발이었다. 겉옷을 걸치고는 있어도 아내 또한 맨발이기는 마찬가지였다.

아직 어둠살이 남은 대문 밖에는 아무도 없었다. 골목 쪽으로 멀리 둘러봐도 점점 빛을 잃고 있는 가로등뿐 사람의 그림자는 없었다.

"거참. 두 사람이 동시에 듣는 환청도 있나……."

내가 그렇게 중얼거리며 대문을 닫으려는데 곁에서 함께 집 밖을 살피고 있던 아내가 가늘게 몸을 떨며 한쪽을 가리켰다.

"여, 여…… 보, 저, 저기……."

아내는 입이 얼어붙은 사람처럼 심하게 말을 더듬었다. 아내의 손가락 끝을 따라 눈길을 옮기니 우리 집과 다음 집 가운데 놓여 있는 철제 쓰레기 수거함 뒤로 무언가 삐죽이 나와 있는 게 보였다. 사람의 한쪽 발 같았다. 나는 공연히 철렁하는 가슴을 억누르며 그리로 가보았다. 벌벌 떨면서도 아내가 그림자처럼 나를 따랐다.

새벽 으스름 속에 쓰레기 수거함 뒤를 살펴보니 거기 어떤 사람이 쓰러져 있었다. 남자인지 여자인지 얼른 구분이 가지 않는 차림이었는데 먼저 내 눈길을 끈 것은 양말도 없는 맨발이었다. 처음에는 술주정뱅이가 쓰러진 것인가도 싶었으나 그 하얀 맨발과 남자로서는 지나치게 작은 몸집이 섬뜩하게 내 주의를 끌었다.

나는 조금 몸을 수그려 그 사람을 좀 더 찬찬히 살펴보았다. 누구에게 맞았는지 얼굴은 피멍으로 얼룩져 있고 옷도 여기저기 찢

겨 있었다. 그러나 솔직히 말해 그런 생김이나 차림 어디에서도 낯
익음은 전혀 느껴지지 않았다.

"술 취해 쓰러진 사람 같지는 않은데. 경찰에 알려야겠어."

나는 그와 우리가 들은 환청 사이의 관련을 굳이 부인하려 애
쓰며 아내를 돌아보고 그렇게 말했다. 그런데 바로 그때였다. 짧은
순간 나와 눈길을 마주친 아내가 말 한마디 없이 짚단처럼 내게
로 쓰러져 왔다. 받아 안고 보니 아내는 이미 정신을 잃고 있었다.

나는 놀라 아내를 집 안으로 옮겨 거실 소파에 뉘고 전화로 구
조 요청을 했다. 그리고 겨우 숨을 돌리려는데 퍼뜩 아내가 기절
한 까닭에 생각이 미쳤다. 아내는 나와 같이 그 쓰러진 사람을 살
피고 있었다. 그러다가 기절했다면 — 생각이 거기 이르자 나는
무엇에 쫓긴 사람처럼 집 밖에 쓰러진 사람에게로 달려갔다. 말로
하니 길지만 모든 게 이삼 분 안에 이루어진 일이었다.

의심을 가지고 보아서인지 몇 발자국 앞에서부터 쓰러진 사람
이 여자라는 걸 금세 알 수 있었다. 부축해 일으켜 보니 심하게 붓
거나 얼굴이 피멍으로 얼룩져 있어도 오뚝한 콧날이며 가늘고 긴
눈썹에도 어떤 낯익음이 느껴졌다. 바로 딸아이였다…….

그게 내 딸 정아라는 걸 알아본 나도 아뜩한 현기증을 느꼈다.
무어라 형언할 수 없는 격렬하고도 복잡한 감정의 다발이 세차게
내려쳐진 쇠뭉치처럼 내 머리통을 후린 탓이었다. 한동안을 망연
히 굳어 있다가 겨우 정신을 차린 나는 거의 기계적으로 딸아이
를 업어다 어미 곁에 뉘었다.

하지만 내게 무슨 일이 일어났으며, 이제 나는 어떻게 해야 할 것인가를 생각해 볼 만큼 정신을 수습한 것은 구급차가 도착해 모녀를 나란히 가까운 병원 응급실에 눕히고 난 다음이었다. 머리맡에 링거액을 매단 채 나란히 정신을 잃고 누운 모녀를 두고 아직 찬 기운이 도는 새벽의 병원 뜰에 나와 선 내게 맨 먼저 떠오른 것은 그 악령이었다.

이제 너는 할 짓을 다 했다. 내가 더 두려워할 일은 없다. 남은 것은 나의 복수다. 이제 내가 너를 잡을 것이다. — 나는 추위보다는 흥분으로 몸을 떨면서 그렇게 속으로 외쳤다.

그런데 알 수 없는 일은 그 새벽 내가 아무런 주저 없이 딸아이가 당한 참변의 배후로 악령을 지목하게 된 과정이었다. 그 무렵 나는 딸아이의 가출과 악령 사이에 아무런 연관이 없음을 믿고 있었을 뿐만 아니라 악령 그 자체도 사라진 것으로 여기고 있었다. 다만 내가 겪고 있는 불행에 최초의 원인을 제공한 자로서만 원한을 품어왔는데, 그 새벽 내가 한 복수의 다짐은 바로 직접적인 배후로서의 악령을 향한 것이었다. 아마도 아비로서의 어떤 직감이 작용했을 것이다.

아내가 깨어나는 대로 딸아이를 맡기고 나는 먼저 악령을 찾아갈 것이다. 그곳이 근무처이든 대학원 강의실이든 그 탈이 벗겨지고 아홉 발 꼬리가 나올 때까지 나는 그놈을 흠씬 두들겨 패고 짓밟아줄 것이다. 그런 다음 그 탈과 아홉 발 꼬리를 증거로 나는 그 악령을 경찰에 넘길 것이다. 어쩌면 간교한 악령은 끝내 그 탈과 꼬리를 들키지 않을는지도 모른다. 그래도 걱정 없다. 이번에는 반송장이 되어 누워 있는 딸아이를 증거로 수사를 의뢰하면 경찰이 그 탈을 벗기고 꼬리를 찾아낼 것이다. — 나는 점점 더해 가는 흥분을 줄담배로 달래며 이제는 온전히 상상의 차원으로 넘어간 복수를 딴에는 차분하고도 치밀하게 계획했다.

마침내 악령이 초라한 몰골로 쇠사슬에 얽힌 채 천 길 굴속과도 같은 캄캄한 감옥에 던져지는 광경으로 내 황홀한 복수의 상상이 결말날 즈음 나를 찾아 나온 당직 간호원이 말했다.

"들어가 보세요. 사모님이 깨나셨어요. 따님 진료도 끝났고."

이상하게도 연민이 스민 목소리였다. 나는 퍼뜩 상상에서 깨어나 응급실로 가보았다. 그사이 깨어난 아내는 링거액을 꽂은 채로 딸아이의 침대에 붙어 서서 소리 없이 흐느끼고 있었다. 딸아이도 깨끗한 환자복으로 갈아입혀 놓았는데, 그래서인지 멍들고 터진 얼굴이 한층 처참하게 보였다.

"당신 여기서 애 잘 돌보고 있어. 내 잠깐 갔다 올게."

딸의 처참한 모습이 내 결행의 의지를 북돋워 나는 울고 있는 아내의 어깨를 가볍게 쓸며 그렇게 말했다. 그 길로 달려 나가 내 복수의 첫 단계 — 악령을 잡아 흠씬 두들겨주는 단계부터 착수할 작정이었다. 그때 아내가 가만히 고개를 들어 나를 바라보며 물었다.

"어딜 가시려구요? 가게라면 전화루 대신하고 오늘 하루 나가시지 않아도 되잖아요?"

"가게가 아니야."

나는 결연하게 말했다. 아내가 바로 그걸 걱정했다는 듯 캐물었다.

"가게가 아니면요?"

"그놈부터 잡아야겠어. 멀리 달아나기 전에. 먼저 흠씬 두들겨 팬 뒤에 경찰에 넘기는 거야. 내게 그만한 권리는 있겠지."

그러자 아내가 그때껏 울고 있던 사람답지 않게 세심한 눈길로 주위를 살피더니 침상 머리맡 병 걸이에서 가만히 링거액 병을 빼 들었다. 어디 조용한 곳을 찾아 할 얘기가 있다는 표정이었다. 그런 아내의 차분함이 까닭 모르게 섬뜩했다.

"왜 그래? 무슨 할 말 있어?"

아내는 그렇게 묻는 나를 복도 한구석으로 데려간 뒤 소리 죽여 말했다.

"그놈이 찢어 죽이고 싶도록 미운 것은 나도 마찬가지예요. 하지만 안 돼요. 감정으로만 처리할 일이 아닌 것 같아요."

"그게 무슨 소리야? 이제 우리에게 겁날 게 뭐 있어?"

"아까 당직 의사가 검진할 때 보니까 애가 단순히 뭇매만 맞은 것은 아닌 듯해요. 걔 아랫도리를 벗겨 본 의사가 이마를 찌푸리며 혀까지 찼어요. 아직 내 정신이 덜 돌아온 데다 차마 물어보기 끔찍해 그냥 눈 감고 있었지만 틀림없어요. 성적(性的)으로 무언가……."

침착하려 안간힘을 다해도 아내는 끝내 말을 맺지 못했다. 아니, 어쩌면 성폭행이란 말이 워낙 벼락 치듯 내 고막을 때려 그 뒷말을 듣지 못한 것인지도 모른다.

"정말 그랬다면 그놈을 아주 죽여버리겠어!"

나는 자신도 모르게 버럭 소리를 지르고 말았다. 아내의 새파랗게 질린 얼굴이 아니었더라면 나는 그길로 달려 나갔을 것이다. 아내가 링거액 병을 받쳐 든 손으로 내 옷깃을 잡으며 애원하듯 말했다.

"당신 나까지 죽는 꼴 보려구 이래요? 침착하세요. 먼저 당직 의사에게 애의 상태부터 자세히 알아보세요. 그리고 그다음에 저와 차분히 의논해서 처리해요, 네?"

하지만 내가 아내를 데리고 응급실로 되돌아간 것은 침착을 되찾아서가 아니라 갓 충격에서 깨어나 힘이 없는데도 너무 오래 링거액 병을 들고 있어 가련할 만큼 떨리는 아내의 팔 때문이었다. 나는 아내를 데려다 병상에 눕히고 링거액 병을 머리맡 병 걸이에 건 뒤 당직 의사를 찾아갔다.

"국부에 파열상이 있습니다. 자세히 검진해 봐야겠지만 윤간(輪姦)으로 생긴 상처 같습니다."

너무 큰 자극을 받으면 뇌의 기능이 일시 정지돼 버린다는 것을 실감한 건 바로 그때였다. 아내에게서 처음 들을 때만 해도 설마, 하는 마음이 남아 있어 그토록 격렬하게 반응할 수 있었으나 의사의 최종적인 선고를 듣는 순간은 머릿속이 텅 비어 버린 듯 한동안 아무런 생각이 나지 않았다. 한동안을 멍하니 서 있다가

헤엄치듯 흐느적거리며 아내의 병상 곁으로 가 간병인(看病人)을 위한 빈 의자에 앉았다.

아내는 그사이에 한층 더 침착을 회복해 있었다. 돌아오는 나를 말없이 보고 있다가 자유스러운 쪽 손을 내밀어 가만히 내 손을 잡았다. 그 온기가 비로소 내 의식을 되살렸다.

"가야겠어. 그놈을 죽여버리겠어!"

내가 그렇게 중얼거리자 아내가 한층 내 손을 힘주어 잡으며 말했다.

"가시더라도 이 링게르(링거)나 뽑는 걸 보구 가세요. 무슨 일이 있으면 아무도 손쓸 사람이 없잖아요?"

그리고 다시 살풋 고개를 들어 딸아이의 침상 쪽을 살핌으로써 내 주의를 그쪽으로 돌렸다. 딸아이는 그때까지도 의식을 되찾지 못하고 죽은 듯이 누워 있었다. 거기다가 꼭두새벽부터 갖가지 충격으로 심신을 소모해 온 내게도 기실은 떠나려야 떠날 힘이 남아 있지 않았다.

그날 내게 링거액을 떼낼 때까지만 기다려 달라고 한 것은 아내의 지혜였음에 틀림이 없다. 두 시간 뒤 아내가 링거액 주사에서 풀려났을 때 온전하지는 않아도 내 마음은 상당히 진정되어 있었다. 그리고 그런 내 귀에 아내의 간곡한 만류는 흡지(吸紙)에 스미는 잉크처럼 선연하게 흘러들었다.

"당신 감정보다 정아의 앞날을 생각해 주세요. 이제 열아홉인 계집아이 말이에요. 좀 늦어지긴 했지만 아무 일 없었던 듯 공부해 대학이나 마치고 제 갈 길을 가게 하는 것과 떠들썩한 성폭행 사건의 주인공이 되어 그 애가 당한 일을 온 세상에 알린 뒤에 치러야 할 값을 말이에요. 당신에게는 일시적인 감정의 문제지만, 그 애에게는 산 것보다 몇 배나 더 남은 인생이 걸린 문제란 말예요. 그러니 우선 경찰은 안 돼요. 경찰을 끌어들이는 것은 사람들 모아 놓고 마이크 앞에서 그 애 일을 떠드는 것과 마찬가지예요. 이 선생에게 손대는 것도 안 돼요. 생각해 보세요. 당신도 이번 가출은 이 선생과 무관한 것 같다고 하시지 않았어요? 그런데 아무런 증거도 없이 때린다고 그 악종(惡種)이 가만히 맞고 있겠어요? 설령 증거가 있다고 해도 그래요. 그 악종이 되레 걸고 들면 결국은 경찰에 신고한 것이나 마찬가지가 돼요. 그러니 침착하세요. 분하더라도 정아의 앞날을 생각해 참으시라구요. 미친개에게 물린 셈 잡고 정아의 몸과 마음이 정상으로 회복되는 것이나 도와줘요. 정말 부탁이에요. 당신을 만나 함께 산 20년의 정분을 보아서라도 제발 이번만은 제 말을 들어줘요. 저도 정아에게는 명색 어미 된다는 걸 잊지 마세요."

물론 그때는 당장의 감정을 못 이겨 이것저것 이유를 대며 뻗대 보았다. 하지만 나 역시도 정아의 아비였고, 그 아비에게 무거울 수밖에 없는 것은 아직 창창하게 남은 어린 딸의 삶이었다. 그때만 해도 아직은 보수적이던 이 사회의 정조관을 뻔히 알면서도 딸이 당한 일을 동네방네 떠들고 다닐 수는 없는 일이었다.

그런데 ― 고백할 일이 하나 있다. 결국 내가 그 일로 악령을 찾아간 적도 없고 경찰에 도움을 요청하지도 않은 건 사실이지만 그렇다고 전처럼 아무 일 없었던 듯 그대로 넘겨버린 것은 아니었다. 나는 어떤 인연으로 건달들이 꾀는 술집을 하나 알고 있었는데, 거기서 며칠 동안의 끈질긴 관찰 끝에 믿을 만하다고 판단한 건달 하나를 골라 삼백만 원을 내밀며 부탁했다.

"나도 당신을 모르고 당신도 나를 모른다. 하지만 웬일인지 당신을 믿고 싶다. 이 돈을 받고 한 악당을 처벌해 달라. 어떤 장소 어떤 시간이든 좋다. 죽지 않을 만큼만 때려준 뒤 한마디만 해주면 된다. 법이 너를 처벌하지 못하니까 내가 한다고."

나는 그 건달이 정말로 청부받은 일은 실행했는지 아직까지도 알지 못한다. 하지만 그대로는 미칠 것 같던 기분만은 한결 가라앉았다. 그때 나는 어떻게 우익 폭력이 생겨나게 되는지를 속속들이 이해했다고 생각했다.

어떤 사람은 증거가 충분하지 않음을 이유로 들어 그 같은 내 청부 폭력을 비난할지 모르겠다. 실은 내게도 그게 약간은 마음에 걸렸는데 역시 이제는 당당하게 나를 변명할 수 있다. 악령은 잡아떼고 딸도 한때는 그를 도왔지만 웬지 딸아이의 세 번째 가출과 그에 따른 피해도 악령과 연관되어 있는 것 같다는 아비의 직감은 들어맞았다.

나중에 어느 정도 회복된 딸은 실토했다. 세 번째 가출에서도 가장 먼저 찾아간 것은 그 악령이었다고. 딸아이를 그 터무니없고 위험스러운 지하 그룹으로 인도한 것도 그였으며, 참혹한 결과로 끝났지만 딸아이에게 집으로 되돌아갈 마음을 먹게 한 것도 그 악령의 변신이 준 각성이었다고.

서두른다고 서둘렀는데도 내가 박상수의 집이 있다는 계곡으로 들어섰을 때는 이미 골짜기 안쪽에서 저녁 이내가 밀려 내려오고 있었다. 다행히 박상수네 집은 골짜기 초입에서 멀지 않아 모퉁이 하나를 돌아서자 곧 모습을 드러냈다. 가게 아가씨가 입을 삐죽이며 일러준 대로 새로 지은 양옥이었다.

개울을 끼고 남향으로 돌아앉은 그 작은 둔덕에는 박상수의 집 말고도 몇 집이 더 있었다. 그러나 그 집들은 저녁때인데도 사람 기척이 없고 연기가 솟지 않는 걸로 보아 빈집들 같았다. 짐작으로 예전에는 작은 마을을 이루고 살았으나 늘어나는 이농(離農)으로 이제는 박상수네만 남은 듯했다.

박상수는 집에 있었다. 얼굴에 얼큰한 술기운이 남은 40대의 건장한 사내였다. 내가 쭈뼛거리며 들어가자 그가 오히려 촌사람답지 않게 사교적으로 나를 맞아들였다.

"이상현 선생님을 찾아오셨다구요? 그렇다면 좀 늦은 것 같습니다. 그 선생님은 벌써 지난 주일에 이곳을 떠나셨습니다."

그렇게 대답하는 박상수의 말도 억양은 그곳 사투리였지만 어휘는 잘 고른 표준어였다. 가겟집 아가씨처럼 여러 해 도회지 생활을 한 적이 있거나 아니면 어떤 이유로 여럿 앞에 자주 서게 되어 문법적으로 세련되게 된 듯했다. 나는 악령이 벌써 떠나고 없다는 말에 적이 실망했다.

"떠났다구요? 어디로 떠났습니까?"

"알 수 없지요. 모르긴 하지만 그 선생님도 괴로운 일이 많은 사람 같습니다. 자신도 갈 곳을 정하지 않고 떠나는 눈치던데요."

찾아오는 동안 은근히 걱정했던 일이 실제로 벌어졌다는 데 놀라 내 목소리가 절로 높아졌다.

"새로운 부임지로 간 건 아니구요?"

"새 부임지로 갈 것 같으면 벌써 떠나야 했지요. 하지만 선생 노릇은 지난 학기로 그만둔 사람입니다. 나하고 여기서 농사나 짓고 살겠다며 땅까지 알아보더니 갑자기 마음이 변했는지 떠나시더군요."

"농사를 짓는다? 그 사람이?"

"왜요? 일도 곧잘 하던데. 그 선생님 여기 부임한 뒤로 학교보다는 들에 더 많이 살았어요. 들이랬자 빈집의 묵어가는 텃밭이 고작이었지만서두……. 요새는 경운기도 여기 농사꾼들보다 더 잘 몰았다니까요."

그것은 또 예상 못 한 뜻밖의 변화였다. 농민운동 쪽으로 방향 전환을 했다면 안 될 것도 없지만 내가 알고 있는 악령에게는 도무지 어울리지가 않았다. 그래서 어리둥절해 있는데 그가 옷깃을 끌듯 말했다.

"어쨌든 들어오시지요. 저녁도 드셔야 하고, 묵을 방도 있어야 하지 않겠습니까?"

"그건 면 소재지에 가서 구하지요. 이대로 이상현 선생 얘기나 잠깐 더 들려주십시오."

"면 소재지로 가자면 여기서 택시를 불러야 하는데 오는 데만 한 시간은 걸릴 겁니다. 그러시지 말고 들어오십시오. 어떻게 찾아오셨는지 모르지만 내 집에 찾아온 손님인데 마당에서 돌려보낼 수는 없지 않습니까?"

하기는 궁금한 게 많아 짧게 끝날 얘기가 아니었다. 거기다가 점심을 허술하게 때워 배도 은근히 고팠다.

"그럼 죄송스럽지만 저녁 한 끼 부탁드릴 수 있겠습니까? 사례는 충분히 하겠습니다."

내가 그렇게 받자 그가 펄쩍 뛰듯 손을 내저었다.

"아무리 각박한 세상이라지만 내 집에 찾아온 손님에게 밥값 받는 경우가 어디 있겠습니까? 걱정 말고 들어오십시오."

그렇게 나를 거실로 끌어들인 뒤 주방 쪽을 향해 소리쳤다. 이번에는 사투리였다.

"봐라이 여 밥상 내온나."

막 저녁상을 받으려는데 내가 찾아들었던지 그의 아내인 듯한 중년 아낙네가 이내 밥상을 들고 나왔다. 겸상으로 차려진 게 내외가 함께 먹으려던 밥상 같아 받기가 아주 미안했다. 그때 박상수가 다시 아내에게 청했다.

"술 한 병 도고. 선거가 멀찮으이 장터에 흔한 게 술하고 고기라 속이 더부룩하다. 저녁은 마 놔뚜고 술이나 한잔할란다."

그래 놓고 내게 수저를 내밀며 말했다.

"주주객반(主酒客飯)이란 말도 있잖습니까? 어서 드시지요. 우리 이렇게 먹고 삽니다. 아이들 다 객지로 학교 내보내고 영감 할망구 둘이서 받는 밥상 정성 들여 뭣하겠습니까?"

하지만 먹다 보니 밥상은 술상으로 변하고 말았다. 자꾸 술을 권하는 바람에 몇 잔 받은 게 탈이었다. 박상수가 좋은 술친구 만났다는 듯 새 술병을 내오고 나도 맨송맨송한 그보다는 취한 그에게서 더 많은 얘기를 들을 수 있을 것 같아 반찬을 안주로 대작을 시작했다.

"그래 이 선생이 왜 학교를 그만둔다구 합디까?"

어지간히 술이 오른 뒤에 내가 슬슬 본론을 꺼냈다.

"더 죄 짓기 싫다고 하던 것 같던데 그건 무슨 말인지 모르겠고…… 세상에 선생이 학생 가르치는 게 무슨 죄가 되겠습니까? 뭔가 과거가 많은 사람 같지만 말을 않으니 알 수가 있어야지요. 하여튼 대처로 발령이 났는데도 기어이 가지 않더군요."

그러나 내게는 짐작이 가는 데가 있었다. 다만 그게 악령의 진실이라는 게 믿기지 않을 뿐이었다.

"여기서 가르치고 농사짓고 하는 일 외에 달리 한 일은 없었습니까?"

"캄캄한 방에 혼자 들어앉아 한숨 쉬는 게 있었지만 그건 일이라 할 수 없고…… 그렇지, 가끔씩 뭘 쓰는 것 같더군요. 하기야 그것도 떠날 때 다 태워 버렸지만."

점점 종잡을 수 없는 악령의 새로운 모습이었다. 나는 그런 모습보다 내가 잘 아는 악령의 모습을 듣기를 원했다. 그때 가겟집 아가씨가 악령에게 보이던 악의가 떠올라 슬쩍 물어보았다.

"아, 슈퍼집 경애? 그거, 그럴 만하지. 이 선생에게 반해 공깨나 들였는데 이 선생은 거들떠보지도 않지, 거기다가 웬 젊은 아가씨들은 번갈아 찾아오지……. 뿐인가요? 실상은 둘 사이가 그 모양인데, 아무것도 모르는 마을 사람들은 오히려 그 아이와 이 선생을 놓고 짓궂게 쑤군대지……. 그러니 밴댕이같이 좁은 여자 속에 감정이 나지 않겠어요?"

"젊은 아가씨들이라구요?"

나는 기다리던 증거라도 잡은 사람처럼 반가운 마음을 감추고 물었다. 술에 취한 탓인지 박상수는 내가 왜 악령을 찾으려 하는지도 묻지 않고 아는 대로 털어놓았다.

"작년 한 해만 해도 서넛 왔다 갔지요. 그러니 경애도 의심가기는 할 거라. 개중에는 여대생이나 회사원 같은 아가씨도 있었지만 한눈에 술집 접대부 같은 아가씨도 있었으니까. 이 선생 말로는 다 옛날 제자랍디다만……."

그런데 알 수 없는 것은 박상수의 태도였다. 단순한 시골 사람들의 눈으로 보면 칙칙한 의심을 품을 만도 한데 박상수는 무엇이든 악령에게 호의적으로만 이해했다.

"이 선생이 제자라고 그럽디까?"

"나도 세상 구경 할 만큼 한 사람인데 그걸 모르겠습니까? 틀림없어요. 찾아오고 맞아들이는 태도도 그렇고……. 게다가 잠은 모두 우리 아랫방에 따로 자고 갔고."

"옛날 제자들이 왜 이 먼 곳까지 찾아와 자고 간답디까?"

"은사를 찾아보러 온 거겠지요. 와서 옛날얘기 하며 울기도 하고 웃기도 하는 모양인데, 개중에는 아직도 더 배울 게 있는지 밤 늦도록 강의 듣고 필기해 가는 아가씨도 있습디다."

박상수의 그 같은 말에 악령을 향한 내 뿌리 깊은 증오와 악의가 갑자기 발동하기 시작했다. 그러면 그렇지. 네가 무슨 요사를 떨어도 나는 안다. 너는 여기 숨어서 세상을 향해 새로운 독을 뿌리고 있었다. 아직 여물기도 전에 너의 틀로 찍어낸 정신들을 계속하여 현혹하며. 우리 정아도 정신병원으로 가지 않았으면 이곳으로 널 찾아왔겠지.

그러다가 문득 박상수까지 악령의 새로운 제자가 아닌지 의심스러워졌다. 나이야 악령보다 열 살은 많아 보였지만 의식 수준이라면 시골의 농사꾼이 도회지의 똑똑한 여중 3년생보다 떨어질 수도 있었다. 슈퍼집 아가씨가 박상수를 농민운동가라고 말할 때의 비아냥거리는 어조도 그런 의심의 한 근거가 되었다.

그러자 내 증오와 악의는 눈부신 순발력을 발휘하여 나를 악령의 동지로 위장시켰다. 박상수의 부주의 덕분에 아직 내 정체는 밝혀지지 않은 터였다. 나는 변장하고 악당의 소굴로 뛰어든 탐정이라도 된 것처럼 흥분과 긴장을 억누르며 목소리를 낮춰 말했다.

"왠지 선생을 믿을 수 있을 듯해 바로 말씀드리겠습니다. 저 실은 이상현 동지를 찾으러 왔습니다. 근래 농민운동으로 전환하겠다는 뜻을 밝혀왔기에 논의할 게 있어 왔는데 갑자기 사라졌다니 뜻밖입니다."

그런 내게는 방심한 박상수를 통해 악령의 자취를 알아내려는 의도도 있었지만 한편으로는 악령의 새로운 작품을 확인한다는 묘한 호기심도 있었다. 술 탓인지 여전히 박상수는 아무런 의심 없이 내 말을 믿어주었다.

"역시 그러셨군요. 그러잖아도 촌 중학교 선생치고는 너무 똑똑하고 농촌 이론에 밝다 싶었습니다. 작년 우루과이(라운드) 반대 연합 시위 때도 그 선생님에게서 들은 대로 가서 떠들었더니 군(郡)이 다 놀라더라구요. 지금 내가 쓰고 있는 전업농민협의회 군(郡) 회장 감투도 그 선생님 이론 덕분이라구요. 하지만 내게는 그 깊은 속을 전혀 내비치지 않습디다. 농사를 짓겠다고 했지만 농민운동의 농 자도 입에 담은 적이 없어요. 그저 괴로운 세상 잊고 깊은 산속에서 죽은 듯 살고 싶다고만 했는데……. 왜 그랬을까? 배운 건 없지만 그쪽이라면 내가 도울 일도 많을 텐데 말입니다."

박상수는 그렇게 내 말을 받고 함께 고개를 기웃거렸다. 내게 거짓말을 하거나 무얼 숨기고 있는 것 같지는 않았다. 따라서 그를 통해 악령의 자취를 뒤쫓기는 어렵게 되었지만 그곳에서 퍼뜨린 새로운 악을 확인하는 기쁨은 기대해도 될 것 같았다. 나는 그때부터 어떤 조마조마함까지 느끼며 이 순박한 농부의 영혼에 드리운 악령의 그림자를 더듬어 나갔다.

"같은 길을 가는 동지끼리니까 묻습니다만 요즘 농촌 많이 어렵지요? 특히 농가 부채가 큰 문제라고 들었습니다만."

"예, 실은 저도 한 일억 칠천 되는가 봅니다. 아직은 그럭저럭 버텨갑니다만 삐끗하면 손 탈탈 털고 객지로 나서게 되었지요."

그가 지고 있는 빚의 엄청난 액수에 나도 모르게 목소리가 높아졌다.

"아니, 일억 칠천씩이나요?"

"일억은 전업농(專業農) 지원 자금이고 이천오백은 주택 개량 지원 융자금이고 사천오백은 농협에서 일반 융자로 얻은 거고……."

"그 많은 돈을 어디에 쓰셨습니까?"

"일억은 한우(韓牛) 축사 짓는 데 쓰고 이천오백은 이 새집으로 깔고 앉았고, 사천오백은 작년에 대처에 나가 학교 다니는 아이들 아파트 사는 데 보냈지요."

"한우 축사에 그렇게 많은 돈이 듭니까? 그리고 도회지서 학교 다니는 아이들 아파트까지 사주셨어요?"

"요새 자동화 시설 갖추자면 한우 50마리 정도 키우는 데도 그만 자금이 들지요. 사료용 컨베이어 벨트에 축사 분뇨 자동 세척 시설 갖추고 흉내라도 냉난방 쪽까지 돌아보려면 말입니다. 소 키운다고 거름 져내고 꼴 주는 건 옛날얘깁니다. 아침저녁 한 삼십 분씩 기계 작동만 하면 관리할 수 있지요. 아파트는 좀 무리를 했습니다. 부동산 투자, 도시 사람만 하라는 법이 어딨습니까? 농지 값은 맨날 그 모양이라도 도회지 집값은 두 배 세 배가 잠깐이라니, 큰길 가에 있는 밭 한 뙈기 팔고 농협 융자 보태 대처에 한 서른댓 평 되게 아이들 살 아파트를 마련했지요."

눈물 나게 동정이 가는 농가 부채 내역이었다. 그러나 나는 그런 감정을 죽이고 오히려 함께 걱정해 주듯 캐물었다.

"이자 부담이 크시겠군요. 은행 이자로도 한 달에 최소 백칠십만 원은 되지 않습니까?"

"그렇게는 안 되지요. 그래서야 농촌 진흥 정책이라 할 수 있습니까? 어떤 것은 4년 거치에 연(年) 6부고 어떤 것은 8부고…… 농협 일반 융자만 연 12부 다 냅니다. 하지만 그래도 거치 기간 끝나면 한 달에 돈 백만 원은 들어가야 하니 그 전에 무슨 수가 나야지요. 그런데 소 값 꼴 보니……."

농민운동가 양반, 도회지 서민이 은행에서 연 12부 꼬박 물고 천만 원 빌리는 데 얼마나 힘이 드는지 아시는지. ― 나는 나도 모르게 그렇게 물을 뻔했다.

"무슨 수가 나야 한다면?"

"쇠고기 수입을 금지해서 쇠고기 값을 올려주든가, 공산품 수출 기업들한테 농촌 진흥 기금을 염출해서 농가 부채를 탕감해 주든가……."

악령의 제자답다. 그래 농업은 권리고 공업 생산은 악이다. 악은 권리에 페널티를 물어야지. ― 혹은…… 나는 여전히 내색 않고 물었다.

"부채 다음으로 농민들에게 어려운 일은 무엇입니까?"

"역시 교육 문제지요. 농사 중에 큰 농사가 자식 농사고, 자식 농사에는 교육이 으뜸 아닙니까? 그런데 교육이 엉망이 되니 힘이 나야지요."

"자제분들 아파트까지 사주며 도회에 내보내 교육시키고 있지 않습니까?"

"도회에 내보내 보니 뭐합니까? 큰놈은 그럭저럭 지방 캠퍼스라도 옳은 대학에 보냈지만 둘째는 전문대 신셉니다. 일류 대학 나와도 취직이 어렵다는데 지방 캠퍼스 나오고 전문대 나와 무슨 희망이 있겠습니까?"

"실례지만 그렇다면 그건 자제분들 성적 문제 같은데……."

"그런 소리 마십쇼. 도회지에서 한 달에 몇 백만 원씩 들여 과외공부 시킨 놈하고 시골 중고등학교에서 교과서도 제대로 못 떼고 간 놈하고 무슨 경쟁이 됩니까? 그렇다고 돈으로 처발라 외국 유학 보낼 처지도 못 되고……."

언제나 재벌들만 나와 히히 호호, 하는 멜로드라마와 무슨 일이 있으면 천에 하나 있는 예외를 온 세상이 다 그런 것같이 찧고 까부는 매스컴의 선동적인 보도가 결국 일을 내고 말았구나. 악령은 즐겁겠다.

한번 물꼬가 터지자 그 한심한 농민운동가는 그 비슷한 농촌의 어려움과 농민의 희생을 끝도 없이 이어갔다. 엉뚱하게도 삶의 질은 향락적 소비와 비례하고, 압구정동은 아무런 의심 없이 도회적인 삶의 대표성을 확보하고 있었다. 그 도회지 사람들에 비하면 뭐, 우리야 버러지 같은 삶이지요…….

　문화는 속되게만 왜곡되고 물화(物化)되어 있었으며 역시 잘못 부여된 대표성으로 몇 배나 과장된 상대적 박탈감은 원한과도 같은 불평의 원인으로 자라 있었다. 비행기로 바다 건너 골프 치러 다니고, 외국서 한다 하는 무용단 음악단 모조리 불러다 저녁마다 돌아가며 감상하는 사람들에게 평생 제 땅에 심어 놓은 듯 꿍꿍 일이나 하다가 아이들 학예회도 무슨 큰 구경이나 난 듯 보고 사는 우리 같은 사람들이 사람 같기나 하겠습니까. — 어디서 어디까지가 악령의 작품인지 모르지만 박상수의 그 같은 푸념은 그 밖에도 많았다.

　만약 그 모두가 악령에게서 온 것이라면 그는 농민들의 의식을 기른 게 아니라 탐욕을 키운 것이며, 비판 정신을 심어준 게 아니라 불평만을 부추기고, 생존권의 자각을 도운 것이 아니라 터무니없는 특권 의식만을 키운 셈이었다. 도시와 농촌, 상공업과 농업 사이에 단순한 위화감이 아니라 치명적인 적대감을 불러일으켰고, 농업에서 경영의 개념을 빼낸 자리에 정부에 대한 원망만을 부어 넣었다. 놀라움을 넘어 어떤 참담함까지 느끼게 하는 의식의 왜곡이었다.

　하지만 박상수의 말을 더 길게 전하는 일은 이제 그만하련다. 내가 들은 것은 농촌의 실상도 아니고 농민운동을 주도하는 의식도 아님을 나는 믿고 싶다. 한 악령에 의해 잘못 지도된, 극히 예외적인 농민운동가가 내 악의 섞인 유도 심문에 넘어가 들켜버린 잘못된 의식의 단면일 뿐이다.

우리 술자리는 밤이 깊어서야 끝났다. 나는 원래 택시를 불러 면 소재지로 나갈 작정이었으나 술이 취한 데다 내 속을 알 리 없는 박상수가 하도 간곡히 잡아 그 집에서 하룻밤 묵기로 했다. 그런 박상수를 속이고 이용했다는 점에서는 나도 반쯤 악령이 된 기분이었다.

박상수는 건넌방에다 깨끗한 이부자리를 봐주고 방이 그리 차지 않은데도 보일러까지 한 번 틀어주었다. 옷을 아무렇게나 벗어 던지고 이부자리로 들 때만 해도 나는 낮 동안의 피로에다 술까지 취해 금세 잠들 수 있을 줄 알았다. 그러나 아슴아슴 잠들려 하던 내 의식에 딸의 초점 잃은 눈길과 정신병동의 굵은 쇠창살이 불현듯 떠오르면서 잠은 천 리나 달아나고 말았다.

딸아이의 회복은 겉보기와 달리 빨랐다. 머리가 터져 서너 바늘 꿰맨 자리의 실밥을 빼내는 날까지 쳐도 병원 치료는 보름 안에 끝났다. 얼굴의 상처들도 대개는 멍이거나 찰과상이어서 보기 싫은 흉터를 남기지는 않았다. 내가 집 앞에 쓰러져 있는 딸아이의 얼굴을 알아볼 수 없었던 것은 아마도 터진 머리에서 흘러내린 피 때문이었을 것이다. 환자복을 벗긴 뒤 전에 입던 옷은 몸에 맞는 게 없어 사온 새 옷으로 갈아입히자 딸아이는 어디 내놔도 뒤질 게 없는 열아홉의 소녀로 환하게 피어났다.

거기다가 더욱 반가운 일은 걱정했던 만큼 심리적 후유증이 크지 않은 점이었다. 아내가 어떻게 설득했는지 모르지만 성폭행 피해자에게 나타나는 특징적 증후들은 딸아이에게서는 거의 찾아볼 수 없었고 전에 보이던 자폐 증상은 오히려 많이 줄어들었다. 그 바람에 열린 딸아이의 입을 통해 우리 내외는 그 가출 기간 동안 딸아이에게 일어났던 일을 전에 없이 소상하게 알 수 있었다.

"선생님이 소개해 준 단체는 처음부터 이상했어요. 전에는 대개 보이지 않는 지도층과 선이 이어진 대학생 오빠들이나 언니들이 한둘 끼어 이론적인 지도를 했는데 거기는 그렇지가 않았어요. 자생적인 노동자 운동 단체를 내세우며 현장 출신들이 이론에서 행동 강령까지를 모두 장악했어요. 하지만 내가 보기에는 전에 위장 취업한 대학생들이 지도하다 그들이 모두 빠져나가 버리자, 남은 현장 출신들끼리 어떻게 꾸려가는 것 같았어요. 그러다 보니 이론이고 행동이고 모두가 중구난방, 구구 각색일 수밖에 없잖아요. 하룻밤 새 노선이 바뀌고 며칠 목쉬게 토의한 투쟁 방안이 한마디로 백지화되기 일쑤였죠. 대학 출신들에게 의식화되면서 몇마디 주워들은 이론에다 그중에 머리가 돌아가는 몇이 어렵게 읽어낸 이념 서적 몇 권으로 이데올로기를 자체 공급하는 과정에 생긴 혼란이죠. 마르크스보다는 레닌이 우선하고, 레닌보다는 스탈린이나 모택동이 우선하고, 스탈린이나 모택동보다는 주체사상이 우위에 서는 원칙 비슷한 게 있었지만, 거기서는 그것조차 목소리의 높이에 따라 뒤죽박죽이 되었어요. 어느 날은 특정 공장을 점거해 경영자와 간부들을 처형하고 노동 해방구(解放區)를 창설하여 전 인천 지역의 노동 해방을 선도하자는 과격한 주장이 만장일 치로 채택되었다가, 다음 날은 보수와의 연대가 논의되는 식이었 어요. 그러다 보니 실제적으로 하는 일은 술집 구석방에 모여 앉 아 소주나 퍼마시고 이론 투쟁이란 거창한 이름 아래 저희끼리 벌 이는 주먹다짐이나 구석구석 쌓여가는 남녀 동지들 간의 추문이 고작이었어요. 모두 대학 출신 이념가들이 제대로 지도하던 때는 엄격하게 금지했던 것들이죠."

"저는 그 모든 게 싫었어요. 듣기만 했던 전설 — 의식처럼 무겁 게 돌려지던 소주잔과 비장하게 불리던 운동 가요, 순정한 동지애 로 장식된 80년대의 흔적은 이미 그들 어디에도 찾아볼 수 없었 어요. 그래서 다시 선생님을 찾아갔는데 뜻밖에도 선생님은 교편 을 놓고 대학원에 진학하셨더군요. 하숙집에 가보니 선생님은 가 득히 쌓인 책 더미 속에서 석사 논문을 준비하시느라고 정신이 없 으셨어요. 그 책 더미와 선생님의 몰두를 보니 저에게도 갑자기 그 러한 형태의 삶에 대한 동경이 일더군요. 그때부터 집으로 돌아갈 생각을 하게 됐어요. 바로 지난겨울이었죠. 하지만 진정으로 아빠 엄마에게 용서를 빌고 새로 시작하려는 마음은 아니어서 얼른 결 심이 서지 않았어요. 그때만 해도 내 공부의 목적은 여전히 가엾 은 그들에게 좋은 이념 제공자가 되는 것이었으니까요. 그러다가 얼마 전에야 겨우 결심이 서서 그들에게 선언했지요. 가서 더 공 부하고 돌아오겠다고. 대학에 가서 진정한 노동 해방의 이데올로 기와 기술을 배워 오겠노라고……."

"마침 이틀 뒤가 월급날이라 날을 채워주고 짐을 싸는데 전갈이 왔어요. 그들이 송별회를 해주겠다며 나오라더군요. 나는 원래 술이 있는 모임을 싫어했어요. 정규의 회합이라도 술이 올라 의제가 제대로 돌지 못할 지경이 되면 핑계를 대고 일어나곤 했어요. 남녀가 한 덩이가 되어 곯아떨어졌다가 십상 벌어지는 그렇고 그런 일이 정말 싫었어요. 하지만 그날은 다른 사람도 아닌 나를 위한 송별회라는데 마다할 수 없더군요. 한 1년 미운 정 고운 정도 있고……. 그래서 그들이 모여 있는 허름한 소줏집 뒷방으로 갔지요. 그날만은 그들의 기분을 상하기 싫어 먹지 못하는 소주도 억지로 몇 잔 받아 마셨어요. 그런데 시간이 지나면서 뭔가 분위기가 이상해지기 시작했어요. 여자애들이 말도 없이 슬슬 빠져나가고 남자애들은 술이 취할수록 거칠고 상스러운 욕설로 나오는 거예요. 그것도 처음에는 저희끼리 주고받는 줄 알았더니 차츰 나를 겨냥해 퍼부어지는 거예요. 어떤 년은 좋겠다, 오고 싶은 대루 오고 가고 싶은 대로 갈 수 있으니, 공순이루 놀다가 옷만 갈아입으면 여대생이 될 수 있으니, 짜샤, × 같은 소리 마, 얼마 안 있으면 우리 같은 공돌이는 쳐다보지도 않을 여대생이야. ― 하는 식인데 아무래도 단순한 술주정 같지가 않았어요. 그래서 일어나려는데 그중 하나가 방문을 막았어요. 못 가, 어디서 순 ×× 같은 년이. 운동판이 어디 너희 같은 년들 놀이턴 줄 알아. 한바탕 놀다가 마음에 안 들면 뜨게. 한 1년 재미있게 놀았으면 논 값을 하고 가야지. 그래서 내가 악을 쓰려 하자 누군가가 뒤에서 입을 막고 사방에서 주먹과 발길질이 날아와 곧 정신을 잃고 말았어요. 얘가 너무 취해 집에 업어다 줘야겠어요. ― 잠시 후에 가물가물한 정신에도 나를 들쳐 업은 녀석이 술집 주인아주머니에게 그렇게 둘러대는 말이 들리더군요. 나는 힘을 다해 소리를 짜내고 발버둥을 치려 했으나 또 누가 팔꿈치로 세게 내 옆구리를 찍어 그대로 다시 정신을 잃고 말았어요. 깨어나니 어떤 돌아가지 않는 공장의 빈 창고 안이었는데……."

아내가 토막토막 들은 얘기를 조금 윤색해 엮어보면 대강 그랬다. 고이 기른 자식이 당한 일이 분하고 고통스러워 울먹이기는 해도 아내는 딸아이가 그렇게 마음을 열어준 것을 큰 위로로 삼았다. 그래도 걔는 이제 완전히 돌아왔어요. 이제는 우리 딸이에요. 수렁에서 건진 내 딸…….

하지만 나는 딸아이가 마음을 연 것이 아니라 모진 일을 당하면서 그 나이라면 마땅히 있어야 할 수치심의 빗장이 망가져 버린 것이나 아닌가 오히려 불안했다. 그 모든 변화를 시련을 통한 성숙으로 이해하기에는 이제 겨우 열아홉으로 접어드는 딸아이의 나이가 너무도 못 미더웠다.

그 뒤 두어 해 다시 돌아온 딸아이에 대한 해석은 다행히도 아내 쪽이 맞아 들어갔다. 딸아이는 그런 끔찍한 일을 당한 여자애로는 아무도 상상하지 못할 만큼 쾌활하고 꿋꿋하게 정상적인 삶으로 복귀했다. 착실하게 학원을 나가 이듬해 가을에는 대입 자격 검정고시에 합격했고 다시 몇 달 뒤에는 일류는 아니라도 어엿이 서울 시내에 있는 종합 대학에 입학할 수 있었다.

대학에서의 첫해도 별다른 일 없이 지나갔다. 신입생 때 흔히 부딪히기 마련인 의식화 문제를 딸아이는 여느 신입생들보다 더 초연히 넘겼다. 걱정했던 성폭행의 충격도 의식 밑바닥 깊이 침전되어버렸는지 겉으로는 여전히 아무런 이상을 드러내지 않았다. 그대로 간다면 딸아이의 이력은 대학 진학이 한 해 늦은 것 외에는 눈에 띄는 흠 없이 치유될 수도 있을 것 같았다.

그렇지만 솔직히 그동안에도 나는 줄곧 마음을 놓지 못했다. 그 한 가지 예가 이제는 완전히 우리에게서 떨어져 나간 것으로 되어 있는 악령의 동태를 아내 몰래 알아본 일이었다. 내게는 아직 딸아이와 악령이 언제든 연쇄 폭발을 일으킬 수 있는 휴화산 같은 존재였다.

악령은 그때 석사과정을 마치고 박사과정에 들어가 제법 학자 티를 내고 있었다. 재원(財源)은 알 수 없었으나 직장도 없이 학문에만 전념하고 있었는데 학위만 따면 모교에 전임으로 가게 된다는 말이 있을 만큼 그 방면에서는 성공적이었다. 하지만 내게는 오냐, 네 재주껏 요사를 피워 봐라, 하는 느낌밖에 들지 않았다.

딸아이가 다시 이상을 드러낸 것은 집으로 돌아온 지 3년째 되는 지난여름부터였다. 그 무렵 들어 한동안 자취를 감췄던 자폐 증상이 되살아나는 것 같아 걱정이 된 나는 둘만 앉게 된 자리에서 아내에게 넌지시 딸아이의 근황을 물어보았다. 아내가 신기하면서도 즐겁다는 얼굴로 내게 말했다.

"당신 요새 우리 정아 연애 중인 거 아세요? 지난봄에 복학한 선배인 모양인데 아주 마음에 드는가 봐요. 요새 부쩍 그 남학생 얘기가 늘었어요. 걔보다 한 학년 위로 복학한 모양인데 졸업하면 바로 유학을 떠나게 되어 있다나요. 벌써 둘이서 몇 번 데이트도 하고 꽤 깊은 얘기도 오고 간 눈치예요. 당신 걱정하시는 거 아마 그 때문일 거예요. 누구든 연애 시작할 때 조금씩은 심각해지잖아요? 그 심각함을 자폐 증상과 혼동하신 거예요. 하지만 내게는 여전히 털어놓고 말해요. 걱정 마세요. 오히려 잘됐어요. 까짓 거 저희끼리 마음에 들어 하면 그 남학생 졸업하는 대로 결혼시켜 정아도 함께 유학 보내버리죠, 뭐. 걔한테는 말썽 많은 이 나라 얼마간 떠나 있는 것도 좋고, 사정이 되면 아예 거기 눌러앉아 사는 것도 좋고……."

하지만 딸아이가 연애를 시작했다는 게 내게는 오히려 구체적인 불안으로 다가왔다. 사랑하는 사람이 생겼다면 딸아이가 애써 의식 밑바닥에 묻어둔 그 끔찍한 기억이 피 흐르는 상처로 되살아날 수도 있기 때문이었다. 아무리 시대가 달라져도 이 땅의 딸들은 아직 전통적인 정조 관념에서 완전히 자유로울 수는 없다…….

내 불안은 오래잖아 현실로 나타났다. 날이 갈수록, 그리고 딸아이의 사랑이 깊어 갈수록 딸아이의 자폐 증상도 짙어져 갔다. 딸아이는 점점 말수를 잃어 갔고 어렵게 되살린 가족들과의 관계까지 단절되어 갔다. 먼저 하나뿐인 남동생 경수가 딸아이의 의식에서 지워졌다. 한집에 살면서도 말 한마디 나누는 법이 없는 상태가 며칠 계속되더니 곧 존재조차 느끼지 못하는 상태로 발전했다.

그다음이 나였다. 어릴 적처럼 매달리고 쓰다듬고 하는 사이로는 돌아가지 못했지만 그 3년 딸아이와 나 사이의 부녀 관계는 어느 수준까지 회복되어 있었다. 그런데 나 역시 경수와 비슷한 과정을 거쳐 딸아이의 의식에서 지워져 버렸다. 그 애의 의식과 이 세상을 연결하는 통로로는 오직 아내가 남겨졌을 뿐이었다.

그 대신 딸아이는 자신의 내면속으로 깊이 잠겨들기 시작했는데 특히 사랑하는 남자와 오랫동안 함께 있다가 돌아온 날이 심했다. 그런 날 딸아이는 밤까지 꼬박 새워가며 무언가 골똘한 생각에 잠겨 있었다. 이제 와서 돌이켜보면 나는 진작에 딸아이를 정신과 의사에게 맡겼어야 했다. 어쩌면 그때 딸아이는 단순히 자신 속으로 숨어든 것이 아니라 다시 의식 표면으로 떠오르는 끔찍한 과거와 피투성이 싸움을 벌이고 있었는지도 모르고, 따라서 적절한 조력은 그 싸움을 유리하게 이끌 수도 있었을 것이다.

하지만 그때의 나는 그럴 수가 없었다. 나는 신경성이라든가 정신병적 증상의 치료에 대해 현대 의학의 성과를 불신하고 있었을 뿐만 아니라, 오히려 그 섣부른 진단이 딸아이의 상처를 휘저어 놓을까 겁났다. 거기다가 한창 불붙기 시작한 사랑이 딸아이의 회복에 힘이 되어줄 수 있다고 믿었고, 아직 정상적으로 작동되는 모녀간의 의식 통로에도 한 가닥 기대를 걸었다.

그런데 마침내 그런 내 믿음과 기대가 아울러 무너져 내리는 날이 왔다. 바로 지난 늦가을의 어느 날 밤이었다. 퇴근해 집으로 돌아가자 아내가 파리한 얼굴로 목소리를 죽여 말했다.

"여보, 정아가 아무래도 이상해요. 이젠 제게도 입을 열지 않아요. 그리고 제 방에 들어앉아 먹지도 자지도 않고 깎은 듯이 앉아만 있어요."

"뭐야? 언제부터 그래?"

"오늘 낮부터요."

"갑자기 왜 그런데? 뭐 짚이는 일 없어?"

"실은 어제 학교로 그놈들이 왔대요. 아니, 그놈들 중의 하나가 캠퍼스를 어슬렁거리는 걸 봤대요. 그래서 오늘은 학교에 가지 말랬더니 학기말 시험이 있다며 부득부득 나가더군요. 그놈이 정말로 자기를 찾아오면 바로 경찰에 고발하겠다고 벼르기까지 하길래 나도 할 수 없이 보내주었죠. 그런데 집을 나간 지 오 분도 안돼 정아가 하얗게 질린 얼굴로 되돌아왔어요. 그리고 말하더군요. '엄마, 그것들이 모조리 떼를 지어 집 밖에서 기다리구 있어. 나는 이미 저희들의 여자라면서 '노동계급과 무산대중을 배반한 죄로 다시 끌고 가려구 해.'라구요."

"저런 때려죽일 놈들! 그래 그것들을 그냥 뒀어?"

"나도 달려 나가 봤지요. 하지만 골목에는 아무도 없었어요. 게다가 더욱 이상한 것은 골목 입구의 부동산 아저씨가 한 말이에요. 내가 혹시나 해서 물어보았더니 정아가 나갈 무렵 해서뿐만 아니라 아침부터 그때까지 통틀어 이 골목에 젊은 남자들이 떼지어 나타난 적이 없다는 거예요."

"그럼 어떻게 된 거야? 헛 걸 본 거 아냐?"

"모르겠어요. 어쨌든 그 말이 정아가 마지막으로 한 말이에요. 그 뒤로는 물어도 아무 대답이 없고 시선조차 바로 모이지 않아요. 그러구 지금까지 저 모양이에요."

나는 그런 아내의 말이 끝나기도 전에 딸아이의 방으로 올라가 보았다. 모든 게 아내가 말한 그대로였다. 아침에 등교할 때의 차림 그대로 책상 앞 의자에 앉아 있었는데 꼭 석고로 빚어 둔 사람 같았다. 고함도 지르고 흔들어도 보았지만 딸아이의 의식은 어디를 헤매고 있는지 작은 몸짓으로서의 응답도 없었다.

그 뒤 집 안에 있었던 일에 대해서는 길게 얘기하지 않으련다. 하지만 딸아이가 정신병원으로 옮겨진 뒤에야 집으로 달려온 한 젊은이의 얘기만은 해야겠다. 바로 딸아이가 사랑했던 남자인 그 젊은이는 딸아이의 까닭 모를 발병을 전해 듣고 한참을 넋 나간 사람처럼 앉았다가 휘청이는 걸음으로 돌아갔다. 나는 놀라움과 슬픔으로 어둡게 그늘진 그 선량해 뵈면서도 잘생긴 얼굴을 아마도 영영 잊지 못할 것이다.

내가 다시 악령을 향해 적의와 원한을 불태우기 시작한 것은 딸아이의 입원으로 죽음 같은 정적 속이나마 집안이 평온을 회복한 뒤였다. 여러 가지로 딸의 발병은 환상과 환청이 직접 원인이 된 듯하지만, 이번에도 나는 주저 없이 그 모든 책임을 악령에게 묻기로 했다. 너의 악은 이미 법률적 인과관계를 초월하였다.

나는 다시 악령을 찾아 나섰다. 하지만 악령은 벌써 달아난 뒤였다. 그렇게도 야심차게 밟고 있던 박사과정도 팽개치고 그를 아는 사람 누구에게도 종적을 알리지 않은 채 우리의 도시에서 사라져버렸다⋯⋯. 딸이 발병하기 훨씬 전, 정확하게는 지난해 초의 일이었다.

어떻게 보면 악령이 그렇게 사라진 것은 딸아이의 불행과는 이미 무관해졌다는 간접 증거일 수도 있다. 그러나 나는 악령이 그렇게 사라진 게 더욱 수상쩍었다. 곧 저지를 마지막 흉행(兇行)을 위해 안개를 피우고 있는 모양이지만 나는 속지 않는다. ― 그런 기분으로 악령을 추적했고 마침내는 이곳으로 숨어들었음을 알아냈다⋯⋯.

너는 결국 달아나지 못했다. 게다가 나는 네가 이곳에서 계속해 저지른 악의 증거도 다수 확보했다. 너는 이곳까지 네 정신의 꼭두각시들을 불러들여 그들을 통해 세상에 독을 뿌리고 한 선량한 농부를 미혹시켰다. 이제 너는 다시 달아났지만 네가 숨을 곳은 이 세상에 없을 것이다. 너희들의 노래처럼, 이제는 내가 너희 악으로 기름진 배때기를 도릴 차례다. 너희 악으로 물든 손목을 싹둑싹둑 자를 것이다⋯⋯.

이런저런 상념으로 새벽 두어 시는 되어서야 잠든 듯한데 눈을 뜨니 아직도 해가 뜨기 전이었다. 벌써 일어나 마당을 쓸고 있던 박상수가 내 인기척을 듣고 문밖에서 소리쳤다.

"벌써 일어나셨습니까? 웬만하면 세면하고 저와 함께 해장이라도 하시지요."

내 말에 속은 그가 전날보다 더욱 은근하게 구는 게 적잖이 부담이 되었으나 나는 속으로 이를 사리물고 그 호의를 태연하게 받아들였다. 시골집 같지 않게 갖춰진 화장실에서 더운 물로 샤워까지 해 술기운을 씻은 뒤 다시 탐색에 들어갔다.

"이걸 어쩐다. 이상현 선생이 있어야 전국농민기구를 총망라하는 연대 활동이 시동될 수 있는데…… 어디 가서 찾는다?"

아침 상머리에서 그렇게 되는 대로 읊어 대면서 시작한 탐색은 상을 물리기 바쁘게 들어온 커피 잔을 받으면서도 계속되었다. 커피와 크림, 설탕 모두가 도회지 다방의 두 배는 되게 진한 커피 한 잔을 여러 모금으로 나눠 마시면서 나는 다시 박상수를 떠보았다.

"이상현 선생은 이곳에 도착하는 즉시로 거점 삼을 만한 동지를 포섭해 둔다 했는데 누굴까? 나는 그게 박 선생이라고 생각했는데……."

하지만 점점 알 수 없는 대답뿐이었다. 박상수는 자신이 선택되지 못한 걸 오히려 아쉬워하는 표정으로 받았다.

"그렇다면 나뿐인데, 정말 모르겠네. 어째 그리 가깝게 지내면서 그 일만은 내게 아닌 보살 했을까? 실은 이상현 선생이 말해 주었다는 농촌 이론이란 것도 답답한 내가 몇 번이나 묻자 마지못해 몇 마디씩 대답한 걸 두루뭉수리로 엮은 것일 뿐이고……. 진작 알았으면 나라도 발 벗고 붙들었을 텐데."

그런 말투에도 진정이 배어 있었다. 악령은 정말로 박상수에게는 꼬리를 들키지 않은 것 같았다. 간밤 내가 박상수에게 걸었던 악령의 제자라는 혐의는 무근한 것이 되고 악령의 자취도 여기서 끊어지고 마는 셈이었다.

직장을 내던지고 박사과정까지 그만둔 뒤의 악령을 추적하는 일은 결코 쉽지가 않았다. 이번에도 거의 추적의 실마리를 잃었다가 이것저것 다 그만두어 버린 그가 결국 의지할 수 있는 것은 교직뿐이라는 데 착안해 교육부를 들쑤신 끝에 용케 그 자취를 찾아낼 수 있었다. 그런데 이제 다시 교직마저 버렸으니 어디 가서 악령을 찾아야 할지 막막하기만 했다. 그 막막함이 내게서 가망 없는 시도를 이끌어냈다.

"혹시 짐을 어디로 부쳤는지 모르십니까? 주소까지 몰라도 됩니다. 지역만 알면……."

"원래 짐이란 게 별로 없었어요. 올 때도 가방 하나 들고 왔고 갈 때도 가방 하나 들고 떠났으니까."

"그럼 뭐 남겨 둔 것은 없습니까? 여기 와서 산 책이라든가, 쓰던 노트 조각이라든가……."

"그런 것도 없는데요. 뭔가 이따금씩 끄적이는 눈치였지만 그것도 이미 말씀드린 것처럼 떠나기 전날에 다 태워 버렸어요."

그런데 그때였다. 박상수의 말투와 눈길에 어린 희미한 망설임의 기색이 무슨 날카로운 빛살처럼 내 직감을 찔러왔다. 나는 매달리듯 간곡하게 말했다.

"무어든지 좋습니다. 동지로서 끊어진 선을 연결하기 위한 것이니 저를 믿어주십시오."

하지만 박상수의 망설임은 내 지레짐작만큼 완강하지 않았다. 내 말에 한 번 더 고개를 기웃거린 것을 끝으로 그 망설임의 내용을 털어놓았다.

"있기는 편지가 한 통이 있는데…… 그것은 제자들이 찾아오면 주라는 부탁이어서."

"그것도 좋습니다. 틀림없이 제게 도움이 될 것 같습니다. 제가 곱게 뜯어보고 다시 봉해 두면 되지 않겠습니까?"

나는 자신도 모르게 높아지는 목소리를 낮추려 애쓰며 그렇게 달랬다. 제자들에게 남긴 편지라면 틀림없이 악령을 추적할 실마리가 들어 있을 것 같아서였다. 고맙게도 박상수는 그런 내 요청까지 선선히 들어주었다.

"뭐, 뜯고 봉하고 할 것도 없어요. 원래 봉해져 있지 않은 거니까."

그러면서 안방 서랍에서 두툼한 편지 봉투 하나를 찾아 내밀었다. 나는 그 편지가 얼른 읽지 않으면 사라져버린다는 화학 잉크로 쓰인 것처럼이나 급하게 읽어 내려갔다.

　　"명희, 현수, 인희 그리고 정아나 그 밖에 예상 못한 방문을 할 제
　　자들에게.

　　오늘 이런 글을 남기는 선생님의 심경 실로 참담하다. 이제 나는

이곳을 떠나 낯설고 먼 곳으로 사라지려 한다. 그곳이 어딘지, 나라 안이 될지 밖이 될지는 알 수 없지만 한 가지는 분명하다. 너희들뿐만 아니라 다른 어떤 추적자도 결코 찾아올 수 없는 어떤 땅이다.

내가 이렇게 사라지는 것에 대해 너희들은 놀라고 의아로울 것이다. 더러는 실망하고 분개하는 사람도 있을 줄 안다. 나 또한 너희들을 위해서라도 되도록 강하게 자신을 지켜보려 했다. 하지만 이제는 어떤 위악(僞惡)으로도 더 나를 버틸 수가 없다.

내 20대와 거의 일치하는 이 나라의 80년대를 나는 열정과 혁명의 시대로 알아왔다. 그 시대의 험상궂고 뒤틀린 외양, 정통성도 정당성도 결여한 권력과 불합리한 분배 구조는 그런 오해를 한층 자신만만하게 했다. 하지만 이제 나는 안다. 그것은 광기와 혼돈의 시대였으며 내가 그토록 자신 있게 품어왔던 신념이란 것도 실은 이데아의 눈부신 광휘와 이데올로기의 미혹을 혼동한 것에 지나지 않았다.

물론 이 같은 내 진술에 대해서는 격렬한 비판이 있을 것이다. 우리들의 이데올로기는 아직도 유효하며 어떤 희생을 치르더라도 끝까지 추구되어야 할 그 무엇이다. 오류와 착종(錯踪)이 있다면 그것은 오히려 시대이며 역사이다. 그 밖의 모든 논의는 나약한 패배주의거나 비굴한 타협의 논리다. ─ 용기와 신념을 잃지 않은 사람들은 그렇게 외칠 것이다.

하지만 그렇더라도 내게는 달라지는 게 아무것도 없다. 인간은 틀림없이 유적(類的) 존재이지만 또한 어쩔 수 없이 개별적 실존이다. 철학은 이쪽저쪽 번갈아 편들어가며 발전해 왔고 때로 그 조화나 절충을 시도하기도 했으나 내가 보기에 유적 존재의 논리로 개별적 실존을 충만시키기에 성공한 적은 한 번도 없다. 그런데 지금 나를 짓씹고 있는 것은 개별적 실존의 고뇌이다.

어려운 얘기는 이만하고 바로 내 얘기로 돌아가자. 80년대 중반에 첫 교편을 잡은 뒤 나는 신념에 차서 너희들을 길렀다. 너희가 어리다는 것이 걱정되지 않은 것은 아니었으나 나름으로는 정성과 노력을 다하였다는 점만은 자부한다. 따라서 너희들은 근년까지만 해도 내 자랑이요 보람이었다.

썩은 부르주아의 눈으로 보면 너희들 대부분은 틀림없이 실패를 단언케 하는 삶의 행로를 걷고 있다. 그러나 나는 아직 많이 남은 너희들의 삶에 믿음을 걸었으며 설령 끝내 보상받지 못하게 된다 해도 '비극적 소모'의 논리로 나를 지켜갈 수 있었다. 모든 혁명에는 원치 않았던 희생과 불행이 따르기 마련이라는 논리 말이다.

그런데 그 같은 나 자신에 최초의 균열을 준 게 정아의 비극이었다. 너희들도 들어 알고 있을 그 끔찍하고 치욕스러운 사건은 우리의 이념 제공자는 물론 지도부의 어떤 계층도 예상하지 못한 예외적인 불상사였다. 나는 처음 그 예외성(例外性)과 불가측성(不可測性)에 의지해 나를 지켜 나갔다. 법률적 책임의 근거가 되는 고의(故意)와 부주의(不注意)를 그 예외성과 불가측성이 없애 주기 때문이다. 하지만 그 같은 논리의 방패도 내 가슴 깊은 곳을 찔러오는 자책의 칼날까지 막아주지는 못했다.

거기다가 뒤이어 찾아든 게 형자의 불행이었다. 내가 기른 첫 번째 전사(戰士)가 되는 형자는 정아처럼 고등학교를 중퇴하고 현장 노동자로 투신했다가 대학 출신의 운동가와 동지적 결합으로 맺어졌다. 그러나 끝내 신분과 학력의 차이를 극복하지 못하고 파경을 맞자 대열에서 이탈했다. 그 뒤 자신의 불행을 우리의 운동 탓으로 돌린 형자는 앙갚음이라도 하듯 부르주아의 매음 속에 몸을 내던져 철저하게 우리를 야유하고 조소하였다. 그때도 나는 그 예외성과 불가측성에 의지해 자신을 지탱했으나 가슴속은 다시 적잖은 피를 흘렸다.

내가 의도적으로 우리의 운동이 치른 비극적 소모의 사례를 수집하게 된 것은 아마도 그 두 실패한 사례가 준 충격 때문일 것이다. 냉정하게 살펴보니 예외성이나 불가측성을 부인할 정도는 아니었으나 80년대 젊은 전사들이 우리 내부의 부조리나 불철저함 때문에 치른 희생과 고통의 사례는 뜻밖으로 다양하고 많았다. 그것도 어떤 것은 정아나 형자의 불행을 훨씬 뛰어넘는 끔찍한 것들이었다.

비로소 당황한 나는 운동의 선배나 지도부를 찾아 그 부분을 문의해 보았다. 내가 이미 그랬던 것처럼 그들도 먼저 그 예외성과 불가측성을 방패로 삼았고 그래도 다 가리지 못하는 부분은 다시 비극적 소모의 개념을 끌어와 가렸다. 좀 더 대담하게, 혹은 뻔뻔스럽게는 시행착오나 목적 지상(目的至上)의 논리가 원용되기도 했다. 그런 다음, 그래도 그 희생 덕분에 이 사회가 이만큼 발전했잖아, 하며 격려하듯 내 어깨를 툭 쳐주고는 잘난 야당 지도자나 국회의원 혹은 여전히 멋진 재야 운동가로 돌아가는 것이었다.

솔직히 나도 그들이 제공한 변명과 위로 속에 안주하고 싶었다. 하지만 살필수록 점점 다양하게 확대되어 불거지는 우리 상처와 흉터는 그런 안주를 허락하지 않았다. 그게 내가 모든 걸 집어치우고 이 깊은 산골로 자원해 들어온 까닭이었다. 그 무렵의 일기에서 나는 유적 인간에서 개별적 실존으로 겸허하게 물러나 지난 일을 돌이켜보고 싶다고 쓰고 있지만 실은 내 오류와 과오에서 달아나 숨고 싶었는지 모른다.

이곳에서 한 해, 나는 자기 학대와도 같은 노동과 방심 속에서 지나치게 예민하고 섬세해진 내 정신을 회복시키려고 애썼다. 마음 한 구석에서는 아직 내 선택과 실천의 정당성을 주장하는 아집과 독단이 살아 있어 내가 겪고 있는 혼란을 쓸데없는 예민함과 섬세함 탓이 아닌가 의심하고 있었기 때문이었다. 하지만 조용하고 차분하게 나를 돌이켜볼 여유가 많을수록 내 혼란은 더해 갔다.

그러다가 지난겨울 두 방향에서 결단을 촉구하는 계기가 주어졌다. 그 하나는 이 학교가 마침내 폐교되고 내가 다시 지난 오류와 과오의 배경인 도회의 학교로 불리워 나가게 된 일이었다. 그리고 다른 하나는 인희가 편지로 알린 정아의 발병이었는데 특히 그것이 내 결단의 결정적인 계기가 됐다.

나는 대학에 들어간 정아가 나를 찾아와 우리 대열에서의 이탈을 선언했을 때 한편으로는 쓸쓸하면서도 한편으로는 기뻤다. 우리가 의도한 바는 아니었으나 그 아이에게는 끔찍했을 것임에 분명한 과거를 꿋꿋하게 극복하고 다시 일어선 정아에게 비록 다시 걸으려는 길은 우리와 달라도 나는 진심으로 갈채를 보내고 싶었다. 그런데 그 애가 그렇게 무너져 내리다니……

거기서 나는 그동안 주저해 오던 결론으로 쉽게 다가갈 수 있었다. 한 인간의 파멸을 당연한 것으로 만들 권리는 이 세상의 누구에게도 없다. 아니 그 이상 어떤 이데올로기의 분식(粉飾)으로든 인간의 희생이 책임지는 이 없이 용인되어서는 안 된다. 역사 발전에 기여했다는 위로도 그들 비극적으로 소모된 이들의 것은 못 된다. 그 명예의 전당에는 그들의 자리가 없기 때문이다. 오히려 그들은 그 지도자에 의해 더 철저하게 은폐되고 부정되는 존재이기 때문이다.

체제 수호의 입장에서 보면 80년대 전반을 떠들썩하게 만들었던 박종철의 죽음과 권인숙이 당한 성 고문도 비극적 소모의 일례였을 것이다. 남영동 분실의 고문실에서 부천서의 취조실에서 그 시각 실제로 이루어진 일은 통치 행위의 예외이며 예측 불가능한 결과였다. 아무리 불의하고 부패한 권력의 지도자라 할지라도 하부에서 그 같은 일이 벌어지고 있음을 알았다면 틀림없이 말렸을 것이다.

그런데도 그 일에 대해서는 하수인은 물론 권력자도 한가지로 처벌받았다. 권력자가 실정법상의 형벌을 받지 않았다고 해서 처벌받지 않았다고 말하지 말라. 여론의 단죄는 준엄하였고 일부는 역사 속에 편입되어 소멸시효조차 없다. 예외성과 불가측성에도 불구하고 그들이 단죄되는 것은 바로 그들이 그런 예외성과 불가측성이 돌출할 수 있는 구조를 만들었기 때문이다. 권위적이고 불합리하게 제도를 운용했기 때문이다.

하지만 반대편의 비극적 소모에는 그에 상당한 주의조차 돌려지지 않고 있다. 경찰이나 정보원으로 오인돼 운동권에 납치되고 감금되고 고문받았던 무고한 시민들, 국방의 의무를 수행하러 불려갔다가 줄 한번 잘못 선 죄로 타 죽고 맞아 죽은 전경(戰警)들, 혁명과 이데올로기에 대한 오해 혹은 그 악용으로 저질러졌던 간음과 성폭행들, 혁명을 핑계 혹은 위협 수단으로 한 사취(詐取)와 편취(偏取), 터무니없이 확대된 적(敵) 개념에 바탕해 거침없이 저질러졌던 언어적 폭력, 자살 사주와 시체 장사…… 당시의 신문조차 그 수다한 사례를 보도하고 있으나 그 운동의 지도자들에게 책임을 묻는 목소리는 듣지 못했다.

오히려 그들 대부분은 시대의 공로자로 포상받고 서훈되었다. 곧 여당이 된 당시의 야당이나 아직 야당으로 남은 당시 야당의 간부진에 편입되었으며 나아가서는 국회의원이나 고관이 되었다. 그리고 일부는 아직도 재야 운동가로 남아 명망을 누리며 아무런 가책 없이 그들의 날을 기다리고 있다.

나도 그들에게 현혹되어 오랫동안 여러 논리로 내 무죄함과 결백함을 변명하려 애썼고 아무도 책임을 묻지 않아 안도해 왔다. 하지만 상대편의 불의가 내 불의를 씻어주지 않으며 적의 부조리가 나의 부조리를 합리화시키지는 못한다. 아무도 묻지 않는다고 해서 져야 할 책임이 소멸되지는 않으며 벌을 면했다고 반드시 죄가 사해진 것은 아니다. 나는 죄지었다…….

어쩌면 너희들은 내 이 같은 심리의 전개에 대해 감정의 과장이

나 감상이란 혐의를 걸지 모르겠다. 우리 80년대에 기본적인 이념을 제공하고 운동을 조직하고 구조를 부여한 사람들은 저토록 자신만만한데, 조직의 중간층에서 기껏 이미 창안된 이념이나 전달했을 뿐인 내가 나서 그 비극적 소모의 책임을 떠맡으려 하는 것이 터무니없어 보일지도 모른다.

하지만 그렇지 않다. 어떤 경우에는 묻지 않기 때문에 오히려 커지는 책임이 있을 수 있고, 아무도 지려 하지 않기 때문에 반드시 내가 져야 하는 책임이 있다. 나는 우리의 80년대가 산출(産出)한 비극적 소모의 책임이 바로 그러한 경우에 해당된다고 본다. 아무도 책임을 묻지 않으니까 스스로 묻는다. 아무도 책임지지 않으니까 내가 진다.

나는 원래 다시 도회로 나가 아직도 옛 전장과 옛 전사들 주위를 떠돌 비극적 소모의 사례들을 수집하는 일로 내 속죄를 시작하려 했다. 그리하여 수집된 사례들의 공개로 보다 광범위한 속죄를 유도하려 했다. 하지만 그 일은 지금 한껏 지치고 황폐해 있는 내 몸과 마음으로는 감당할 자신이 없거니와 보다 근본적인 원인을 제공한 사람들에게 남겨져야 할 몫이기도 하다. 만약 그들이 끝내 외면한다면 그것은 또 다른 시대의 불행이요 역사의 치욕이다.

여러 날의 생각 끝에 나는 먼저 주관적인 반성과 참회에서 시작하기로 했다. 스스로 사형을 언도할 수는 없더라도 장기간의 금고(禁錮)나 노동형은 선고가 가능할 것이다. 그 노동형의 일부는 지난 1년 이곳에서 이미 치렀다. 그러나 이곳은 집행이 엄정하지 못할뿐더러 너희들과 또 다른 연줄들로 세상에 열려 있는 땅이라, 보다 엄정하고 격리된 내 유형지를 찾아 떠난다.

너희들도 이제 다시는 나를 찾으려 하지 마라. 아니, 이제 나를 떠나라. 지금껏 걸어온 길을 그대로 가든 새로 시작하든 나는 묻지 않겠거니와 다만 지난날 나에게서 주입받은 것은 무엇이든 모두 버리기를 당부한다. 오직 너희 스스로 찾아내고 기른 것만 안고 가거라. 새로운 비정(非情)이 될지 모르나 이제 나는 너희에게서 철저하게 무(無)이고 싶다.

착잡한 감회 끝이 없다만 글이 너무 장황해지는 것 같아 이만 줄인다. 잘 있거라, 아이들아. 한때는 자랑과 보람이었으되, 이제는 상처로만 남은 기억들아."

편지를 읽기 시작할 때부터 불안해하던 나는 다 읽고 나자 털썩 주저앉고 싶을 만큼 낙담했다. 악령은 달아나 버렸다. 이제 나는 그를 영영 잡을 수가 없다. ― 그런 기분으로 다급해져 한 번 더 편지를 읽어 보았다.

틀림없었다. 악령이 기도하는 바가 다만 공간적인 도피일 뿐이라면 나는 이 세상 끝까지라도 그를 뒤쫓아 잡을 수가 있다. 그러나 악령이 숨으려 하는 곳이 자발적인 반성과 참회 속이라면 내가 무슨 수로 잡을 수 있으랴.

나는 원래 그를 잡아 내 딸의 병실로 끌고 가려 했다. 거기서 자신의 의식 깊이 갇혀버린 딸아이를 그에게 보여줌으로써 그대로 가혹한 처벌을 삼으려 했다. 그의 가슴에 일생 동안 뽑을 수 없는 가책의 칼날을 박아 넣으려 했다. 하지만 이제 틀렸다. 딸아이의 비극도 그로 말미암아 우리 가정이 겪은 불행도 이제는 지난 시대에게밖에 더 책임을 물을 수가 없게 되었다. 악령은 달아나 버렸다.

(2001년)

그 여름의 자화상

"슈우꼬오(집합)! 슈우꼬오!"

벌써 따가워 오는 햇살 아래 그날 시멘트 공장으로 실어 보낼 석회석을 고르고 있는데 함바 쪽에서 일본인 작업반장이 외쳤다. 아침 식사로 먹은 삶은 통강냉이가 아직 속을 더부룩하게 하고 있는 걸로 보아 열 시가 되지 않은 시각이었다. 우리는 하고 있는 일이 딱히 마음에 들어서가 아니라, 돼먹지도 않은 딱딱거림에 이리저리 휘몰려 다녀야 하는 게 싫어 작업반장의 외침을 못 들은 척했다. 그때 멀지 않은 곳에서 철퍼덕 하고 따귀 맞는 소리와 함께 표독스러운 욕설이 들렸다.

"칙쇼(畜生, 짐승)! 조선 놈들은 꼭 때려야 말을 듣는다니까. 집합하란 소리 안 들려?"

돌아보니 뺨을 주무르며 몸을 일으키는 것은 전라도에서 온 김이라는 동무였고, 소리를 친 것은 도다[東田]라는 창씨(創氏) 성을 쓰는 조선인 형사였다. 언제 왔는지 근처에서 엿보고 있다가 우리가 작업반장의 말을 듣지 않는 걸 보고 바로 뛰어든 듯했다. 그는 호되게 따귀를 올려붙인 것으로도 분이 풀리지 않는지 엉거주춤 일어난 김의 정강이를 걷어차 다시 폭삭 주저앉게 만든 뒤에야 우리를 매섭게 쏘아보았다.

도다는 삼척서(三陟署)에 소속되어 있으면서 가끔씩 우리 징용자들의 사상 동향을 살핀다는 명목으로 찾아왔는데, 그가 한 번 왔다 가면 우리 중 하나는 어김없이 골병이 들었다. 면담을 구실로 한 그의 끈질긴 심문을 누구도 꼬투리 잡히지 않고 벗어나기는 어려웠다. 그리고 한번 꼬투리가 잡히기만 하면 다음 날은 아무도 성하게 일할 수 없을 만큼 호된 매질로 대일본 제국의 매서움을 일깨워주었다.

우리가 도다의 눈길에 내몰리듯 함바로 가자 일본인 작업반장이 핏기 없는 얼굴로 낡은 라디오 한 대를 들고 따라 들어왔다. 평소에는 사무실에 놓아두고 징용자들은 근처에 얼씬도 못 하게 하던 물건이었다.

"황공하옵게도 천황 폐하께서 오늘 열 시를 기해 중대한 발표를 한다고 말씀하셨다. 너희들도 함께 들어야 할 것 같아 불렀다."

그러면서 라디오를 켜는 그는 전 같지 않게 기가 죽은 목소리였다. 라디오에서는 직직거리는 잡음과 함께 군함 행진곡(軍艦行進

曲)인 듯싶은 음악이 연주되고 있었다. 그러다가 이내 음악이 끝나고 아나운서의 예고와 함께 일왕(日王)의 목소리가 흘러나왔다. 하지만 그게 일왕의 목소리라는 것은 황송스러워하는 표정으로 부동자세를 취하는 일본인 작업반장과 도다 형사 때문에 짐작했을 뿐, 무슨 소리를 하는지는 잡음 때문에 전혀 알아들을 수 없었다.

내용을 알아듣지 못하기는 작업반장이나 도다도 우리와 다르지 않아 보였다. 하지만 착 가라앉아 있으면서도 가끔씩 울먹거림이 섞인 듯한 일왕의 어조에서 무엇을 느꼈는지 도다는 급히 본서(本署)로 돌아가고, 작업반장도 그날은 더 일을 시키지 않았다. 나는 이상하게 여기면서도 때아니게 주어진 시간을 그 무렵 재미를 붙여 읽고 있던 조선 책들에게로 돌렸다. 그날 읽었던 것은 최남선의 『고사통(古事通)』이었던 걸로 기억한다.

그런데 더욱 이상한 것은 다음 날 아침이었다. 아무도 깨우지 않아 해가 높이 솟도록 자고 일어나니 평소에는 눈뜨기 바쁘게 우리를 몰아쳐 대던 일본인 작업반장이 보이지 않았다. 도다 형사야 하루쯤 거른다 해서 이상할 것 없지만, 이런저런 구실로 찾아와 딱딱거리던 시멘트 공장 직원들까지 발길을 끊은 것은 아무래도 이상했다. 밤새 모두 어디론가 사라져버린 듯했다. 그제야 무언가 심상찮은 일이 벌어진 것을 안 우리들은 삼척으로 나가 보기로 했다.

2년 전 처음 이곳으로 끌려왔을 때 우리 징용반은 모두 스물여섯 명이었다. 함경도, 평안도, 경상도, 전라도 가릴 것 없이 각 도에서 왔는데, 태반이 나처럼 일본에 유학하다 강제로 송환돼 온 대학생들이었다. 도쿄 제대생(帝大生)과 교토 제대생에다 게이오[慶應] 대학 도오지샤[同志社] 대학 같은 사립 명문에 다니던 학생들도 여럿 있었다. 하지만 지난 2년 동안에 이리저리 빠지고 뽑혀간 데다, 그 하루 사이에 또 몇이 줄어 그날 함께 나선 것은 여덟뿐이었다.

십 리 남짓한 산길을 걸어 삼척 읍내에 들어서니 흰옷을 입은 조선 사람들이 거리에 허옇게 쏟아져 나와 있었다. 모두가 들떠 큰 잔치라도 벌어진 것 같았다. 그들에게 물어 전날 우리가 들은 그 방송이 바로 일왕의 항복 수락이었고, 그래서 우리 조선이 이미 해방되었음을 비로소 알았다. 그동안 은밀하게 떠도는 말이 없었던 것은 아니었으나, 막상 그렇게 맞이하고 보니 허망한 기분까지 드는 해방이었다.

하지만 멍한 것도 잠시 우리에게도 차츰 해방의 기쁨이 실감되어 왔다. 마치 무거운 무쇠 가마를 쓰고 있다가 훌훌 벗어 던진 것도 같고, 깜깜한 골방에 손발이 묶여 앉아 있다가 갑자기 볕 밝은 들판으로 풀려난 것 같기도 했다. 그 감격에 젖어 우리도 몰려나온 사람들과 얼싸안고 울기도 하고 춤도 추었다.

그때 우리 징용반 동무들 중에는 메이지[明治] 대학 전문부(專門部)에 적을 두고 있던 손(孫)씨 성을 쓰는 이가 있었다. 동경에서 고학할 때부터 알던 사람이었는데, 싸움을 아주 잘했다. 막노동판에 나가면 그를 알아본 감독이 하루 품삯을 쳐줄 테니 그냥 돌아가 달라고 사정할 정도였다. 당시 혼꼬[本鄕, 동경의 대학 거리]의 뒷골목에서도 '곤도 다케시'라고 하면 알아주었다고 한다.

먼저 감정을 추스른 손(孫)이 거리에 나온 사람들과 어울려 울고 웃고 하는 우리를 이끌고 삼척 유지들을 찾아갔다. 그들은 건준(建準, 건국준비위원회)이나 상해 임정(臨政) 같은 데 선이 닿기를 희망하며, 우선 지역 치안부터 확보하려고 무언가 잘 기억이 나지 않는 긴 이름의 단체를 만들어 놓고 있었다. 그날이 해방 이튿날이었음을 상기하면 꽤나 발 빠른 대응이었다.

손이 우리를 소개하자 그들도 우리를 알은체 해주었다. 징용반으로 일하는 동안에 대단하지는 않지만 우리는 두 번이나 일본 사람들과 싸워 이긴 적이 있었다. 한 번은 비행(非行)을 문제 삼아 작업반장이던 일본인 형사를 내쫓고 민간인을 대신 보내게 했고, 또 한 번은 단식투쟁으로 콩깻묵만의 식사를 잡곡밥으로 바꾸게 했다. 그 일이 삼척 읍내에까지 알려져 있었던 데다, 우리 대부분이 동경유학생 출신이란 게 그들로 하여금 우리를 함부로 대접하지 못하게 했던 것 같다.

삼척 유지들은 우리들이 먹고 묵을 여관을 잡아주고 또 목탄화물차 한 대를 내주며 서울로 돌아가는 차편을 삼도록 했다. 차는 일본인 차주가 버리고 달아난 것으로 운전수는 어제까지 조수로 따라다니던 조선 청년이었다. 나중에 그 청년은 그 자동차를 밑천으로 강원도에서 알아주는 운수업자가 되었다는 얘기를 들은 적이 있다.

우리는 자동차를 보자 호기가 솟았다. 커다란 태극기를 몇 개 구해 달고 삼척 읍내를 돌며 독립 만세를 외쳐 해방의 감격을 실컷 펼쳐보려 했다. 그런데 읍내를 한 바퀴 돌기도 전에 우리 차를 세운 자들이 있었다. 일 개 분대 정도의 일본 헌병들로, 모두 무장을 하고 살기등등한 표정이었다.

"서라. 누가 이런 짓을 해도 좋다고 하던가?"

인솔자인 듯한 헌병 하나가 독기 품은 목소리로 물었다. 손이 용감하게 나서 일본은 항복했고 조선은 독립된 게 아니냐고 따졌다. 그러자 그 헌병은 차고 있던 군도(軍刀)까지 뽑아 들며 소리쳤다.

"통분스럽게도 천황 폐하께서 항복 선언을 하신 것은 사실이나 너희 조선 놈들에게는 아니다. 우리 조선 주둔군은 건재하고 헌병대도 또한 건재하다. 더군다나 미군이 상륙할 때까지 조선의 치안은 의연히 우리에게 맡겨져 있다!"

나머지 헌병들도 우리에게 장총을 겨누고 있는 품이 명령만 떨어지면 쏘겠다는 표정이었다. 우리가 찔끔해 있는 사이 인솔자는 다시 칼끝으로 차에 꽂힌 태극기를 가리키며 차갑게 말했다.

"저 지저분한 깃발은 무언가? 미관상 좋지 않으니 어서 내려라!"

그들이 태극기를 모를 리 없건만 그렇게 말하는 데는 노골적인 빈정거림의 뜻이 드러나 있었다. 거기 모욕감을 느낀 우리 중에 하나가 험한 표정으로 무어라 따지려 하자 인솔자는 한마디 들어

보려고도 않고 부하들을 돌아보며 짧게 명령했다.

"오이, 반항하는 자는 총살해도 좋다! 책임은 본관이 진다."

그래 놓고는 한층 차갑게 우리를 내려 보면서 명령했다.

"죽고 싶나? 어서 저 보기 싫은 깃발을 내려라. 거부하면 모두 즉결 처분하겠다. 지금은 전시(戰時) 계엄에 준(準)하는 상황이다!"

뼈가 저리고 치가 떨리도록 분했지만 어쩔 수 없었다. 태극기를 뺏기고 몽둥이 맞은 개꼴로 기가 죽어 읍내로 돌아오니 해방의 감격이고 뭐고 모든 게 그저 부끄럽고 암담하기만 했다. 누가 먼저랄 것도 없이 묵고 있던 여관으로 돌아가 맥없이 방 안에 틀어박혔다.

하지만 손은 역시 '혼꼬의 곤도 다케시'라 할 만했다. 저녁 무렵 밖으로 나갔다가 돌아오더니 우리를 모아 놓고 말했다.

"동지들. 낮의 일은 분하지만 어쩔 수 없었다. 패망으로 독이 잔뜩 오른 저들에게 무모하게 맞서 빛나는 해방의 날 아침에 개죽음을 할 필요는 없다. 하지만 우리 손으로 할 수 있는 과거 청산은 하고 떠나야 한다."

그래 놓고는 아주 비장하게 덧붙였다.

"친일 부화(親日附和)한 자들은 민족 반역자로 처단되어야 한다. 그런데 마침 그 악질 도다[東田] 형사 놈이 우리 차편을 이용해 서울로 가려고 내일 아침 이리로 오겠다고 한다. 그동안 우리를 괴롭혀 온 민족 반역자를 처단할 절호의 기회가 온 것이다. 놈을 죽여 과거 청산의 본보기를 보이고 삼척을 떠나도록 하자!"

강한 일본 놈들에게는 끽소리 못하고 당해 놓고 약한 동족에게 분풀이하는 듯한 께름한 기분이 없지는 않았으나, 우리는 모두 기꺼이 손의 말에 동의했다. 마침 우리에게는 단도가 한 자루씩 있었다. 징용반에 있을 때 선반 일을 한 동무를 시켜 몰래 만들게 한 단도였다.

돌이켜보면 그 단도를 만들게 할 때만 해도 우리에게는 비장한 음모의 분위기가 있었다. 비록 짧고 보잘것없는 칼이었지만, 쇠붙이가 귀한 데다 작업장에 하나 있는 선반(旋盤)에서 일본인 감독과 형사의 눈길을 피해 가며 깎아내는 게 쉬운 일은 아니었다. 쇠붙이를 빼내고, 감추고, 몰래 깎는 동안 돌아가며 망을 보고 — 그래서 우리 모두가 칼 한 자루씩을 갖게 되는 날이면 바로 무슨 일이 터질 듯했다. 하지만 그뿐이었다. 만든 지 1년이 넘도록 '원수의 왜적'에게는 한 번도 쓰지 못하고, 이제 동족의 피부터 묻히게 되고 말았다.

손에게 들은 대로 다음 날 아침 일찍 도다는 우리가 묵고 있는 여관을 찾아왔다. 우리가 짠 일을 모르고 있다 하더라도, 지난 1년 그토록 자신이 괴롭힌 여덟 명과 같은 차를 타고 서울까지 가겠다고 제 발로 찾아온 게 벌써 여간 배포가 아니었다. 거기다가 공격 대상으로 관찰할수록 만만하게 볼 수 없는 데가 있었다. 나이는 서른대여섯쯤 되어도 유도나 검도를 했는지 날쌔 보일 뿐만 아니라, 짧은 소매 밖으로 나온 팔의 근육 또한 오랜 단련을 짐작하게 했다.

하지만 우리는 여덟 명인 데다 단도까지 한 자루씩 품고 있었다. 멀리 갈 것도 없다 여겨 여관 마당에서 바로 도다를 에워쌌다. 손이 그 앞에 나서서 선고를 내리듯 말했다.

"너는 민족 반역자이므로 마땅히 처단되어야 한다."

그때 우리가 걱정한 것은 그가 눈물로 동족의 정에 호소하며 빌고 드는 일이었다. 그에게 괴롭힘을 당했다 해도 이미 지난 일, 거기다가 우리는 모두 스물두서넛의 감성에 흔들리기 쉬운 나이라 마음이 약해질 수도 있었다. 그런데 그렇지 않았다. 그가 조금도 놀라는 기색 없이 허리춤에 손을 보내며 느긋하게 말했다.

"이리 나올 줄 짐작은 했지. 하지만 나는 너희들을 해친 적이 없어. 그런데도 너희들이 자잘한 감정으로 나를 죽이려 한다면 나도 스스로를 방어할 수밖에 없다."

그러고는 허리에서 기름기가 반짝이는 권총을 빼 들었다. 우리 중에 이미 단도를 뽑아 든 사람도 있었지만 태반은 아직 옷깃이나 품속에서 만지작거릴 때였다. 형태만 칼이었을 뿐 날조차 제대로 서지 않은 단도 몇 자루를 믿었던 우리는 그 뜻밖의 사태에 멈칫하지 않을 수 없었다. 아니, 권총이 내뿜는 차가운 빛과 도다의 날카로운 눈빛에 아울러 압도당했다고 하는 편이 옳을 것이다.

이번에도 손이 나서서 난처해진 우리 처지를 수습했다.

"처단한다는 것이 곧 죽인다는 뜻은 아니다. 당신이 스스로 지은 죄를 깨닫게 하려는 것이 우리가 말하는 처단의 목적이었다."

애써 여유를 유지하며 손이 그렇게 얼버무렸다. 도다가 무얼 생각해서인지 쓸쓰레한 웃음을 흘렸다.

"그렇다면 나도 바로 말하지. 내가 당신들을 감시하고, 경우에 따라서는 다소간의 손찌검도 있었지만, 그건 어쩔 수 없는 일이었다. 잘 알다시피 나는 형사로서 이미 일본의 명령 계통에 몸담은 사람 아닌가. 하지만 나도 조선 사람이야. 내 사상 동향 보고 한마디면 당신들은 남양(南洋)이나 북만(北滿)으로 끌려가서 내지인(內地人)들의 총알받이로 죽게 되어 있었어. 그런데도 모두 여기서 돌 부스러기나 주무르다가 이렇게 살아남아 해방을 보게 된 것은 내 덕인 줄 알아. 그동안 당신들을 짐짓 모질게 대한 것은 일본 사람들에게 내가 당신들을 감싸고 있다는 의심을 받지 않기 위해서였을 뿐이야."

도다는 그렇게 말해 놓고 어깨까지 으쓱했다. 참지 못한 우리 중의 하나가 맞받아쳤다.

"그건 친일파들이 항상 자신을 변호하는 수작이지. 당신은 어쩔 수 없었다고 하지만 도대체 누가 당신더러 일본 형사가 되라고 강요했는가? 왜놈들이 쥐어 주는 쥐꼬리만 한 권력과 몇 푼의 봉급을 꿀같이 달게 여기며 스스로 선택한 일이 아닌가? 우리들에게 한 짓도 그렇다. 당신은 일본 사람들의 의심을 받지 않기 위해 그랬다고 하지만, 그보다는 호랑이의 힘을 빈 간사한 여우의 위세를 즐긴 게 아닌가? 백번 양보해 우리들에게 한 짓은 당신 말대로 믿어준다 쳐도, 그동안 잡아넣은 애국지사와 독립투사들께는 어떻게 변명할 거냐? 왜놈의 앞잡이가 되어 우리 젊은이들을 학병과 징용으로 끌어낸 죄는 어찌하고, 사람을 마소처럼 부리면서 무리한 공출을 강요한 죄는 또 어찌할 거냐?"

하지만 몸을 지킬 힘이 없으면 논리도 무력해지는가, 그의 목소리가 왠지 우리에게마저 공허하게 들렸다. 도다는 눈도 깜짝하지 않고 듣다가, 오히려 그런 말을 기다렸다는 듯 빈정거렸다.

"애국지사? 독립투사? 솔직히 나도 그들을 한번 보고 싶었다. 그들은 어디 있는가? 거덜 난 되놈들에게 빌붙어 중경이다, 연안이다 흘러 다니는 한 줌의 고집불통들? 북만 어딘가를 말로만 휘황하게 떠돌다 소련으로 사라진 그 허깨비들? 미안하지만 그들이 볼 만했던 것은 벌써 10년도 훨씬 지난 옛일이다. 겨우 7년 전에 형사로 임용됐고, 삼척 같은 산골에만 처박혀 산 내게는 그런 사람들이 정말로 있었는지조차 의심스럽다. 학병? 징용? 공출? 그걸 내가 왜 책임져야 하는가? 책임을 져야 한다면 나라를 빼앗겨 일본이 우리에게 그런 짓을 할 수 있게 한 자들이 먼저가 아닌가? 아니면 우리 못난 아비 어미, 그리고 당신들과 나 모두가 함께 책임질 일이던가. 그런데 왜 말단 집행자에 불과한 내게 그 책임을 모두 떠넘겨? 물론 내 죄를 물을 수 있는 사람이 조선 천지에도 있기는 할 것이다. 그러나 당신들은 아니다. 당신들에게는 그럴 권리가 없어!"

그래 놓고는 도리어 우리에게 훈계까지 했다.

"당신들은 아주 중요한 걸 잊고 있어. 우리는 우리 힘으로 싸워 해방된 게 아니야. 또 일본은 미국에게 졌을 뿐 우리에게 진 게 아니고. 미약하고 뒤떨어진 우리 처지를 부끄러워하며 서로 힘을 합쳐 다시는 일본에게 먹히지 않을 새 나라를 세울 궁리는 하지 않고 겨우 한다는 짓이 힘없는 동족한테 앙갚음부터야? 일본이 망했다고 무분별하게 행동해서는 안 돼!"

이제 와 추측해 보면 종전의 낌새를 느끼면서부터 갈고닦아 온 자기변호의 논리가 아니었던가 싶다. 그 뻔뻔스럽고도 어처구니없는 대꾸에 우리는 모두 속으로 치를 떨었다. 하지만 몸은 그자의 권총 앞에 얼어붙은 듯 더는 대꾸조차 제대로 하는 사람이 없었다. 야릇하게 사람을 나른하게 만드는 절망감도 들었다.

"좋다! 정히 그랬다면 처단은 잠시 보류하겠다. 이 문제는 다음 날 기회 있을 때 다시 한번 논의해 보자."

한동안의 어색한 교착(膠着) 뒤에 손이 다시 나서 그 자리를 마무리했다. 그때 마침 자동차가 여관 문 앞에 도착해 경적을 울려 댔다.

도다가 아무 말 없이 나가 자동차 조수석을 먼저 차지했다. 손에는 권총을 빼든 채였다. 우리 여덟은 이상한 안도감까지 느끼며 자동차의 적재함으로 올라갔다. 멋지게 친일파를 처단하여 삼척 사람들에게 본보기를 보이려 했던 게 처음부터 잘못된 생각이었다는 기분까지 들었다. 그러나 그동안 알게 모르게 해온 우국(憂國)의 장담과 허풍 때문에 서로 무안해져 눈길 마주치기를 피하고 있는데, 손이 우리 사이를 돌아다니며 나지막하게 말했다.

"형(刑) 집행을 연기했다고 생각해. 여기서 처단하기는 어려워 그냥 보냈다. 하지만 우리와 함께 가니까 가다가 외딴곳에서 기회를 봐 죽이자."

이번에도 우리는 모두 찬동했다. 그리고 나니 비참에 가까운 무력감과 상처받은 자존심에 조금은 위로가 되었다.

자동차는 곧 서울로 출발했다. 험한 산판 길로 구룡령(九龍嶺)을 넘어 춘천으로 간 뒤에 거기서 하루 묵고 서울로 가는 노정(路程)이었다. 그사이 외딴곳은 많았으나 손이 말한 기회는 쉽게 오지 않았다. 도다는 조수석에 따로 앉아 권총을 빼 든 채 우리를 경계하고 있었다. 우리가 조수석 근처에만 얼씬해도 날카로운 눈초리로 쏘아보아 거꾸로 우리가 감시당하고 있는 느낌이었다.

이윽고 날이 저물어 왔다. 거기다가 자동차도 마침 우거진 솔밭 사이로 난 길을 오르고 있었다. 우리는 으스름 속에서 서로 눈짓을 하고 단도 자루를 움켜잡았다. 완전히 어두워지면 손의 신호와 함께 일시에 도다를 덮치기로 했다.

그런데 그때 경적과 함께 자동차의 전조등이 뒤에서 번쩍거렸다. 돌아보니 일본 헌병들이 탄 지프차였다. 따로 2개 분대 정도를 태운 트럭이 뒤따르고 있었던 걸로 보아 그들도 서울로 집결 중인 듯했다. 우리가 탄 자동차를 세운 도다가 길을 막고 손을 들었다.

헌병 지프차가 서자 도다는 선임 탑승자에게로 가 굽신거리며 무언가 일본 말로 수군거렸다. 말을 들은 일본 헌병 장교가 사나운 눈길로 우리를 노려보더니 도다에게 고개를 끄덕였다. 도다는 그 지프차에 올라 뒷좌석의 장총을 든 헌병 둘 사이에 끼어 앉았다.

이미 50년이 더 지난 일이지만 나는 아직도 일본 헌병 지프차에 앉아 우리를 바라보던 도다의 눈길을 기억한다. 비웃음과 경멸이 담겨 있었지만, 한편으로는 우리를 안타까워하고 가엾게 여기는 듯도 했다. 그런데 더 고약한 일은 그게 화나거나 서글프기보다는 까닭 모르게 가슴이 철렁했다는 점이다.

교행(交行)이 가능한 곳에서 우리를 앞지른 헌병 지프차는 곧 어둠 속으로 사라져버렸다. 우리는 닭 쫓던 개 지붕 쳐다보듯이 사라지는 그 지프차를 눈길로 뒤쫓았다. 그러다가 뒷범퍼의 신호등까지 어둠 속으로 온전히 사라진 뒤에야 서로의 얼굴을 마주 보면서 허탈해했다. 하지만 그 허탈에는 안도의 느낌도 들어 있었음을 다시 고백해야겠다.

우리가 춘천에 도착해서 여관을 잡아 든 것은 밤 열 시가 넘어서였다. 늦은 저녁밥을 시켜 먹자 피로와 식곤증이 일시에 몰려와 대개는 바로 잠자리에 들었다. 그러나 큰 방에 자리 잡은 손과 다른 두엇은 이불도 펴지 않고 둘러앉아 그날 낮의 일을 떠들썩하게 분해하였다. 잠깐 눈을 붙였다가 그들이 아직도 떠들고 있어 그 방으로 건너가 보니, 그날과 전날의 일은 벌써 실패해도 아주 실패한 것은 아닌 무용담으로 변해 있었다.

그때만 해도 춘천 바닥이 좁아서였는지 아니면 다시 태극기를 구해 단 목탄차 때문이었는지, 그사이 우리 소문이 주변에 퍼진 듯했다. 마침 학병으로 끌려갔다가 용산(龍山) 사단에서 일본인 오장(伍長)을 때려눕히고 탈영해 와 숨어 있던 청년이 소문을 듣고 우리가 묵고 있는 여관을 찾아왔다. 그는 자신이 겪었던 병영 생활을 얘기하면서 우리 조선 청년들은 앞으로 어떻게 하면 좋겠느냐고 물어왔다.

"먼저 친일 잔재(殘滓)부터 쓸어내야 하오. 친일파는 고하간에 모조리 처단하여야 민족정기(正氣)가 바로 설 것이오. 독립이고 건국이고는 그다음 일이외다."

저 사람에게 저런 면이 있었나, 싶을 정도로 엄숙하고 단호하게 손이 대답했다. 이어 그는 징용살이를 해방을 위해 대단한 공로나 세운 일인 것처럼 얘기하였고, 나중에는 단도까지 꺼내 보여주었다. 태극기를 뺏은 일본 헌병들과 속수무책으로 놓아 보낸 도다를 얘기하며 때늦은 비분(悲憤)에 젖는가 하면, 알 만한 사람은 아는 메이지 대학 전문부(專門部)를 사학의 명문(名門)인 양 내세우며 독립된 조국에 품은 지식인의 포부를 드러내기도 했다. 그 곁 동무들도 무슨 큰일을 하고 온 사람들처럼이나 점잔을 빼면서 그 청년에게 이것저것 조언을 해주었다.

춘천에서 서울까지는 전동차를 타고 갔다. 우리는 전동차를 운행하는 게 조선 사람들이라는 데 깊은 감명을 받았다. 해방이 다시 실감이 나며, 이제는 우리도 무엇이든 할 수 있다는 자신감으로 힘이 치솟았다.

하지만 서울에 도착하자 우리는 이내 도다를 놓아 보낼 때보다 더한 허탈감에 빠졌다. 경찰서와 파출소마다 기관총을 걸어 놓고 치안은 여전히 일본 경찰이 장악하고 있었다. 헌병들의 위세도 전과 같이 등등하기만 했다. 일본 민간인들이 잘 눈에 띄지 않는다는 것 외에는 2년 전 떠날 때와 별로 달라진 게 없는 서울 거리였다.

그날 오후 헤어져 고향으로 돌아가기 전에 우리 여덟 중 각별하게 지낸 셋은 따로 모여 이별주를 나누었다. 술은 못했으나 나도 그들에 끼어 서대문 근처의 술집으로 갔는데, 거기서 또 한 번 어둡고 울적한 기억을 보태야 했다. 우리보다 먼저 그 술집에 들어 낮부터 벌겋게 취해 가던 대여섯 명 때문이었다.

우리가 노렌[布簾]을 밀치며 들어서자 그들은 처음 멈칫하며 목소리를 죽였다. 그러나 이미 오른 술기운 때문인지, 아니면 우리가 셋뿐인 데다 행색이 초라한 걸 보고 안심했는지, 오래잖아 다시 목소리를 높였다. 오랜 징용 생활 뒤끝이라 허약해진 동무 둘은 곧 막걸리 사발에 취해 자신들의 얘기에 빠져들었지만, 술을 마시지 못해 맨 정신인 내게는 저쪽 탁자 사람들의 말이 더 잘 들렸다.

"걱정하지 마. 한두 해도 아니고 자그만치 36년이야. 눈뜨니 하마 일본 사람들 세상이었고, 그 사람들한테서 소학교 중학교 나오면서 황민화(皇民化) 교육만 받고 자란 우리야. 아, 말이야 바른 말이지, 우리가 총독부에 들어가고 시청에 들어간 거 어디 왜놈들에게 충성하자고 들어갔나? 배운 밥벌이가 그 길밖에 없어 그런 거 아냐? 모르긴 하지만, 우리 같은 것까지 처단하려면 조선 사람 절반은 친일파로 처단해야 될걸. 아니, 자칫하면 친일파가 더 많을

지도 몰라. 그러니까 마음 턱 놓고 술이나 마시라구. 소수가 다수를 처벌할 수는 없는 법이야."

"나는 미국을 믿어. 미군이 뿌린 삐라를 보니, 조선 민중은 자기들이 올 때까지 경거망동하지 말고 일본 경찰과 군대의 지시를 따르라는 거야. 건준(建準)이나 다른 조선인 단체에게 맡겨도 될 치안을 일본에게 맡기는 의도가 뻔하지 않아? 아마 군정(軍政)을 펼 모양인데, 조선 물정도 모르고 말도 안 통하는 저들이 도대체 뭘 어쩐다는 거야? 그렇다고 일본 사람들한테 치안을 계속 맡길 수도 없고. ― 그럼 우리밖에 더 있어? 지금 이 조선에서 우리만큼 행정 능력과 경험이 있는 일꾼들이 어딨어? 더구나 그쪽은 빨갱이 때려잡는 데 세계적인 기술을 가졌다는 일본 고등계(高等係) 출신 아냐? 틀림없이 미국은 우리를 찾을 것이고, 그리되면 우리는 다시 힘을 가지게 되는 거야. 아무도 우리에게 손 못 대. 약자가 강자를 어떻게 처단해?"

나는 그들을 하나하나 훔쳐보았다. 생김과 차림이 다르고 했던 일이 달라도 그들은 틀림없이 도다였다. 그러나 전날과 마찬가지로 내가 할 수 있는 일은 아무것도 없었다. 나중에 그들 중 하나가 결론처럼 한 어이없는 걱정은 오히려 절실하여 섬뜩하게 들리기까지 했다

"지금 모두 감정만 앞세워 친일, 친일파 하고 떠드는데 나는 정말 걱정되네. 이러다가 정작 처단해야 할 악질 매국노(賣國奴)까지 다 빠져나가게 만들고 마는 게 아닌지 모르겠어. 엄밀하게 정도와

범위부터 규정해 친일파를 무력한 소수로 만들어 놓고 처단하든지 말든지 해야 하는데…… 지금같이 중구난방으로 범위를 확대해 면서기에 지서(支署) 소사(掃使)까지 친일파를 만들어 어떻게 하겠다는 거야? 나라 팔아먹고 동족 때려잡아 떵떵거리며 살던 놈들까지 한 덩어리가 되어 얼씨구나, 다 빠져나가고 말지……."

그로부터 한 달 뒤 미군이 인천에 상륙한 뒤에도 진정한 해방은 오지 않았다. 일본 식민 통치의 경험을 인계인수하다시피 활용한 미 군정이 끝난 3년 뒤에도 마찬가지였다. 적어도 친일파 청산이 우리 해방의 진정성(眞正性)을 담보하는 상징적 과업으로 보는 입장에서 보면, 대한민국이 선 뒤에도 크게 달라진 것은 없었다. 그동안 우리는 더 많은 도다를 보았고, 그들의 소문을 들었다. 그리고 오래잖아 그 도다 중에 일부가 대한민국 경찰로 옷을 갈아입고 다시 우리 따귀를 치고 발길질을 해대는 것도 겪어야 했다.

(2001년)

* 1997년 10월에서 12월 사이 〈황장엽 면담 10회〉 기획에서 주은 이삭. 여기의 시각
 은 해방 직후의 젊은 황장엽.

술 단지와 잔을
끌어당기며 引壺觴

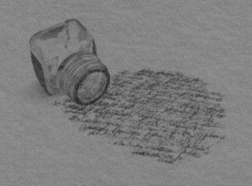

저 사람이 돌아왔다고 한다. 여산(廬山) 기슭 옛 언덕 모퉁이에 축대 높고 칸살 넓은 집을 푸르르 날아가게 지어 놓고도 쉬 돌아올 것 같지 않던 저 사람이 마침내는 돌아왔다고 한다. 어느 해 질 녘 숨어들 듯 가만히 돌아와 벌써 몇 달째 쓸쓸히 한가롭게 지내고 있다 한다. 저 사람 한번 찾아보자.

보니 저 사람, 하마 도정절(陶靖節, 도연명. 시호를 따라 정절 선생이라 불리움.)을 시늉하려는가. 바깥세상과는 서로 잊어버린 듯 책과 술로 시름을 끄고 있다. 책을 읽되 반드시 다 알기를 구하지 않으나, 그 속에 마음에 드는 구절이 있으면 너무 기뻐 밥 먹기조차 잊고 읽는다. 술은 자주 마시지 못하되, 마시면 흠뻑 취하기를 반드시 함도 다섯 그루 버드나무[五柳]로 호를 삼은 늙은이 같다.

저 사람 읽는 것부터 다가가 살펴보자. 낮에는 공문(孔門)의 가르침을 읽는데, 젊어 한때 다 아는 듯 이리 빼 쓰고 저리 우려먹은 그 책들을 마치 새로 만난 듯하였다. 증자(曾子)가 깊이 병들어 제자들을 불러 놓고 한 말씀에 이르러서는 갑자기 눈가가 불그레해지는 게 곁에서 보기에 괴이쩍었다.

"내 발을 펴보고 내 손을 펴보아라.(이 몸이 성한가.) 시(詩)에 이르기를 '두려워하고 또 삼가기를 깊은 물가에 섰듯 하고, 얇은 얼음을 밟는 듯하라.' 하였는데, 나는 이제야 면하게 되었구나. 얘들아."

그런 말씀 어디에 늙어가는 저 사람의 눈가를 적시게 할 간절한 뜻이 있었을꼬. 스스로 모든 것에서 놓여남을 믿어 드디어는 증자와 함께하게 된 정(情)인가, 아니면 그 같은 자처(自處)가 새삼 일깨워준 고종(考終)의 쓸쓸함 때문이던가.

자공(子貢)과 공자의 문답에 이르러서는 문득 쓸쓸히 웃으며 책장을 덮었는데 그것은 또 무슨 까닭이었을꼬.

"자공이 묻기를 '여기에 아름다운 옥(玉)이 있는데 궤에 넣어 깊이 갈무리해 두오리까? 아니면 좋은 값을 쳐주는 장사치에게 파오리까?' 하니, 공자께서 말씀하시기를 '팔아야지. 팔아야 하고말고. 나는 좋은 값을 쳐줄 장사치를 기다리는 사람이다.'라고 하셨다."

그 구절을 저 사람이 그리 덮은 것은 늙도록 팔 옥을 가졌던 저 옛사람[古之人]을 부러워하여서인가, 또는 끝내 세상에서 놓여나지 못한 그 부질없음을 민망히 여긴 것인가.

저 사람 저녁에 백납도(柏拉圖, 플라톤)를 읽을 때도 그러하였다. 나이 들어 새삼 배운 희랍어로 씨(氏)의 경건설(敬虔說, 유티플론)부터 더듬더듬 읽어 나가는데 난생처음 보는 책인 양한다. 스승 소격납저(蘇格拉底, 소크라테스)의 입을 빌어 사람 죽인 아비를 고발함이 온당치 못함을 깨우쳐주는 걸 보다가, 슬며시 맹자를 펴 순(舜)임금은 죄 지은 아비를 업고 먼 바닷가로 도망쳤으리라고 한 구절을 짚으며 홀로 고개를 끄덕인다.

또 씨의 이상설(理想說, 이데아론)에 이르러서는 공문(孔門)의 여러 경전을 펴 성(性)에 대한 옛 사람들의 풀이를 곰곰 살핀다. 앎이란 이미 받아 태어난 것을 되떠올림[想起]에 지나지 않는다는 씨의 주장과 우리 배움이 이루고자 하는 것은 처음부터 지녔던 바의 온전함을 되찾는 것[復初]이라는 옛 사람의 말을 견주어 보는 듯하지만, 그러나 적지도 않고 애써 기억하려 하는 표정도 없는 걸로 보아 뒷날 어디다 다시 풀어 쓰려는 것 같지는 않다.

저 사람 술 마시는 모습도 한번 보아 두자. 세상이 아주 잊지는 않아 가끔 보내오는 술만으로도 고방의 단지가 아직 비지는 아니하였으나, 길이 멀어 벗들은 자주 오지 못한다. 밤늦어 잠든 아내 깨우지 아니하고 가만히 술 단지와 잔을 찾아 안더니, 안채 모퉁이에 덧달아낸 바람맞이 다락으로 올라가 홀로 앉는다.

권하는 이도 없이, 권할 이도 없이 스스로 술을 따라 마시는데 때로는 하늘을 쳐다보고 소리 없이 웃고 때로는 웅얼웅얼 무얼 읊조리기도 하는 게 자못 흥겨워 보인다. 떠들썩하던 장안의 봄날 아름답고 미쁜 벗들과 어울리던 때에 견주어 조금도 외롭거나 처량하지 않다. 하지만 문득 눈을 들어 멀리 희부윰한 그쪽 하늘을 바라보기도 하는데, 그 눈길에 서린 것이 아직 남은 이끌림과 그리움인지 옷자락을 끊듯 하는 나뉨[袂別]을 거듭 다짐함인지는 얼른 알 수 없다.

이제로부터 꼭 스물일곱 해 전에 내 저 사람이 떠나감을 보았다. 늙은 어머니와 어린 처자를 가형(家兄)에게 맡기고 이 언덕을 떠나는 그 모습은 저 사람을 아는 이라면 한결같이 가슴 저려 할 만하였다. 때는 오뉴월 염천인데 바지는 한겨울의 두터운 나사(羅紗) 바지였고, 새로 장만한 갓신은 값싼 기성품이라 땀이 차자 양말에 거멓게 염색이 묻어났다. 낡은 허리띠는 쇠고리의 도금이 벗겨져 얼룩얼룩한데, 소매 짧은 옥색 인견(人絹) 새 윗도리만 어울리지 않게 화사했다.

모두가 저 사람이 그 무렵 겪고 있던 곤궁 탓이었다. 늦은 수[戍]자리살이[軍服務]에서 돌아오고도 몇 달 가형에게 더부살이하다 밀리고 밀려 도회로 떠나는 길이었으니, 그 채비에 어찌 두서가 있었으랴. 향리(鄕吏)로 일하는 어린 날의 벗에게서 먼 길 떠날 여비라고 몇 푼 빌린 것으로 의관(衣冠)까지 갖추려 하다 보니 그리될 수밖에 없었다.

그래도 가까이서 저 사람을 본 이들은 그 눈길에서 적지 아니

저린 가슴을 달랠 수 있었다고 한다. 그들에 따르면, 때로는 울분과 한에 차서 번들거리고 때로는 술과 광기로 붉게 충혈돼 있던 저 사람의 두 눈이 그날따라 맑고 빛나기 그지없었다고 한다. 장터 정류장에서 차에 오르기 전 마지막으로 이 언덕을 둘러보고, 다시 마주쳐 떠나갈 하늘 쪽을 바라보는데, 하마 그때 예전의 호기로움과 도도함이 그대로 되살아나 있음을 보았다는 이도 있다. 저 사람 이 언덕에서 그 모진 불우(不遇)를 겪기 전에는, 아무리 크고 번쩍이는 전각(殿閣)도 회칠한 무덤 보듯 하였고, 거기 드나들며 무슨 장(長)이네 관(官)이네 하는 이들마저 나나니벌이나 배추벌레인 양 여겼다.

또 어떤 사람들은 그날 저 사람의 윗도리 주머니에 꽂혀 있던 낡은 만년필이 벌써 유달라 보였다고 한다. 이전 좋았을 때 장만한 뒤 아끼며 지녀 왔던 미리견(美利堅, 미국)의 명품인데, 갈아입을 옷 보퉁이 하나 없고 시계며 지갑조차 없는 저 사람의 유일한 소지품이라 눈에 띄었을 법도 하다. 하지만 그게 세상을 헤쳐가는 데 그 무엇보다 쓰임새 있는 연장이 될 줄 알았다던가, 그 이상 거기서 어떤 심상찮은 빛무리까지 느꼈다는 말은 좀 지나친 듯하다. 아마도 뒷날 저 사람의 성취에서 미루어 키워낸 기억일 게다.

저 사람의 늙은 어머니와 어린 처자가 이 언덕을 떠나간 것은 그로부터 석 달 뒤였다. 따로 짐차를 낼 것도 없이, 이불 보퉁이와 옷 보퉁이를 하나씩 맡은 고부(姑婦)가 겨우 걸음마를 하는 아이를 가운데로 하고 승합차에 오르는 모습은 이 언덕을 떠나는 저 사람의 또 다른 쓸쓸한 뒷모습이었다. 미리 떠난 저 사람이 바로 장안으로 밀고 들지 못하고 가까운 대처의 사설 학당에서 헐값으로 지식을 팔고 있다는 풍문이 있어 더욱 그리 보였는지도 모를 일이다.

그런데 이 대목에 와서도 달리 말하는 사람들이 있다. 비록 맨몸이나 다름없이 타향살이를 나서는 길이지만 그날의 시어머니와 며느리는 모두 화안하기 짝이 없는 표정들이었다고. 특히 젊은 며느리의 해맑은 얼굴에는 안도와 믿음 이외의 어떤 그늘도 어려 있지 않았으며, 아이는 혀 짧은 노래로 즐거움과 기쁨만을 드러내고 있어, 이미 그때 그들 일가의 밝은 앞날을 예감했다고. 하지만 그 또한 아주 뒷날로부터 미루어서 만들어진 기억이 아닌지 모르겠다. 그 뒤 꽤 여러 해 저 사람은 이렇다 할 성취의 소식 없이 이 언덕에서 차츰 잊혀져 가고 있었기 때문이다.

> 하늘은 해와 달과 뭇별로 넉넉하고
> 땅은 산과 물에 온갖 목숨으로 바쁘구나.
> 사람들은 그 사이를 뽐내며 내닫건만
> 이 두 손은 비어 있고 몸 둘 곳조차 없네.
> 아. 나는 털터리, 빈털터리.
> 올려 보고 내려 봐도 빈털터리.
> 땅끝 하늘가를 홀로 떠도는
> 털터리, 털터리, 빈털터리.

이는 그때 이 언덕에서 불우했던 저 사람이 무슨 주남(周南) 소남(召南, 시경(詩經)의 편명)이나 되듯 읊조리던 가락이고,

세월의 뒤안길을 서성이면서
하 많은 그 세월을 울던 그 사람
언젠가 꿈을 딛고 일어서겠지
파초의 푸른 꿈은 이뤄지겠지.

이는 역시 그때 저 사람이 술 취하면 토막 내 부르던 정풍(鄭風) 닮은 양풍(洋風)의 저잣거리 노래다. 그러하였다. 이 언덕을 떠나기 전 저 사람의 몇 해는 그 두 노래가 내비치는 바처럼 외롭고 고단하였다. 부역(附逆)의 핏줄이라 나라가 받아줄 리도 없고, 이미 저잣거리의 잡문에 깊이 물들어 절실한 급제(及第)의 뜻도 없으면서, 너무 오래 공령(功令)을 닦는 데 세월을 허비한 탓이었다.

세상은 점점 더 학벌을 중히 여기는데 난데없는 오기 하나로 내팽개치듯 버리고 떠난 학적(學籍)은 그사이 지워져 돌아갈 곳이 없었다. 선비라도 면할 길이 없는 이 시대의 수[戌]자리도 발등에 떨어진 불이 되었다. 용문(龍門)의 허세로 그날까지 미루어 왔지만 더 버티다가는 추관(秋官)이 이를 판이었다. 거기다가 성가(成家)는 또 남보다 일찍 하여, 넉넉잖은 가형에게 식구대로 더부살이를 하고 있었으니 그 곤궁함이 오죽하였으랴.

그런데도 저 사람의 가슴에는 아직 스스로도 잘 모르는 야망

과 자신감이 불꽃같은 열정과 더불어 타오르고 있어 황폐해진 삶을 더 황폐하게 만들고 있었다. 한때 이 언덕 사람들을 걱정하게 했던 술꾼, 노름꾼, 건달, 싸움패의 인상은 그래서 남게 된 것이리라. 갈수록 죄어오는 절망감에 맞섬이었던지 장터거리는 대낮부터 취해 비틀거리는 저 사람을 보았고, 그 시절 자주 노름방으로 쓰였던 주막 뒷방은 노름꾼들 사이에 끼어 어울리지 않는 몰두를 보이던 저 사람을 기억한다. 또래의 건달들과 어울려 천렵(川獵)과 추렴으로 긴 날을 죽이는가 하면, 대수롭지 않은 일에 불같이 성을 내며 길바닥에서의 드잡이질조차 마다하지 않던 게 또한 그때의 저 사람이었다.

모두가 돌이켜보기에도 참혹하여 애처로운 저 사람의 한 시절이다. 하지만 여기서는 더는 길게 그 시절의 일을 늘어놓지 않으련다. 그보다는 차라리 저 사람이 늦은 수자리를 살러 떠나던 해의 봄 어느 하루를 차분히 그려봄으로써 그 불우했던 시절의 자잘한 기록화(記錄畵)에 갈음함이 나으리라.

그날 아침 저 사람은 근처 농군에게 서툰 율사(律士)의 지식을 빌려주고 얼마간의 사례를 받았다. 나이 들어 가형(家兄)에게 더 부살이하는 곤궁한 처지이고 보면 요긴하게 쓰일 만도 한 액수였다. 거기다가 장터거리에는 대추나무에 연 걸리듯 술빚이 널려 있고, 한 지아비로 아내에게 못다 한 일도 많았으나, 저 사람은 굳이 돌아보지 않았다.

먼저 짐 질 아이놈을 하나 사고 술도가에서는 두 말들이 참나무통에 막걸리를 채웠다. 남은 돈으로는 안주 삼을 마른고기 한 두름을 사서 굽고, 장터 주막에서는 따로 나물 무침을 큰 쟁반 가득 담게 했다. 또 좋은 돗자리 한 장을 빌려 그 모든 것을 아이놈에게 지운 뒤에 그때만 해도 맑고 깊은 소를 발아래 끼고 있던 병암산(屛岩山)으로 올라갔다.

때는 봄도 깊어 산수유꽃은 시들어가도 산벚, 진달래는 한창이었다. 한군데 흐드러지게 핀 산벚꽃 그늘 아래 돗자리를 깔고 안주를 펼쳐 마시는데 술은 참나무통에서 바로 사발에 따랐다. 하늘에는 흰 구름 유유히 흐르고 산들바람에 꽃잎 날려 술잔에 떨어졌다. 안주 갖춘 데다 술 넉넉하니 그 맛 달기가 견줄 데 없었다.

막걸리 서너 사발에 취한 아이놈에게 후한 삯을 쳐주며 해 질 녘에 술통 거둬 갈 것을 당부하고 산을 내려보내니 곧 혼자가 되었다. 서둘 것 없어 쉬엄쉬엄 마시며 봄날의 흥겨움에 취해 가던 저 사람의 풍류, 경쇠와 사죽(絲竹)이 없다고 흠 되지 않았다. 미쁜 벗 고운 님 따로 구하지 않았고, 산 아래 내려다보이는 저잣거리에서의 고달픈 삶은 꿈 밖의 일이었다.

비록 옛 대인 선생(大人先生, 유령(劉伶)의 「주덕송(酒德頌)」에 나오는 인물)처럼 천지를 하루아침 일로 보며 만년을 잠깐 동안으로 여길 만큼 유유하지도 못했고, 해와 달을 문과 창으로 삼으며 온 세상을 뜰과 거리로 삼을 정도로 거침없지도 못했지만, 그 한낮 저 사람의 흥, 실로 도도한 바 있었다. 하늘을 장막으로 삼고 땅을 자리로 하여, 술통을 끌어당기고 크고 둥근 사발로 마시는데, 한나절이 지나자 가만히 귀 기울여도 우레 소리를 듣지 못하며 눈여겨 보아도 태산의 형상을 알아보지 못할 만큼이나 취하였다.

해 질 녘 아이놈이 술통과 자리를 거둬 간 뒤에도 저 사람의 취흥은 줄어들지 않았다. 만 길이나 치솟는 호기로 장진주(獎進酒)를 읊조리다 개미구멍 같고 달팽이 뿔 같은 세상을 길게 웃었다. 혹 강개(慷慨)에 젖으면 점점 글러가는 세월을 개 꾸짖듯 하였고, 거기 빌붙어 무성한 쑥 같은 무리에게는 마치 곁에 서 있기라도 한 듯 허연 눈 흘김을 보냈다.

그런데 이 어찌 된 일인가. 해 지고 날 저물면서 저 사람의 감회는 차츰 비분(悲憤)으로 옮아갔다. 끝내 자신을 써주지 않을 것 같은 세상을 호통하다가, 어느새 그 야속함을 하소연하는가 싶더니, 다시 느닷없는 통곡으로 바뀌었다. 죽어가는 그 어떤 짐승보다 더 비통하게 울어 산 아래 밤길 걷던 이들을 공연히 섬뜩하게 하였다.

그렇게 얼마나 울었을까, 그사이 저 사람의 비분은 차츰 깊어가는 밤처럼 고요하고 줄줄이 흐르는 눈물처럼 투명한 슬픔으로 가라앉았다. 통곡은 숨죽인 흐느낌으로 잦아들고 마음의 눈길은 오로지 외롭고 고단한 자신에게만 머물렀다. 그 밤 저 사람의 소리 없는 눈물은 어쩌면 속절없이 시들어가는 젊음과, 그럼에도 여전히 아득하기만 한 앞날에 바쳐진 것은 아니었던지. 그리하여 마침내는 그 어떤 가치로도 채워지지 못하고 다해 버릴 것 같은 삶에, 그 지워버릴 길 없는 실패의 예감에, 속 깊이 허물어져 내리고 있었던 것은 아닐는지.

밤이 깊어서야 조각달 어스름한 산길을 비칠거리며 내려오던 저 사람은 중턱의 물 내려다보이는 빈 정자에 나무토막처럼 쓰러졌다가, 새벽 한기에 쫓겨 더부살이 골방으로 돌아갔다.

저 사람의 돌아옴이여. 그 무엇보다도 이 언덕이 저 사람의 고향이기 때문일레라. 사백 년 이어온 성쇠와 훼예(毁譽)의 기억이 이끌었음일레라. 열두 대(代)를 거듭하며 핏속에 쌓인 정한(情恨)이 불렀음일레라. 이 언덕이 저 사람의 고향이 된 내력 들은 대로 풀어보자.

저 사람의 아마득한 윗대는 계림(鷄林) 사람이었다. 그러나 계림이 송악(松嶽)에 귀부(歸附)하자 그들도 해서(海西)로 옮겨 번성하였다. 대를 이어 여조(麗朝)의 문물에 이바지함이 적지 않더니, 문하시중이던 그 중시조가 안릉(安陵)을 식읍(食邑)으로 받으면서 안릉을 관향(貫鄕)으로 쓰게 되었다.

저 사람의 윗대가 다시 남으로 내려온 것은 모은공(茅隱公) 오[李午] 이후이다. 모은공은 공민왕의 부마(駙馬)이던 상장군 소봉[李小鳳]의 셋째 아들로 일찍이 성균(成均) 진사가 되었으나, 사헌부 지평으로 포은(圃隱) 선생을 도와 정도전과 조준을 탄핵했던 형 신[李申]이 끝내 매 아래 죽자 세상에 뜻을 잃었다. 송악을 떠나 이리저리 떠돌다가 이태조의 개국 뒤에 경상도 함안 땅 모곡(茅谷)에서 숨어 살 곳을 찾았다.

그 사는 동리도 고려동(高麗洞)이요, 논을 떠도 고려답, 밭을 사도 고려전이라 이름하던 모은공은 백비(白碑)를 유언하여 죽은 뒤까지도 왕씨(王氏)에게 절의를 지켰으나 뒷사람은 그렇지가 못했다. 공의 손자 맹현(孟賢) 중현(仲賢)이 새 왕조의 대과에 나란히 급제하여 다시 출사하였고, 성종(成宗)조에는 나라로부터 양택(陽宅)과 음택(陰宅)을 아울러 하사받을 정도로 군총(君寵)을 입었다. 그러나 조상의 유훈(遺訓)을 받들지 못한 죄가 있어 형제 모두 벼슬살이가 끝난 뒤에도 모곡으로 돌아가지 못하고 양주 덕소(德沼)에 자리 잡았다.

저 사람은 안릉 이씨 영해파(盈海派)에 속하는데 파조(派祖)는 맹현의 여섯째 아들 애(璦)가 된다. 영해 부사로 내려온 숙부 중현을 따라왔다가 토호(土豪)의 외동딸을 아내로 맞아 그 땅에 뿌리를 내리니 벌써 오백 년 전의 일이다. 그 손자에 운악 선생(雲嶽先生) 함(涵)이 있어 애써 가문을 일으키려 하더니 셋째 아들인 시명(時明)에 이르러 비로소 해동 추로(鄒魯, 맹자와 공자가 난 땅. 여기서는 안동 지방.)에 안릉 씨(安陵氏) 있음을 알게 하였다.

석계(石溪) 시명의 속된 진취는 사마시(司馬試) 입격(入格)에 그쳤으되, 선비로서의 삶은 우러름과 기림을 받을 만하였다. 일찍부터 입지(立志)와 행검(行檢)으로 망우당(忘憂堂, 곽재우)이며 우복 선생(愚伏先生, 정경세) 같은 당대의 명사들을 감탄시키더니, 성년이 되어서는 근시제(近翅齊) 김해(金垓)와 경당(敬堂) 장흥효(張興孝)로부터 도산(陶山) 심학(心學)의 정맥(正脈)을 이어받았다. 그 뒤 병자년 국치(國恥)를 당하자 대명 절의(大明節義)를 지켜 이 언덕에 숨어 살게 되었는데, 저 사람의 핏줄이 처음 여기 닿은 것은 그때였다.

석계는 뒷날 다시 일월산을 수양산(首陽山) 삼아 옮겨 살다가, 안동 땅 대명동에서 숭정 처사(崇禎處士)로 삶을 마쳤으나 대를 이은 그 집안의 성취는 볼만하였다. 뒷날 영남 남인(南人)의 영수로서 전형(銓衡)까지 지낸 갈암(葛庵) 현일(玄逸)을 비롯하여 존재(存齋) 정묵재(靜默齋) 항재(恒齋) 등 일곱 아들이 모두 뛰어나고 손자 대에도 고제(顧齊)와 밀암(密庵)이 있어 세상으로부터 칠산림(七山林)이란 일컬음을 받았다.

저 사람의 집안이 대를 이어 이 언덕에 뿌리를 내리는 것은 석계의 넷째 아들인 항재(恒齋) 숭일(嵩逸) 이후가 된다. 삼형(三兄) 현일과 더불어 '난위형 난위제(難爲兄 難爲弟)'란 평을 들으며 이조 좌랑으로 첫 부름을 받아 크게 진취를 꿈꾸던 숭일은 삼형이 의리 죄인(義理罪人)으로 몰려 위리안치(圍籬安置)로 내침을 받자 그 또한 진취의 꿈을 접었다. 훌훌히 벼슬을 벗어던지고 일찍이 선친 석계가 버린 이 언덕으로 되돌아와 은거하였다.

그 뒤 다시 일곱 대(代), 노론(老論)의 엄한 배척으로 조정에 들어 높이 쓰이지는 못했으나 저 사람의 가첩(家牒) 남에게 보이기 부끄럽지 않았다. 비록 증직(贈職)이나마 삼대를 당(堂) 아래로 내려선 적 없고, 문집과 호(號)는 대를 거른 적 없었다. 특히 저 사람의 오 대조 좌해(左海) 수영(秀榮)은 학덕으로 종이품 지돈녕부사(知敦寧府使)에 이르렀으며, 만년에는 이 언덕에 문하를 열어 사람들은 거기서 배운 이들을 따로 여산문도(廬山門徒)라 일렀다. 좌해유고(左海遺稿) 열두 권을 남겼고, 묘갈명은 허방산(許舫山, 허훈(許薰))이 썼다.

그러다가 서세 동점(西勢東漸)으로 대(大)중화 소(小)중화가 아울러 망하면서 저 사람의 집안도 저무는 해처럼 기울어갔다. 고조와 조부 모두 서른을 못 채우고 상명 역참(喪明逆慘, 자식이 부모보다 먼저 죽는 참변)을 보이더니, 증조와 부친은 대를 걸러 망국(亡國)과 분단을 보았다. 하늘이 무너지고 땅이 쪼개지는데 사람의 성명(性命)이 성할 것이며, 성명이 성치 못한데 재물인들 온전할 것이랴. 저 사람의 집뿐만 아니라, 한때는 부촌(富村)이라 일컬어지던 이 언덕의 대소가(大小家) 모두 무너져가는 고가(古家)로만 남았다.

옛부터 이르기를, 모두가 다 같이 당하는 환난[大同之患]은 환난이 아니라 했다. 이 시대 들어 저 사람의 집안이 겪은 쇠락(衰落)은 추로(鄒魯)의 크고 작은 여러 문중이 다 같이 한 바이니, 어찌 이 언덕의 지기(地氣)와 운세만을 탓하랴. 죽어가는 여우가 그 머리를 제 살던 골짜기로 두듯 이 언덕을 잊지 못하는 저 사람 구태여 괴이쩍게 여길 것 없다.

그러하되 저 사람의 돌아옴이 매양 쉽고 절로 된 일만은 아니었다. 처음 몇 년 저 사람은 돌아오려야 돌아올 수가 없었고, 가까스로 돌아올 만하게 된 뒤에도 이 언덕은 다시 십여 년을 기다려야 했다. 이제 그 세월 한번 돌아보자.

이 언덕 사람들에게는 얼른 이해가 안 되는 그 성취와 이름이 홀연 요란스레 전해 온 것은 저 사람이 떠나고 5년 만이었다. 그해 정초에 장안의 어떤 큰 신문이 지면(紙面) 하나를 다 써서 저 사람의 글과 이름을 실었다. 때는 박씨 무인 정권(武人政權) 말기라 신문의 성세가 전 같지 못했지만 그래도 궁벽한 이 언덕으로 보아서는 놀라운 일이었다.

그 소문은 곧 들판을 가로지르고 골짜기를 건너 고을 전체에 퍼졌다. 하지만 저 사람의 뒷날이 어떨는지는 누구도 얼른 짐작하지 못했다. 드물게 옛 학문을 지키고 있던 이 언덕의 한 식자(識者)는 오히려 처연한 낯빛이 되어 혀를 차며 말하였다.

"태산이 울리고 흔들려 뛰쳐나온 게 겨우 쥐새끼 한 마리[泰山鳴動鼠一匹]라 하더니, 그 재주로 할 짓이 이밖에 없단 말가. 오늘 하루야 요란하다만, 꼴 난 언문(諺文)으로 문장을 지은들 어디까지겠으며, 뜻을 편들 얼마이겠는가. 기껏해야 옛 패사씨(稗史氏, 패관(稗官)) 외사씨(外史氏)의 부류이니, 잔총 소어(殘叢小語)로 태사씨(太史氏, 사관(史官)) 수발이나 들다가, 자칫 저잣거리에 내려앉으면 원 건릉(元建陵, 영정조(英正祖)) 간에 수다했던 그 무명 잡배 꼴 나고 말리. 민촌 아녀자들이나 홀릴 잡스러운 얘기 언문으로 끄적거려, 그것도 글이라고 아이놈에게 주어 보내면 세책가(貰册家)에서 술값이나 제대로 보내 줄는지."

신학문을 배운 집안 아재비라 하여 그보다 낫게 보아주지도 않았다.

"육사(陸史)나 지훈(芝薰), 일도(一島)가 시(詩)에 그 감개를 의탁

하는 것은 이웃 동리에서도 보았다만, 우리 집안에 소설가가 난 것은 또 뜻밖이네. 타락한 시대를 타락한 방법으로 그려내는 게 요새 소설이라던데, 그게 우리 가학(家學)으로 키운 정서에 맞을까. 평생 궁하게 살 일도 그렇지만, 이 살벌한 무인 치세(武人治世)에 몸 두기는 또 얼마나 힘들꼬."

신학문을 배워 중등학교 교원 노릇까지 했다고는 해도, 소설가는 모두 《백조(白潮)》나 《창조(創造)》 동인(同人)들쯤으로 알고 있고, 소설은 계몽적이어야 한다고 믿는 이라 그럴 만도 했다.

그런데 뒤이은 저 사람의 성취는 멀리서 보기에도 눈부셨다. 그해를 시작으로 저 사람의 글은 터진 봇물처럼 흘러나와 신문과 잡지를 뒤덮고 또 책이 되어 세상에 뿌려졌다. 세상도 처음 한동안은 홀린 듯 어린 듯 저 사람을 받아들였고, 입을 모아 그 이름을 치켜세웠다.

새로운 무인 정권과 함께 활짝 핀 동영상(動映像) 시대가 저 사람을 한층 더 널리 알렸다. 전시(電視)가 흑백에서 천연색으로 바뀌고 방영 시간이 배로 늘어, 저 사람이 책 속에 상상으로 빚어낸 세계를 눈앞에 살아 움직이는 듯 펼쳐 보였고, 때로는 대담(對談)으로 직접 저 사람을 끌어내 온 세상이 그 얼굴을 익히게 했다. 들리는 소문으로는 무명(無名)과 마찬가지로 가난도 이미 더는 저 사람의 것이 아니었다.

가을 시사(時祀) 때나 숨어들 듯 돌아와 가만히 산소의 풀을 내리고 사라지던 저 사람이 이 언덕 사람들에게 다시 얼굴을 내밀기 시작한 것은 그 뒤의 일이 된다. 축(祝, 제문)에 홀기(笏記)까지 쓰는 큰산소를 격식대로 모시게 되면서 그 제관(祭官)을 모으기 위해 집안 대소가(大小家)에 얼굴을 내밀었고, 제사가 끝난 뒤에는 장터 거리 주막에서 어려웠던 시절에 벗 삼던 이들과 술잔을 나누기도 했다. 어느 해는 여름휴가도 식구대로 이 언덕에 돌아와 보냈다.

차츰 이 언덕을 찾는 저 사람의 발길이 잦아졌다. 어떤 때는 신문기자들과 함께 오고 어떤 때는 전시(電視) 촬영 기사들과 함께 왔다. 글 배우는 이들을 데리고 올 때도 있었으며, 글 가르치는 이들과 함께 오기도 했다. 더러는 글벗들과 무리 지어 — 한 해에도 몇 차례나 이 언덕을 찾아왔다. 하지만 그렇게 하기를 10년이 넘도록 돌아와 살 뜻은 전혀 내비치지 않았다.

그러다가 저 사람이 옛집을 되찾기 위해 수소문하는 것을 보고서야 비로소 이 언덕은 저 사람에게 돌아올 마음이 있음을 읽었다. 저 사람의 옛집은 위로 아홉 대가 살아온 서른세 칸 고가(古家)로서, 곤궁했던 그 선비(先祇)께서 집안사람에게 넘긴 것이었다. 그때 저 사람이 끝내 옛집을 되찾지 못했음을 듣고, 이 언덕은 오래 지켜왔던 뒤쪽 문중 밭을 집터로 내어주어 그 돌아올 뜻을 북돋았다.

저 사람 기쁘게 그 집터를 받았으되 이 언덕으로 돌아옴은 못내 더디었다. 다시 여러 해를 미루다가 향당(鄕黨)의 공론을 이기지 못해 마침내 돌아와 머물 곳부터 먼저 일으켰다. 이름하여 '광려산 글 집[廣慮文字]'인 바, 저 사람이 손수 쓴 상량문(上樑文)을 보면 그간의 경위와 함께 그 돌아오고자 하는 뜻이 자못 절실하게 드러나 있다.

백두(白頭) 큰 줄기가 남으로 흐르다가 동쪽 바닷가에 우뚝 멈춰선 것이 일월(日月)의 영봉(靈峰)이요, 그 한 갈래가 내륙으로 흘러 낙강(洛江) 석천(石川)에 발을 적시니 옛부터 일러 광려산(廣廬山)이다. 이제 사백 년 조상들의 숨결이 어린 그 산자락 옛 언덕에 후학들을 위한 강마(講磨)의 터를 마련하고 아울러 노후의 연거(燕居)를 곁들이려 함에, 그 감회 깊고도 별나지 않을 수 없다.

비록 안릉(安陵)의 말예(末裔)로 멀리 외진 물가에 자리 잡았으나, 우리 일문(一門) 일찍이 남에게 부끄럽지 않은 성세(聲勢)를 이어 왔더니, 항재(恒齋) 선조 둘째 집 되는 나의 가계(家系) 또한 그에 크게 벗어남이 없었다. 그러하되 현조고(顯祖考) 요수(夭壽)하시고 황고(皇考) 남만의 왜가리 소리를 내는 무리[南蠻鴃舌之人, 중국 고전적 공산주의자 허자(許子)의 무리.]에 휩쓸리어 북으로 떠나시매 가운(家運)이 일시에 파망(破亡)하였다. 선비(先妣) 홀로 어린 다섯 남매를 이끌고 남녘을 유리(遊離)하시니, 삼백 년 깃들여 살던 옛집마저 잃고 타향을 떠돈 지 하마 반(半)백 년이 넘었다.

장성한 가형(家兄)이 한때 솔가(率家)하여 돌아온 적이 있으나 이 옛 언덕은 아니었다. 장터거리에서 구차한 생업을 구하여 몇 년 문중을 민망케 하다가 다시 떠났으니, 그 돌아옴을 어찌 귀향이라 일컬을 수 있으랴. 거기에 막막하고 고단한 몸을 의탁하였던 나 또한 이 땅과

310

사람들에게 실망과 근심만 더하였을 뿐이다.

내 일찍이 학문에 뜻 두었으나 게으르고 둔해 성취가 크지 못했고, 속된 진취(進就)를 꿈꾸었으나 그마저 볼만하게 이뤄지지 않았다. 입신(立身)에 겨우 몸을 둔 곳이 허울이 좋아 문단(文壇)이요 이름이 그럴듯해 문사(文士)이나, 실은 저잣거리에 설익고 잡된 글을 내다 파는 일에 다름 아니었다. 입술을 말고 혀를 비틀어 사람들의 비위를 맞추고, 문장을 꼬고 이로(理路)를 비틀어 세상 눈치를 살폈다.

요행 세상은 어두운 데가 있어 내 어리석음을 밝게 가려내지 못했고, 사람들은 어질어 그 뜻의 비루함조차 너그럽게 보아 넘겼다. 뿐이랴, 어리석음과 비루함도 깨우침이 없으면 자라는 법이라, 나중에는 몸에 밴 천격(賤格)으로 굳어졌다. 저자 사람들이 생각 없이 던져주는 푼돈과 분에 맞지 않은 허명(虛名)에 오히려 맛을 들이게 되었다.

성현께서 말씀하신 네 가지 죽을 죄[四罪]가 따로 있고, 사문난적(斯文亂賊)이 따로 있으랴. 선비이고자 하면서 말과 뜻이 가지런하지 못하고 앎과 행함이 어우러지지 못한다면, 그것만으로도 사람과 하늘의 베임을 받아 마땅하다.

이는 모두 타고난 천품(天稟)이 인욕(人慾)의 사(私)에 가리운 탓이니, 그래도 한 가닥 밝은 살핌이 남게 한 것은 살리기를 좋아하는 하늘의 어진 덕이라. 내 일찍부터 스스로 죄를 깨달아, 때가 되면 세상에 그 죄를 자복(自服)하고 방귀전리(放歸田里)의 가벼운 처분을 애걸할 뜻이 있었다. 아울러 그때에는 이 언덕에 후학들이 바르게 글 할 수 있는 터전을 마련하고, 또 늙은 몸이 뉘우치며 죄를 닦을 누추한

방[陋室]도 한 칸 곁들이고자 했다.

뜻은 그같이 정녕(丁寧)하고 또한 절실한 바 있었으되 옮겨 행함이 그에 따르지 못하니 어찌하랴. 눈은 자옥한 세상 티끌에 어두워져 일의 앞뒤와 크고 작음을 못 가리고, 마음은 부질없는 정에 얽매여 나아가고 물러남을 뒤섞으며 다시 여러 해가 흘러갔다.

속절없이 미뤄지기만 하던 내 돌아올 뜻이 이 상량식(上梁式)으로 앞당겨 펼쳐지게 된 것은 먼저 향리의 사군(使君) 이여형(李麗炯) 공의 정성에 힘입었다. 공(公)은 속없이 요란스럽기만 한 내 이름을 믿어 이 언덕에 그 기릴 집을 짓고, 찾아오는 사람들로 향리의 비어가는 산천(山川)과 묵어가는 전원(田園)을 채우고자 한다 하였으나, 실은 썩은 명리(名利)와 좀스러운 손익(損益)을 따지느라 돌아올 줄 모르는 나를 가긍(可矜)히 여겼음이라. 넉넉하지 못한 부고(府庫)를 덜고 도백(道伯)에게도 보태기를 청해, 사억(四億)의 금원(金員)으로 후원(後援)을 삼았다.

거기에 이 일을 들은 지인(知人)들의 성원(聲援)이 더해지고, 돌아갈 언덕 있음을 자랑과 보람으로 삼으라는 동도(同道)들의 격려가 잇따랐다. 오래 기다려온 족당(族黨)의 재촉과 성화 또한 만만치 않았다. 이에 그 모든 지우(知遇)에 감격하고 또 물력(物力)의 근심도 크게 덜어, 먼저 돌아올 터전부터 마련하게 되었다. 조상의 옛 언덕에 강원(講院)과 누거(陋居)를 겸하여 분에 넘치는 옥우(屋宇)를 얽게 되니 오늘이 바로 그 대들보를 얹는 날이다.

옛글에 이르기를 산은 그 높음으로 귀해지는 것이 아니라 신선이

살면 이름을 얻고, 물은 깊어 칭송받는 것이 아니라 용이 살면 신령해
진다 했다. 이제 대들보를 얹는 이 집도 처마가 높고 방이 넓어 남의
눈과 귀를 끌지 아니하고, 여기 깃들이는 후학과 자손들의 글과 덕이
향기로워 절로 우뚝하기를 바랄 뿐이다.

이듬해 봄에 온 나라가 떠들썩하게 치러진 그 준공식에서도 저
사람은 돌아올 뜻을 한층 더 뚜렷이 하였다.

"내게 있어 부성(父性)은 일찍부터 고향으로 대치되었다. 나의
부왕(父王)은 바로 고향의 전통과 그 정서였으며, 모후(母后)는 난
생처음 보아 더 고혹적이었던 서구 문화였다. 그리하여 젊은 나는
부왕을 살해하고 모후와 혼인한 일을 번민하는 이저파사왕(伊邸
波斯王, 오이디푸스 왕)에 다름 아니었다."

정성 들여 마련한 듯한 식사(式辭)에서 저 사람은 젊은 날의 글
쓰기를 그렇게 규정해 놓고 다시 요즘 사람들의 말투로 선언하듯
말하였다.

"이제 나는 나를 살해하여, 정의를 구실 삼은 세상의 충동질과
내 무지 때문에 살해된 부왕을 되살리고자 한다. 부왕에게는 부
왕의 정의와 진실이 있었고 그것은 곧 어떤 대의(大義)로도 죽일
수 없다. 나는 편협한 핏줄에 갇히지 않고 그의 정의와 진실을 읽
어 내려 한다. 또 나는 나를 살해하여, 모후와의 끔찍한 혼인 관계
를 지우려 한다. 그러나 무지가 패륜을 변명해 주지 못하듯이, 어
떤 엄혹한 참회도 핏줄을 지우지는 못한다. 괴롭지만 그녀가 내 어

머니이며, 내 몸의 많은 것이 그녀로부터 물려받은 것이라는 사실만은 죽음 너머까지 지고 가야 한다. 여지없이 죽었지만 되살려야 할 아버지와 지워야 하지만 온전히 지워버릴 수는 없는 어머니 사이에서 피 흘리는 것이 내게 남은 운명 같다. 그리고 그때 이 집은 그 싸움터로 더할 나위 없는 지리(地利)를 줄 것이다."

그러고는 "부귀하여 고향에 돌아가지 않음은 비단옷 입고 밤길 걷는 것[錦衣夜行]과 같다."는 옛말까지 끌어와 당장이라도 돌아올 듯하였다.

하지만 그뿐이었다. 다음 날로 바쁘게 장안으로 올라간 저 사람은 쉬 돌아올 줄 몰랐다. 한 달에 한 번 천 리 길을 달려왔다가 하룻밤 묵기를 세 가을[三秋]쯤이나 여기고 온 길을 되짚어 장안으로 돌아가니 쓸데없이 크고 덩실하기만 한 새집은 비어 있는 것이나 다름없었다. 멀지 않은 곳에 있는 옛집과 더불어 저 사람 이름만 듣고 찾아온 사람들에게 서운한 구경거리나 될 뿐, 이 언덕에 다시 버려진 고가(古家) 한 채를 더 보탠 것에 지나지 않았다.

비록 저 사람이 '은자(隱者)를 부르는 학두서(鶴頭書)가 산언덕에 이르니, 문득 얼굴은 흔들리고 넋은 흩어지며 뜻은 변하고 얼은 움직여, 마름잎과 연잎[蓮荷]을 엮어 만든 옷을 찢어 불사르고, 먼지 낀 얼굴을 들어 세속의 명리를 찾아간' 것도 아니고, 이 언덕도 '바람 구름은 구슬피 울분을 띠고, 돌샘은 흐느끼듯 흘러내리며, 산을 바라보매 무엇을 잃은 듯하고, 초목을 둘러보매 한풀 꺾인 듯' 그 떠나감을 원망하지는 않았지만, 오래 저 사람을 기다려온 이들에게는 적이 안타깝고도 알 수 없는 일이었다.(인용문은 공치규(孔稚珪)의 「북산이문(北山移文)」에서 따옴.)

그런데 — 이제 저 사람이 돌아왔다. 숨어들 듯 돌아와 벌써 몇 달째 쓸쓸히 한가롭게 지내고 있다고 한다. 다시는 세상으로 되돌아가지 않을 사람처럼 책과 술로 시름을 끄며 고요함 속에 머물러 있다고 한다. 사백 년 세월과 쌓인 정한(情恨)만으로는 다 풀이할 수 없는 갑작스러움과 결연함으로 이 언덕에 돌아와 기대려 한다.

무엇이 그토록 오래 맴돌기만 하던 저 사람을 이리도 갑자기 불러들였을꼬. 무엇이 그토록 단단하고 오래된 저잣거리에의 얽매임과 이끌림과 매달림에서 저 사람을 이리도 선선하게 풀어주었을꼬.

사람의 마음속 깊고 깊은 못은 다 들여다볼 수 없지만, 그 마음이 겉으로 드러난 말이나 움직임은 앞과 뒤를 곰곰이 살피면 반드시 그 까닭을 풀어 알지 못할 것도 없다. 저 사람의 돌아옴도 그러하다. 깊이 모를 그 의식의 밑바닥을 속속들이 헤아려 볼 수는 없으되, 갑작스레 돌아오게 된 몇 가지 계기는 이 언덕 바깥에서 있었던 일들을 찬찬히 더듬어 짚어낼 수 있을 듯도 싶다.

그중에서도 짚여오는 것은 이 여름 저 사람이 세상과 주고받은 요란한 시비다. 정권을 맡은 신법당(新法黨)과 허영 많은 선의왕(選擬王, 미리견(美利堅) 사람들이 처음 대통령제를 만들 때는 '선거로 뽑은 왕'의 개념에 가까웠다고 한다.)이 세리(稅吏)를 시켜 이 시대의 언관(言官)

들을 굴비 두름 엮듯 얽어 넣었는데, 저 사람이 그걸 참고 보아 넘기지 못한 게 그 발단이었다. 언관이라고 해서 세금을 포탈해도 된다는 법은 없지만, 그 빤한 이치를 내세우고 비위에 거슬리는 언관들을 모조리 잡아넣은 정권의 얄팍한 처사가 역겨워 "언관(言官) 없는 조정(朝廷)을 원하나."란 벽서(壁書)를 써 붙이자 큰 소동이 났다.

겉으로는 엄연한 나라의 징세권(徵稅權) 발동을 저 사람이 언로(言路)를 막고 언관을 억누르는 일로 본 데는 연유가 있었다. 이번에 가장 호되게 몰린 언관은 여러 해 전 지금의 선의왕이 재야에 있을 때 그를 위군자(僞君子)로 탄핵하여 크게 시비한 적이 있었고, 근래에도 집권 신법당의 정책을 그때마다 겁 없이 꼬집거나 비아냥거려 왔다. 또 북쪽 붉은 진나라[赤秦]의 참상을 자주 고발하여 폭살(爆殺) 위협을 받은 적도 있는데, 그 이 세(二世) 두령과의 화호(和好)를 일통 천하(一統天下)의 묘계로만 여기고 있는 신법당 정권에게는 작지 않은 골칫거리였다. 거기다가 전부터 붉은 북쪽에 동조해 온 무리들이 이제는 집권 세력에 아부를 겸하여 '척(斥) 아무개 대동계(大同契, 안티 조선일보 모임)'라는 걸 만들고, 그 언관에게 법에 없는 사형(私刑)을 가해 오고 있는 중이었으니, 그를 향한 징세권(徵稅權)의 때늦으면서도 갑작스러운 발동이 어찌 공변되게 보일 수 있으랴.

하지만 저 사람의 글은 처음부터 오로지 언관들 쪽만을 편든 것은 아니었다. 집권 세력과 언관들을 마주 보고 달려오는 화차(火

車)에 비유하고, 그 충돌의 위험을 먼저 일러준 뒤에, 그래도 정히 싸워야 한다면 언관들을 편들 수밖에 없다고 했을 뿐이었다. 그런데도 집권당과 선의왕을 떠받드는 무리가 벌 떼같이 일어나 저 사람을 몽둥이질하듯 몰아세웠다. 대개는 언관도 세금은 내야 한다는 빤한 이치의 되풀이였지만, 개중에는 엉뚱한 시비도 있었다.

이를테면 율사(律士)에서 선의왕의 총신(寵臣)이 된 한 여류(女流)는 저 사람을 구법당(舊法黨) 비밀 당원으로 잘못 알고 난데없이 곡학아세(曲學阿世)로 몰아세우더니, 일이 잘 안 풀리자 술을 퍼마시고 아재비뻘은 되는 저 사람에게 '비가당자(非可當者, 가당찮은 놈)'라며 마구잡이 욕설을 퍼부었다. 또 그러고도 분이 덜 풀렸는지 저 사람이 다른 데에 쓴 글을 단장취의(斷章取義)하여 터무니없는 혐의를 덮어씌우기도 했다.

개는 제 주인이 아니면 누구에게나 함부로 짖는 법[犬吠非其主]이라 하지만, 함부로 짖고 물어 대면 주인과 그 식구들을 욕보이는 법. 저 사람 한때는 그 여류의 주인 격 되는 신법당과 선의왕을 엄히 나무람으로써 개 잘못 키운 죄를 물을 궁리도 해보았다.

지난 시대 열심히 신법당을 따라다녔으나 끝내 한자리 얻지 못하고, 재야에서 이런저런 운동으로 민의(民意)를 사칭하며 불러 써 줄 날만 기다리는 패거리도 가만히 있지 않았다. 둘만 모여도 무슨 계(契)요, 다섯만 모여도 무슨 등장본청(等狀本廳, 운동 본부)이라 외고 다니는 것들이 다시 몇 개씩 모여 거창하게 무슨 만민 대동계(萬民大同契, 시민 연대)라는 걸 꾸미고 연신 성토다, 벽서질이다

하며 저 사람을 헐뜯어 댔다. 그중에 '척(斥) 아무개 대동계'는 자신들이 그 언관 아무개에게 한 온갖 몹쓸 짓은 까맣게 잊고 거꾸로 저 사람을 명예훼손으로 고소했으니, 정녕 이마에 쇠 절굿공이만 한 침을 한 대 맞아야[頂門一鍼] 정신이 들 무리였다.

그럴듯하게 싸 바르고 치장하는 기술만 일품인 신법당에 홀리거나, 수상쩍기 짝이 없는 봉화(烽火)와 사발통문에 턱없이 충성스러운 일부 젊은것들도 벌 떼같이 일어났다. 언제든 홍위병(紅衛兵)이 되어 거리를 내달릴 준비가 되어 있는 그들은 먼저 저 사람의 전자(電子) 사랑방에 몰려들어 과부하(過負荷)로 대들보가 내려앉을 때까지 별의별 욕설을 다 퍼부었다. 개중에는 고의적으로 남의 말을 오해하고, 그걸로 저희끼리 찧고 까불다가, 공연히 달아올라 저 사람의 책을 반품하자며 때 아닌 분서갱유(焚書坑儒) 운동을 벌인 한심한 것들도 있었다.

말할 것도 없이 저 사람을 옳게 여기는 사람들도 많았다. 지면을 얻은 논객들은 글로 편들고, 그렇지 못한 사람들은 민망스럽지만 상대와 똑같은 욕설로 맞받아쳤다. 저 사람도 잘 버티어, 시비 그 자체로 보아서는 이겼다 할 만했다. 어떤 전시(電視) 방송사는 저 사람의 글에 대한 찬반(贊反) 의견을 전화로 집계해 본 적이 있는데, 집권 신법당의 그 요란한 정책 홍보에도 불구하고 응답한 과반수가 저 사람을 옳게 여겼다.

하지만 이겼다고는 해도 그 요란스러운 한 달은 저 사람에게는 그대로 소모이고 피로였을 것이다. 겪어본 사람은 무리 지어 표현

되는 무분별한 악의가 얼마나 억압적이고 파괴적인지를 안다. 악한 자는 그르다 하고 착한 자만 옳다고 하는 사람이 곧 옳은 사람이라는 성인(聖人)의 말씀이 계시기는 하나, 눈을 부릅뜨고 이를 갈며 독한 소리를 내뱉는 무리를 마주해서 심지(心地) 평온하기란 쉬운 일이 아니다.

뜻 아니하게 떠맡게 된 언관의 수호자 역할도 적지 아니 곤혹스러웠다. 저 사람이 지키고자 했던 것은 나라의 언로(言路)였지, 언관의 사적인 타락과 부패는 아니었다. 이전의 어떤 대담에서 저 사람은 오히려 아집과 집단 이기주의로 권력화된 언관들을 다음 시대의 식자(識者)들이 가장 힘들여 맞서야 할 새로운 종류의 거령(巨靈, 리바이어던)으로 예측한 적도 있다. 그런데도 언관의 사적인 부패와 타락을 옹호한 것으로 군이 몰아대니 답답하고도 울적한 노릇이었다.

그 시비를 통하여 그동안 물밑으로 가라앉아 있던 이 사회의 갈등이 다시 분열의 형태로 솟구치는 걸 보는 일도 괴로웠다. 공방이 거듭되면서 정객과 정객, 언관과 언관이 나뉘어 싸우고 율사며 승려, 신부, 도사에 심지어는 환경미화원까지 이 나라 모든 집단이 패를 갈라 싸웠다. 특히 저 사람의 동료인 문사들까지도 찬반을 다투다가 정객들의 대리전(代理戰)으로 치닫는 데에 이르러서는 깊이 상심하지 않을 수 없었다.

먼저 저 사람을 지치게 하고 물러나 쉴 곳으로 이 언덕을 떠올리게 한 것은 틀림없이 이 여름의 소동이었을 것이다. 하지만 다시 살피면 그것만으로는 저 사람의 돌아옴이 보여주고 있는 저 결연함까지 다 설명하지는 못한다. 비록 그 충격과 상심이 컸다 해도 하루아침에 모든 걸 내던지고 돌아오게 할 만큼은 아니었기 때문이다. 무엇보다 저 사람은 돌아온다, 돌아온다 하면서도 10년이 넘게 이 언덕을 기다리게 하지 않았던가.

거기다가 가만히 돌이켜보면 이 여름의 시비는 결코 낯설고 갑작스러운 것이 아니다. 기실 저 사람은 벌써 20년 가까이 이름이나 구실은 달라도 뿌리와 바탕을 같이하는 시비에 시달려 왔다.

이 나라에는 박씨 무인 정권 말기부터 지금까지 끌어온 안팎 두 종류의 큰 시비가 있다. 안으로 제도와 문물에 관해서는 신법당과 구법당이 겨루고, 밖으로 북쪽 붉은 진(秦)나라에 대해서는 합종책(合縱策)과 연횡책(連橫策)이 다투어 왔다. 그 밖에 경장(更張)이나 혁파가 아니라 근원적인 혁명을 주장하거나, 종횡가(縱橫家)를 위장한 북의 간세(奸細)가 없는 것은 아니지만, 지금 시끄러운 것은 그 두 가지 다툼에 세대 차와 지역감정이 끼어들어 여러 가지 이름을 붙이고 구실을 갖춘 것에 지나지 않는다.

그런데 저 사람이 세상에 얼굴을 내민 게 불행히도 그 두 시비가 한창 불붙어 오를 때였다. 박씨 교정별감(敎定別監, 고려 무인 정권 시절의 최고위직)이 막장(幕將)의 변심으로 쓰러지고, 새 무인 정권이 들어서는 과정에서 오래 억눌려 왔던 불만과 욕구들이 한꺼번에 터져 나온 탓이었다. 비록 체육관 선거일 망정 전씨 교정별감이 선의왕(選擬王)으로 옷을 갈아입은 이상, 양(洋) 공맹의 왕도(王道) 민주와 자유를 온전히 무시할 수 없었던 것도 그 시비가 공공연히 불붙을 수 있는 환경이 되었다.

저 사람 원래 그 시비에 무심하려 하였으나 잡글 몇 권 팔아 얻은 것도 이름이라고 세상이 가만히 버려두지 않았다. 동조를 구하다가 거절당한 신법당 연횡책의 무리가 먼저 저 사람을 구법당 합종파로 몰아세운 게 그 시작이었다. 뒤이은 그들의 적(敵) 개념 확대와 강화는 저 사람을 보수 반동으로 규정하더니 마침내는 난데없는 극우 왕당파에 법서사분자(法西斯分子, 파시스트)까지 덮어씌웠다.

달구어지고 두들겨 맞아 단련되는 것은 강철만이 아니다. 소수인 신법당 연횡책의 무리가 억압과 박해를 통해 단련되었듯이, 저 사람은 그들의 언어적 폭력과 악의에 단련되어 끝내는 이 땅의 동파(東坡, 사마광과 더불어 구법당을 영도한 소식)와 소진(蘇秦, 합종책의 주창자) 됨을 마다하지 않게 되었다. 여러 해 전 저 사람은 그 과정을 엮어 『보수는 어떻게 단련되는가』란 잡문집(雜文集)을 낸 적도 있다.

하지만 그 뒤 변해 온 세상을 보면 저 사람이 겪어야 했을 피로와 소모가 어떠하였을지 짐작이 간다. 특히 신법당이 끝내 정권을 잡고 연횡책을 강행해 온 이 몇 년 그 마음이 받은 상처는 얼마이고 흘린 피는 또 얼마나 될꼬. 따라서 이번의 돌아옴을 보다 깊이 있고 충실하게 풀어볼 수 있는 실마리는 오히려 이 여름에 앞선 그 20년에서 찾아보는 게 옳을지도 모르겠다.

저 사람이 멀리서 온 광견(狂狷)의 선비를 맞이함을 보아라. 숨어 사는 이의 차림으로 나와 어눌(語訥)을 꾸미나, 그 드러내는 뜻은 소부(巢父)를 비웃고 허유(許由)를 얕본다. 세상일을 말함에 백세(百歲)를 내려 보고 왕후(王侯)를 업신여기며, 본성을 논함에는 흰 비단을 보면 묵적(墨翟)의 슬픔을 눈물짓고 갈래길에 다다라서는 양주(楊朱)의 울음을 울 줄 안다. 초연해져 인간을 나서면 노장(老莊)의 허무에 노닐고, 내처 불가(佛家)의 적멸(寂滅)에 머물러 보기도 한다.

그러다가 풍류의 정[風情]이 햇살처럼 퍼지고 서리 같은 기운[霜氣]이 가을에 빗기듯 하면, 혹은 그윽하게 숨어 사는 이[幽人] 오래전에 사라졌음을 탄식하고 혹은 왕손(王孫)이 돌아오지 않음을 원망한다. 때에 나물 무쳐 흐린 술 냄을 부끄러워하지 않고, 손과 함께 취해 자리에 쓰러지면 따로 침상과 이불을 찾지 않는다.

해 질 녘 저 사람이 이 언덕을 거닒을 보아라. 높은 문간채를 해진 사립처럼 나와 시절 따라 번듯해진 마을길을 벗어나니 옛 돌길이 나온다. 아무도 걷지 않아 거친 돌길을 흰 구름 어깨에 이고 걷는데, 한 그루 푸른 소나무 곁을 지남에 그림자가 둘이라 외롭지 않다. 뒷 등성 너르고 고른 금잔디 벌에 오르니 오래 비어 있던 그곳이 가득 찬 듯하고, 눈을 들어 서편 하늘을 바라보니 노을이 저 사람을 알아본 듯 아름답게 번진다.

옛 바람을 되불러 쏘이고 잃은 새소리를 돌이켜 듣다가 그마저 잊기를 저물도록 한다. 이끼 낀 바위처럼, 뿌리 삭은 나뭇등걸처럼 앉았다가 달 뜨기를 기다려서야 등성이를 내려온다. 이른 밤이슬에 옷깃 적시며 달과 더불어 휘적휘적 내려오는 저 사람 겉으로 보아서는 옛사람[仲長統]의 낙지(樂志)에서 멀지 않다.

그러하되 돌아와 호젓이 받는 늦은 저녁 상머리는 홀연 정회가 다르구나. 바라보는 아내의 눈길에는 장안의 정든 이들 떠나온 외로움이 한결 깊어져 있고, 곱게 잡혀가는 이마의 주름에는 멀리 두고 온 자식들에 대한 그리움이 감추어져 더 애틋하다. 아으, 살아 있음의 비어 있고 쓸쓸함이여. 뉘라서 다 채워 주고 달래 줄 수 있으리오.

닳아 너덜거리는 말로 몇 마디 아내를 다독이고 죄지은 사람처럼 사랑으로 쫓겨 나온다. 읽다 둔 책을 펴나 하마 글이 눈에 들어오지 않는다. 세상 밖을 노닒이 무엇이며 성명(性命)의 한가로움을 보존함이 무엇이뇨. 책을 바꾸어 석씨(釋氏)의 공공(空空)을 엿보고 도가(道家)의 현현(玄玄)을 뒤적여도 헝클어진 심사는 쉬 가지런해지지 않는다. 마침내 책을 덮고 팔베개해 누우니 긴 휘파람[長嘯] 짧은 한숨이 절로 새 나온다.

저 사람의 한숨과 휘파람이여. 삼태기 진 이[荷蕢者]의 비웃음을 산 그 경쇠 소리로구나. 아직 세상을 잊지 못했음이로다. 혹 공덕장(孔德璋, 공치규)이 꾸짖은 거짓 산사람[隱者]을 이제 와 다시 보는 것은 아닌가. "동로(東魯)의 달아남을 배우고 남곽(南郭)의 숨음을 익히어, 가만히 초당(草堂)의 이름을 도둑질하고 함부로 북악(北岳)의 두건을 둘러쓰고는, 이 언덕과 돌길을 속이고 소나무와 풀숲을 꾀되" 몸뚱이는 강호(江湖)에 두었으면서도 정은 멀리 저 잣거리의 썩은 명리(名利)에 붙이고 있는 것은 아닌가.

저 사람이 끝내 그 정을 따라 이 언덕을 버리고 떠나가면 너른 금잔디 벌은 한층 쓸쓸하게 빌 것이고, 높은 노을은 다시 외로이 번져야 하리라. 저 바람 불러주는 이 없고, 밝은 달 또한 홀로 떠야하리. 푸른 소나무는 누구와 그림자를 나란히 하며 흰 구름은 누구의 어깨에 드리우랴. 거미줄 친 문간채는 더불어 돌아올 사람 없고, 돌길은 마냥 우두커니 기다리며 잡초로 다시 거칠어지리라.

뿐이랴. 뒷날 그렇게 떠나는 날에는 남산이 조롱을 보내고, 북산이 비웃음을 날리며, 골짜기들이 다투어 놀리고, 모든 봉우리가 무섭게 꾸짖을 것이니, 저 사람이여. 광간(狂簡)의 뜻이 굳지 못하고 견개(狷介)의 얼이 맵지 못하거든 여기서 어서 그만두라. 오기를 숨어들 듯 했던 것처럼, 부끄러움으로 슬며시 떠나 원래 있던 곳으로 돌아가라. 가서 등뼈가 휘고 머리가 세도록 다투고 우기면서 분에 넘치는 『석두기(石頭記, 홍루몽)』나 기약하라.

(2001년)

김 씨의 개인전

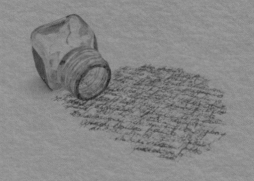

1. 누구 좀 말려 줄 사람 없소

　오늘 아침 우리 김 씨가 사표를 냈습니다. 아시다시피 내 작업실은 무슨 복잡한 임금 정산이나 퇴직금 문제가 논의될 직장이 아니고, 사표를 냈다지만 무슨 삼엄한 양식이 있는 문서가 제출된 것도 아닙니다. 전에 없이 말쑥한 외출복 차림으로 늦어서야 작업실을 찾아온 김 씨가 한마디 불쑥 던졌을 뿐입니다.

　"내일부터는 못 나오겠구먼유, 따로 조수 하나 구해 봐유."

　기습과도 같은 그 말에 나는 우선 낭패한 기분부터 들었습니다. 개인전을 한 달 앞두고 있어 그 어느 때보다 김 씨의 도움이 요긴한 때였기 때문이었습니다. 더구나 이 개인전은 3년 만에 여는 것이어서 진작부터 화단의 관심을 모았고, 그 개막을 알리는 현수막은 벌써 인사동 골목 여기저기서 지나는 사람들의 눈길을 끌고 있었습니다.

하지만 내 낭패스러움은 이내 궁금함으로 바뀌었습니다. 그럭 저럭 10년이 넘게 몸담아 왔던 일터를 김 씨가 하루아침에 그만 두는 이유도 그러했지만, 그보다 더 알 수 없는 것은 그가 말한 조 수라는 낯선 직책이었습니다. 이따금 후배 작가나 대학 제자들을 불러 몇 달씩 일을 거들게 할 때가 있어도 내가 그들을 조수라고 부르거나 말한 적은 없습니다. 하물며 잡역부로 써온 김 씨이겠습 니까. 그런데도 그가 스스로 조수를 자처하고 나서는 게 까닭 모 르게 심상찮은 느낌이 들었습니다.

"아니, 김 씨. 무슨 일이오? 전시회 한 달 앞두고 그러잖아도 정 신없는데 갑자기……. 그리고 이 전시회 이거, 얼마나 중요한지는 김 씨도 잘 알잖아요?"

나는 자신도 모르게 목소리를 높였습니다. 그런데 김 씨의 대 답이 또 뜻밖이었습니다. 나는 그가 다른 데서 무슨 엉뚱한 일을 벌였거나, 나름의 임금 인상 투쟁으로 그만두려는 줄 알았는데 그 게 아니었습니다.

"지도 이저는 지 일 좀 해야잖것슈? 10년이나 한 우물을 팠으 니 기든 아니든 작품으루다 물어볼 때도 됐다고 봐유."

목소리를 차악 내리깔고 정색을 하는 게 지금까지 내가 보아온 김 씨가 전혀 아니었습니다.

"아니, 김 씨 일이라니요? 작품으로 묻다니요?"

"내년이면 지두 환갑이유, 깎고 후벼 파고 가는 일이라면 돌, 나무 안 가리고 할 만큼 했고, 석고 본 뜨고 주물 뽑는 일도 이만하면 작가 선생들 시늉은 낼 수 있고오…… 이저 개인전 한 번쯤은 열 때도 되지 않았슈?"

그런데 참으로 알 수 없는 일은 그 순간의 나였습니다. 평소 같으면 배를 잡고 웃었거나 어이없어 한숨부터 쉬고 볼 일이었습니다. 하지만 그때는 왠지 그저 하염없고, 좀 있다가는 쓸쓸한 기분까지 들었습니다. 그런 김 씨나 이제 그가 결행하려는 일에 대해서가 아니라, 우리네 삶 전체를 멀거니 바라보고 서 있다가 퍼뜩 느낀 듯한.

"작업실도 다 꾸며졌슈. 돌도 쓸 만한 눔으로다 삼일석재에서 한 차 오게 돼 있네유. 시내 나가 석고 몇 포 사고 작업 도구 구색이나 갖추면 바로 작품 시작할 거유."

김 씨는 한참이나 말문이 막혀 있는 내게 무슨 선고처럼 그렇게 말해 놓고 마을버스 정류장 쪽으로 내려가 버렸습니다.

아, 그 작업실, 그러고 보니 그 작업실도 알 만합니다. 보름 전인가 김 씨는 한우(韓牛) 키우다 망해 버린 마을 사람에게서 이제는 쓰지 않는 축사(畜舍) 한 동을 헐값으로 빌렸습니다. 그리고 며칠 전까지는 틈만 나면 그곳으로 가 뚝딱거렸는데, 그게 바로 작업실을 꾸미는 일이었던 것 같습니다. 여름이 가까우니 넓고 시원한 거처를 마련하는가, 싶으면서도 내가 바빠 한번 들여다보지도 못한 사이에 말입니다.

일이 이쯤 되었으니, 이제 김 씨가 조각가로 나서는 걸 막을 길은 없어 보입니다. 또 저도 가까운 데 동업자 하나 느는 거 뭐, 꼭 그리 거북하고 못마땅하게 여겨야 할 일도 없습니다. 그렇지만 아무래도 누군가 김 씨를 말려야 한다는 느낌은 떨쳐버릴 수가 없네요. 누구 우리 김 씨 말려줄 사람 없어요. 이 동네는 사람도 안 삽니까.

2. 내 그럴 줄 알았지

황 선생님네 작업실에서 상근(常勤) 잡역부로 일하던 김 씨가 조각가로 나섰다고 동네가 온통 술렁거린다. 선생님도 한숨 반 실소 반으로 내게 그 일을 알려주었고, 동네 사람들도 엉뚱거나 터무니없는 일로 여겨 피식거리는 사람이 많다. 솔직히 말하면 나에게도 녹색 베레모에 퀄런 파이프까지 비뚜름하게 문 김 씨가 천막 천으로 사방을 둘러막은 헌 우사(牛舍)에서 자신의 작품을 한답시고 돌을 쪼아 대고 있는 모습이 약간은 낯설었다.

하지만 조각하는 데 무슨 면허증이 있어야 하는 것도 아니고, 또 면허증 없이 끌이나 정을 들었다고 벌금을 물릴 수 있는 것도 아니다. 굳이 따지면 국전(國展)이니 무슨 미술대전(美術大展)이니 하여 공인 제도가 없는 것은 아니지만, 이것저것 거친 내가 보기에는 그것도 조각가와 안 조각가, 또는 못 조각가를 나누는 데 절대적인 기준이 될 수 있을 것 같지는 않다.

거기다가 실습도 습작이라면 그 점에서는 김 씨만 한 이력을 가진 신예도 드물 것이다. 내가 한 후배로서 황 선생님의 작업실에서 처음 일을 거들어 본 게 6년 전인데, 그때 이미 김 씨는 단순한 잡역부가 아니었다. 황 선생님의 작업 전반에 걸쳐 한몫을 거드는 훌륭한 조수였고, 특히 돌을 다루는 솜씨는 일품이었다. 그해 황 선생님의 개인전에 나온 돌로 된 작품 중에는 선생님이 한나절 진흙으로 빚은 주먹만 한 모형만 가지고 김 씨가 집채 같은 원석(原石)에서 생짜로 뽑아낸 것도 있다.

황 선생님의 지난번 개인전에는 더했다. 그해 선생님은 서울의 대형 빌딩에 의무적으로 세우게 되어 있는 조각을 세 개나 맡아서 몹시 바빴다. 하지만 그런 돈 되는 주문을 계속 받기 위해서도 작가로서의 성가를 올려줄 개인전은 더욱 필요해, 무리를 하다 보니 김 씨가 바빠질 수밖에 없었다.

그때 김 씨는 주물 작업도 돌에 못지않게 숙달돼, 청계천 은행 빌딩 앞에 선 청동 비천상(飛天像) 같은 것은 진흙 조소부터 마지막 색채 처리까지 거의 김 씨의 손으로 마무리 지어졌다. 그 작품에 관한 한 황 선생님이 한 일은 거친 스케치 한 장 그린 것과 조소 작업 때의 몇 가지 구두 지시, 그리고 멋진 서명이 고작이었다. 더 있다면 작품을 차에 싣기 직전에 한 샌드 페이퍼질 잠깐 정도일까.

그렇지만 내게까지 김 씨가 한 조각가로 보인 일은 이 봄 동네 뒷산 조각 공원에서 개최된 국제 심포지엄 때에 있었다. 스물이 넘는 참가국 수만으로도 벌써 휘황한 국제성을 확보한 그 심포지엄에서 황 선생님은 주최 측이면서 동시에 한국 대표 작가로 참가했다. 그런데 그 심포지엄은 콩쿠르 형식을 취하고 있어 모든 참가 작가는 보름의 행사 기간 동안 한 점씩 작품을 내기로 되어 있었다.

행사 관리와 함께 작품도 출품해야 하는 황 선생님으로서는 또 바쁠 수밖에 없었다. 재료를 돌로 선택한 선생님은 야산 중턱에 줄지어 선 참가 작가들의 천막 작업상에 거친 스케치 한 장 걸어 놓고 김 씨부터 투입했다. 전처럼 석수(石手)로서 돌 작업의 단순노동 부분을 대신하게 하기 위해서였다.

말할 것도 없이 처음 하루 이틀은 황 선생님도 참가 작가로서 모자람이 없었다. 주최 측 요원으로 부득이한 경우를 빼고는 하루 종일 김 씨와 함께 돌을 썰고 깨고 깎았다. 하지만 명색 국제 대회인 데다 아무래도 질보다는 양과 겉모양에 치우친 행사가 되다 보니 그 관리가 그리 간단하지 않았다.

서른 명 가까운 참가 작가와 그 배가 넘는 보조 인력의 숙식을 돌보고, 행사장과 숙소 사이 10킬로미터가 넘는 거리를 아침저녁 이동시키며, 여가 시간 동안에는 또 인근의 관광 명소로 안내하는 일만 해도 몇 사람의 임원으로는 벅찼다. 거기다가 대회를 연례 행사로 존속시키기 위해 자치단체와 지방 언론에 홍보하는 일이며, 이런저런 무시 못 할 방문자의 접대 같은 일들이 늘어나면서 황 선생님의 제작 시간은 점점 줄어들었다. 사흘째부터는 오후가 되어야 겨우 작업장으로 들어갈 수 있게 되고, 그나마도 하루가 다르게 시간이 반감되더니 일주일 뒤부터는 짬짬이 둘러 김 씨의 작업 현황을 점검이나 하는 형국이 되고 말았다.

그런 황 선생님에 비해 김 씨는 나날이 작가 비슷하게 되어갔다. 갈수록 다른 잡무나 단순 보조 업무가 줄어드는 대신 본격적인 작품 조성(造成)에 다가들게 된 까닭이었다. 무슨 유니폼이 있는 것도 아니고 명찰이 있어도 작업 중에 달고 다니는 사람이 없어 겉모양도 다른 작가들과 다르지 않았다. 그래서 머리와 눈썹이며 골 깊은 주름에 하얗게 돌가루를 덮어쓴 채 작업에 몰두하고 있는 김 씨를 보면 영락없이 그는 한국을 대표하는 원로 작가였다.

외국어라고는 지게 곁에 두고 A 자도 못 알아보는 김 씨였지만 옆 작업장에서 일하는 외국 작가들과의 교류에서도 전혀 막힘이 없었다. 세상 어느 나라 말에도 없는 어휘 몇 개와 손짓 발짓만으로 의사소통을 하는데, 그 교류가 얼마나 자연스러운지 곁에서 보기에도 신통했다. 김 씨는 그걸로 스물한 개 나라에서 온 스물여섯 명의 작가들에게 자신의 희로애락을 나타낼 뿐만 아니라 전기 드릴, 그라인더, 소형 착암기 같은 한국산 전기 제품들의 사용법까지 일러주었다.

그들 외국 작가 중에 옥산느라는 이름의 불가리아 여류 작가가 있었다. 김 씨와 마주 보는 천막 작업장에서 역시 돌을 소재로 작품을 만들고 있던 이로, 공산 정권 시절에 이미 인민 작가 칭호를 얻었고 서유럽에서도 여러 번 개인전을 연 적이 있다고 한다. 따라서 조각가로서는 꽤 알려진 편이었으나, 솔직히 말해, 여자로서는 그리 볼 것이 없었다. 우선 쉰을 넘은 나이도 그랬지만 오랫동안 쇠와 돌로 무겁고 큰 작품만 다루어온 터라 남성적으로 굳어진 몸매는 더욱 그랬다. 그녀에게서 굳이 여성성을 느낄 수 있는 곳이 있다면 나이 든 슬라브계(系) 여자가 흔히 그러하듯 풍만하게 남아 있는 젖가슴과 엉덩이 정도일까.

그런데 김 씨의 교류는 갈수록 그녀에게로 집중되었다. 김 씨는 일하는 틈틈이 그녀의 작업장 쪽을 살피고 그녀에게 무슨 어려움이나 불편이 없는가를 살폈다. 그리고 그녀가 조금이라도 그런 기색을 보이면 부르기 전에 달려가 해결해 주었다. 어떤 날은 아예 한나절을 떼어 함께 그녀의 작품에 매달리기도 했다.

김 씨의 그런 별난 호의는 당연히 사람들의 눈길을 끌었다. 특히 주최 측의 임원들은 김 씨가 자기보다 머리통 하나만큼은 더 크고 덩치도 배가 넘는 그녀에게서 외국에서 온 손님을 넘어, 한 여성을 느끼고 있음에 틀림이 없다며 돌아서서 낄낄댔다.

그들이 주고받은 것이 진정한 이해인지 철저한 오해인지 정확히는 알 수 없지만 옥산느도 그런 김 씨를 스스럼없이 받아주었다. 필요할 때마다 불러 머슴처럼 부려먹기는 해도, 일이 끝난 뒤에는 둘만의 교류를 연장시켜 김 씨에 대한 그녀의 남다른 정감을 드러냈다. 이를테면, 저녁 식사 후 호텔로 돌아가는 동료들에게서 떨어져 나온 그녀가 마을 공판장 같은 데서 김 씨와 늦도록 맥주를 마시다가 따로 택시를 불러 호텔로 돌아가는 게 그랬다. 특히 행사 기간 뒷부분 일주일은 거의 저녁마다 그렇게 보냈던 것 같다.

나도 한번 그런 그들의 술자리에 끼어본 적이 있는데, 그 묘한 분위기가 영 잊히지 않는다. 자리에 앉자마자 어느 나라 말에도 없는 외마디 소리로 건배를 대신하며 쉴 새 없이 맥주를 들이켜다가 눈짓 한 번 찡긋하며 킥킥 웃고 어깨 한 번 툭 치고 허허거리는 식으로 두 시간이고 세 시간이고 잘도 죽여 냈다. 그날따라 먼저 곯아떨어진 김 씨가 그녀의 부축을 받으며 숙소로 돌아가는 모습은 고목나무에 붙은 매미가 따로 없었다.

그렇지만 잔치는 파하고 봄은 다하기 마련, 마침내 심포지엄은 끝나고 작품 시상식 날이 왔다. 공식적인 자리가 되자 성장(盛裝)을 한 옥산느는 외국에서 초대받아 온 작가로서 단상에 오르고, 김 씨는 여전히 꾀죄죄한 작업복으로 행사 뒤치다꺼리를 하는 잡역부로 돌아갔다. 황 선생님은 애석하게도 본상(本像)에서는 제외되었지만, 주최 측으로 애쓴 점을 인정받아 무슨 특별상을 받게 되었다. 그런데 그 시상식이 끝나기 무섭게 공식 석상에서 내려온 옥산느가 마침 행사용 팻말을 뽑고 있던 김 씨에게 다가가 황 선생님이 들고 있는 상패를 가리키며 속삭였다.

"댓츠 유어스. 리얼리, 댓츠 유어스."

이미 말했듯, 영어라고는 알파벳도 모르는 김 씨지만 나는 그가 그러는 옥산느의 말을 알아들었다고 확신한다. 그녀를 마주한 그의 주름진 얼굴에 희미하긴 해도 분명 감출 수 없는 자부(自負) 같은 게 떠올랐다.

다음 날 옥산느가 떠날 때의 광경도 내게는 인상 깊다. 버스에 오르려던 옥산느가 저만치 떨어져서 눈으로 전송하고 있는 김 씨에게 우르르 다가가더니 어린애처럼 번쩍 안아 들고 그 메마른 볼에 입을 쭉 맞추었다. 그런 다음 다시 김 씨를 땅에 내려놓고는 무어라 알아들을 수 없는 말과 함께 솥뚜껑 같은 손으로 어깨를 툭 쳤다. 사람들은 김 씨가 그 충격으로 비틀거리는 것에만 웃었지, 불그레하게 달아오르던 그 눈가까지 알아보는 것 같지는 않았다.

나중에 옥산느가 마지막으로 한 말이 무엇이었는지를 김 씨에게 물어본 것도 나뿐이었을 것이다. 그녀의 모국어인 불가리아어쯤으로 추측은 해도, 뜻은 영 짐작이 가지 않아 물어본 것인데, 그때 공판장에 앉아 낮부터 소주를 홀짝이던 그는 조금도 망설임 없이 대답했다.

"나보고 정말로 솜씨 좋은 작가라는구면."

3. 상처 없는 영혼이 어디 있으랴

거 모르면 입 닥치고 국으로 가만히들 있어요. 김 씨 그렇게 된 속내 이 장생이 마을에서는 나만큼 아는 년도 없을 거라. 거 다 흑룡강 색시 때문이라구요. 다들 알지? 작년 여기 고속도로 확장 공사 할 때 내가 맡아 하던 함바에서 몇 달 일하다 간 그 중국 색시. 잠은 우리 아랫방에서 자구 쉬는 날은 밥도 우리 집에서 한술씩 뜨지 않았어요.

얼굴이 반반한 데다 거 뭐야, 위장 결혼인가 뭔가 해왔다가 이제는 이혼하고 혼자라는 말에 이 동네 남정네들 모두 침깨나 흘렸지, 왜. 꼴에 남자라고 그때 제일 열 올린 게 바로 김 씨였다구요. 참말로 공도 많이 들이고 애도 많이 썼지. 그러다가 그 모진 꼴 봤으니 상처는 또 오죽 컸겠어. 바로 그거라구요. 그래서 이상해진 거야. 그때도 걸핏하면 눈 척 내려 감고 조각가 선생 흉내 내며, 예술 하며 사는 게 어쩌고저쩌고, 씨월거렸다니까.

그 나이에, 그 모양에, 그 형편에 그렇게 젊은 여자를 넘보았다는 게 믿기지 않는다구? 모르는 소리 마셔. 그래도 김 씨 여자 보는 눈 얼마나 높다고. 말이야 바른 말이지 죽은 김 씨 마누라 젊을 때 모습 내가 아는데, 얼마나 훤칠했는지 알어? 팔자가 사나워 일찍 남편 잡아먹고 고생하다 이 마을에 들어올 때는 이미 그 모양 났지만. 어린 새끼 주렁주렁 달고 살길이 없어 김 씨 같은 것도 의지라고 같이 사는 바람에 같이 천덕꾸러기가 되고 말았지만……. 그런데 그 흑룡강 색시가 바로 죽은 김 씨 마누라를 꼭 빼닮았다구요.

흑룡강 색시는 또 왜 김 씨 같은 사람하고 어울렸냐구? 못된 것. 뻔하지. 김 씨 모아 둔 돈 보구야. 것도 자식이라구 이리저리 훌쳐 가 빈털터리 같지만 김 씨 아직 모아 쥐고 있는 거 제법 되는 모양이더라구요. 조각가 선생이 말로는 구석구석 쥐어박기는 해도 김 씨 월급 하나는 많잖아요. 모르긴 하지만 오비맥주에서 운전하는 재동이 아버지나 현대전자 수위 서는 언덕 집 바깥양반보다는 더 쎄게 받을걸. 그걸 하마 10년 가까이 모았으니, 자식 같지 않은 자식들이 사업 자금입네, 사고 무마 비용입네, 하고 뜯어 가도 몇 천은 아직 쥐고 있을 거라.

하기야 김 씨도 영 숙맥은 아니지. 처음에는 차악차악 달라붙는 흑룡강 색시를 의심하는 눈치도 없잖았어. 그런데 그 여우같은 게 어쨌는지 아세요. 몰색없이 껄떡거리는 것들하고 실컷 헤헤덕거려 놓고도 김 씨만 얼씬거리면 또 요조숙녀라. 그러고는 나이가 드셔도 독신이니, 누깔 시퍼런 계집 눈치 보아가며 지분거리는 젊은 것들 열하고 안 바꾼다나. 지도 낼모레가 마흔이라 함께 늙어갈 듬직한 혼처 자리 찾아보는 중이라나.

그러니 김 씨 후끈 달 수밖에. 그때 한창 정신 못 차리고 나대는 꼬락서니 봤으면. 일 마치면 아예 우리 집에 와 살았지. 함바 쉬는 날은 낮에도 암캐 따라온 수캐맨키로 우리 집에 와서 밍기작거리다가 황 선생님 호령에 끌려간 것도 여러 번이라니까. 그래 가주고설랑은 그 여우같은 것이 이래도 응, 저래도 오냐야. 정말루 쓸개고 간이고 흑룡강 색시가 빼 달랬다면 모두 빼줬을 거야. 술 밥 간에 먹고 싶다는 것이면 오밤중도 마다 않고 나가 사왔고, 쉬는 날은 또 시내에 모시고 나가 여왕님은 저리 가라야. 끼니마다 으리으리한 가든에 노래방, 극장 돌아치다가 택시 터억 불러 장생이 마을로 돌아가는 거라. 화장품이다 옷가지다 한 아름 사 안겨……어디 그뿐이야. 돌아와서는 또 고스톱인데, 이건 처음부터 잃어주기로 작정하고 치는 고스톱이라니깐.

그 틈에 끼어 이것저것 얻어걸리는 재미도 쏠쏠했지만, 한편으로는 그렇게 외로운 사람들끼리 짝을 맞추는가 싶어 나도 기꺼이 다리를 놓아주었지. 두 사람 나이나 꼬락서니가 너무 층지기는 했지만서두……. 그런데 이게 웬일이야. 김 씨가 엉뚱하게 열아홉 순정이더만. 점잖은 말만 골라 하고 손목 한 번 못 잡는 거라. 보다 못해 내가 나서서 빨리 작수성례(酌水成禮)라도 하고 합방하기를 권하기까지 했지. 그러자 고 여우같은 게 샐샐 웃으며 말하더라구. 정(情)만으로 사는 거냐고. 아파트라도 한 채는 장만해야 새로 시작해 보든지 말든지 할 거 아니냐고.

그때 김 씨에게 아파트 살 돈이 있었으면 당장 사다 바쳤을 거야. 하지만 가진 게 그렇게는 안 되었던가 봐. 아무리 시외에 있는 소형 아파트라도 오천은 쥐어야 하지 않아? 그래서 헛돈만 쏟아붓다가 그 꼴을 만난 거라구요. 보았지들, 그 범 같은 흑룡강 색시 신랑, 위장 결혼 같은 거는 애초에 한 적도 없고, 흑룡강에서부터 부부가 함께 와 돈벌이를 하고 있었던 거야. 남편은 다른 공사장에서 노가다로 일했는데, 그 공사가 끝났을 뿐만 아니라 한국에 온 지 3년이 차고 돈도 모을 만큼 모아 마누라 데리러 온 거라구요. 그사이 서울 다녀옵네, 친구 만나러 가네, 하던 것도 모두 그 남편 만나러 다닌 거구.

하지만 그건 못들 봤지. 신랑이란 작자가 보란 듯 우리 아랫방을 차지하고 누가 오랜만에 만난 젊은 내외 아니랄까 봐 밤새 동네가 요란스럽도록 상방(上房)을 차린 다음 날 위채 내 방에서 있었던 일 말예요. 닭 쫓던 개 꼴이 난 김 씨가 새벽같이 날 찾아왔는데, 밤새 무얼 했는지 10년은 더 늙어버린 얼굴이더만. 두 눈만 번들거리는 게 마주 쳐다보기 섬뜩하더라니까. 거기다가 목소리까지 차악 깔며 아랫방 색시 좀 불러 달라는데 마다할 재간이 없대. 하지만 불러주면서도 무슨 일 나는 게 아닌가 싶어 가슴이 조마조마하고 콩팥이 다 떨릴 지경이더라구요.

그런데 그 흑룡강 색시, 참 대단하더만. 그런 김 씨를 보고서두 눈도 깜빡 않는 거라. 보기에도 오싹할 정도로 찬 기운이 도는 얼굴에 날 선 목소리로 아침부터 무슨 일이냐구 묻대. 뜻밖은 김 씨였어. 나는 주머니에서 칼이라두 빼 드는 줄 알았는데 겨우 수건 한 장 꺼내 줄줄이 흘러내리는 눈물을 닦으면서 아이들 투정하듯 웅얼거리는 거야. 어찌 이럴 수 있느냐구, 사람을 속여도 어찌 이리 모질게 속이느냐구.

색시는 그 두 마디도 다 들으려 하지 않더라구요. 발딱 일어나며 야멸차게 쏘아붙이는 거야. 자기가 속이기는 뭘 속였냐구. 사람이 살다 보면 조금씩은 감추는 것도 있기 마련이 아니냐구. 그러고는 되레 몰아대는 거야. 그럼 거기는 정말로 예술가냐고, 기껏해야 조각가 밑에서 막일이나 하고 밥 빌어먹는 늙은 홀아비 아니냐구……. 말을 마친 색시가 쾅 소리 나게 문을 닫고 나가버리자 엉거주춤 따라 일어서던 김 씨가 풀썩 주저앉는데 꼭 하늘이 무너지는 것 같더만. 그러더니 한참이나 훌쩍거리다가 축 처진 어깨로 내 방을 나가는 게 가다가 쓰러져 영영 못 일어날 사람 같았어. 그리고 다음은 알지들. 밤마다 시내 나가 술 퍼마시다가 밤늦어서야 택시 대절해 들어오던 김 씨. 아마 한 달은 그랬지. 바로 그거라구요. 김 씨는 하마 그때 맛이 간 거라.

하지만 그편 말 듣고 보니 약간 그렇긴 하네. 사랑에 실패 봤다구 모두 거, 뭐야 예술가가 된다면 세상에 예술가 사태 안 나겠어요. 그렇다면 그럼, 뭘까. 무엇이 우리 김 씨를 저렇게 돌게 만들었을까.

4. 가야금 줄은 가을바람에도 운다

내 어린 연인 영숙이 아버님에게 무슨 일이 있는 모양이다. 내가 연인 얘기를 하면서 굳이 어리다는 말을 앞세운 것은 그녀의 나이가 나보다 열두 살 아래라는 것 때문만은 아니다. 재작년 갓 여상(女商)을 졸업하고 우리 회사에 들어올 때의 인상에다 과장이란 내 직급과 경리 보조라는 그녀의 직급 사이에 가로놓인 거리감이 언제나 그런 수사(修辭)를 그녀 앞에 붙이게 한다. 지금으로 봐서는 설령 우리가 결혼을 해 함께 늙어간다 해도 그녀는 내게 늘 어리게만 느껴질 것 같다.

내 영숙이가 아버님 일로 속상해하는 것은 전에도 몇 번 본 적이 있다. 모두 그녀의 의붓오빠들 때문이었다. 듣기로 영숙이네 가계는 좀 복잡했다. 어머니는 돌아가셨고, 위로 이복(異腹) 오빠 둘과 의붓오빠 둘에 이복 자매가 더 있는데, 바로 그 두 의붓오빠가 말썽인 듯했다. 하나는 되지도 않는 사업 차리기를 좋아해서, 그리고 하나는 자주 사고를 쳐서, 번갈아 시골에 사는 아버지를 털어 간다고 했다.

영숙이에게 의붓오빠라면 그 아버님과는 전혀 피가 섞이지 않은 남의 자식들이 된다. 그런데 그런 자식들의 뒤를 번갈아 봐주다니 무던히도 속이 좋은 노인네가 아닌가 싶었다. 오히려 어머니를 통해 피를 나눈 영숙이가 그 오빠들을 봐준다고 속상해하는 게 내게는 매정한 여자 같아 보였다.

낮에 점심을 함께하면서 또 그 의붓오빠들 때문이라면 몇 마디 다독여라도 주려고 넌지시 물어보았는데 영숙이는 대답도 않고 고개만 저었다. 그리고 밥만 폭폭 떠먹는 게 영 대답해 줄 뜻이 없는 것 같았다. 아무래도 이번에는 아버님 단독으로 일을 냈고, 그 내막은 내게 말해 주기 민망한 데가 있는 것 같았다.

영숙이 말로 아버님은 이천 근처 시골 마을에서 홀로 농사를 짓고 있다고 했다. 그런데 얼마 전 만나 본 뒤의 느낌은 전혀 그렇지가 않았다. 이제 한 스무 날 지났나. 회사 일을 끝내고 영숙이와 함께 나오는데 웬 꾀죄죄한 늙은이가 수위와 무슨 얘기를 나누다가 영숙이를 보고 반색을 했다. 그런데 영숙이의 반응이 이상했다. 웃지도 못하고 울지도 못하게 된 어린애처럼 굳어 있다가 체념한 듯 고개를 까닥하고는 내게 낮은 소리로 말했다.

"아버님이 오셨네요. 과장님 먼저 가세요."

하지만 영숙이가 누구인가. 인생 초장에 호된 맛을 보고 여자라면 야차(夜叉) 보듯 해온 내게 새로운 희망으로 다가온, 어리지만 귀하디귀한 연인이 아닌가. 어느 시인의 노래처럼 물방울같이 투명하고 여린 내 님 아닌가. 그리되면 영숙이의 아버지는 내게 또 누구인가. 저야 나를 맘씨 좋은 직장 상사쯤으로 여기건 말건 내게는 장차의 장인어른이 아닌가.

그날 나는 틈 있을 때마다 나를 할끔거리는 영숙이의 눈길을 못 본 체하며 그들 부녀를 가까운 암소 갈빗집으로 모셔다 젊은 후배들 말로 한 턱 거하게 냈다. 그런데 곁들인 소주 탓일까. 못내 거북해하던 영숙이 아버님이 차츰 말문을 열었다. 아마도 딸에게 근황을 얘기하는 것 같은데 만나는 사람이라는 게 황 선생이요, 서 교수요, 김 박사에 박 기자였다.

가까이서 살피니 하는 일도 영숙이가 말한 것과는 달라 보였다. 손이 거칠고 육체노동에 단련된 몸 같기는 하지만 들판에서 흙을 주무르는 농사꾼은 분명히 아니었다. 주름지고 검은 얼굴이긴 해도 햇볕에 그을은 것은 아니었으며, 머리에는 모자를 쓴 흔적도 없었다. 되도록 아버지를 내게 드러내고 싶어 하지 않는 듯한 영숙이의 눈치가 아니었더라면 나는 틀림없이 그가 하는 일을 물어보았을 것이다.

그런데 영숙이의 눈총에 쫓기듯 그 암소 갈빗집에서 일어난 지 얼마 안 되어서였다. 택시라도 잡아드리려고 이면(裏面) 골목을 빠져나오는데 영숙이 아버님이 한군데서 문득 걸음을 멈추었다. 일, 이, 삼 층을 은행으로 쓰고 있는 큰 빌딩 입구의 청동 조각상 앞이었다.

"내 작품이 여기 있었구나."

그 말에 평소에는 지나쳐 보던 그 청동상을 유심히 살펴보았다. 약간 추상화되어 있기는 하지만 피리 부는 선녀가 하늘로 날아오르는 상이었다. 그때 영숙이가 흰자위만 하얀 눈으로 제 아버지를 흘기며 쏘아붙였다.

"엉뚱한 소리 말아요. 저게 어째서 아빠 작품이야?"

"맞아, 네댓 해 전 가을에 내가 만든 거라니께. 어디 있는가 했더니……."

그렇게 대답한 영숙이 아버님은 반가운 듯 그 조각상을 두 손으로 쓸어보았다. 영숙이가 못 참겠다는 듯 한곳을 가리키며 빈정거리듯 말했다.

"차암, 내…… 허풍을 칠 데가 따루 있지. 여기 이렇게 황 선생님 사인이 있는데두요?"

내 어린 연인은 무언가 내가 알지 못하는 이유로 몹시 심사가 뒤틀려 있는 것 같았다. 하지만 영감은 조금도 움츠러드는 기색이 없었다.

"내 사인도 있어. 오른편 소매 아래 보면 가새표 두 개가 있을 거여. 석고 뜨기 전 진흙에 새겨 넣었지……. 이거 정말로 진흙 반죽부터 주물 손질까지 전부 다 내가 만든 거라니께."

그러자 영숙이가 갑자기 뺙 소리를 질렀다. 그녀의 입에서는 처음 들어보는 경기도 사투리였다.

"아부지 갈 거, 안 갈 거? 저기 택시 왔으니까 어여 가!"

나로서는 도통 원인을 짐작할 수 없는 부녀간의 불화였지만 그래서 또 끼어들 수도 없었다. 마침 근처에 선 택시에 내몰듯 아버지를 태워 보낸 영숙이는 그래도 무엇이 속상했는지 제가 앞서 나를 이끌고 근처 호프집으로 들어갔다. 그리고 오백 시시를 석 잔이나 꼴깍거리고 눈물까지 짤끔거렸는데, 그 아버지에 대해서 말한 것은 한마디뿐이었다.

"못난 영감쟁이, 의사 아들은 뒀다 뭣해, 남의 집 막일이나 하면서, 모아 둔 것까지 다 털리고……. 빙충맞게시리……."

거기까지 들어도 영숙이네 집안 자세한 속내를 알 수 없기는 마찬가지였지만, 적어도 그때까지는 내 장차의 장인 영감이 영 몹쓸 짓을 하고 다니지는 않는 것 같았다. 그런데 이제 영숙이가 저렇게 상심하는 걸 보니 꼭 그렇게만 볼 수도 없을 것 같다. 장인어른이 도대체 무슨 일을 저지른 것일까.

5. 예술가는 태어날 뿐, 오직 태어날 뿐

이상할 거 하나도 읎어. 내 하마 그 사람 이 마을에 들어설 때 알아봤다니께. 왜 그랬는지 똑 부러지게 말할 수는 읎지만, 처억 오는 감이 거 뭐시냐, 예술가 그래, 예술가더라구.

그러니까 그게 언제여. 맞아, 김 씨네 장생이 마을 들고 며칠 안

돼 12·12 터졌으니 79년도가 틀림없어. 이삿짐보다는 사람이 더 많이 탄 봉고 차에서 김 씨네 다섯 식구 내릴 때부터 이건 우리하고 다른 사람들이구나, 싶더라구.

식구라는 게 도무지 한집에 사는 사람들같이 어울리는 구석이 전혀 없는 거여. 우선 그들 내외부터 보면 안으로는 키가 훤칠한데 바깥은 난쟁이 똥자루 겨우 면한 반 동가리여. 또 안으로는 반듯한 이목구비에 병색이 돌 만큼 흰데, 밖은 지금이나 그때나 바짝 구워 놓은 살색에 반짝거리는 눈만 빼면 철저하게 민주주의적으로 노는 얼굴이여. 나이도 그려. 원판이 고와도 아낙은 이미 할망구 티가 나는데 김 씨는 찌들어도 마흔을 넘기지 못했어. 게다가 씨 도둑질은 못 한다구, 껑충한 사내아이 둘도 한눈에 벌써 그 씨는 아니더라구. 외탁한 것도 아니고 김 씨를 닮지도 않았으면 이게 뭔 일이여. 김 씨 마누라 등에 업힌 갓난쟁이는 딸이라기보다는 손녀 같구.

김 씨가 워치케 우리 장생이 마을에 자리 잡게 되었냐구? 십수 년 한 골짝에 살며 그거 아직도 몰러? 저 뒤 석산(石山) 때문이여. 파먹다 말고 허가 취소돼 시퍼런 물감으로 처발라 둔 그 석산 말여. 산 줜이 석재만 파낸 게 아니라 상석이나 계단 석재 같은 거 현장에서 바로 다듬어 팔아먹기도 했는데, 김 씨는 거기 석수(石手)로 온 거라구. 그때도 하마 돌 다루는 솜씨 하나는 기찼지. 석수 중에 망부석(望夫石) 깎을 줄 아는 것은 그 사람 하나뿐이었다니께. 그 망부석 대충 깎아 오래된 물건처럼 약품 처리한 뒤 왜놈들한테 정원석(庭園石)으로 비싸게 팔아먹던 시절 일이여.

김 씨네 집안 복잡한 내막 드러난 건 짐 풀고 며칠 안 돼서였지. 성중이 알지, 거 왜 김 씨 큰아들. 그때 중학을 다녔는데 명찰을 보니 장성중이여. 장성중이, 그게 워치케 된 일이냐구 난리 피울 것도 읎이 김 씨가 말해 주는데, 둘째 성현이까지 제 아이가 아니라고 하더구먼. 그때도 돌산 따라 떠도는 석수란 게 뭐 그리 대단한 일자리도 아니어서 우리는 당연히 홀아비로 늙어가던 김 씨가 아들 둘 딸린 과수댁과 아무렇게나 짝을 맞춘 줄 알았지.

그런데 말여, 그게 아녀. 나도 우연히 알게 되었지만서두 김 씨 그 사람 보통 사람이 아녔다구. 원래는 말여, 구제(舊制) 중학까지 나오고 서울서도 내로라하던 회사에서 펜대 굴리던 사람이었다는 거여. 음전한 색시 맞아 알토란 같은 아들까지 둘 놓고 살았다는구먼. 그런데 뭐시 잘못됐는지 그 직장에 그 색시, 그 자식 다 팽개치고 집을 나선 거여. 노름을 하다 회사 돈에 손을 댔다는 말도 있고, 술집 아가씨 반해서 살림 차렸다가 그리됐다구두 하는데, 내가 믿고 싶은 건 김 씨가 제 입으로 말한 거여.

아침에 일어나 밥 먹고 출근하고, 저녁에 돌아와 밥 먹고 자며 다람쥐 쳇바퀴 돌듯 처자식 건사로 한 10년 보낸 뒤였다는구먼. 어느 일요일 한가로운 날 팔짱을 베고 누워 있다 보니 문득 사는 게 이런 게 아닌데, 싶더라는 거여. 그래서 슬며시 일어나 산보 나오드키 집을 나온 뒤로 두 번 다시 집 쪽은 돌아보지 않았다는 거여. 이 장생이 마을에 나타날 때는 하마 집 나온 지 8년 됐다던가. 석수 일은 그 뒤 이러저리 떠돌다가 손에 익히게 된 밥

벌이 기술이구.

한평생 살다 보면 누구든 조금씩은 비틀거리기도 하고 헤매기도 하지만 김 씨같이 그러기 어디 쉬운 일이여. 다 그게 우리네처럼 살지 못하게 지어진 팔자라고. 부처님 같은 출가야 아니지만, 그냥 한번 헛디딘 구덩이에 폭삭 주저앉아 평생을 뭉기작거리는 우리와는 달라도 한참 다르게 태어난 사람이라구.

거기다가 여기서 우리와 함께 산 20년도 이제 와서 돌아보면 뭔가 남달라. 잔병치레에 성깔만 남은 늙은 마누라와 피 한 방울 섞이지 않은 두 아들 얼마나 정성 들여 거뒀어. 조각가 선생님네 들어가기 전에는 마을의 궂고 험한 잡일은 다 김 씨 몫이었지. 그러면서도 안 먹고 안 입고 두 의붓자식 고등학교까지 시켰잖여. 어디 그뿐이여. 다 자란 뒤에도 사업 차립네, 사고 쳤네, 번갈아 손 벌려도 아무 말 않고 적금 털어 애비 노릇했어. 명목이라도 그것들과 부자(父子)가 되게 한 여편네는 벌써 죽고 읎는데……. 마을 아낙들은 그런 김 씨가 속없다 흉보지만, 생각들 해봐. 그게 어디 쉬운 일이여. 그걸 봐두 뭔가 우리와는 다르게 태어난 사람이라구.

나만 아는 김 씨 얘기 하나 더 할까. 재작년 추석 전날이여. 다니러 오는 딸년과 사위 맞으려고 읍내 버스 정류소에 갔더니 김 씨 그 사람이 웬일로 양복 빼입고 선물 꾸러미를 낀 채 대합실을 서성거리드면. 늦어도 너무 늦었지만 이제라도 옛집 찾아가는가 싶데. 김 씨 큰아들이 벌써 의사가 되어 젊어 영문도 모르고 혼자 된 어머니 모시고 잘산다는 소문, 들어 보았지들. 그 마누라 그 자식 찾아가는 낯없는 길이라 김 씨를 못 본 척하면서도, 속으로는 일이 잘돼 이 마을 천덕꾸러기 면하고 그 집으루 돌아가 편히 늙어가게 되길 바랐지.

그런데 아녀. 그날 밤 늦게 김 씨가 낮에 본 선물 꾸러미 그대로 긴 채 술에 함박 취해 날 찾아왔더라구. 쫓겨났나 했는데 그게 아녔어. 아는 사람에게 받은 주소대로 신림동 어딘가 있는 아들 집을 찾아가긴 갔지만 덩실한 집 대문께에 서니 하마 마음이 약해지더라는구면. 그래서 쭈볏거리고 있는데, 갑자기 자동차 소리가 나 근처 전봇대 뒤로 숨었다는 거여. 그리고 가만히 엿보니 한 팔자 좋은 마나님이 며느리 손자 부축받으며 차에서 내리는데 30년 가까운 세월이 지나도 틀림읎이 본마누라라. 백화점이라두 다녀오는지, 저마다 봉지봉지 사 들고 활짝 웃고 떠드는 모습들이 너무너무 행복해 보이면서, 문득 자신이 잘못 찾아왔다는 생각이 들더라는 거여. 그래서 다시 뒤도 안 돌아보고 길을 되짚어 돌아와 버렸다며 꺼이꺼이 우는데 나꺼정 공연히 심란해지더라니께.

그걸 두고 혹 청승맞다거나 주변머리 없다고 흉들 볼지 모르지만, 실은 그게 김 씨여. 날 때부터 우리하고는 뭔가 조금 다르게 태어난. 그런데 그 김 씨가 이제 예술 한다니 나는 되레 아, 그거였나, 싶은디. 증말 하나도 이상할 거 읎어. 이상하다면 그런 김 씨를 진작부터 알아보지 못한 우리들이지.

6. 어둠도 별이다

나는 오늘 별난 전시회를 보고 왔다. 용케 남은 신문 신춘문예 미술 평론 부문에 입상하여 평단(評壇) 말석에 자리한 지는 아직 3년밖에 안 되지만 그동안 이 나라에서 열린 조각 개인전은 거의 빠뜨리지 않고 보아온 나다. 그러나 오늘 본 개인전만큼 기이한 감동으로 다가온 전시회는 없었다. 아마도 앞으로도 그리 흔치는 않을 것이다.

오늘 아침 내가 황영철 선생의 작업실을 찾을 때만 해도 이 별난 전시회를 보게 되리라는 예감 같은 것은 전혀 없었다. 황 선생은 벌써 십여 년째 경기도 이천에 있는 작은 산골 마을에 묻혀 살며 생명을 주제로 한 작품들을 빚어내고 있는 중진 조각가다. 근래 몇 년 작품이 뜸하다가 지난달에 천지 화랑에서 연 개인전이 호평을 받아 다시 평단의 주의를 끌었다. 내가 황 선생님을 찾게 된 것은 어떤 계간 미술잡지의 청탁을 받고서였다. "이 작가를 다시 본다."가 내가 써야 할 어정쩡한 탐방 기사의 제목이었는데, 일주일에 두어 시간 보따리 장사로 강의를 나가는 일 외에 백수나 다름없는 나로서는 마다할 수 없는 일거리였다.

황 선생의 작업실이 있는 장생이 마을은 3번 국도를 벗어나고도 새마을 포장길을 삼십 분은 더 달려야 하는 청성산 기슭에 있었다. 그런데 그 후미진 산골 마을 입구에서 난데없는 현수막 하나가 내 눈길을 끌었다.

"김창경 조각 전시회."

글씨를 싸구려 간판집에 맡겼는지 예술 작품 전시회보다는 국회의원 입후보를 알리는 현수막 같았다. 나는 이 산골에 누가 이런 걸……, 하면서 전시회 장소를 살펴보았다. 멋 부리느라 비딱한 글씨로 "물탕골 김 씨 화랑"이라 쓰고 뒤에는 괄호를 쳐서 "킴스 갤러리"라는 영어 표기까지 덧붙여 놓았다.

나는 얼른 인사동에 있는 여러 화랑들의 이름을 떠올려보았다. 아무래도 그런 이름의 화랑은 기억에 없었다. 이번에는 범위를 넓혀 강남이나 평창동 쪽을 더듬어보았다. 그리고 더 멀리 내가 아는 서울 근교의 화랑까지 모두 떠올려보았으나 끝내 그 비슷한 이름도 떠올릴 수 없었다.

황 선생과의 인터뷰가 끝나기 무섭게 내가 '물탕골 김 씨 화랑'을 물은 것은 아마도 그때 품었던 궁금함 때문이었을 것이다. 황 선생은 내 물음에 웃음부터 터뜨렸다.

"아, 그런 데가 있지요. 이 골짜기 농로를 따라 2킬로쯤 더 들어가면 나옵니다."

"김창경 씨는요?"

"신예 조각갑니다. 말하자면 이 전시회가 데뷔전인 셈이지요."

"서로 아시는 사입니까?"

그러자 황 선생은 다시 참을 수 없다는 듯 껄껄거렸다. 그러다가 이내 능청스러운 표정이 되어 대답했다.

"알다마다요. 여러 해 함께 작업해 왔습니다."

하지만 황 선생도 오래 비정하지는 못했다. 내가 관심을 가지고 한번 찾아보겠다고 하자 이내 연민과 진지함이 뒤얽힌 표정으로 김 씨의 신상 이력을 간단히 들려주었다. 그리고 자진해 앞장서며 그 화랑과 김 씨가 거기서 전시회를 열게 된 경위까지 일러주었다.

"지난 석 달 나름으로는 열심히 작업해 작품을 만들었지만 누가 그런 김 씨에게 화랑을 내줍니까? 그렇다고 비싼 대관료(貸館料) 물고 화랑을 빌릴 처지도 못 되고, 몇 푼 모아 쥐고 있던 돈은 그동안 작업실 꾸민다, 공구 사들인다, 재료값이다 해서 다 날린 뒤라……. 그래서 생각다 못해 이번에는 자신의 작업실을 다시 전시장으로 바꾼 거지요."

"누가 보러 오기는 했습니까?"

"개회식 날 김 씨가 국밥을 내며 불러 마을 사람들은 대부분 가서 봤지요. 나도 가 봤고, 또 그사이 놀러 온 친구들이나 잡지사 기자 양반들도 몇……."

"어땠습니까?"

"가서 보세요. 내 입으로 말하기는……."

거기서 황 선생은 다시 착잡한 표정이 되어 입을 다물었다. 들은 대로 김 씨의 전시장은 물탕골이라는 그 골짜기 막장의 쓰지 않는 우사(牛舍)를 개조한 것이었다. 녹슨 철제 뼈대만 남은 그 곁 동(棟)과는 달리 천막 천으로 벽을 막고 커다란 출입문을 해 달았는데 그 위에는 현수막에서 본 것과 똑같은 방식으로 '김 씨 화랑'을 알리는 간판이 붙어 있었다.

그런데 우리가 전시장 가까이 이르렀을 때였다. 황 선생이 뜻밖이라는 표정으로 말했다.

"어? 작품들이 모두 나와 있네. 벌써 전시가 끝났나? 아니면 야외 전시로 바꾼 거야?"

그러고 보니 작품들이 모두 전시장 밖에 나와 있었다. 짐작대로 거의가 석조 구상(具象)이었다. 인체와 그 변형이 위주였고, 드물게 나무나 가축들도 뒤틀린 사실(寫實)로 빚어져 있었는데 알 수 없는 일은 처음부터 그 모두가 어디서 많이 본 듯하다는 느낌이 드는 점이었다. 그러다가 이내 그 모두가 바로 황 선생의 작업실과 작품집에서 본 것들이란 생각이 들며, 비로소 그가 평을 머뭇거리던 이유를 알 것 같았다. 창조의 개념, 특히 조형적인 상상력이나 일관된 미학 논리가 결여된 노동의 산물. — 한마디로, 김 씨는 오래 손에 익은 기술로 황 선생의 작품들을 열심히 복제했을 뿐이었다.

그때 우리의 인기척에 불려 나온 듯 김 씨가 출입구로 나왔다. 신예란 말이 희극적으로 떠오를 만큼 찌들고 작달막한 늙은 이였다.

"구경 오셨슈? 허지만 작품들은 다 안에 있는디⋯⋯."

"아니 김 씨, 그럼 딴 작품들이 더 있다는 거요? 그새 새 작품으로 바꿨어요?"

황 선생이 알 수 없다는 듯 김 씨에게 물었다. 김 씨가 아무런 표정 없이 받았다.

"바꾼 게 아니고오 — 원래 내 것루다가⋯⋯. 암튼 예꺼정 오셨으니 들어와 봐유."

그 말에 우리는 이끌리듯 안으로 들어가 보았다. 전시장 안에는 제법 조명까지 갖춰진 데다가 작품 받침대들도 나름의 배치를 이루고 있었다. 그러나 받침대 위에 놓인 것은 하나같이 수북한 돌 부스러기들뿐이었다.

"이게 뭐요? 무슨 작품이 이래요?"

황 선생이 어이없다는 눈길로 날 돌아보며 김 씨에게 물었다. 이 늙은 신예가 벌써 얼치기 비구상(非具象)으로 넘어갔나, 싶어 나도 약간은 한심한 기분으로 김 씨의 해설을 기다렸다. 김 씨가 갑자기 애처롭게 들리는 목소리로 한숨 쉬듯 말했다.

"바깥 것들은 모두가 한입으루 선상님 작품이라고 하니 워쩌겠슈? 여기 이 부스럭 돌들은 그것들을 파내느라 생긴 것들인데, 그래도 내 작품이라고 할 수 있겠지유. 그거 파내느라고 흘린 내 땀하고……."

그러고는 긴 한숨에 이어 도통한 사람처럼 보탰다.

"내가 몇 달 밤낮으로 애써 만든 저 작품들을 사람들이 자꾸 선상님 것이라고 하는 게 첨에는 정말 억울했슈. 하지만 이제는 왜 그러는지 알겠구면유. 차차로 진짜 내 작품도 나오겠쥬."

(2001년)

시인의 사랑

봄은 눈뜸과 피어남과 움직임의 계절이다. 또 봄은 떠나는 이와 떠나야 할 이, 그리고 이미 떠나 떠돌고 있는 이들의 계절이기도 하다. 대지의 따스한 숨결은 겨울의 추위로 굳고 잠들어 있던 것들을 깨우고, 쉼 없는 봄바람은 끌듯 밀듯 사람의 넋을 길 위로 내몬다.

산속 깊은 곳 오두막에서 한겨울 늙고 지친 몸을 쉬었던 시인에게도 봄은 그랬다. 지난해 가을 늦게 시인은 큰 짐승을 쫓는 사냥꾼들이나 심마니 또는 이런저런 까닭으로 세상을 떠나 숨어 사는 이들이 얽어 놓은 오두막에 해진 삿갓과 나날이 무거워지는 지팡이를 내려놓고 길고 매서운 겨울 추위로부터 비껴 앉았다. 바람 없고 볕 좋은 골짜기 덤불 속에서 작은 깃을 오그리고 있는 멧새처럼, 또는 깊고 어두운 바위굴에서 혼곤한 겨울잠에 빠져든 곰처럼. 그러다가 소리 없이 다가온 봄과 더불어 그 긴 잠과 같은 멈춤에서, 어지럽고 스산하던 꿈에서 깨어났다.

온몸을 스멀스멀 간질여 오는 듯한 봄기운에 끌리어 시인이 오두막을 나서 보니 먼 산자락까지 두텁게 쌓여 있던 눈은 봉우리 끝으로 밀려가고, 겨우내 얼어붙어 있던 계곡에는 눈 녹은 물이 졸졸 소리 내어 흘렀다. 내려다보이는 들판은 벌써 기분 좋은 아지랑이를 피워 올리고 양지바른 둔덕을 덮고 있는 참꽃의 꽃망울도 어느새 터질 듯 부풀어 있었다. 바람도 많이 데워져 낡은 무명 핫옷이면 처마 밑에서도 밤을 지새울 만했다. 같은 나무 그늘 아래 사흘을 머물지 않는다던 어느 운수(雲水)의 말이 아니더라도 시인이 그 어둡고 퀴퀴한 오두막에 더 틀어박혀 있어야 할 까닭은 없었다.

시인은 그날로 괴나리봇짐을 꾸려 오두막을 나섰다. 이 세상에서의 날들이 이젠 그리 많이 남지 않은 듯한 예감이 그 봄의 시인을 바쁘게 내몰았는지도 모를 일이었다. 언제부터인가 시인에게는 봄 꽃 여름 구름이, 가을 물 겨울 눈이 어우러져 빚어내는 정경들조차도 허망하게 스러져가는 노을처럼 안타깝고 애달프게 느껴졌다.

그사이 시인은 더욱 늙어 있었다. 스스로 시가 되고 시를 사는 동안에 세월은 속절없이 흐르고, 나고 늙고 죽는 자연의 일부인 그의 몸도 그 세월을 따라 시들어갔다. 이제 시인은 솔밭에 서면 소나무 중에서도 가장 늙고 구부러진 소나무 같았고, 바위 언덕을 오르면 바위 중에서도 가장 오래 풍상을 겪어 푸슬푸슬하고 이끼 낀 바위처럼 보였다.

하지만 그 몸처럼 또한 자연의 일부인 시인의 마음은 그 봄과 함께 새로이 피어나고 있었다. 삭아가는 굴참나무 등걸에서 새 움이 돋듯이, 늙은 사슴이 묵은 털을 벗듯이, 또는 이른 봄 메마른 산봉우리 위로 아련히 피어오르는 꽃구름처럼. 그리하여 ― 아직 가보지 못한 땅과 만나 보지 못한 사람들의 세상에 다시 가슴 두근거리며 시인은 늙은 발길을 재촉했다.

시인이 자연과 인간 사이를 넘나들며 걷는 동안에 봄은 점점 짙어갔다. 들풀들이 파룻한 싹을 틔워 내고 산꽃들도 하나둘 망울을 터뜨렸다. 들짐승도 산새도 저마다의 소리와 빛과 냄새로 짝을 부르고 있었다. 시인은 조금씩 그런 봄에 취해 가며 급한 부름이라도 받은 사람처럼 멈출 줄 모르는 떠돌이의 넋에 시든 몸을 맡겼다. 그러다가 어느 이름 모를 영마루에서 발아래 골짜기의 작은 마을을 저만치 굽어보고 있을 무렵에는 봄이 한창이었다.

마을의 복숭아나무들은 불타는 구름 같은 복사꽃을 둘러쓰고, 하이얀 배꽃은 윤삼월에 때 아닌 눈꽃을 동구가 자옥하게 뿌려 댔다. 마침 한나절이라 몇 줄기 점심 짓는 연기를 피워 올리고 있는 마을의 초가집들이 야트막한 언덕 위에 모여 한 폭의 아늑한 그림 같았다. 그리고 그 언덕 발치에는 가까운 골짜기에서 흘러내린 차고 맑은 물이 한 줄기 쪽빛 띠처럼 감아 돌고 있었다. 일생을 떠돌며 이 땅 구석구석에서 흔하게 보아왔지만 그날따라 시인에게는 그런 정경들이 너무 정겹고 아름다워 눈물이 핑 돌 지경이었다.

시인은 알 수 없는 슬픔과 외로움으로 한동안 그 마을을 내려다보았다. 그런데 문득 그런 시인의 두 눈을 찔러오듯 다가드는 정경이 하나 있었다. 마을에서 한 마장쯤 떨어진 호젓한 골짜기 어귀의 개울가에서 빨래하는 아낙네였다. 무엇이 이끌어낸 힘일까, 먼빛으로나마 여인의 자태가 비치자 그 무렵 들어 스스로 느낄만큼 침침해 오던 시인의 눈은 갑자기 높이 뜬 솔개의 눈처럼 밝고 맑아졌다.

시인이 그런 눈으로 찬찬히 보니, 처음에는 그저 빨래 나온 산골마을 아낙쯤으로 여겼던 여인은 뜻밖에도 댕기 머리 처녀였다. 시인이 그녀의 등 뒤로 길게 드리운 댕기 머리를 알아본 순간 갑자기 그녀 주위를 무슨 환한 빛 무리 같은 것이 감싸는 듯했다. 아직 멀어 얼굴 생김까지 알아볼 수는 없었지만, 맑은 개울물 가에 앉아 빨래를 하고 있는 그녀는 아련한 자태만으로도 그 개울가 골짜기에 지천으로 피어 있는 그 어떤 봄꽃보다 아름다워 보였다.

시인은 자신도 모르게 몸을 일으켜 그 처녀가 있는 골짜기 개울가로 걸음을 옮겨 놓았다. 아름다움은 시인이 한살이[生] 내내 얻고자 뒤쫓은 것들 가운데서도 으뜸이었다. 그렇게 고달프고 어렵게 떠돌면서도 손 뻗으면 얻을 수 있는 아름다움을 시인이 그대로 지나친 적은 없었는데, 여인의 아름다움이 특히 그랬다. 젊은

날 시인은 그 아름다움에 이끌리고 빠져듦을,

> 먼 하늘 떠가는 기러기 물 따라 날기 쉽고
> 푸른 산 지나는 나비 꽃 피하기 어렵네.

라고 읊어, 어쩔 수 없는 힘에 이끌려 그런 양 했다. 하지만 그 것은 어디까지나 시(詩)에서 둘러댄 핑계에 지나지 않았다. 시인은 언제나 스스로 다가갔고, 때로 아름다운 여인을 차지하기 위해서 라면 낯 뜨겁고 위태한 짓도 마다하지 않았다. 그러다가 늙음과 더 불어 여인의 아름다움이 주는 감동은 조금씩 시들해 갔는데, 그 날따라 그 아름다움은 젊은 시절의 그 어느 날보다 더 강렬하고 신선한 매혹으로 시인을 이끌었다.

느닷없는 정염(情炎)으로 후끈 달아오른 시인은 처음부터 그녀 를 바라 길을 떠난 사람처럼 걸음을 재촉했다. 그런데 알 수 없는 일이 일어났다. 그를 앞으로 내몰듯 하는 정염에 감응한 것일까, 시인의 모습이 자신도 모르는 사이에 빠르게 바뀌어갔다. 눈에 띄 게 휘어져가고 있던 허리는 꼿꼿이 펴지고 비척이던 두 다리와 끌 듯 하던 발걸음도 반듯하고 사뿐해졌다. 푸슬푸슬 세어가던 머리 칼이 젊은 구렁말의 갈기처럼 힘차게 너풀거리는가 하면, 숱 많지 못한 수염이며 희끗한 눈썹까지 거뭇해지는 듯했다. 나중에는 풍 우 친 정자 기둥처럼 삭아가던 시인의 피부마저도 은은한 윤기를 머금으며 피어나기 시작했다.

시인이 홀린 듯 다가가고 있는 그 처녀는 마을 끝 골짜기 안에 따로 떨어져 사는 산지기네 외딸이었다. 그날 늙은 산지기는 머잖아 시작될 농사철에 쓰일 호미와 낫을 벼리러 몇 십 리 밖 장터로 나가고, 그 아낙은 고사리를 꺾으러 깊은 산속으로 들어가고 없었다. 혼기를 한참 넘긴 스물세 살 외딸만 남아 눈 어둡고 가는 귀 먹은 할머니와 함께 집을 지키고 있자니 활짝 핀 봄날이 그녀를 가만히 버려두지 않았다.

먼저 흩뿌리는 꽃비가 산지기네 처녀를 마당으로 불러내고, 다시 영마루 위로 높이 솟는 뭉게구름이 그녀를 사립 밖으로 이끌었다. 그러자 훨씬 가까워진 듯한 앞산 두견이 울음소리며 여럿이 엉켜 알싸하기까지 한 봄꽃 향기가 모두 그녀를 심란하게 만들었다. 가난하고 지체 낮아 이팔청춘도 일곱 해나 넘긴 데다, 그 봄에는 재취 자리 권하는 방물장수 할멈조차 오지 않았다. 그러나 알 수 없는 그리움과 기다림은 더욱 세차게 그녀를 몰아댔고, 끝내 견디지 못한 그녀는 빨래를 핑계 삼아 멀리 재넘이 길이 보이는 개울가로 나와 앉은 참이었다.

빨랫감을 물에 담그며 가만히 돌아보니 봄은 사방으로 그녀를 에워싸고 있었다. 산기슭 집 앞에 환한 복사꽃 돌배꽃부터 응달진 골짜기의 늦은 참꽃과 산수유에 이르기까지 어느 것 하나 그녀의 다치기 쉬운 마음을 건드리지 않는 것이 없었다. 맑은 물을 따라 어지럽게 떠내려 오는 갖가지 빛깔의 꽃잎들도 하나같이 그녀의 가슴을 날카로운 손톱으로 할퀴어 대는 듯했다. 그것들이 어우러져 난데없이 초여름 흐드러진 밤꽃에서와 같은 야릇한 향내를 풍기며 그녀를 메스껍게 했다.

하지만 오래잖아 처녀의 마음도 곧 그녀를 에워싼 봄 속에서 다시 피어나기 시작했다. 시집 못 가고 나이만 먹어가는 시름과 외로움은 봄눈 녹은 맑은 물에 씻겨가고, 처녀다운 기다림과 설렘이 되살아났다. 미명귀(未命鬼)도 못 돼 손각시(손말명)로 호젓한 길가에 눕게 될지 모른다는 슬픔과 두려움도 곧 오래 묵어 푹 익은 다감함으로 바뀌었다. 그래도 이 봄에는 무언가 좋은 일이 있을 것 같아. 어쩌면 밤마다 꿈꾸며 기다려온 그 님이 올지도 몰라.

그러자 새로워진 마음을 따라 처녀의 모습도 달라졌다. 개울을 덮듯 떠내려가는 복사꽃잎 고운 빛깔이 두 볼에 어리면서 원래도 밉상스럽지는 않던 그녀의 얼굴은 그 어떤 봄꽃보다 환하게 피어났다. 잡곡밥과 산나물로 기른 그녀의 몸도 봄비에 씻긴 자작나무 줄기처럼 미끈해졌고, 해진 무명 치마저고리로 감싼 그 속살은 금세 터질 함박꽃 망울처럼 희게 부풀어 올랐다. 시인이 멀리서 알아본 것은 바로 그렇게 피어난 그녀였다.

처녀도 자기 쪽으로 다가오고 있는 시인을 진작부터 알아보았다. 멀리 대처로 넘어가는 길목 영마루에 시인이 처음 나타났을 때, 그녀의 젊고 밝은 눈은 벌써 그 늙음까지 가늠했다.

'나이보다 훨씬 많이 늙고 시든 나그네가 일찍도 길을 떠나 이 깊은 산골까지 왔구나.'

무심한 눈길의 그녀에게는 처음 시인은 그렇게만 보였다. 그런데 그 나그네가 자신을 바라보며 다가오기 시작하자 그녀의 느낌은 달라졌다.

'영마루에서 보면 빤히 보이는 곳이지만 이리로 접어들면 이십 리는 더 길을 돌게 되는데, 무슨 일일까. 주막은 재 너머에 있고, 우리 집에는 찾아올 손님도 없는데……'

처녀가 그렇게 중얼거리며 살피는 동안에 나그네의 모습은 점점 변해 갔다. 기이하게도 그녀가 먼저 느낀 것은 멀리서부터 쏘아져 나오는 듯한 나그네의 눈빛이었다.

'나이는 들어도 눈빛만은 맑고 힘찬 분이로구나.'

이어 나그네의 걸음걸이가 처음 그를 보게 되었을 때의 느낌을 의심하게 했다.

'멀리서 보기보다는 젊은 분인지도 몰라. 힘차고 가뿐한 걸음걸이가 마치 산등성이를 차고 오르는 수노루 같구나.'

그러는 사이에도 나그네는 빠르게 다가왔고 처녀는 차츰 혼란스러워져 갔다.

'내가 잘못 보았어. 그렇게 나이 든 분이 아닌 것 같은데. 아래배미 위토(位土)의 주인 되시는 재 너머 마을 새서방님이 한식 성묘라도 오신 걸까. 아냐. 저것 보아. 멀리서도 저리 얼굴이 환해 뵈고 근골이 번듯한 게 아직 장가들지 않은 도련님 같아. 책을 지고 스승을 찾아 멀리 길을 나서시기라도 한 걸까. 아니면 이른 과거(科擧)라도 보러 가시는 길일까. 그렇게 저렇게 여기를 지나시다 ─ 들메끈이라도 끊어지신 게지.'

그러다가 저만치 나그네가 다가오자 처녀는 갑자기 화톳불이라도 쬔 듯 달아오르는 두 볼에 자신도 모르게 얼굴부터 붉혔다. 뚜렷하게 알아볼 만큼 가까이 이른 나그네의 얼굴은 그녀가 열두엇 소녀 때부터 밤마다 애태우며 꿈꾸어온 그 님을 닮아 있었기 때문이었다. 하지만 나그네의 얼굴에 눈길을 보내기도 잠깐, 그녀는 소스라치듯 굳어지며 두 눈을 꼭 감았다. 차마 뜬눈으로 나그네를 바라보지 못하고, 오직 속으로만 그가 바로 그토록 기다려온 그 님이기를 간절하게 빌었다.

오래잖아 처녀의 뜨거운 바람은 믿음으로 바뀌고 나그네는 어김없이 그녀가 기다렸던 그 님이 되었다. 그녀는 그토록 늦어서야 자신에게 이른 그 님이 야속하면서도 한편으로는 그제나마 찾아온 것이 가슴 터질 듯 기뻤다. 다시 눈을 뜨고 안길 듯 그 님에게로 다가가려는데 문득 나그네의 추레하고 군색해 보이는 차림이 눈에 들어왔다. 그것이 자신을 찾아오는 동안의 길고 고달픈 헤맴을 보여주고 있는 듯해, 그녀는 다시 벅차 오면서도 미어질 듯한 가슴을 두 손으로 가만히 감싸 안았다.

그 갑작스러운 감정의 변환과 뒤엉킴은 눈부시게 피어나고 있던 처녀의 아름다움에 전과 다른 풍정(風情)을 더했다. 그믐밤의 별빛 같은 처녀의 눈동자에는 마주 보기조차 가슴 저린 애련함이 어렸다. 미끈한 허리와 무명 저고리 안에서 터질 듯 부풀어 오르는 가슴에서는 까닭 모르게 처연한 떨림까지 느껴졌다.

그때쯤은 시인도 늙은 그를 단숨에 그곳으로 내몬 느닷없는 충동에서 퍼뜩 깨어났다. 취한 듯 어린 듯 이끌리어 오기는 했지만, 막상 호젓한 골짜기 물가에서 낯선 처녀와 눈길이 마주치게 되자 겸연쩍지 않을 수 없었다. 그러나 이내 그 겸연쩍음은 새롭고도 세찬 감동으로 갈음되었다. 풍성하고 다채롭던 젊은 날의 그 어떤 말로도 다 그려낼 수 없을 듯한 그녀의 아름다움이 주는 감동이었다.

'여기 세상에서 가장 아름답고 향기로운 꽃이 한 떨기 피어 있다······.'

못 박히듯 그 자리에 멈춰 선 시인은 소스라쳐 굳어 있는 처녀를 한참이나 그윽하게 바라보았다. 눈길을 받은 처녀의 얼굴이 더욱 붉어지며 정말로 세상 그 어느 것보다 청초하면서도 화사한 꽃송이가 다소곳이 수그리고 있는 듯했다. 그 때문에 더 눈부셔진 그녀의 아름다움이 문득 오래 잊고 지내 낯설어진 시인의 열정을 불 지폈다.

'나는 너를 알 듯하다. 어쩌면 지난겨울 내 스산스러운 꿈속에서 그토록 나를 간절하게 불러 댄 것은 바로 너였는지도 모르겠다. 아니, 너를 만나기 위해 이 봄 그토록 일찍 내가 길을 떠난지도 모르겠다.'

시인은 열일곱 소년처럼 두근거리는 가슴을 가벼운 기침으로 감추며 탄식하듯 속으로 중얼거렸다. 이어 오래 시(詩)로 갈고닦지 않아 밑감(원재료) 그대로 시인의 의식 밑바닥을 뒹굴던 말들이 급하게 다듬어지고 엮이어, 그 느닷없으면서도 세찬 홀림과 이끌림을 스스로 발명(변명)해 나갔다.

'네 아름다움은 내 시의 한 외경(外經)이었다. 일생 수다하게 들쳐 봐 왔지만 언제나 새롭고 낯설기만 하던 그 비전(秘傳). 구석구석 살피고 샅샅이 더듬어 보았으나 끝내 다 풀 수는 없었던 그 깊고 아득한 오의(奧義). 그래도 나는 네 살과 피의 따뜻함과 부드러움과 아늑함을 기억하고, 그것들이 내 고단했던 살과 피에, 내 외로운 넋과 얼에 베푼 것들을 일생 감격하며 사랑해 왔다. 나는 네 속에 감추어진 모든 아름다움과 부드러움, 따스함과 푸근함과 달콤함과 짜릿함과 또 그 허망함을 안다. 특히 네 아름다움, 희거나 검거나 붉어서 아름다운 것들과 좁거나 가늘거나 작아서 아름다운 것들, 그리고 길거나 넓거나 통통해서 아름다운 그 모든 것들을 이제는 늙어 쓸쓸해진 꿈속에서도 모두 그려낼 수 있다. 그것들이 내 감각에 펼쳐 보이던 낙원을 한 번도 잊은 적이 없고, 내 영혼에는 그것들에 대한 몰두와 탐닉의 기억이 지워지지 않는 흉터처럼 남아 있다. 복초(復初, 본성(本性)대로 돌아감.)를 말하고 이치를 따지지 않으리라. 하늘에 솔개가 날고 못에 물고기가 튀어 오르듯이[鳶飛魚躍, 자연의 이치대로.] 이제 다시 한번 네 아름다움 속에 내 몸과 마음을 풀어놓아 너와 나를 아울러 자유케 하고 싶구나. 너와 함께 시가 되고 싶구나.'

어찌 보면 그런 시인의 정념은 말라죽어 가는 소나무가 더 많은 솔방울을 맺듯 느닷없고 하염없는 욕정 같은 것이었을런지도 모르겠다. 질탕한 잔치가 끝나고 자리를 거두면서 그래도 미진하여 마지막으로 급하게 걸치는 한 잔의 궁색일 수도 있다. 즐거운 놀이를 끝내고 집으로 돌아가다가 저무는 길섶 한 군데 피어 있는 들꽃 한 송이까지 꺾어가는 각박함으로 볼 수도. 하지만 우리 시인에게는 아니다. 이미 시가 되고 시를 살고 있는 시인에게는 아니다.

그런 정념을 펼치려는 시인의 마음가짐도 젊어 모든 것이 설익은 시절의 그것이나 저잣거리 속된 한량들과는 달랐다. 복수를 앞둔 것 같은 다급함이며 가학(加虐)과도 같이 거친 다가듦은 식어버린 피와 성숙해 간 시심(詩心)으로 진작 잦아들고 없었다. 틀림없이 우리의 삶은 불확실한 데가 많지만 여인과 한 번의 사랑을 나누기조차 불안할 만큼 다급하지는 않다. 그때 뺏는지 뺏기는지 모르게 주고받는 것도 모진 괴로움과 다름없이 진저리쳐지는 즐거움이지만, 그렇다고 반드시 거칠게 움켜야 할 까닭은 없었다.

여인의 아름다움으로 다가들 때 곧잘 일던 죽음과 소멸의 예감이나 부질없는 소유와 독점의 망상에도 더는 부대끼지 않았다. 남녀가 몸을 섞는 일은 언젠가는 끝나게 되어 있는 우리 개체의 존재와 연관이 있지만, 그것이 바로 지금의 내가 죽고 사라짐을 뜻하는 것은 아니다. 또 자신을 본뜬 새로운 목숨을 싹 틔우기 위해서는 다른 씨앗이 날라 듦을 막아야 하지만, 남녀의 만남이 오직 그런 본뜸[自己複製]만을 위한 것일 수만은 없다. 나비는 한 꽃에 머물지 않으며, 만남은 떠나고 헤어짐으로써 비로소 온전해짐을 시인은 진작부터 알고 있었다.

그러는 사이 다시 한번 빠르고도 놀라운 변용이 시인에게 일어났다. 시드는 두 뺨 군데군데 피어나던 검버섯과 골 깊게 자리 잡아가던 주름이 어느새 말끔히 사라지고, 언제부터인가 은은한 윤기를 머금으며 피어나던 살갗은 이제 막 관례(冠禮)를 치른 젊은 이처럼 희고 맑아졌다. 그 볼에는 갈겨니의 혼인색(婚姻色)처럼이나 고운 홍조가 어리고 잿빛으로 메말라가던 입술도 붉게 부풀어 올라 있었다. 거기에다 이제는 가라말의 갈기보다 짙고 숱 많아진 머리칼이 어우러져 처녀가 꿈꾸었던 것보다 더 눈부신 그 님을 빚어냈다.

시인이 어떤 여인도 거부 못 할 성징(性徵)을 휘황한 빛처럼 내뿜으며 한 발 더 다가들자 처녀에게도 똑같은 변용이 일어났다.

'그래 저이야. 태어날 때부터 하늘에서 받아온 기억 속의 내 님이야. 젖가슴에 멍울이 맺히기 시작하면서부터 밤마다 내가 그리워하던 그분이야. 까닭 모르게 내 몸을 달아오르게 하고 긴 밤 잠 못 이루고 뒤채게 하던 내 낭군. 저이와 만나는 것은 내 오랜 꿈이었고, 저 품에 안겨 저이와 하나가 되는 것은 내가 철들면서 줄곧 기다려온 일이었어. 그런데 이제 오신 거야. 드디어 내게 이르신 거야……'

시인의 추레한 차림에서 느낀 처연함도 잠시, 처녀가 그렇게 속으로 중얼거리며 부신 눈으로 시인을 바라보는 동안 그녀 모습도 빠르게 변해 갔다. 개울가에 지천으로 피어 있는 봄꽃 가운데서도 가장 아름다운 꽃이었던 그녀는 그사이 더욱 화려하고 요염하게 피어나 보는 이를 넋 빠지게 했다. 그녀가 걸친, 쑥물 치자 물다 날아간 해진 무명 치마저고리도 어느새 수놓고 구슬 입힌 비단 활옷보다 더 호사스러워 보였다. 그 마음도 시인과 마찬가지로 자연이 되어 가슴에 더께 앉은 망설임을 털어버리고 시인과 똑같은 바람을 품었다.

'저이가 나를 안고자 하신다면 기꺼이 안기겠어. 저이가 내 안으로 들어오시겠다면 나는 서슴없이 나를 열어 받아들이겠어. 아니, 오히려 나야말로 저이와 하나가 되고 싶어. 몸과 마음 모두로 저이와 함께하고 싶어.'

이윽고 그렇게 알지 못할 조바심에 달떠 있는 처녀에게서는 사향노루의 암컷에게서처럼 배릿한 향내 같은 것도 풍겼다.

시인이 가만히 처녀에게 두 팔을 벌렸다. 그러자 무언가 눈부신 빛 같은 것이 시인의 두 팔 사이에서 쏟아져 나와 처녀를 끌어당겼다. 그게 시였을까. 어쩌면 시였을 것이다. 거기에 끌린 듯 다가간 처녀가 시인의 품에 몸을 맡기고, 시인은 그녀를 안아 가까운 산수유 꽃그늘로 데려갔다. 그 둘레에는 향기 짙은 인동덩굴과 찔레떨기들이 두터운 담처럼 우거져 바람을 막고, 바닥에는 지난가을의 낙엽이 두텁게 싸여 푹신한 요처럼 덮여 있었다.

두 사람은 얼싸안고 쓰러지듯 그 낙엽 위에 누웠다. 시인은 순결한 새의 깃털에 잘못 들어붙은 먼지나 짚 검불 같은 처녀의 거친 무명옷을 벗기고 이어 자신의 몸에서도 해묵어 흉측한 허물 같은 입성들을 떼어냈다. 흐드러진 꽃그늘 아래 원래 하나였다 나뉜 두 몸이 아무런 머뭇거림 없이 합쳐지고…… 그리고 영원과도 같은 시간이 흘러갔다.

구름이 잘생긴 봉우리를 휘감았다 가는가 싶더니, 꽃사슴 한 쌍이 부끄럼 없이 어울렸다 나뉘어 갔다. 바람이 무심히 함박꽃 가지를 흔들어 그 향기를 흩어 놓고, 골짜기 골짜기에서 쏟아져 내린 물이 함께 만나 흐르다 다시 갈라졌다. 모든 존재하는 것들의 죄 없는 만남과 헤어짐이 거기 있었으며 시인의 사랑도 그 가운데 하나였다. 그런데? 그것도 시였을까. 그래, 시였을 것이다. 틀림없이.

먼저 몸을 일으킨 것은 시인이었다. 시인은 언제 그랬는지도 모르게 벗어 내던진 자신의 낡고 해진 옷가지를 찾아 조용히 걸쳤다. 봄볕은 아직도 따뜻하게 내리쬐고 있었으나, 봄바람은 이미 열정이 식은 그의 늙은 몸이 벗은 채 오래 견뎌내기에는 아직 쌀쌀하였다. 그러나 시인의 마음을 채운 것은 젊은 날 그토록 자주 그를 서글프게 하던 환락 뒤의 적막과는 달랐다. 세상 아름다운 꿈 가운데서도 가장 아름다운 꿈에 흠뻑 젖었다가 깨어난 이의 나른함과 포만감이 있을 뿐이었다.

이윽고 처녀도 바람에 쏠려 누웠던 풀처럼 일어나 그때껏 가린 것 없이 펼쳐져 있던 알몸을 깔고 있던 무명 치마로 가렸다. 물에

씻긴 조약돌이 부끄럼 없이 그 깨끗한 속살을 햇볕 아래 드러내
듯, 자작나무가 그 희디흰 줄기를 무심히 바람에 내맡기듯, 시인에
게 맡기고 있던 그녀의 보얀 속살이었다.

처녀가 처음 그 산수유 아래로 들 때처럼 온몸을 단정히 무명
치마저고리로 여미고 일어났을 때 어느새 떠날 채비를 마친 시인
은 그림자처럼 조금씩 그녀에게서 멀어지고 있었다. 그녀는 그럴
때 해야 할 말이 있고 지어야 할 몸짓이 있다는 것을 떠올렸다. 그
러나 그녀는 멀어가는 시인을 끝내 그냥 보냈다. 소리치거나 움직
이면 허망하게 부서지고 흩어져버릴 곱고 달콤한 꿈속에 있는 듯
한 느낌 때문이었다.

처녀가 다시 빨래터로 돌아간 것은 한 번 되돌아보는 법조차
없이 멀어지던 시인의 뒷모습이 마침내 영마루 너머로 가뭇없이
사라져버린 뒤였다. 남은 빨래를 마치려고 차가운 계곡 물에 다
시 손을 담갔을 때에야 비로소 깨어난 그녀는 자신에게 무슨 일
이 일어났나를 되새겨 보았다. 화안하고 고운 봄꿈을 한바탕 꾸
었다는 막연한 느낌뿐, 그녀의 기억 속에 남아 있는 것은 아무
것도 없었다. 화안하고 고운 봄꿈을 한바탕 꾸었다는 막연한 느
낌뿐…….

재 너머 내리막길을 늙은 시인이 숨을 헐떡이며 걸어가고 있었
다. 팽팽하게 부풀었다 꺼진 욕망의 자리처럼 그의 살갗에는 전보
다 한층 더 골 깊은 주름이 덮이고 불 꺼진 재처럼 식어가는 몸은

갑자기 쇠잔해 걸음마저 비틀거렸다. 방금 그가 떠나온 것은 여인과 나눈 이 세상에서의 마지막 사랑이었지만, 기억을 거부하는 그의 의식에 남은 것은 그윽한 골짜기에 함초롬히 이슬을 머금고 피어 있는 한 떨기 청초한 나리꽃의 영상뿐이었다.

그런데 ― 조잡한 민담(民譚)은 이들의 사랑에도 저희 속된 말을 집어넣었다. 민담은 이름 몰라도 좋을 그 산지기 딸에게 '간난이'라는 이름을 붙이고, 그때로 보아서는 혼기를 넘겨도 한참 넘긴 그 시골 아가씨의 다감함은 마을 사람들이 지어준 '처녀 문장'이라는 별명을 귀띔해 넌지시 설명해 주려 한다. 그리하여 시를 하고 시를 살던 늙은 시인의 감흥이 그녀의 티 없는 갈망에 감응하여 연출된 그 연애시를 비속한 골계(滑稽)로 바꾸어 놓았다.

한바탕 흐드러진 정사를 치른 시인이 너무도 거리낌 없이, 그리고 익숙하게 자신을 받아들여 준 그 처녀의 행실을 의심하여,

수풀 짙은 어귀 접어들며
그윽하다 여겼으나,
골짜기 넓고 물 넉넉히 흐르니
반드시 먼저 지나간 사람 자취 있겠네.

라고 물음 삼아 던진 시를 그녀는 이렇게 받았다고 한다.

앞 골짜기 응달 눈은

봄이 오면 절로 녹아 흐르고

뒷동산 누런 가을 밤송이는

벌이 쏘지 않아도 절로 벌어진답니다.

(2008년)

* 「시인의 사랑」은 『시인』 33장에 별재한 단편임.

作품 해설

불가능한 것의 요구와 귀향의 힘
– 이문열의 『전야, 혹은 시대의 마지막 밤』 읽기

류보선(문학평론가)

1. 시대와의 불화와 한국문학, 혹은 한국문학과 시대와의 불화

그것이 작가의 반시대성에 기인하건 시대착오에 뿌리를 두건 그것도 아니면 미래의 전망에 기초해 있건, '시대와의 불화'는 위대한 문학의 중요한 원천이다. 시대에 순응하는 문제 틀로는 도대체가 혁신적인 이야기를 발명할 수 없기 때문이다. 물론 작가와 시대와의 불화 그것이 곧바로 작품의 문제성을 보장하는 것은 아니다. 하지만 한 작가가 순종하는 신체이기를 거부하고 현재의 상징 질서가 '쓸모없는 실존으로 격하시킨' 그것들을 귀환시키고자할 때 비로소 혁신적인 이야기가 가능하다고 한다면, 작가와 시대와의 불화는 위대한 문학의 필요충분조건은 아니더라도 최소한의 필요조건이라고는 할 수 있으리라.

　그런데 조금 유심히 들여다보면 한국의 거의 모든 작가가 '시대와의 불화'를 탄생 설화로 지니고 있는 것이 사실이다. 한국문학에 있어 작가와 시대와의 불화가 이렇게도 압도적인 것은 그것이 예외적인 상태로 한 번 출현하는 것이 아니라 구조적인 조건 때문에 계속 반복되는 까닭이다. 우리의 역사란 그 어느 시점부터라고 특칭할 수도 없을 정도로 일관되게 우여곡절의 연속이어서 '개인의 발전과 공동체의 존속의 조화'라는 서사시적이고 목가적인 사회적 풍경을 경험해 본 적이 거의 없다. 각 시기마다 사회 구성원들을 호명하고 하나의 운명 공동체로 묶어세웠던 국가기구나 초자아의 이데올로기 자체도 문제였지만, 그 이데올로기들 대부분이 개인의 자존과 자유를 전혀 인정하지 않는 절대적인 인과율로 작동한 것은 더 큰 문제였다.

　일본 제국은 조선 민중의 염원이나 고통 따위에는 관심도 가지지 않은 채 오로지 일본 제국만을 위한 통치성의 원리를 강제했으며, 해방 이후의 권력 역시 분단 체제를 극복하려는 대신에 그것을 활용하여 절대 권력을 행사한 바 있다. 이 절체절명의 위기적 상황 때문에 자연히 현존하는 상징 질서를 균열시키고 넘어서려는 대항 운동 또한 뜨거웠던 것이 사실이나 이 대항 운동의 이념 역시 절체절명의 위기의식 때문에 '철의 규율'을 강제하기는 마찬가지였다. 우리는 결코 '나라를 잃은 마당에 문학이 가당키나 한가'라는 명제로부터 자유롭지 못했고 동시에 '꿈에도 소원은 통일'

이어야 했다. 하여 우리 사회는 국가기구가 강제한 초자아는 물론 그것에 저항하는 운동이 확립하고자 하는 초자아에게도 억압을 받아야 했으며, 의식의 차원에서는 물론 무의식까지도 대타자의 욕망을 욕망하기를 강요당했다.

이렇게 거의 모든 존재, 거의 모든 작가가 무슨 숙명처럼, 저주처럼 '시대와의 불화'를 경험하며 사는 중에도 유독 '시대와의 불화'를 더 첨예하게 겪은 작가가 있다. 이문열이다. 이문열은 한때 자신의 문학 세계 전체를 우리가 사용 중인 바로 그 개념, 즉 '시대와의 불화'로 총괄한 바 있을 정도로 목적의식적으로 '시대와의 불화'를 자신의 실존적 조건으로 설정한 작가이다. 이문열의 문학은 그 출발부터 '남과 다른 자기'와 대타자의 욕망 사이의 거대한 균열을 우리 시대의 핵심적인 증상으로 설정한 바 있다. 그리고 더나아가 이 증상을 치유하기 위해, 아니면 이 증상을 지니고도 보다 더 나은 사회가 될 수 있는 길을 찾기 위해 혼신의 힘을 다한다. 한마디로 이문열 문학은 '시대와의 불화' 속에서 탄생하고 그것과 더불어 벼려진 문학이며, 개인과 시대와의 불화가 지속되는한, 영원히 멈출 수 없는 문학이다.

2. 불가능한 것의 요구와 변경 안에서 경계인-되기

이문열 문학이 '시대와의 불화'를 그 중핵으로 하게 된 데에는 물론 이문열 개인을 둘러싼 역사 지리지적 조건과 깊은 관련이 있지만 더욱 중요한 요인은 이문열 자신이 바로 그러한 조건을 그의 문학적 출발점으로 삼고 그것을 자신의 고유한 역사철학으로 맥락화하고자 한다는 데에 있다. 거칠게 단순화하면 이문열은 '변경의 작가'이다. 그가 '변경의 작가'인 것은 그가 『변경』이라는 작품을 통하여 해방 이후 한반도의 역사를 냉전 체제의 두 제국(미국과 소련)의 '변경'이라는 지정학적 위치 속에 분명하게 맥락화했다는 점에 있다. 이문열은 또한 '자유의 작가'이기도 하다. 그는 남북 분단의 상황을 곧 준-전시 상태로 선언하고 국가기구가 호명하고 지시하는 삶만을 강요하는 전체주의 사회에서 사회 구성원 모두가 자신의 의지대로 살 것을 촉구한 얼마 안 되는 작가이다. 한마디로 이문열은 '변경에서 진정한 자유를 꿈꾼 작가'이다.

그러나 이문열이 처음부터 '변경에서 진정한 자유를 꿈꾼 작가'였던 것은 아니다. 그는 처음에는 오로지 '자유의 작가'였다. 이문열의 작품 활동은 개인의 조그마한 자유나 특이성도 허용하지 않는 한국 사회의 전체주의적 질서에 대한 절망과 분노를 표현하는 것에서부터 시작한다. 이문열의 등단작은 「새하곡」이다. 「새하곡」은 인간들이 인간이 아니라 전쟁-기계로 살아가는 며칠을 집중적으로 다룬다. 그리고 이를 통해 한국 사회가 사회 구성원들에게 '순종하는 신체'의 삶을 끊임없이 강요하는 통제 사회임을 은유적으로 표현한다. 「새하곡」뿐만 아니라 이문열의 초기작은 줄곧 사회의 초자아를 일방적으로 강요하는 한국 사회를 비판적으로 형상화한다.

「타오르는 추억」은 한국 사회를 고유할 수밖에 없고 고유해야 하는 개인의 '기억'마저도 통제하는 사회로 그려내며, 「필론과 돼지」에서는 '기억을 통제당한' 개인들이 자기도 모르게 집단이 되어 집단적 폭력을 행사하는 장면을 전율적으로 보여준다.

하지만 이문열의 초기 소설에 이것만 있는 것은 아니다. 이문열의 초기 소설은 전체주의적 질서에서 발원한 통제 사회의 집단적 히스테리를 비판적으로 형상화하는 한편 그 감시와 통제로부터 벗어나 자유롭고자 하는 주체들의 모험과 환멸의 과정을 동시에 다룬다. 이문열의 초기작 중 몇몇은 기존의 낡은 질서와 가치를 단절시키고 전혀 새로운 질서와 가치 들을 재조직할 주체적 실존의 가능성을 '젊은이'들에게서 찾는다. 여전히 이문열의 대표작으로 일컬어지는 『사람의 아들』, 『젊은 날의 초상』을 통해 이문열의 소설은 끊임없이 낡은 질서와 단절하려는 젊은이의 열정과 아름다운 방황만이 통제 사회에서 자유로운 주체로 살아갈 수 있는 방법이라고 진단한다.

낡은 질서와 끊임없이 결별하려는 '젊은 날(젊은이)'에서 주체적 실존의 가능성을 찾던 이문열의 소설은 이후 한차례 변화한다. 그는 전체주의적 질서를 부정하던 '젊은이'들의 민주화 운동 역시 '철의 규율'을 내세우는 것에 절망한다. 그는 한국 사회에 전체주의적 국가기구와 전체주의적 민주화 운동 세력이라는 두 검열관이 존재한다고 선언하고 이 두 검열관 모두와 쟁투를 감행한다.

한국의 문학은 오랫동안 엄혹하기 그지없는 두 검열관에게 시달림을 받아야 했습니다. 한 검열관은 그 시대 그 체제 그 권위의 옹호와 유지에 기여해야 한다고 주장하며, 때로는 법률로 때로는 현실적인 불리(不利)로 두 눈을 부라렸습니다. 거기 비해 다른 한 검열관은 그들이 그리워하는 다음 시대를 앞당겨 실현하는 데 문학이 봉사해야 한다며 때로는 야유와 욕설로 때로는 악의에 찬 묵살로 이 나라의 문학 정신을 몰아내 왔습니다.[1]

이문열은 이 두 검열관과의 싸움을 두 가지 방식으로 수행한다. 첫 번째 방식은 사회 구성원들에게 주체적 실존을 허용하지 않는 두 개의 초자아 비판하기.『영웅시대』,『미로일지』,「우리들의 일그러진 영웅」,「구로 아리랑」이 이 경우에 속한다. 이 중『영웅시대』는 기존의 낡은 질서를 혁신하고자 했던 아버지의 삶에 주목한다.『영웅시대』는 낡은 질서를 혁파하고자 하는 선한 의지에서 출발한 아버지가 끝내는 사회 구성원 모두에게 '순종하는 신체'를 강요하는 인물로 변화하는 과정을 그려가면서 선한 의지가 오히려 더 사회 구성원들의 자유를 억압하는 결과를 낳을 수 있다는 사실을 밀도 있게 제시한다.

이문열이 한국 사회에 존재하는 두 검열관과 싸우기 위해 택한

---

1) 이문열,「길 위에 선 자의 고단함과 쓸쓸함 — 제11회 이상문학상 수상기념 연설」. 인용은 이문열,『시대와의 불화』(자유문학사, 1992), 47쪽.

두 번째 길은 이 이중 억압을 해체할 주체적 실존 형식을 찾는 것이다. 『황제를 위하여』, 「금시조」, 『시인』 등이 이 경향을 대표하는 작품들이다. 이문열이 「금시조」 등을 통해 주체적 실존의 가능성으로 제시한 삶의 형식은 '젊은 날의 초상'이라는 표현에 빗대 말하자면 '늙은 예술가의 초상'이다. 이문열은 「금시조」 등을 통해 예술가의 삶을, 그중에서도 노년 혹은 죽음을 눈앞에 둔 순간을 주목한다. 그리고 그 죽음을 눈앞에 둔 장엄한 순간을 통해 '순종하는 신체'를 집요하게 강요하는 사회에서 진정으로 자유로운 주체가 되는 길이란 기존의 낡은 질서를 혁파하고 새로운 질서를 만드는 것이 아니라 지난날 행했던 행동들을 반성하고 그중 가치 있는 것만 남기고 이어가는 행위에 의해서 가능하다고 제시한다.

「금시조」 등을 통해 '순종하는 신체'가 아닌 자유로운 주체일 수 있는 방법으로 '늙은 예술가의 초상'을 제시한 이문열은 그 이후 한 차례 더 진화한다. 이제 이문열은 해방 이후 한반도 역사를 총체적으로 형상화한 소설 『변경』을 완성한다. 우리가 이미 알고 있는 그대로 이문열은 『변경』에서 해방 이후 한국 사회가 유달리 개인의 자유를 허용하지 않는 전체주의적 질서를 반복해 온 것은 냉전 체제를 대표하는 두 제국의 변경에 놓여 있기 때문이라고 진단한다. 미국과 소련은 남한과 북한에 자신의 질서를 강요하고 남한과 북한의 정치가들은 냉전 체제의 악마적인 셈법을 악용해 그들의 독재 체제를 구축한다. 이러한 한반도의 예외적 상황 혹은 이중 삼중의 억압 속에서 자유를 획득해야 하는 만큼 민주화 운동은 훨씬 더 정밀하고 위엄이 있어야 한다고 말한다. 하지만 『변경』에 따르면, 개인의 자유를 허용하지 않는 국가기구를 비판하고 넘어서려는 세력 역시 자신들의 강력한 초자아를 위해 개인들에게 어떠한 자율성도 허용하지 않기는 마찬가지이다. 이렇게 복잡 미묘한 상황으로 인해 한국 사회는 온갖 층위에서 전방위적으로 개인들에게 오로지 '순종하는 신체'이기를 강요하는 전체주의적 사회라는 것, 이것이 『변경』이 파악한 한국 역사의 구조 혹은 근대 세계 체제 안에서 한국 사회의 특이성이다.

『변경』은 이렇게 세계사적 맥락에서 한국의 역사를 파악하고 한국의 구체적인 역사를 통해 세계사의 구조를 파악하게 한다는 점에서 그 가치가 높기도 하지만, 다른 한편으로는 이러한 전지구적 억압 속에서 주체적 실존일 수 있는 길을 제시하고 있다는 점도 눈여겨볼 만하다. 『변경』이 이 전지구적이고 전방위적인 억압 속에서 자유로울 수 있는 길로 제시하는 것은 '경계의 지식인-되기' 혹은 '자유로이 부동하는 지식인-되기'이다. 『변경』은 사회주의와 자본주의, 지배와 피지배, 억압과 저항, 낡은 질서와 새로운 질서, 현실원칙과 쾌락원칙, 대타자의 욕망과 개인의 욕망 사이에 있으라고 말한다. 그러면 자유롭게, 항상-이미-남과 다른 자기의 욕망을 욕망하며 살 수 있다고. 그리고 또한 말한다. 멈추라고, 생각하라고, 그다음에 행동하라고.

그러니까 『변경』은 견고한 냉전 체제와 분단 체제를 해체하기 위해서는 한국 사회의 모순을 강화시키는 데 기여한 현존하는 이데올로기들에 섣불리 기대지 말고 전혀 새로운 전망을 발명하는 시련과 숙련과 정련의 과정이 필요하다고 말한다. 사회주의와 (신)자유주의라는 냉전 체제의 이데올로기는 물론 그것의 변용태인 반공주의와 주체사상이 아닌 또 다른 보편성의 발명이 절대적으로 필요하며, 그것만이 변경 안에서 진정한 자유가 가능한 길이라고 말한다. 물론 그럴까, 쉬울까 하는 의문이 드는 것도 사실이고, 불가능한 것을 가능하게 하자고 요구하는 것 아닐까 하고 반문할 수도 있다. 하지만 바디우의 말처럼 불가능한 것을 요구할 때 비로소 '불가능하다고 선언되어 왔던 것을 가능한 것으로 전환시'키는 동시에 '가능한 것이 불가능한 것에서 벗어날'[2]수 있다면, 『변경』에 제시된 불가능해 보이는 목표는 제국의 변경에서 진정한 자유의 길을 찾고 동시에 우리 사회 전체를 자유의 왕국으로 비약시킬 의미 있는 좌표라 하기에 충분하다.

3. '우리들의 일그러진 세상'과 귀향의 힘!

　『전야, 혹은 시대의 마지막 밤』의 소설들을 살펴보기 전에 먼 길을 돈 셈이다. 먼 길을 돈 이유는, 동어반복이 허용된다면, 먼 길을 돌 필요가 있어서이다. 좀 더 구체적으로 말하자면, 세 가지

---

2) 알랭 바디우, 서용순 옮김, 『철학과 사건』(오월의봄, 2015), 27쪽.

이유 때문이다. 우선 하나는 『전야, 혹은 시대의 마지막 밤』의 소설들이 놓여 있는 자리를 확인하기 위해서이고, 다른 하나는 『전야, 혹은 시대의 마지막 밤』의 소설들에 잠복되어 있는 어떤 특이성, 그러니까 이문열의 이전 소설에서 보이는 반복과 차이 혹은 차이와 반복을 따져 보고자 함이다. 그리고 마지막 하나는 이 소설집에 수록된 소설들의 특이성이 이문열 소설 세계에서 그리고 한국소설사에서 차지하는 역사철학적 맥락과 의미를 되짚어 보기 위해서이다.

『전야, 혹은 시대의 마지막 밤』에 수록된 소설들은 대부분 이문열의 소설이 변경 안에서의 진정한 자유인일 수 있는 좌표를 설정하고 한국 사회를 지배하는 두 개의 검열관 혹은 두 개의 초자아와 첨예하게 맞서던 시기 이후쯤에 쓰인 것들이다. 이문열의 다른 소설에 등장하는 한 화자의 말을 빌리자면 "극단으로 대립되어 있는 수 세계와 인식 사이에서 중용이나 조화를 추구함은 시비의 끝이 아니라 시작이었다. 양비일 때는 어김없이 양쪽 모두가 적이 되면서 양시일 때는 모두가 벗이 되어주지 않았다. 그러다가 그가 새로운 기대로 찾아나선 것이 자연이었다. 그의 적막함은 결국 사람들의 시비에 끼여든 데서 비롯되었음을 깨닫고 사람들의 마을과 저잣거리를, 어느 쪽이든 편이 되지 않으면 허전하고 불안해 못 견뎌 하는 그들의 의식을 벗어났다. 그것은 또한 세상의 시비에 상처 입고 비틀거리는 그의 시를 위한 떠남이기도 했다"[3]는 그 시점쯤에 쓰인 소설들인 것이다. 이 시기에 이문열은 귀향을 감행하기

도 한다. 한때 작가 자신이 사라져버렸다고 선언한 그 고향으로.[4]

그러니까 『전야, 혹은 시대의 마지막 밤』에 수록된 이문열의 소설들은 두 개의 초자아 사이에서 때로는 양비로, 또 때로는 양시의 논리로 '자유로이 부동하는 지식인-되기'를 일단 접고 모든 존재를 근원적 성찰로 이끄는 고향으로 돌아간 상태에서 쓰인 것이다. 아니, 자신의 역사 지리지에 대한 보다 근원적 성찰을 위해 귀향을 감행했는지도 모를 일이다. 하여간 『전야, 혹은 시대의 마지막 밤』에 수록된 소설들은 두 개의 극단적인 초자아 사이에서, 양비와 양시 사이에서 균형을 잡으려는 불안한 안간힘 없이 객관적이고 냉정한 거리를 두고 이곳 속세를 조감한다. 이문열의 소설은 본래성의 마지막 영토인 고향 안에서 비본래적 가치들이 어지러이 난무하는 비본래적 세상과 역사를 하나하나 조감한다.

우선 이문열의 소설은 자신의 가족사와 더불어 자기 스스로부터 뒤돌아보고 되돌아본다. 이문열 소설이 자기 자신을 돌아본 것은 한두 번이 아니되, 이번에는 고향의 언어로 자신을 뒤돌아보고 전혀 이질적인 내러티브와 언어로 자신의 세계내적 위치를 다시

---

3) 이문열, 「시인과 도둑」(이문열, 『이문열 중단편전집 5 ― 아우와의 만남』(RHK, 2021), 56~57쪽.

4) 이문열은 그 압도적인 밀도에도 불구하고 그 중요성에 비해 상대적으로 평가를 덜 받은 『그대 다시는 고향에 가지 못하리』에서 고향에 대해 "우리들이야말로 진정한 고향을 가졌던 마지막 세대였지만, 미처 우리가 늙어 죽기도 전에 그 고향은 사라져버린 것이었다."(이문열, 『그대 다시는 고향에 가지 못하리』, 나남, 1986, 227쪽) 라고 말한다.

규정하는데, 이는 단연 이채롭고 흥미롭다. 「홍길동을 찾아서」와 「술 단지와 잔을 끌어당기며(引壺觴)」가 바로 이에 해당하는 작품이다. 작가의 아버지를 모델로 한 듯한 「홍길동을 찾아서」와 작가 자신의 출향과 귀향, 그리고 방황을 다룬 「술 단지와 잔을 끌어당기며」는 특이하게도 모두 짙은 의고체 문장과 전통적인 서사 형식을 취하고 있다. 말하자면 '전통과의 끊임없는 결별'을 모토로 하는 근대적 내러티브에 의해 사라진 전통적 내러티브를 귀환시켜 자신의 삶은 물론 자신의 가족사를 재구성한다. 이러한 전통적인 내러티브의 귀환으로 인해 이문열의 소설은 드디어 끊임없는 애증의 대상이었던 아버지의 삶을 거대한 근대 세계 체제의 질서를 거스르거나 앞서려다 혹은 그것에 적응하려다 좌절하는 희비극적 존재로 객관화하는 데 성공하기도 하고, 또 전 양식의 포폄 형식을 자신의 일대기에 결합시켜 독특하고도 밀도 높은 자서전을 완성해 내기도 한다.

　이문열의 소설이 귀향한 자의 시선으로 돌아보는 또 다른 대상은 어느 날 문득 근대 세계 체제에 강압적으로 편입되면서 물신적 존재로 전락하는 고통을 절감했으면서도 이제는 어느 사회보다도 빠르게 근대 세계 체제를 향해 질주하는 한국의 역사와 한국 사회 전체이다. 그중에서도 「그 여름의 자화상」은 특히 해방 전후의 사회적 풍경을 복원해 내면서 1945년, 도둑처럼 찾아온 한국의 해방은 일본 제국으로부터 사회 구성원 모두가 진정으로 자신의 욕망을 욕망하는 존재로 거듭난 해방적 사건이 아니라 근대 세계 체제 특유의 물신성과 모순을 그대로 이어받은 이름만 해방인 해방으로 재맥락화한다. 「그 여름의 자화상」에 따르면 8·15를 진정한 해방이라는 사건적 계기로 전화시키기 위해서는 "엄밀하게 정도와 범위부터 규정해 친일파를 무력한 소수로 만들어 놓고 처단하든지 말든지 해야 하는데", 정작 우리의 8·15 해방은 "모두 감정만 앞세워 친일, 친일파 하고 떠"들거나 아니면 그 결정적인 역사의 갈림길에 개인의 이해타산에 함몰되어 결국은 "나라 팔아먹고 동족 때려잡아 떵떵거리며 살던 놈들까지 한 덩어리가 되어 얼씨구나, 다 빠져나가"[5]고 마는 이상한 해방이 되고 말았다.

「그 여름의 자화상」이 자연과의 합일이라는 본래적 가치를 상실하고 점점 타락한 근대 세계 체제에 매몰되는 우리의 역사를 다룬 작품이라면, 「운수 좋은 날」, 「전야, 혹은 시대의 마지막 밤」, 「달아난 악령」 등은 비본래적인 가치가 본래적인 가치를 뒤덮어 버린 우리 시대의 부조리한 자화상을 밀도 높게 그려낸 소설들이다. 가령 현진건의 「운수 좋은 날」을 현대적으로 다시 쓴 「운수 좋은 날」은 물질적인 행운 그것만을 삶의 '운수'로 오인, 물질적인 가치만을 좇다 몰락하는 이야기를 희비극적으로 그려낸다. 반면 '그렇지만 냉정히 돌아보면' 등의 표현이 자주 반복되는 「전야, 혹은 시대의 마지막 밤」은 오로지 앞만 보고 경제적 발전만을 추구해

---

5) 이문열, 『이문열 중단편전집 전집 6 — 전야, 혹은 시대의 마지막 밤』(RHK, 2021), 290쪽. 앞으로 이 책에서 인용시 작품명과 쪽수만 표시.

왔던 물신적 가치관이 결국은 IMF라는 파국적 상황을 불러왔다고 진단한다. 그런가 하면 「달아난 악령」은 70, 80년대 한국 사회를 지배했던 두 개의 초자아 중 민주화 운동 세력에 대한 매서운 비판을 가한다. 「달아난 악령」은 표면적인 서사에만 주목하면 80년대 민주화 운동권의 악습과 악행으로 인해 처절한 불행에 빠진 딸을 둔 아버지가 딸의 운명을 전락시킨 운동권 출신 교사를 악령으로 규정하고 딸의 복수를 위해 악령을 좇는 이야기다. 「달아난 악령」은 작품 곳곳에서 작중 화자의 말을 빌려 70, 80년대 민주화 운동 세력의 타락상에 대해 혹독하고도 매몰찬 비판 장면을 자주 등장시킨다. 독재적인 국가 기구가 인간을 그 자체 목적으로가 아니라 자신의 권력 유지를 위한 '순종해야 마땅한 신체'로 대상화하는 것을 비판하면서도 그들 역시 인간을 어떤 목적을 위한 수단으로만 바라본다는 이유 때문이다.

이처럼 「운수 좋은 날」 등의 소설들은 모든 생명을 존중하는 대신 물신적 관념이 지배하는 비본래적인 한국 사회를 냉정하게 바라보고 표현한다. 특히 「달아난 악령」에서 보듯 70, 80년대 민주화 운동권에 대한 시선은 심지어 냉혹하기까지 하다. 아마도 정의롭지 못한 세상을 넘어서기 위해서는 누구보다도 정의로워야 할 대항 세력과 대항 담론이 똑같이 오염되어 있다는 것에 대한 실망감일 수도 있고, 대항 담론마저 정의롭지 못하면 타락한 세상을 바꿀 명분이 없어져 영영 현재의 상징 질서 너머를 꿈꾸는 게 불가능해질지도 모른다는 위기의식의 산물일 수도 있다. 하여간 이

시기 이문열의 소설은 고향에 돌아온 존재자의 시선으로 고향 바깥의 상징 질서에 대한 날카로운 비판을 행한다.

4. 책임 나누어 갖기와 부정적인 것과 함께 머물기, 혹은 불가능한 것의 가능성

『전야, 혹은 시대의 마지막 밤』에 수록된 소설들에서 우리가 주목해야 할 것은, 그러나 '우리들의 일그러진 세상'에 대한 냉정한 응시만이 있는 것이 아니라는 점이다. '우리들의 일그러진 세상'에서 올바르게 살 수 있는 길, 그리고 나아가 '우리들의 정의로운 세상'을 만들 수 있는 윤리적 계기 또한 제시한다. 그러니까『전야, 혹은 시대의 마지막 밤』에는 타락한 세상에 대한 냉정한 응시 외에 이 타락한 세상을 넘어설 희망의 원리에 대한 열망도 같이 누빔점으로 구동하고 있다.

희망의 원리에 대한 열망이라는 관점에서 볼 때『전야, 혹은 시대의 마지막 밤』에서 단연 주목되는 작품은「백치와 무자치」이다. 어린 시절 치기로 벌인 장난 때문에 앞길이 훤하던 친구를 백치로 만든 두 사람의 파멸 이야기를 다룬 이 소설은 여러모로 의미심장하다.「백치와 무자치」는 어떤 점에서는 어느 날 우연히 발생한 사건을 어떻게 자기화해야 하는지에 관한 소설이기도 하고 또다른 측면에서는 이미-항상 심각한 증상을 앓고 있는 존재들에

둘러싸인 오늘날의 상황을 어떻게 살아야 하는가에 대한 소설적 응답이기도 하다.

소설의 개요는 간단하다. 모든 면에서 자신들을 앞서가는 친구 때문에 늘 열패감을 느끼던 두 친구는 어느 날 조금은 질투가 섞인 장난을 벌인다. 그런데 그만 그 장난이 친구를 백치로 만든다. 백치가 된 친구가 자신이 왜 백치가 되었는지를 말하지 못하자 둘은 안도하고 진실을 숨긴다. 하지만 백치인 친구가 불행해질 때마다 둘의 죄의식은 더 커지고, 둘의 죄의식이 커질수록 그것은 백치인 친구를 가학하는 것으로 표출된다. 어느 순간은 양심의 목소리에 따라 백치인 친구를 지극 정성으로 치료하지만 실패하자 둘에게는 자기들이 벌인 죄에 비해 너무 가혹한 (자기)처벌을 받는다는 원망이 걷잡을 수 없이 커진다. 결국에는 백치인 친구가 백치가 된 상황을 재연하다 둘 중 한 명이 공포를 못 이긴 백치 친구에게 처참하게 살해당한다.

이상이 「백치와 무자치」의 기본 서사인 바, 간단한 개요에 비해 소설이 말하고자 하는 의미는 간단치 않다. 어떤 면에서는 심오하다 할 수도 있는데, 정리하자면 이렇다. 첫 번째는 갑자기 어떤 사건이 도래했을 경우, 그리고 그 사건이 오히려 두 번 다시 일어나지 않을 사건이거나 책임을 회피할 수 있는 경우에 해당할수록, 그 사건을 외면해서는 안 된다는 것. '사건이란 비가시적이었던 것 또는 사유 불가능하기까지 하던 것의 가능성을 나타나게 하는 어떤 것'이라고 한다면, 사건과 외설적으로 조우한 존재들에 중요한 일은 사건 속에 담긴 의미를 끊임없이 자기화하는 일이다. 특히 각자가 개입된 불행한 사건일수록 사건을 충실하게 자기화하는 진리의 절차를 밟는 일은 중요하다. 만약 그런 사건 자체를 외면한다면 그것은 극복하기 힘든 죄의식을 불러올 것이고, 그 죄의식은 그것을 솔직히 자기화하는 경우보다도 훨씬 더 감당하기 힘든 극한의 행동들을 불러온다.

「백치와 무자치」가 말하고자 하는 두 번째 의미는 어느 날 의도하지 않은 행동이 돌이킬 수 없는 비극이나 불행을 불러와서 자신이 심각한 위기 상황에 놓였다 하더라도, 오히려 그런 경우에 해당할수록, 불행 자체를 한순간에 도려내듯 해소하려 해서는 안 된다는 것. 증상이 발생했다고 해서 그 증상을 함께 머무는 대신에 그 증상을 근원적으로 해결하려는 조급증에 빠지면 증상은 더 극한 증상을 불러온다는 것. 그러므로 심각한 위기 상황일수록 증상들과 함께 살며 차근차근 그 죄의식을 씻어가며 살아가야 한다는 것. 그럴 때만 위기적 상황이 오히려 한 개인을, 그 개인들이 모인 사회 전체를 고차의 그것으로 진화시킬 수 있다는 것.

우리가 「백치와 무자치」의 이러한 실재적 윤리에 주목해야 하는 이유는 이 소설이 확보한 윤리의 문제성 때문이기도 하지만 동시에 「백치와 무자치」의 문제의식이 『전야, 혹은 시대의 마지막 밤』에 수록된 소설 곳곳에 흩뿌려져 있다는 점 때문이다. 가령 「그

---

6) 알랭 바디우, 앞의 책, 25쪽.

여름의 자화상」의 경우 일제 잔재의 진정한 청산은 일본 제국의 야만적 흔적을 한순간 모두 도려내려는 방식으로 가능하지 않았다고 말한다. 야만적 흔적을 전면적으로 부정하려 할 경우, 그러면 식민지 시대를 견뎌 온 모든 사람들이 친일파가 되고 결국 친일파마저도 처벌하지 못하는 역설적 상황이 펼쳐질 가능성이 농후했다는 것. 그런데 우리의 경우는 친일파 모두를 청산해야 한다는 강박증 때문에 결국 친일파가 계속 득세하는 부조리한 상황이 연출되었다는 것이다.

「그 여름의 자화상」에 따르면 악의 청산 혹은 타락한 사회의 극복은 근본적 해결이나 모순을 도려내는 것으로 가능하지 않다. 오히려 그것은 청산해야 할 악을 더욱 강화시킨다. 그러므로 중요한 것은 악이 전부가 아니라 존재하는 악 중 반드시 청산해야 할 악을 '엄밀하게 정도와 범위부터 규정해' 그것을 부정하고, 나머지는 사회 구성원과 함께 머물게 하는 것이다. 그래야만 죄를 지은 자는 평생 그 죄의식을 씻으며 살아갈 수 있고 죄가 미약한 자는 죄가 미약하더라도 그 죄의식을 나누어 가지면서 모두 다 같이 부조리한 질서를 극복하고 새로운 꿈의 세계를 만들어갈 수 있다.

『전야, 혹은 시대의 마지막 밤』에 수록된 이문열 소설의 이러한 역설적이어서 특유한 역사철학은 흔히 70, 80년대 민주화 운동에 일방적으로 비판의 목소리를 높인 작품으로 읽혀 왔던 「달아난 악령」에도 그대로 녹아 있다. 채만식의 「치숙」을 연상시키는 이 소설은 작중 화자가 70, 80년대 민주화 운동을 상징하는 운동권 인물을 자신의 딸의 인생을 망친 악령으로 규정하고 그의 죄를 징치하기 위해 그를 좇는 소설이다. 겉으로 보자면 70, 80년대 민주화 운동의 의의는 충분히 인정하지 않고 대신 그것의 부작용과 폐해는 전면에 부각시키는 비대칭적 서술 때문에 70, 80년대 민주화 운동에 대한 전면적이고 노골적인 비판처럼 보이지만 「달아난 악령」은 그렇게 단순한 소설은 아니다. 「치숙」이 사회주의를 꿈꾸었다 이제는 그 꿈을 접은 숙부를 비판하는 듯하지만 사실은 그 숙부를 비판하는 영악한 조카를 풍자하고 있는 것처럼 「달아난 악령」 역시 그와 유사한 아이러니적 구조를 취하고 있다. 「달아난 악령」의 작중 화자는 70, 80년대 민주화 운동권의 인물에 대해, 사회의 모순을 자본주의의 어떤 부분이 아니라 자본주의 자체에서 찾고 그것을 도려내면 새로운 세상이 올 것이라 믿으며 그 목적이 옳기 때문에 그를 위한 어떤 수단과 방법도 정당화한다는 이유로 그를 '악령'이라 명명한다. 그리고 거기에서 더 나아가 그를 딸을 불행에 빠뜨린 단 하나의 절대 요인으로 규정하고 그에 대한 복수를 꿈꾼다.

하지만 작중 화자의 관점에 따르면 작중 화자가 집요하게 악령이라 부르는 그 인물과 마찬가지로 자신도 악령이기는 마찬가지다. 작중 화자 역시 어떤 위기적 상황이 발생한 다각적인 원인을 찾는 대신에 오로지 한 가지 요인을 절대화하고 그것만 근절하면 위기적 상황에서 벗어날 것이라고 믿으며 그를 위해서는 어떤 수단과 방법도 정당하다고 믿고 있기 때문이다. 그렇다면 「달아난 악령」은 선후 관계야 어떠하든 한 악령이 또 다른 악령을 좇는 이야기이며, 70, 80년대 민주화 운동권을 비난하는 소설이 아니라 우리 사회가 안고 있는 위기의 원인을 오로지 상대 진영에게만 묻고 자신들은 어떠한 죄의식도 갖지 않는, 우리 사회에 존재하는 양 극단과 그들의 극단적인 대립을 비판하는 소설이라 할 수 있다.

우리 사회에 존재하는 두 극단과 그것의 대립을 우리 사회의 핵심적인 증상으로 읽어낸 「달아난 악령」이 이 파국적 상황에서 벗어날 수 있는 방법으로 제시하는 길은 우리가 짐작할 수 있는 바로 그것이다. 그 증상의 원인을 자기 아닌 다른 것에 돌리고 그것만 도려내면 모든 문제가 해결된다는 단순한 논리가 아니라 그 증상과 함께 머물며 그에 대한 책임을 나누어 가지는 것. 바로 여기가 출발점이어야 한다는 것. 이렇게 사회 구성원 모두가 죄의식을 느끼면서 죄의 근원과 거리를 두다 보면 모순의 근원을 '무력한 소수'로 만들 수 있고 그러면 그 순간 꿈의 세계가 도래할 수 있으리라는 것.

이러한 이문열의 도저한 문제의식은 1990년대 한국 사회 전체를 공포에 빠뜨렸던 IMF라는 위기적 상황을 다룬 「전야, 혹은 시대의 마지막 밤」에서도 그대로 이어진다. 「전야, 혹은 시대의 마지막 밤」은 어떤 결단이 필요한 두 남녀 사이와 IMF라는 위기적 상황에 빠진 한국 사회를 유비시키면서 IMF라는 위기적 상황은 한국 사회의 총체적 위기이지 결코 몇몇 정치가나 경제인의 판단착오가 아니라는 것, 그러므로 위기의 원인으로 그들만을 지목하고 그들의 죄를 묻는 것으로 위기를 벗어나는 것은 불가능하다는 것, 따라서 우리 사회 구성원 모두가 그 위기의 원인인 만큼 책임을 나누어 가지고 전혀 새로운 존재들로 다시 태어나야 한다는 것 등을 밀도 있게 제시한다. 즉 시대의 마지막 밤을 살고 있는 우리는 위기의 원인을 서로에게 돌리며 대립하고 살 것인가, 아니면 위기의 원인이 된 (신)자유주의라는 전체주의를 '무력한' 그것이 되도록 위기에 대한 책임을 서로 나누어 갖는 윤리적 주체로 거듭날 것인가 하는 결단의 기로에 있다는 것이다. 「전야, 혹은 시대의 마지막 밤」이 제시하고 있는 길이 후자임은 물론이며, 「전야, 혹은 시대의 마지막 밤」에서 제시하고 있는 그 길은 여러 파국적 징후에도 불구하고 더욱 거세지고 있는 신자유주의의 높은 파고에 끊임없이 동요하는 최근의 상황을 감안하면 더욱 경청할 만하다.

『전야, 혹은 시대의 마지막 밤』에 수록된 소설 중 이 시기 이문열의 문제의식과 지향점을 가장 응축된 형식으로 보여주는 소설은 「김 씨의 개인전」이다. 「김 씨의 개인전」은 주어진 현실원칙에 충실하게 순응하며 잘 살아가다 어느 날 문득 그 삶이 주는 권태와 비본래성에 오히려 죽음의 공포를 맛보고 현실 세계 바깥으로 뛰어나온 '김 씨'의 일대기를 통해 앞서 이문열의 소설 세계를 설명하던 방식대로 거칠게 말하자면 '자유로이 부동하는 늙은 노동자-예술가 되기'라는 명제를 제시한다. 「김 씨의 개인전」의 '김 씨'는 상징 질서에 순종하는 신체로 붙잡혀 살지 말고 자신의 욕망을 욕망하되 어떤 구조적인 모순 때문에 불이익을 당해도 그 구조 속의 한 개인이므로 그 책임을 나누어지고 대신 자신은 그러한 모순을 반복하지 않는 자유로우면서도 책임감 있는 삶의 태도를 일관되게 유지하는 바, 「김 씨의 개인전」은 이러한 '김 씨'의 삶을 적극 예찬한다. 특히나 세상이 요구하는 허명을 좇다 자기 스스로의 고유성을 상실하는 것은 물론 허명의 세상을 강화해 주는 대신에 비록 세상은 인정해 주지 않아도 자신이 노동한 결과물 혹은 자기 노동의 흔적에서 자신의 존재됨을 찾아 나가는 마지막 장면은 손을 모을 정도로 감동적인 데가 있다. 이렇듯 작가 이문열은 먼 길을 돌고 돌아 자신의 고향에서 '자유로이 부동하는 지식인' 대신에 '자유로이 부동하는 늙은 노동자-예술가'를 다시 발견하며 그들이 행하는 행위 예술의 순간을 비본래적인 것들이 넘쳐나는 신자유주의 질서를 넘어설 수 있는 힘으로, 그러니까 불가능한 것의 가능성으로 제시한다.

5. 『전야, 혹은 시대의 마지막 밤』의 귀환과 그 의미

그간 이문열의 후기 소설 그러니까 『전야, 혹은 시대의 마지막 밤』에 수록된 소설들은, 이문열의 소설이 한국문학사의 한 정점이라는 것을 망설임 없이 인정하는 이들에게조차도 충분히 평가받지 못한 감이 없지 않다. 여러 요인이 있겠지만 아마 핵심적인 요인은 작품이 발표될 당시 작가 이문열이 시대와 불화하며 만들어졌던 여러 풍문들 때문일 것이다. 그 집요한 풍문들 때문에 이 시기 이문열의 소설에게 다가가기가 쉽지 않았던 것이 사실이며, 또 다가갔다 하더라도 그 소설을 소설로 세밀하게 읽어내는 일 역시 용이하지 않았던 것이 사실이다. 그 시기 이문열의 소설에 관한 한 쟁점이 너무도 선명해서 우리는 이문열의 소설을 읽은 것이 아니라 당시의 쟁점에 대한 찬반을 확인하곤 했을 뿐이었다. 그 결과『전야, 혹은 시대의 마지막 밤』의 소설들은 한 번도 냉정하게 소설로 읽히지 못한 채 이문열 소설의 후일담 소설 정도로 덮이고 말았다.

하지만 이제까지 우리가 살펴보았듯『전야, 혹은 시대의 마지막 밤』의 소설들은 그렇게 무심하게 넘길 소설들이 아니다. 이 소설집에는 점점 더 본래적인 것에서 멀어지는 현대인의 삶에 대한 진지한 성찰이 있는가 하면 전통적인 내러티브와 보편적인 내러티브를 결합해 전혀 새로운 내러티브를 발명하려는 기법에의 의지가 있고, 무엇보다 우리가 처해 있는 '변경'적 상황에서 진정으로 자유롭게 살 수 있는 길을 찾고자 하는 한 작가의 평생을 바친 고투의 과정이 있으며, 더 나아가 그러한 과정 끝에 찾아진 우리 모두가 바라보고 갈 만한 의미 있는 좌표가 있다.

우리는 한때 우리를 둘러싸고 있는 시대적 분위기 때문에『전야, 혹은 시대의 마지막 밤』의 소설들이 행한 값진 성찰을 흘려보낸 적이 있다. 이 값진 성찰들이 다시 우리 곁으로 돌아온다. 억압된 것이 귀환할 때 그것은 곧 새로운 진리 절차가 시작된다는 것을 의미한다. 그런 점에서 보자면 『전야, 혹은 시대의 마지막 밤』
의 귀환은 무조건 환대할 일이다. 『전야, 혹은 시대의 마지막 밤』
과 더불어 견고했던 상징 질서 너머를 엿보는 것이 가능해졌고,
우리 스스로가 원초적으로 억압했던 타자와 다시 대면할 수 있
게 되었기 때문이다. 이제 우리가 『전야, 혹은 시대의 마지막 밤』
으로 돌아갈 차례다.

작가 연보

1948년(1세) 5월 18일 서울 청운동에서 영남 남인(南人) 재령(載寧) 이씨(李氏) 집안에서 아버지 이원철(李元喆)과 어머니 조남현(趙南鉉)의 셋째 아들로 태어나다. 본명은 이열(李烈).

1950년(3세) 한국전쟁이 일어나자 부친 이원철이 월북하다. 어머니를 따라 고향인 경상북도 영양군 석보면 원리동으로 이사하다.

1953년(6세) 경상북도 안동읍으로 이사하고, 중앙국민학교에 입학하다.

1957년(10세) 서울로 이사하여 종암국민학교로 전학하다.

1958년(11세) 경상남도 밀양읍으로 이사하여 밀양국민학교로 전학하다.

1961년(14세)	밀양국민학교를 졸업하고, 밀양중학교에 입학하다. 6개월 만에 그만두고 고향으로 돌아가다.
1962년(15세)	이후 3년 동안 큰형님이 황무지 2만여 평을 일구는 것을 지켜보다.
1964년(17세)	고입 검정고시에 합격하고, 안동고등학교에 입학하다.
1965년(18세)	별 다른 이유 없이 안동고등학교를 중퇴하다. 부산으로 이사하여 이후 3년 동안 일없이 지내다.
1968년(21세)	대입 검정고시에 합격하고, 서울대학교 사범대학 국어교육과에 입학하다.
1969년(22세)	사대문학회에 가입하여 활동하다. 이 시기에 작가가 되기로 마음을 굳히는 한편, 사법고시를 준비하다.
1970년(23세)	사법고시를 준비하려고 학교를 중퇴하였으나 이후 세 번 연속 실패하다.
1973년(26세)	박필순(朴畢順)과 결혼한 후 군에 입대하여 통신병으로 근무하다.
1976년(29세)	군에서 제대한 후 고향으로 돌아가다. 곧바로 대구로 이사하여 여러 학원을 전전하면서 학원 강사를 하다.
1977년(30세)	《대구매일신문》 신춘문예에 단편 「나자레를 아십니까」가 입선하다. 이때부터 이문열이라는 필명을 사용하다.
1978년(31세)	대구매일신문사에 입사하다.
1979년(32세)	《동아일보》 신춘문예에 중편 「새하곡(塞下曲)」이 당선되다. 『사람의 아들』로 민음사에서 주관하는 제2회 〈오늘의 작가상〉에 당선되다. 단행본 출간 후 공전의 히트를 기

록하다. 「들소」, 「그해 겨울」 등을 잇달아 발표하면서 작품의 배경에 깔려 있는 풍부한 교양과 참신하고 세련된 문장, 새로운 감수성으로 한국 문학에 돌풍을 일으키다.

1980년(33세) 대구매일신문사를 퇴직하고 전업 작가로 나서다. 김원우, 김채원, 유익서, 윤후명 등과 〈작가〉 동인으로 활동하다. 『그대 다시는 고향에 가지 못하리』, 『그해 겨울』 출간. 「필론의 돼지」, 「이 황량한 역에서」 발표하다.

1981년(34세) 「그해 겨울」, 「하구(河口)」, 「우리 기쁜 젊은 날」 연작으로 이루어진 자전적 장편 『젊은 날의 초상』을 출간하다. 소설집 『어둠의 그늘』을 출간하다.

1982년(35세) 「금시조(金翅鳥)」로 〈동인문학상〉을 받다. 장편소설 『황제를 위하여』, 『그 찬란한 여명』을 출간하다. 「칼레파 타 칼라」, 「익명의 섬」 등을 발표하다.

1983년(36세) 『황제를 위하여』로 〈대한민국문학상〉을 받다. 장편 『레테의 연가』를 출간하다. 《경향신문》에 연재할 『평역 삼국지』의 자료 수집을 위하여 대만에 다녀오다.

1984년(37세) 장편 『영웅시대』를 출간하고, 이 작품으로 〈중앙문화대상〉을 받다. 장편 『미로일지』를 출간하다. 11월 서울로 이사하다.

1985년(38세) 소설집 『칼레파 타 칼라』를 출간하다.

1986년(39세) 대하 장편 『변경』을 《한국일보》에 연재하기 시작하다. 장편 역사소설 『요서지(遼西志)』를 출간하다. 경기도 이천군 마장면에 작업실을 마련하고, 그곳에서 집필 활동을 시작하다.

1987년(40세)	「우리들의 일그러진 영웅」으로 〈이상문학상〉을 받다. 소설집 『금시조』를 출간하다.
1988년(41세)	나관중의 『삼국지연의』에 작가 자신의 비평을 달아 현대어로 옮긴 『이문열 평역 삼국지』를 출간하다. 소설집 『구로 아리랑』, 장편소설 『추락하는 것은 날개가 있다』를 출간하다.
1989년(42세)	대하장편소설 『변경』 제1부 세 권을 출간하다.
1990년(43세)	「금시조」, 「그해 겨울」이 프랑스에서 출간되다.
1991년(44세)	첫 산문집 『사색』을 출간하다. 장편 『시인』을 출간하고, 번역으로 『수호지』를 출간하다. 「새하곡」이 프랑스에서, 「금시조」와 「그해 겨울」이 이탈리아에서 출간되다.
1992년(45세)	산문집 『시대와의 불화』를 출간하다. 단편 「시인과 도둑」으로 〈현대문학상〉을 수상하다. 〈대한민국문화예술상〉(문학 부문)을 수상하다. 「금시조」가 일본에서, 『우리들의 일그러진 영웅』과 『시인』이 프랑스에서 출간되다.
1993년(46세)	장편소설 『오디세이아 서울』을 출간하다. 이탈리아와 네덜란드에서 『시인』이 출간되다.
1994년(47세)	그동안 발표했던 모든 중단편을 모아서 『이문열 중단편전집』을 출간하다. 세종대학교 국어국문학과 정교수로 부임하다. 일본에서 『우리들의 일그러진 영웅』이 출간되다.
1995년(48세)	뮤지컬 「명성황후」의 원작인 장막 희곡 『여우 사냥』을 출간하다. 콜롬비아에서 「금시조」, 「우리들의 일그러진 영웅」, 『시인』이, 러시아에서 「금시조」가, 중국에서 「우리들의 일그러진 영웅」이 출간되다.

1996년(49세)   프랑스에서 『사람의 아들』이, 영국에서 『시인』이 출간되다.

1997년(50세)   장편소설 『선택』을 출간하다. 이 작품을 놓고 여성주의 진영과 격렬한 논쟁을 벌이다. 세종대학교 교수를 사임하다. 일본과 중국에서 『사람의 아들』이 출간되다.

1998년(51세)   대하장편소설 『변경』이 전 12권으로 완간되다. 「전야, 혹은 시대의 마지막 밤」으로 〈21세기문학상〉을 받다. 사숙(私塾)인 부악문원을 열어서 후진 양성에 힘쓰기 시작하다. 미국 뉴욕의 와일리 에이전시에 해외 출판권을 위임하다. 이는 이후 한국 작가들이 해외에 진출하는 하나의 모델이 되다. 프랑스에서 『황제를 위하여』가 출간되다.

1999년(52세)   『변경』으로 〈호암예술상〉을 받다. 일본에서 『황제를 위하여』가 출간되다.

2000년(53세)   장편소설 『아가(雅歌)』를 출간하다.

2001년(54세)   소설집 『술 단지와 잔을 끌어당기며』를 출간하다. 한 칼럼을 통하여 시민단체를 '정권의 홍위병'에 비유했다가 격렬한 논쟁에 휘말렸으며, 결국 일부 세력에 의하여 작품이 불태워지는 이른바 '책 장례식'을 당하다. 이 사건 이후 잇따른 보수 성향의 발언을 통하여 정치적 견해를 달리하는 세력과 정면으로 충돌하다. 그리스와 스페인에서 『시인』이, 미국에서 『우리들의 일그러진 영웅』이 출간되다.

2003년(56세)   노무현 대통령 탄핵 사태로 위기에 빠진 보수 세력의 정치적 재기를 돕기 위하여 한나라당 공천 심사 위원으로 활동하다.

2004년(57세)   산문집『신들메를 고쳐 매며』를 출간하다.

2005년(58세)   스웨덴에서『젊은 날의 초상』에 이어『시인』이 출간되다. 이탈리아에서『사람의 아들』이 출간되다.

2006년(59세)   장편소설『호모 엑세쿠탄스』를 출간하다. 이 해부터 5년 동안 이탈리아에서『우리들의 일그러진 영웅』,『시인』,「금시조」,「그해 겨울」이 재출간되다.

2007년(60세)   독일에서「새하곡」에 이어『시인』이 출간되다.

2008년(61세)   대하 역사 장편『초한지(楚漢志)』를 출간하다. 독일에서『황제를 위하여』가 출간되다.

2009년(62세)   〈대한민국예술원상〉을 받다. 러시아와 우크라이나에서『사람의 아들』이 출간되다.

2010년(63세)   장편소설『불멸』을 출간하다.

2011년(64세)   장편소설『리투아니아 여인』을 출간하다. 중국에서『황제를 위하여』가, 터키에서『시인』이 출간되다.

2012년(65세)   『리투아니아 여인』으로 〈동리문학상〉을 받다. 페루에서「새하곡」과「금시조」, 태국에서『황제를 위하여』가 출간되다.

2014년(67세)   『변경』개정판을 내다. 러시아에서『우리들의 일그러진 영웅』이 출간되다. 리투아니아에서『리투아니아 여인』이, 체코에서『시인』이 출간되다.

2015년(68세)   폴란드에서『우리들의 일그러진 영웅』이, 미국에서『사람의 아들』이 출간되다. 은관문화훈장을 받다.

2016년(69세)   『이문열 중단편전집』(전 6권) 출간,『이문열 중단편전집 출간 기념 수상작 모음집』이 출간되다.

2020년(73세)　『삼국지』, 『수호지』가 개정 신판으로 출간되다. 『사람의 아들』, 『젊은 날의 초상』, 『우리들의 일그러진 영웅』이 새롭게 출간되다.

전야, 혹은 시대의 마지막 밤

신판 1쇄 인쇄 2021년 4월 25일
신판 1쇄 발행 2021년 5월 7일

지은이 이문열

발행인 양원석
편집장 최두은 **디자인** 이은혜 **영업마케팅** 양정길 강효경

펴낸 곳 ㈜알에이치코리아
주소 서울시 금천구 가산디지털2로 53, 20층 (가산동, 한라시그마밸리)
편집문의 02-6443-8844   **도서문의** 02-6443-8800
홈페이지 http://rhk.co.kr
등록 2004년 1월 15일 제2-3726호

ISBN 978-89-255-8883-4   04810
       978-89-255-8889-6   (세트)